二見文庫

迷走

キャサリン・コールター&J・T・エリソン／水川　玲＝訳

いつものことながら、常にそばにいてわたしを支え、助けてくれる前向きなカレン・エバンスへ。あなたと組むことは相乗効果を生みます。

必要なときにいつでもひらめきやアイデアをくれ、支えてくれる愛する夫へ。

そして、家のことをしてくれているレスリー・デローン、キャサリン・リヨンズ・ラバーテ、イングリッド・ベハラーノ。あなたがたがしてくれること——あなたがたの元気と楽観性、笑い、しっかりした舵《かじ》取り、そのすべてに感謝しています。

全員に感謝を。

キャサリン・コールター

この共同作業は、なんと楽しくて栄光に満ちたものになったことでしょう。誰よりもまず感謝を伝えたい相手がキャサリンです。わたしを引き入れてくれたこと、いつも笑わせて楽しませてくれること、作家としての能力を最大限に発揮するよう、わたしを挑発してくれることに感謝します。わたしたちは最強のチームです。ふたりで次に何を作りだせるのか、楽しみでたまりません！

そしていつも名前が挙がるみなさん。あなたがたはわたしにとって、なくてはならない存在です――スコット・ミラー、クリス・ぺぺ、ローラ・ベネディクト、アリエル・ローホン、シェリー・セイント、カレン・エバンス、エミー・カー、ジェフ・アボット、そして愛する夫。それから何度も何度も耳を傾けてくれた両親。

J・T・エリソン

迷　走

登　場　人　物　紹　介

ニコラス(ニック)・ドラモンド	FBI特別捜査官。英国貴族
マイケラ(マイク)・ケイン	FBI特別捜査官
バネッサ・グレース	テロ組織COEのメンバー
カールトン・グレース	バネッサのおじ
マシュー・スペンサー	COEのリーダー
ザーハ(ザーヒル)・ダマリ	殺し屋。COEではダリウスと名乗る
イアン・マクガイア	IRAのメンバー。マシューの親友
アンディ・テート	COEのメンバー。天才ハッカー
キャラン・スローン	米国副大統領
ジェファーソン・ブラッドリー	米国大統領
ガンサー・アンセル	ドイツ人のハッカー
ハサン・ハダウィ(ハンマー)	武装組織ヒズボラの最高執行者
バヒド・ラハバ	ハダウィの師
カルロス・ザ・ジャッカル	伝説の暗殺者
リチャード・ホッジズ(ディッカー)	情報提供者
メイ・アン	バーの店主
メロディー・ファインダー	ブロガー
クレイグ・スワンソン	メロディーの恋人
ディロン・サビッチ	FBI特別捜査官
レーシー・シャーロック	FBI特別捜査官。サビッチの妻
ナイジェル	ニックの執事

プロローグ

三カ月前

アメリカ合衆国とメキシコの国境

ザーヒル・ダマリは、疲れ果てたホンジュラス人の一行がリオ・グランデのテキサス側の河岸をのぼるのを振り返って見ている不法入国斡旋業者《コヨーテ》を見つめた。最後のひとりが父親に引っ張りあげられて岸をのぼりきると、ホンジュラス人たちの汚れた顔に希望と、悪夢のような旅を乗りきった安堵感《あんどかん》が宿った。彼らはついに成し遂げた。アメリカにたどりついたのだ。

ミゲル・ゴンザレスという名のコヨーテは見下すように彼らを見た。これは今に始まったことではない。逃避行が開始された八日前から、ゴンザレスは軽蔑の念を隠そうともしなかった。彼は、自分よりも年長でふたりの息子の父親であるグループのリーダーに向かって手を突きだし、指を振った。

「払うものを払え《パゲンメ・ボルケ・ウステデス》、恥知らずめが《ソン・ウノス・ミセラブレス》」

礼金の残り半分を要求しているのだ。いや、この盗《ぬす》っ人《と》野郎はそれ以上を求めている。すでに礼金の金額そのものをつりあげているのだから。ザーヒルはホンジュラス人の顔に浮かんだショックと恐怖を見た。彼らは次第に声高になりながら話しあった。

ゴンザレスが拳銃を出して彼らに向け、ふたたび手を突きだした。

ザーヒルは、黒ずんだ歯と黒い目が地獄を思わせるミゲル・ゴンザレスに向かってほほえんだ。紙幣を持った手を伸ばしながらゴンザレスに近づいて、彼が紙幣をつかむとすばやくそのふところに滑りこみ、汚れたシャツの上からナイフを突き刺した。ゴンザレスは声ひとつあげなかった。ザーヒルの腕にはいつだって狂いがない。ナイフは胸骨の下からまっすぐに心臓を貫いていた。ゴンザレスは黙ったままザーヒルの顔を見あげて拳銃を落とすと、横向きに倒れ、枯れた茂みの中で息絶えた。

ホンジュラス人たちは恐怖と衝撃で動くこともできず、その場に凍りついた。ザーヒルは腰をかがめてナイフを引き抜き、ゴンザレスの汚らしいジーンズで刃をぬぐった。それから落ち着いた手つきでゴンザレスのポケットを探って分厚い札束を取りだすと、一番近くにいる若い女にそれを渡してほほえんだ。

「幸運を《ブエナ・スエルテ》」そう言ってから彼らに挨拶して、ここから北へほんの五キロほどのエル・パソに向かって歩きはじめた。

恐ろしく暑い日だが、ザーヒルは気にならなかった。何しろ彼は、想像を絶するほどの暑さになる砂漠の中で育ったのだから。

シャツのポケットに入った小さなノートには、〈神の党《ヒズボラ》〉の最高執行者であるハンマーことハサン・ハダウィから得た、マシュー・スペンサーという才能あふれる若き科学者に関する情報と戦略がびっしり書きこまれている。彼を利用して双頭の怪物の頭を切り落とす方法も。それを実行することを考えると、ザーヒルの胸は高鳴った。成功したあかつきには、とてつもない喜びが体を突き抜けることだろう。

情報や戦略の大半は、ハダウィの師であるイランのバヒド・ラハバ大佐が出どころとなっている。ラハバ大佐は、シーア派以外はすべて抹殺すると公言してはばからない。それが実現すれば、世界の人口はとんでもなく減ってしまうだろうが。

スペンサーと数人の仲間はタホ湖のそばに潜伏している。ハンマーの情報によると、スペンサーは二〇〇五年のロンドン同時多発テロで家族を失ったあと、道を踏み外したらしい。今、彼は〈地球の賛美者たち《Celebrants of Earth》〉——通称COEという小さなグループを率いており、そのグループは中東からの原油の輸入を根絶することを目指している。ただし、死傷者をいっさい出さずに。なんとも愚かな理想主義者たちだ。つい最近まで、COEはヨーロッパで中規模のどうでもいいような製油所を爆破していた。だが、今はここアメリカで活動している。爆破のたびに、彼らはいつも同じメッセージをマスコミに流す。

〝テロリストの国の石油はもう買うな。買えば大きなつけを払うことになる〟

大佐もハンマーも、スペンサーを単純な反イスラム主義者と見なし、簡単に操れる相手だと信じている。「マシュー・スペンサーの親友となり、師となれ。絶対的な信頼を勝ち取り、きみの言葉に従うよう導くのだ」――お気に入りのジンを片手に次から次へとゴロワーズ（フランス産の煙草）をくゆらせながら、ハンマーはザーヒルに言った。「あの間抜けのつまらない目的を少しずつ作り変え、操るのだ。その目的がきみの壮大な目的に変わるまで」つまり、スペンサーが殺人者になるまで、ということだ。簡単ではないが、やり遂げることができるだろう。科学の分野ではスペンサーにかなわないものの、戦略を練り計画を立てて実行する能力、そして度胸にかけてはこちらに一日の長がある。だが素手のハンマーと違って、ザーヒルは敵を甘く見たり、表面的な情報だけで相手を判断して見くびったりするようなミスは犯さない。金づち《ハンマー》を振るうべきときと、単に嘘《うそ》をつくべきときを心得ている。

四杯目のジンを飲んでいるときだった。ハンマーが冷笑を浮かべながら、スペンサーに弱みがあるかもしれないと語ったのは。それはバネッサという、赤毛に乳白色の肌と青い目を持つ二十代後半の美しい女だった。ハンマーが見せた写真の彼女はいかれた爆破犯のイメージにはまるでそぐわなかったが、彼女がアイルランド共和軍《IRA》の一員であるイアン・マクガイアという男やその仲間とともに爆弾を作っていることは間違いないという。COEもIRAも、自分たちの世界にイスラムが急激に侵入してきたと見なして嫌悪感を抱いている。ハンマーによれば、その共通の信念がふたつのグループを結びつけたのだという。

ハンマーはふたたび冷笑を浮かべ、その女とスペンサーはおそらく恋人同士だろうと言った。彼が口を大きく横に開けて笑うと、奥歯の金の詰め物が見えた。ハンマーは、ザーヒルがバネッサを誘惑してスペンサーから引き離せばいいと言ったが、そうすることで何が得られるのかザーヒルにはわからなかった。スペンサーの信頼と友情を得られないのは明らかだ。とりあえず様子を見ることにしよう。

何よりも大事な目的をザーヒルに語ったのは、ハンマーではなくイラン人のバヒド・ラハバ大佐だった。それはスペンサーの驚異的な発明を盗むことだった。五十セント硬貨大の金色の爆弾がその発明で、情報提供者の話では探知機にも検知されないという。完成間近と言われるその爆弾を、完成したらただちに手に入れるのが大佐の望みだった。大佐は両手をすりあわせながら言った。「きみが導火線に火をつけ、そこから戦争が始まるのだ。われわれは彼らの街を爆破し、大勢を殺す。連中には、どうしてそんなことが起こったのか見当もつかないだろう。こちら側にも犠牲者は出るが、得られるものと比べれば取るに足りない損失だ。すべてが終わったとき、われわれは世界を支配する」そこには、言葉にされないメッセージがこめられていた。〝シーア派は灰の中から立ちあがり、世界の運命を支配する〟

実のところ、シーア派が世界を支配しようと仏教徒が支配しようと、ザーヒルにはどうでもいいことだった。ザーヒルの持つ専門技術には常に需要があるのだから。

リノの裏通りで盗んだ車に乗りこみながら、ザーヒルは口笛を吹いた。これからインクライン・ビレッジという街で別の車を盗み、シエラ・ネバダ山脈を走ってスペンサーを捜すつもりだ。

怪物の双頭のうち、どちらをスペンサーに殺させよう？　大統領？　それとも副大統領？

ゲームの始まりだ。

ナイトをf3へ

四カ月前

1

スコットランド、グランジマス製油所

バネッサはうずくまって闇に目を凝らした。夜気に筋肉がこわばり、痙攣《けいれん》する。マシューとの初めての仕事だった。初めて彼のために作った爆弾だ。うまく爆発するのはわかっているが、心のどこかに不安があり、それが自分でも気に入らなかった。バネッサはイアンとその仲間たちを見ながら頭を振った。わたしはマシューのために見事な爆発を起こしてみせる。

左にはフォース湾があり、鼻を刺す原油のにおいに塩と海水のにおいが混じっている。

闇を破っているのは、日没後も稼働し続けている製油所の明かりだけだった。金属の柱についた照明、保安灯、ブームライト。それらが照らす作業員の頭の動きに合わせて上下するヘッドランプ。その光景は幻想的で、人工的な光に包まれている舞台装置のようだ。

バネッサは腕時計を見た。あと五分。イアンが仕掛けている爆弾を彼の合図に従って爆発させるのは本来バネッサの役割のはずだが、今回は違う。夜空に炎を吹きあげるのは自分だとマシューは言った。

それで彼の気がすむならそうさせればいい。それとも、この製油所だけ特別なのだろうか？　自分の仕事だと思いながらも、バネッサはほほえみながら起爆装置をマシューに渡した。別に誰がやってもかまわない。自分の作った爆弾は正しく作動するはずだ。

マシューのことは理解できていないが、まだ知りあって日が浅い。天才なのはわかるし、次から次へとアイデアがわくこともわかる。彼の目的を達成するために、あらかじめどんな手順を踏むべきかもわかる。そして、彼の驚異的な爆弾がまだ完成していないことも知っている。完成していれば、マシューは試そうとするに違いないから。

バネッサはふたたび腕時計を見てからマシューに言った。「イアンはどこ？　もう外に出ていなきゃいけないのに。あと三十秒で見張りが戻ってくる。間に合うかどうか微妙だわ」

マシュー・スペンサーは、イアンからビショップというあだ名をずいぶん前につけられている。イアンはその理由を、ほかの者よりも十手先を行く名人級のチェスの世界に住んでいるみたいだからだと説明してくれた。まさしくマシューにふさわしいあだ名じゃないか、と。なぜキングではないのかしらとバネッサは思ったが、口には出さなかった。マシューは背が高くやせていて、興奮しやすい。よく研いだナイフさながらに鋭く、考えることが好きだ。バネッサは、彼から波のように興奮が伝わってくるのを感じた。彼は今、また成功をおさめようとしている。

マシューが言った。「イアンがぼくを失望させたことは一度もない。出てくるさ。自分がしていることをちゃんとわかっているから」

あと三分になった。無線機は使えない。無線周波が爆弾を起動させてしまうかもしれないからだ。

視界の隅で何かが動き、バネッサのアドレナリンが急上昇した。違う。イアンではない。彼はどこ？　バネッサは胸をつかまれるような恐怖を覚えた。何かおかしい。イアンは捕まったのだ。あるいはそれと同じくらい恐ろしいことが起きたのかも。わたしがミスを犯し、爆弾に欠陥が見つかったとか。あるいは最悪の事態が起こった——正体がばれたとか。だめだ、落ち着かなければ。高性能のプラスチック爆薬《セムテックス》で作った美しくて強力な爆弾はちゃんと爆発するはずだし、イアンはその扱いに長《た》けている。しかるべき場所に仕掛けて、仲間と一緒に無事に工場から出てくるだろう。何もかもうまくいくはずだ。

バネッサは詰めていた息を吐いた。爆弾は彼女の指紋だらけで、イアンは常に手袋をつけている。メッセージははっきりしているし、正しく伝わるだろう。自分の上司たちは、グランジマス製油所を爆破したのがこのグループであることを知るはずだ。

あと二分。

マシューがバネッサの腕を強くつかみ、ちらりと笑みを浮かべた。「きみがぼくのために作ってくれた最初の爆弾だ」バネッサはうなずくしかなかった。彼はひどく気が高ぶっているようだが、バネッサ自身もそうだった。激しい感情がふたりのあいだを駆け抜ける。爆発のあと、彼は成功を祝うためにわたしをベッドに誘うだろうか？　うまく逃げなければ。逃げて、知りたいことを知るためにセックスを利用しなければならないのか判断するための時間を稼ごう。

バネッサは最後にもう一度、腕時計を見た。「もう時間がないわ」

「バネッサ、あれを見ろ」

イアンが野原をこちらに向かって駆けてくる。三人の男を従えて、からになったバックパックを背中で羽のようにはためかせながら走ってくるイアンの顔には、狂気じみた笑みが浮かんでいた。

バネッサは耳栓をした。

彼女を見つめながら、マシューも同じようにした。そして何も言わずにほほえむと、大げさな身振りで起爆装置をバネッサの手に返した。「やれ、バネッサ。きみがやるんだ」

なぜ気が変わったのだろう？　これはつまりどういうこと？　わたしがおじけづいて爆発させられないのではないかと思い、確かめることにしたのだろうか？　だが、そんなことはどうでもいい。

バネッサはマシューを見あげながら起爆装置のスイッチを――携帯電話のボタンを押した。

一瞬の間を置いて、体に爆発を感じた。最初は足の裏だった。それから地面が震え、耳をつんざくような轟音《ごうおん》が静寂を切り裂きはじめると、衝撃は脚を駆けのぼった。夜空は昼間の空みたいに明るくなった。

激しい振動に、ふたりは息もできなくなるほど強く尻もちをついた。肺になんとか空気を吸いこめるようになると、バネッサは四つんばいになり、製油所からめらめらと立ちのぼる熱い炎に顔を向けた。炎は彼女の予想よりもはるかに大きく、まるで巨大なたき火のようだった。遠くに見える製油所のトラックの陰にイアンと仲間がうずくまるのが見え、バネッサはすばやく人数を数えた。全員確認できた。

すべてがあっという間のことだった。爆弾は役目を果たし、その爆弾を作ったのはわたしだ。自分の持つ力をしっかり見せつけた。これで決定的に地位を築くことができた。マシュー・スペンサーに受け入れられるだろう。彼はわたしを仲間に入れないわけにはいかなくなった。なんといっても、マシューのためにこの爆弾を作ったのはわたしなのだし、これからももっと多くの爆弾を作ることは彼もわかっているだろう。マシューはわたしを信用せざるをえない。

彼が大声で、警告するように何か叫んでいた。

聞こえないのでバネッサは耳栓を外したが、それでもあまり違いはなかった。爆発の衝撃で耳がおかしくなっているのだ。

マシューが飛びかかってきて馬乗りになり、バネッサの頭を叩《たた》きはじめた。

「髪が燃えてる!」

髪が燃えてる? パニックに陥って大騒ぎするべき状況なのだろうが、バネッサは動かず、マシューに任せた。

やがてシャツをどかすと、彼女を見つめた。「燃えたのは毛先だけだ。大丈夫か？」

バネッサは彼を見あげ、焦げた髪のにおいをかぎ、炎の轟音を聞きながら笑いだした。転がってマシューから離れ、やぶの茂った地面に頭をつけて笑い続けた。

マシューが荒い息を吐きながら隣に寝転がり、バネッサを見つめた。横向きになって片肘をつき、手を伸ばして焦げた毛先に触れる。「バネッサ、大丈夫か?」

「ええ、全然問題ないわ」彼女はそう言ってまた笑った。

濃い茶色の髪に灰をかぶったイアンとその仲間が、ふたりの左手に現れた。「すごい爆発だったな、バン! ドラゴンが吠《ほ》えてるみたいな音がするとは思わなかったよ。おい、何をぐずぐずしているんだ? もう行かないと。すぐに警官がやってくるぞ。バン、その髪はどうした? 近くに立つなと言っただろう? 言わんこっちゃない」

バネッサは立ちあがり、ちりちりになった毛先に手を走らせてから、ジーンズの泥を払った。そしてふたりの男を見つめた。ひとりは髪の色が濃く、ひとりは薄いが、どちらも狐《きつね》みたいに狡猾《こうかつ》で、そしてどちらもバネッサに向かってほほえんでいる。

「ご満足かしら、ミスター・スペンサー？」

マシューはゆっくり立ちあがると、バネッサがしたように両手でジーンズを払い、笑みを浮かべて言った。「ああ」喜びにあふれる声だった。「満足どころじゃないよ」そして彼は情熱と興奮に満ちた目でバネッサを、彼女の唇を見つめた。

月曜日

（午後十一時↓午前四時）

2

ナイトをf6へ

現在

月曜日　夜

ニュージャージー州ベイヨン

連邦捜査局《FBI》捜査官のマイケラ・ケインは、黒いフォード・クラウンビクトリアを片手で運転しながら、もう一方の手でほつれた髪をポニーテールにたくしこんだあと、眼鏡を押しあげた。

すでに夜も遅く、マイケラ——マイクは疲れていた。家に帰って寝たくてたまらないが、そうはいかない。信頼できるたれこみが入ったのだ。彼女はパートナーのニコラス・ドラモンド捜査官を見た。彼は膝の上に広げたノートパソコンのキーを叩いて、情報提供者の背景を調べている。

「無駄足を踏んでいるんじゃないことを祈るわ。その人が単にスリルを追うのが好きなだけじゃないことをね」

ニコラスが目をあげた。「どうもそういう輩《やから》ではなさそうだ。ベンの話だと、COEが計画している爆破について情報を持っているらしい。今は誰の話でもいいから聞きたいんだ。たとえ、それでナイジェルの作った夕食を一回逃すことになってもね。さっきナイジェルが電話してきて、今夜はプライムリブだと言ったんだが」

マイクは笑った。「わたしが帰って食べようと思っていた極上の三日目のチキンサラダ・サンドイッチより、さらにおいしそうだわ」ため息をついてから言う。「この捜査を始めてもう二週間になるのに、まったく進展がなくていやになるわね。西にはいくつか製油所があるけれど、そのどれが標的になっているのかなんの手がかりもない。あちこちへ飛んでいるおかげでマイレージが貯《た》まっていくばかりよ。今わかっているのは、何度も何度も聞かされたグループの声明だけ。〝テロリストの国の石油はもう買うな。買えば大きなつけを払うことになる〟

それが突然、身近に情報提供者が現れた。COEのこと、爆破の計画のことを知っていると言って。あなたは、このホッジズっていう人物が実在すると本当に思ってる?」

ニコラスはマイクを見た。「ぼくの勘と頭脳がイエスと言っている。それに、そろそろぼくたちが打席に入ってもいい頃じゃないか」

英国人の口から野球を使ったたとえが出てくるとは。いや違う、彼はたぶんクリケットを想定しているのだ。クリケットでも〝打席に入る〟というのだろうか？　わからなかったが、マイクはほほえんだ。とにかく彼の言うことが正しい。今度はこちらの番だ。もしホッジズが実在するなら、自分たちがホームランを放つ可能性だってある。

ニコラスはノートパソコンに目を戻した。「ミスター・ホッジズは信頼できそうだ。ベイヨンの技術系企業で経理を担当している。三年前に、妻を乳癌《にゅうがん》で亡くしているらしい」

マイクは左折して、古い住宅街に入った。木が生い茂り、きれいに芝を刈りこんだ狭い庭のある家が並んでいる。ミスター・リチャード・ホッジズの家は、ハドソン川のほうに向かっている袋小路にあった。ニコラスから見ると、アメリカ東部の小さな町にある古い住宅地の典型のような一角だ。建って三十年になろうかという平屋建ての家が、隣近所の家々のあいだにおさまっている。マンハッタンに近いのに、驚くほど静かだ。たぶん、打ち寄せる川の水が音を吸収しているのだろう。

窓のカーテンが急に揺れた。

ニコラスはノートパソコンを閉じた。「ぼくたちを待っていたようだ」

マイクはエンジンを切った。「きっとうまくいくわ。打席に立ったわたしに、ミスター・ホッジズが完璧なボールを投げてくるわよ」

ベルを鳴らす間も与えずにドアが開いた。ジーンズに白いポロシャツ姿の男がふたりを中に招き入れ、誰も起こしたくないというように静かにドアを閉めた。妻が病に臥《ふ》せっていたときについた癖だろうか？

家の中はきちんと整理されていてきれいそうだったが、かびくさく、どこか殺風景で、妻の死後ここに女性が住んだことはないように思われた。写真やこまごました置き物類は見当たらず、新聞とニュース雑誌が積んであるだけだった。この家は、孤独な男が思い出にすがって生きている場所なのだ。

「ミスター・ホッジズですね？　わたしはケイン捜査官、こちらはドラモンド捜査官です。〈地球の賛美者たち〉、略してCOEと呼ばれるテロリストのグループと、その爆破計画について情報をお持ちだと聞いてきたんですが」

ホッジズは小柄で、頭の一部が禿《は》げ、無精ひげが伸びていた。真面目そうで落ち着いており、人騒がせや悪ふざけとは無縁に見える。やっと捜査が進展するかもしれない。家の中にはベーコンとトーストのにおいが漂っていた。独身男性の定番の夕食だ。マイクはふいに哀れみを覚えた。

「ようこそ」ホッジズは言った。「よく来てくださった。座りませんか？　コーヒーを持ってきましょうか？　いれてあるんです」

「遠慮なくいただきます。ありがとう」

ホッジズは身振りでキッチンのほうを示した。

マイクとニコラスは古いテーブルについた。テーブルは一本の脚が短く、雑誌を嚙《か》ませて高さを調整してある。まもなく、ふたりの前にコーヒーの入ったマグカップと、チョコミントのガールスカウトクッキー（ガールスカウトの女の子が資金集めのために販売するクッキー）がのった皿が置かれた。ニコラスは社交辞令でクッキーをひとつ食べた。数週間オフィスでたらいまわしになっていたであろうクッキーは蠟《ろう》のような味がした。

ニコラスはコーヒーをひと口飲んでから、マグカップをテーブルに置いた。「それではミスター・ホッジズ、知ってらっしゃることを話してください」

ホッジズは目をみはった。「おや、英国人ですね？　英国の人がＦＢＩに入れるとは知らなかった。あなたは特別なんですか？」

マイクがうなずいた。「ええ、実際、彼は特別なんです」

ニコラスは身を乗りだした。「母がアメリカ人なんですよ。話をお願いします」

ミスター・ホッジズはうなずいた。「今日、仕事のあと〈ドミニオン・バー〉で飲んでいたんです。そこにある男がいました。名前は知らないが、前にも見かけたことのある男です。ベイウェイ製油所で働いているそうです。どんな仕事をしているか詳しくは知りませんがね。彼はずいぶん前から飲んでたみたいで、相当酔ってました。バーテンダーで店主のメイ・アンがなぜ止めないんだろうと思いましたよ。彼はぺらぺらとしゃべっていました。よくいるでしょう？　酔っ払ってわれを忘れて大声でしゃべる人が。お祝いをしているんだと友人らしき連れに話しているのが聞こえました。大金を手に入れ、さらにまた入ることになった。

仕事をやめてどこかの島に行き、ビキニの女をはべらせる。女房と文句ばかりの子供たちは置いていく。そんなことを言ってましたよ。

くだらないと思いましたね。こっちは三年前に妻のミリアムを亡くして、今も毎日思いだしてるんですから。彼の話なんか聞きたくないので耳を傾けまいとしたんですが、わたしの席の真後ろのボックス席にいたもんで、いやでも聞こえてきたんですよ。どこから金をもらったんだと友人に尋ねられると、彼はしーっと言ってから、酔っ払いがよくやるように声をひそめ、充分に聞こえる声でささやきました。秘密だから言えない、と。でも、何か大きなことが起ころうとしていると言いました。数カ月前に、スコットランドの製油所――グランジマスで起こったようなことが。

法を犯しているのかと友人が尋ねると、彼は笑いだしました。まるでハイエナみたいな声でしたよ。飲みすぎたせいで感情が抑えられなくなったんでしょう。わたしは代金を払って店を出ましたが、彼の言っていたことが頭から離れなかった。スコットランドの製油所の爆発については、COEが関与していることを公言して、声明をマスコミに流していますよね。ここアメリカでいつも出しているのと同じ声明を。そしてさっきも言ったように、この男はベイウェイ製油所で働いています。FBIのホットラインに電話をかけたのはそういうわけなんです。真剣に聞いてくださってありがたい。本当に危険だと思いますか?」

マイクはアドレナリンが足先まで行き渡るのを感じた。これこそ求めていた情報だ。ニコラスの言うとおりだった。これは自分たちのホームランになるかもしれない。

ニコラスも同じことを感じているようだが、彼の声はクールで落ち着いていた。「ミスター・ホッジズ、よければもう一度繰り返してもらえますか？　男の言葉を、覚えている限り正確に」

ホッジズは最初から繰り返した。ニコラスたちの質問によって新たに思いだしたこともあった。そして、男とその友人の風体を細かく描写した。すべて出尽くすと、ニコラスは立ちあがってホッジズの肩を叩き、握手をした。

「電話をくださってありがとうございます。何かわかったらご連絡します」

ホッジズは玄関までふたりを送った。「あなたがたは真剣に考えているのでしょう？　あの男はほらを吹いていたのではなく、何かが起きることを知っているのだと」

ニコラスは答えた。「もちろん調べます。男が見つかれば、本当に深刻なことなのかどうかわかります。ですから、ごらんになったことや耳にしたことをじっくり思い返して、よければ書きとめておいてください。ケイン捜査官とぼくはドミニオン・バーのバーテンダーに会って、その客と友人の名前を知っているかどうかききます」ニコラスはホッジズに名刺を渡した。「それから、このことはどうか内密にお願いします」

「何も起きないことを祈ってますよ。ベイウェイがグランジマスみたいに爆破されたら大変なことになる。どうなると思います？　ガソリンの値段がもっとあがるんでしょうか？　家が燃えるとか？　われわれの吸う空気が向こう一年、汚染されるとか？」

「そんなことにならないよう、わたしたちが最善を尽くします、ミスター・ホッジズ」マイクは言った。「おやすみなさい。本当にありがとうございました」

マイクはクラウンビクトリアに乗りこむ前に携帯電話を耳に当てた。「ベン、ＣＯＥに関して本物の情報提供者が現れたわ。ベイヨンのミスター・ホッジズの家に捜査官を数人送ってちょうだい」ベンに住所を伝えた。「それから、ドミニオン・バーのバーテンダーがその酔っ払いの身元を知らない場合に備えて、似顔絵担当の捜査官にも来てもらって。でも、まずはミスター・ホッジズの警護が最優先事項よ。用心するに越したことはないから」

マイクたち同様、ベンも色めき立って言った。「教えてくれよ、マイク。ホッジズはなんて言ったんだ？」

「いい話じゃないわ。ベイウェイで爆発が起こるかも」

3

マイクはミスター・ホッジズの家から五分と離れていないドミニオン・バーの向かいに車を止めた。

ニコラスは、近所の常連客が集まる居心地のよさそうなバーの様子を調べた。騒がしい叫び声もやかましい音楽も聞こえない。「きっと食事ができるだろう。ピザがあれば万々歳だな。自分の腕を食いちぎってしまいたいほど腹ぺこなんだ」

「ここになかったとしても、隣にまだ照明のついているピザ屋があるわ。そこでひと切れ食べられるわよ」

「ひと切れだって？　何を上品ぶってるんだ。ぼくはひとりでまるまる一枚食べられる。きみだって同じだろう」

彼の言うとおりだった。「まずはバーテンダーと話して、それから空腹を満たしましょう」

店内に入ると、濃い色の木材を使った内装と薄暗い照明、よく磨かれた銅のバーカウン

ポーンをC4へ

ターに迎えられた。カウンターの中には、鏡張りの壁に沿って作られた棚にワインのボトルが並んでいる。スツールが二十脚に、ボックス席は六つ。デートを楽しむ地元のカップルや、仕事帰りに一杯やりに来る人々、人とつながって安心したいやもめ男などが集まる店だ。くだんの酔っ払いは、この近辺の住人だろうか、とニコラスは思った。

マイクが彼の心を読んで言った。「ミスター・ホッジズが、前にも見たことがあると言ってたでしょう？　つまり常連ってことよ。ここはいかがわしい店じゃないから、卑しい人間でもなさそうね。たぶん、ベイウェイでは現場監督ぐらいの職には就いているはずよ。そうでなければ、この店に合わないもの」

ふたりは広い店内を歩きながら、まだ数人残っている月曜の晩の客を見てまわった。マイクは全員を確認した。「問題の男にしても、その友だちにしても、ミスター・ホッジズの説明にちょっとでも合致しそうな人はひとりもいないわ」

マイクはバーテンダーに身分証明書を見せた。店主でもあるとミスター・ホッジズが言っていたその女性は小柄で、まるで中年のピーターパンみたいだった。エルトン・ジョンの古い曲を小さくハミングしながらカウンターを拭いていた。豊かな胸の右に〝メイ・アン〟と記された名札がついている。

マイクは自己紹介して、同時にニコラスのことも紹介した。

ただちにメイ・アンの目に警戒の色が宿った。「なんですか？　わたしは誓って何もしてませんよ。この店の所有者だけど、衛生基準に違反したことは一度もないし、それに――」

「違うんです」マイクはかぶせるように言った。「ただ、ちょっとおききしたいだけなんですよ。ミスター・リチャード・ホッジズをご存じですか?」

「ディッカーのこと?　ええ、もちろん。ほぼ毎晩来ますから。いつもメルローのハウスワインを飲んで、その日のことを話し、わたしに調子はどうかと尋ねてから、ベーコンサンドイッチを食べに家へ帰るんです。奥さんのことは気の毒だったわ。とてもいい人だったから。ディッカーが悪いことなんてするはずがありません、彼は本当に――」

ニコラスが彼女の腕にそっと手を置いた。「いや、ミスター・ホッジズは何も問題ないですよ。今夜もここに来ましたよね?」

「ええ。大丈夫なんですか?　彼に何かあったんですか?」

「いえいえ、何もありませんよ、メイ・アン。ご協力をお願いしたいんです。ミスター・ホッジズのすぐ後ろのボックス席にいた酔っ払いを覚えていますか?　背が高くてやせ形で、白髪交じりの中年の――」

「ああ、このあたりでは有名な鼻つまみ者のラリー・リーブスです」メイ・アンはうんざりしたような顔で言った。「きっと神さまがわたしを罰するために遣わされたんだわ。近所に住んでいるわけでもないのに、週に二、三回来るんですよ。週末には必ず羽目を外して、わたしをいらつかせるんです。今日はいいかげん叩きだしてやろうかと思ったところで、彼の友だちがベイウェイまで乗せていくと言って連れだしてくれたんです。ラリーはベイウェイ製油所で働いてるんですよ。でも、ちょっと妙だったわ。ラリーが仕事の前に酔っ払うところなどこれまで見たことがありませんから。彼は夜間の現場監督なんです。なぜ彼のことをきくんですか？　あのばか男はいったい何をやらかしたんです？」

ニコラスの心臓が早鐘を打った。「仕事の前だったんですか？」

「ええ、第三シフトです。さっきも言ったように現場監督なんですよ。でもたぶん、友だちはまず彼を家に連れ帰って、酔いざましにシャワーを浴びさせなきゃいけなかったんじゃないかしら。あんな状態で職場に行くわけにはいきませんからね」

マイクはカウンターに身を乗りだした。「その友だちの名前はご存じですか？」

「知りません。初めてのお客さんだったので。近所の人かしら？　クレムにきいてみましょうか？　今、厨房《ちゅうぼう》の掃除をしていますけど。いろんな人のいろんなことを知ってるんです」

メイ・アンは振り返って声をかけた。「クレム、ちょっと来て。用があるの！」

床が地震のように小刻みに揺れはじめ、抑えたうなり声のような音が店内を満たした。頭に〝爆発〟という言葉が浮かぶやいなや、ニコラスはマイクに覆いかぶさるようにして床に伏せた。そして叫んだ。「みんな伏せろ！」

ワインのボトルが揺れて落ち、テーブルのグラスや瓶も床に滑り落ちて割れ、ガラスがあちこちに飛び散った。窓がゆがんでから破裂し、ガラスの破片が飛び交う。メイ・アンはひっくり返る瓶をつかんでいたが、そんなことをしても無意味だった。わずかばかりいた客は悲鳴をあげ、手で頭をかばいながら身を隠している。ニコラスは、ガラスの破片で手の甲が切れたのがわかった。マイクがニコラスの下から逃れようともがいている。

揺れがおさまった。

「おりて、ニコラス。わたしからおりてよ。何が爆発したの？」だがニコラス同様、マイクにもわかっていた。ベイウェイ製油所に違いない。

ニコラスは転がってマイクから離れながら叫んだ。「みんな大丈夫か？」

人々は震えながら立ちあがりはじめた。メイ・アンがカウンターの中から出てきて、客の服のほこりを払い、声をかけてなだめている。マイクとニコラスが店から駆けだすとき、メイ・アンが大声で言うのが聞こえた。「落ち着いて。みんな無事よ。店は保険がきくわ。今日のお酒は店のおごりよ！」

バーを出ると、マイクとニコラスは耳をつんざくようなクラクションの大音量と、自宅やピザ店から飛びだしてきた人々の叫び声に包まれた。歩道にはガラスが散らばっている。ニコラスは車の運転席側のドアを開けて言った。「ぼくたちにできることがあるかもしれない。マイク、急げ。運転を頼む」

マイクがエンジンをかけようとキーをまわしているところで、ふたりの携帯電話が鳴った。マイクは車を走らせ、ニコラスが電話に出た。上司のマイロ・ザッカリーからだった。

「ベイウェイ製油所ですか、サー？」

「ああ。大きな爆発だった。まだ報告が入っていないから、被害のほどはわからない。きみとケイン捜査官はどこにいるんだ？」

「近くにいます。五分で現場に着きますよ。さっき、ホットラインに電話をかけてきた男性に会いました」ニコラスはラリー・リーブスのことを話し、ホッジズから聞いたリーブスの特徴を伝えた。そしてノートパソコンでリーブスの自宅住所を調べ、ザッカリーのために読みあげた。「彼の見張りを担当する捜査官が必要です。爆発に関与している可能性が高いと思われます」

「わかった」ザッカリーは言った。「できるだけ早く報告してくれ。ふたりとも、ばかげたことをするなよ。英雄を気取るなということだ。連中を捕まえるんだ」

「任せてください、サー」

マイクはスピードをあげてベイヨン橋を渡り、ニューアーク空港を通り過ぎてエリザベスに入った。島の突端からでも、巨大なたいまつのように夜空を照らす炎と黒煙が見える。製油所に近づくと、通りや歩道に割れたガラスが散乱しているのが見えた。大勢の人が外に集まって製油所のほうを見つめている。炎のせいで、製油所は昼間のように明るかった。

マイクの運転する車が製油所に到着するのに十分もかからなかった。そのあいだ、ふたりは一度しか言葉を交わさなかった。マイクは言った。「COEのしわざに違いないわね」

「ああ、間違いない。これまでは小規模だった。住宅地から離れたところにある製油所ばかりだったし、影響を受ける人もそんなに多くなかった。だが今回、連中は規模をあげてきた。大きな飛躍だよ、マイク。連中は深刻な被害を与えられることを示している」

ニコラスとマイクは、小規模の対策本部からこの件を引き継ぎ、なんの成果もあげられずにいた——今までは。そして間に合わなかった。ホームランとも言えるホッジズからの情報があったにもかかわらず、間に合わなかったのだ。

ＣＯＥは製油所で勤務中の人々がいるのを知っていたはずだ。それゆえ死傷者が出るであろうことも。なぜ彼らは急に本物のテロリストになったのだろう？

ニコラスは鼻につく苦い空気を充満させているオレンジの炎と、今自分たちが肺に吸いこんでいるその空気を黒く染めている分厚い煙を見つめた。

大惨事になりそうだ。

4

ポーンをg6へ

ニュージャージー州エリザベス

ベイウェイ製油所

ニコラスとマイクは緊急救助隊とほぼ同時に現場に着いた。車は製油所の門を抜け、巨大な加熱炉に向かう長い道路を走った。火にどんどん近づいていく。大きな金属の塊に阻まれてそれ以上進めなくなると、マイクは車を止めて飛びおり、炎に向かって駆けだした。ニコラスも彼女に並び、ふたりは降りかかるがれきを避けながら走った。ニコラスがマイクの腕をつかんで引きとめた。そして革のジャケットを脱ぎ、シャツの袖を破り取ってマイクの顔を包んだ。「しっかり結べ」

さらにもう一方の袖を破り取り、自分の鼻と口を覆った。それでも息を詰まらせる黒い煙が入りこんできて、ふたりは息を切らし、咳《せ》きこんだ。それからまた走りだした。まるで戦場を炎の壁に向かって走っているかのようだ。そう思いながら、ニコラスはふたたびジャケットを着た。たいした防護にはならないが、いくらかはましだろう。マイクはニコラスのものよりも重いバイクジャケットを着ているから安心だ。

ふたりは息を吸い、走り続けた。マイクの叫び声が聞こえた。

「ニコラス、あそこよ！」

彼は走る方向を変え、飛んでくるがれきをよけた拍子にコンクリートの門に腰をぶつけた。この場所を守るための門だが、役には立たなかったようだ。爆破犯たちは、製油所の安全措置をすべてかいくぐって中に入りこんだのだから。

がれきの下敷きになって動けなくなっている男がいた。顔が死人のように真っ白で、脚から流れる血が夜の暗さの中で黒く見えている。

ニコラスは男の後ろにまわり、マイクに向かってうなずいた。「一、二、三！」マイクのかけ声で、ニコラスが手が焼けるほど熱くなった金属を全身の力をこめて引きあげ、そのあいだにマイクが男を引っ張りだした。ニコラスは金属を地面に落としたが、その音は周囲の混乱にかき消された。

「くそったれ《ブラッディ・ヘル》」ニコラスは両手を振ってからこすりあわせ、水ぶくれに顔をしかめた。車のトランクから手袋を取ってこなかった自分のうかつさが恨めしい。

「あそこにもうひとりいるわ！」

ニコラスは、男の首から突きでた大きな金属の塊と、妙な角度に曲がっている頭を見た。

「もう死んでいる。先へ進もう」

マイクは息をのんでうなずいた。ふたりは爆発現場の中心に向かって進んだ。考えられないような熱さだ。夜空に向かって激しく燃えさかる炎に髪や腕の毛が焼かれたが、がれきをよけ、生存者を探しながら、彼らは進んだ。

「あそこにひとりいる」ニコラスが叫び、ふたりはその男を手足をつかんで引っ張りだすと、消防隊が安全な場所に設置した救急治療所に連れていった。

ふたりで何人を救助したかわからない。しまいに両手をあげた消防士にさえぎられた。

「もうやめてください。どなたか知りませんが、あなたがたはちゃんとした装備をしていない。今すぐここから離れるんです。あなたがたにまで怪我《けが》をさせたくない」

マイクは消防士を肩で押しのけた。「この人たちは、わたしたちがここに連れてこなかったら死ぬところだったのよ。協力するか、そこをどくかのどっちかにしてちょうだい」

消防士がマイクに向かって怒鳴ろうと口を開いた瞬間、ニコラスは消防士の腕をつかんで上着に縫いつけられた名前を読んだ。〝J・ジョーンズ〟と書いてある。「無駄だ。彼女を止めることはできないよ。それより手を貸してくれ。きみの上司には、ぼくたちに協力してくれたと伝えるから。さあ、行こう」

相手の反応を待たずに、ニコラスはマイクを追って、夜空を照らす炎に向かって走った。

爆発から二十分が経《た》ち、現場はヒエロニムス・ボスが描いた悪夢の絵さながらだった。あたりにはまだ大勢の死のにおいが蔓延《まんえん》している。建物からよろよろと逃げだしてくる人、静かに地面にうずくまっている人。みな、血だらけでうめいていた。救急治療所には、もっとひどい怪我を負って大量に出血している人が大勢いる。一瞬、ニコラスは三年前に地球上の別の場所で繰り広げられた地獄絵図と恐ろしい過ちを思いだし、激しい心の痛みと罪悪感に襲われた。

ふたりを止めようとしたジョーンズという消防士が、ニコラスのすぐそばで一方向を指差して叫んでいた。ニコラスはぐるりとあたりを見まわした。この一角にはもう誰も残っていないように思われた。炎の明かりの中に人の体は見えない。

「どうした？　ぼくには誰も見えないが」

ジョーンズはニコラスの肩に手をかけて引き戻した。「違う、あっちだ。爆弾ですよ！」

ニコラスにも、地面に置かれた黒いバックパックが見えた。上部からワイヤーが突きでている。心臓が凍りついた。

マイクは六メートルほど前方にいた。ニコラスは飛びだすと彼女の手をつかみ、大急ぎでバックパックから遠ざけて闇のほうに引っ張った。

「ふたつ目の爆弾だ。走れ！」

ふたりは後ろにさがれと人々に叫んでいるジョーンズに向かって走った。

バックパックが爆発し、周囲の世界が粉々に崩れた。

5

ナイトをC3へ

腕で顔をかばう間もなく、ニコラスは地面に叩きつけられて気を失った。一年後だか一日後だか数秒後だかわからないが、気がついたときには油でべとついた道路にうつぶせになっていた。頭を振り、朦朧《もうろう》とした意識をはっきりさせようとした。マイクが十メートルほど先で手足を投げだして仰向《あおむ》けに倒れており、その隣にはジョーンズが横たわっている。どちらも動いていない。ジョーンズの頭のそばの地面が黒く濡《ぬ》れているのが見えた。血。そう、あれは血と呼ばれるものだ。マイクはまだ動かない。ニコラスは立ちあがろうとしたが、バランスが取れなくて立てなかった。

マイクのそばまで這《は》っていき、汚れた指で彼女の首筋の脈を調べた。ありがたい、息をしている。

彼女を膝の上にのせ、抱き寄せて体を揺すった。「マイク、目を覚ますんだ。頼むから。きみならできる」

マイクが喉の奥からうめき声をあげはじめ、ニコラスは呼び続けた。「マイク、ぼくのところに戻ってきてくれ。きみならできる。きみが無事なら、ぼくは何十年でも真剣に働く。約束するよ。だからマイク、起きてくれ。ぼくがどうかなってしまう前に」ついにまぶたがぴくりと動き、彼女は目を開けた。ニコラスは、今は混乱してぼんやりしているそのきれいな青い瞳をのぞきこみ、歓声をあげたいほどの安堵を覚えた。ジュネーブで、すぐ背後の建物が爆発し、自分が地面に横たわってぴくりともしなかったとき――あのとき、マイクもこんな気持ちになったのだろうか？　彼女の眼鏡が奇跡的にも無傷でそばに転がっていた。ニコラスはそれを渡し、マイクがかけるのを見つめた。

シャツの袖で作った即席マスクは、どちらもどこかへ消えていた。マイクの髪は四方八方に突き立っている。顔は煤《すす》で汚れているが、それでも頬に大きなあざができているのがわかった。目のまわりも黒く変色しはじめている。

驚いたことに、彼女はニコラスを見あげてほほえんだ。彼はマイクの額に額を押しつけた。心臓がまだ早鐘を打ち、心の底からの恐怖も消えていない。「大丈夫だと言ってくれ。大丈夫だと、はっきり言ってくれ」

「大丈夫、心配しないで、ニコラス。ちょっと地面に叩きつけられただけよ。あなた、ずいぶんおびえた顔をしているわ。ねえ、信じられる？　眼鏡が壊れてないなんて。あなたは大丈夫？」

ニコラスはうなずいた。「だが、ぼくたちを救ってくれたジョーンズは大丈夫じゃなさそうだ」

ふたりはじっと横たわっているジョーンズのところまで這っていった。身動きひとつしない。マイクが彼に顔を寄せてから振り返った。「息はしているわ。ヘルメットがどこかに飛んじゃってるけど、倒れたときに消防服がクッションになってくれたみたい」マイクはジョーンズの顔を軽く叩き、頭から肩に手を滑らせた。ニコラスは腕と脚を調べた。マイクがふたたび顔を叩く。「ミスター・ジョーンズ？　目を覚まして。大丈夫だと言ってちょうだい」

しばらくするとまぶたが動きはじめ、彼は目を覚ました。「な……何が起きたんです？」

「心配しなくていい」ニコラスはそう言いながら、ポケットからハンカチを取りだした。ハンカチは意外にも真っ白なままだった。「使ってくれ。鼻血が出ている」

マイクは正座する格好になって、ジョーンズが血を拭くのを見つめた。「これでわたしたちの邪魔をしなくてすむわね」

ジョーンズはかすかに笑った。「ぼくも、あなたたちに負けないくらいひどいありさまなんですか？」

「わたしたち以上よ。顔じゅう血だらけだもの」

「また鼻を折ったみたいだ。でも、なぜか最初のときほど痛まないんです。あなたがたは大丈夫ですか?」ひどい風邪を引いたような声だった。

「こぶとあざだけだ」ニコラスは答えた。「立てるかい?」

ニコラスとマイクはジョーンズを引っ張って立たせ、三人は互いにつかまるようにしてバランスを取った。マイクが言う。「知っているでしょうけど、鼻を押し続けるのよ。ファーストネームはなんていうの?」

彼はしばらく経ってからほほえんだ。「ジンボ。みんなそう呼びます」

「よし、ジンボ。ぼくはニコラスで彼女はマイクだ。きみを救急治療所に連れていく」

二回目の爆発では、背後の状況はさほど悪化していなかった。一番近くにいた彼らが生きてなんとか歩いているぐらいだから、強力な爆弾ではなかったのだろう。ニコラスは爆弾が置かれていた場所を思い返してみた。バックパックは人の背中から落ちたかのように、堂々と地面に置かれていた。たぶん犯人のもので、そいつは最初の爆発のあと逃げたに違いない。

ニコラスは言った。「妙だな。爆弾をふたつ仕掛けるというのは、テロ組織が最大限の死亡者を出すためによく使う手口だ。最初の爆弾に応じて集まった者たちに追い打ちをかけて殺すんだよ。いったい何が起きているんだろう? COEはこれまでこんなだまし討ちみたいなことはしなかったのに」

「そうよね」マイクが周囲の惨状を見まわしながら言った。「わけがわからない。これが突然現れた狂人じゃなくてCOEのしわざだとしたら、彼らは方針を変えたんだわ。今までだったら、あのふたつ目の小さな爆弾ひとつを爆発させて終わっていたでしょう。最初の大きな爆発はなかったはず。怖いわ、ニコラス。とても恐ろしいことよ」

消防士の一団が叫びながら向かってきた。ニコラスは彼らを追い払った。こっちは大丈夫だ。無駄に人をよこしてもらわなくてもいい。ジンボはニコラスのハンカチでまだ鼻を押さえながら、もう一方の手で消防服の泥を払った。

ニコラスは言った。「バックパックを見つけてくれてありがとう、ジンボ。きみはぼくたちの命の恩人だ」

ジンボ・ジョーンズは縁が血に染まった歯を見せて笑った。「いつかビールをおごってくださいよ。さあ、おふたりは安全なところまで逃げて。ぼくは本当に大丈夫です。あとはわれわれに任せてください」彼はニコラスにハンカチを差しだすと、頭を振ってから、酔っ払いのようによろよろと仲間のほうへ向かった。

消防車が、赤と白の光を発してサイレンを鳴り響かせながら続々と到着した。

「いったいどれだけの消防隊が招集されたんだろう?」

「わからないわ。もちろんベイウェイには自前の消防団もあるでしょうけど、今夜はできるだけ多くの助けが必要ね。とてもじゃないけど、ベイウェイの人たちだけでどうにかできる規模の爆発ではなかったもの」

「ベイウェイでこれほど大規模な爆発が起きたことはあるのか?」

「一九七〇年に大きな爆発があったわ。しばらくは革命主義者のしわざだと考えられていたの。社会主義革命統一戦線のメンバーを名乗る男からFBIに電話が入ったから。男は政治犯の釈放を要求した。でもFBIが綿密な捜査をしたけれど、結局は爆弾ではなく事故だったのよ。その後、一九七九年にも小さな爆発があって、そのときも爆弾かと思われたけれど、やっぱり事故だった」マイクはあたりを見まわした。「でも、今回のは事故じゃない。目的を持った大々的な攻撃よ」

ニコラスは彼女の顔の汚れを拭こうとしたが、自分の手も煤で真っ黒なので、ほとんど意味がなかった。「COEは最大限のダメージと混乱を与えようとしてこの攻撃を計画した。罪のない人々の命のことなんて、これっぽっちも考えていない」

マイクの手が彼の腕を強くつかんだ。「ニコラス、わたしたちはできる限りのことをしたわ。気を取り直して犯人たちを探しましょう」

6

ビショップをg7へ

ふたりは川をのぼるサケのように、現場に向かう救助隊員や警官や消防士の流れに逆らって車に戻った。

「COEはどうやったんだろう？　ぼくたちの目と鼻の先で、厳重な監視と追加の警備によって国内でも有数の安全性を誇る製油所を爆破するとは」

マイクは体じゅうが痛くて、アスピリンかもっと強い薬がほしくてたまらなかったが、それは無視するしかなかった。「一発目の爆弾はとても強力だった。それなのになぜ、わざわざ小さい二発目まで用意したの？　それにこれまで死者を出さなかったのに、今夜は何人が亡くなっているのか、知るのが怖いほどだわ。どうしてこんなことをしたのかしら？　ニコラス、すぐにラリー・リーブスを捜しましょう。洗いざらい白状させて、誰から大金をもらっているのか突きとめるのよ」

爆発現場から遠ざかるにつれて空気がよくなってきた。マイクは立ちどまって大きく息を吸った。「気がつかなかったけど、もしミスター・ホッジズが電話してこなかったら――」

「もっと大勢が死んでいた。だから、ぼくたちはちゃんと役に立ったんだよ、マイク。ただ不思議なんだが……それなりの動機があれば、部外者を製油所内に忍びこませるのは不可能ではないだろうが、それでもリーブスにとっては大きな危険を伴う。千鳥足でバーを出ていくような酔っ払いに、どうやってそんなことができたんだ?」

「あれだけぺらぺらしゃべったんだから、酔っ払ってるふりをしていたとは思えないわ。友だちとささやかな祝賀会を開く前に、COEのメンバーを中に入れたんでしょうね」マイクは頭を振った。「それにしても本当に愚かだわ。誰にでも聞こえるところで自慢げに話すなんて。おかげでわたしたちは助かっているわけだけど」

ニコラスは照明の柱に取りつけられた監視カメラを見あげた。いくつかは吹き飛ばされて台座から外れ、電気のコードでぶらさがっている。「ふたつだけ無事なのがある。ありがたい」マイクに向かって、無事なカメラを指差した。「爆発のあとも機能して、録画されているかもしれない」

「目がいいのね、ニコラス。グレイ・ウォートンに調べてもらうわ。爆発ではカメラの回線は切断されていないはずよ」

マイクは自分の携帯電話を耳に当てながら歩いた。ニコラスは一瞬足を止めて後ろを振り返り、自分たちがふたりとも無事だったことへの感謝と、ミスター・ホッジズの健康と幸せ、そして生き残れなかった人々の冥福を祈った。

車に着くと、マイクはバッグに手を伸ばしてウェットティッシュを取りだし、顔をこすりはじめた。おかげで顔に滑稽な黒い縞《しま》模様ができた。ニコラスも一枚もらって顔を拭いたが、砂だか泥だかでざらざらしていた。消毒薬のにおいに、血と死、そして鼻をつく煙の悪臭が混じる。悪夢のにおい。自分たちはそのど真ん中で死と向きあっていたのだ。遅かった――悪夢を防ぐには遅すぎた。

ニコラスは車にもたれ、相変わらず危険なオレンジ色の炎が火柱となって夜空にのぼっていくのを見つめた。消防隊はいつになったらあの炎を消すことができるのだろう？　朝までには消せるといいのだが。火が消えれば、専門家たちが近くまで行って着火点を見つけ、爆弾の製作者につながるような手がかりが何か見つかるかもしれない。

「どしゃ降りになるように雨乞いできないのが残念だ」

マイクが言った。「油に火がついているから、どしゃ降りもたいして役に立たないわよ」

「ファロー・オン・グレイの火事のことを話したっけ？」

「いいえ。いつのこと？　誰か怪我をしたの？　あなたのすてきな家が燃えるなんて想像がつかない。胸が痛むわ」

「火事があったのは町で、オールド・ファロー・ホールじゃないんだ。ロンドンの大火から百年ほど経った一七六五年のことだ。多くの建物が被害を受けたが、町は助かった。

〈酔っ払ったガチョウ《ドランクン・グース》〉でホイストをやっていた頭の切れる若者たちのおかげだ。オールド・ファロー・ホールの敷地内には大きな湖があった。今は庭園になっているけどね。一族の言い伝えによると、彼らはその湖の水を全部くみあげて町を救ったらしい」

「頭の切れる若者の中に、当時のベシー男爵がいたんでしょう?」

ニコラスはほほえんだ。「ああ、第三代ベシー男爵コリン・ドラモンドだ。彼はすぐに、女や子供も含めた町の全員をまとめて消防隊を結成した。その消防隊が教会とパブと、町の三分の二を救ったんだ」

「自分の中には消防士の血が流れていると言いたいの?」

ニコラスは笑いながら咳きこんだ。「どうやらそうらしい」

マイクは咳払いをした。喉がひどく痛む。しばらく黙ってから言った。「ニコラス、わたしたちがつかんでいた情報だと、COEの次の標的はベイウェイじゃなくてサンフランシスコのロデオ製油所だったはずよ」

「何か理由があって変えたんだろう。連中がニューヨークに来たのは大きな間違いだった。ぼくたちの縄張りに入りこんで、ぼくたちの目の前で大きな爆発を起こしてみせるなんてね。FBI相手になめた真似《まね》をしたことを後悔させてやる」

「わたしも同感だ、ドラモンド捜査官」マイロ・ザッカリー主任捜査官が闇の中から姿を現した。ヘリコプターの回転翼の音や車のクラクション、救助隊員の叫び声、火の燃えさかる音にかき消され、ザッカリーの車の音はまったく聞こえていなかった。マイクは自分たちに聞こえるよう上司が声を張りあげているのに気づき、自分とニコラスも互いに叫びあって話していたのだろうと思った。オレンジ色のマントのような炎の明かりが、ザッカリーの輪郭を照らしている。

「サー」ニコラスはもたれていた車から離れて手を差しだしたが、その手が火傷《やけど》を負い、煤で汚れているのに気づいて肩をすくめた。

ザッカリーの声は静かだが怒りに満ちていた。「ラリー・リーブスのところに行ってきた。どうやら誰かに先を越されたようだ」

7

ポーンをd4へ

ベイウェイ製油所近く

ベイウェイ製油所が燃えるのを近くの丘の上から信じられない思いで見ながら、バネッサは麻痺《まひ》したように立ち尽くしていた。十台目の救急車が、死者を運んでいる証拠にライトもつけずサイレンも鳴らさずに製油所を出ていったとき、彼女は膝からくずおれ、首からさげていた暗視ゴーグルから手を離して自分の胸を抱きしめた。冷静にならなければ。なんとか。

この爆発はバネッサのセムテックス爆弾が引き起こしたものではない。二回目の小さな爆発——それが彼女の爆弾だった。自分が目にしているものを信じたくなかったが、激しい炎と叫び声、悲鳴はすべて現実だった。

死者を出さない。それがバネッサのルールであり、マシューのルールだった。

いや、それがマシューのルールだったのは今夜までだ。今、バネッサたちの手は血で汚れた。本物の血だ。悲しみと怒りに叫び声をあげたくなった。おじの声が聞こえてくる。

〝ネッサ、自分を責めるんじゃない。自分ではどうにもできないことが起きることもある。恐ろしいことだが、それに耐えて生きていくすべを学ばなければならない。訓練どおりに動くのだ、ネッサ。おまえは間違ったことなどしない。最後にはうまくいく〟

でも、失われたのは罪人ではなく、罪のない人たちの命なのだ。どうやってこれに耐えて生きていけるというのだろう？

これが何を意味するのか彼女にはわかっていた。マシューは金色の小型爆弾を完成させ、そのごく一部を試験的に使ったのだ。コイン大のものをそのまま使わなかったのは不幸中の幸いだ。そんなことをしたら何千という命が奪われ、あたり一面がれきの山と化していた。

爆弾を完成させるようマシューに催促したのはダリウスに違いない。バネッサはそう直感していた。今夜試すことを決めたのも彼だろう。バネッサがダリウスの本性を──死者がどれだけ出ようと気にかけない、生まれながらの無情な殺人者であることを見抜くのに時間はかからなかった。だが今回、ダリウスにはそうする理由があるのがわかった。彼はマシューの新しい爆弾の威力を確かめたかったのだ。自分の目的のために、その爆弾が必要だから。

バネッサは何度も深呼吸を繰り返して気持ちを落ち着けた。自分が作りだした爆弾によってもたらされたこの戦場を見ながら、マシューは何を考えているのだろう？　バネッサと同じように恐怖を感じているのか、それともダリウスに賛同して、自分の爆弾の成功にほほえみながらうなずいているのか？　大勢の命を奪ったことに満足して？　ふたりを止められるのは自分しかいない。

バネッサは腹這いになって、ふたたび暗視ゴーグルを手に取った。さっきから、ふたりの民間人に注目していた。今、そのふたりにさらにひとりの男が加わっている。バネッサは彼らの正体に気づいた。民間人ではない。ＦＢＩだ。

この二週間、バネッサはＦＢＩの関係者に関するファイルを頭に叩きこんできた。年配の男はマイロ・ザッカリー。ニューヨーク支局の犯罪捜査部を率いている。それより若くて背が高いのが例の英国人、ニコラス・ドラモンドだ。そしてもちろん、黒いブーツと黒縁の眼鏡がオートバイのライダーにも見える女性のことはわかる。マイケラ・ケイン。彼らのことは、ヨーロッパでの核攻撃を食いとめたというニュースで見た。だが、たとえこれでもかというほどマスコミに登場していなくても、マイケラ・ケインのことはわかっただろう。昔の彼女も燃え続ける火のように熱くて、賢くて、面白くて、人の記憶に残る女性だった。

バネッサが見たくなかった人々の中でも、このふたりはその最たるものだった。けれども彼らはいる。百メートルと離れていないところで、バネッサたちのグループが引き起こした恐怖を目の当たりにしている。そしてバネッサは、匿名の殺し屋たちのひとりとしてここで腹這いになっている。これに耐えて生きていくことを学ぶって、いったいどうやって？

初めて会った、ほんの四カ月ほど前のマシュー・スペンサーが頭によみがえる。あの頃のマシューは巻き添えを出すことをよしとしなかったし、故意にしろ過失にしろ、人を殺すことを忌み嫌っていた。自身が望んでいたとおり、小規模な爆発を繰り返すことで次第に注目を集めるようになっていた。でもそこへダリウスが現れて、マシューの膝にぽんと百万ドルを置き、彼を操って変えはじめた。その結果がこれだ。ダリウス——本当の名前は知らないが——には計画があったのだ。彼はマシューの、そしてほかのみんなの魂を抜いて、全員を殺人者に、テロリストにしてしまった。マシューは今や自分が彼の家族を殺したテロリストと変わらなくなってしまったことに、気づいていないのだろうか？

マシューはあまり話をしてくれなかったので、バネッサにはどうすれば彼が心を開いてくれるのかわからなかった。マシューが言い寄ってきたとしても、セックスはもう切り札にならない。血と死のにおいが鼻孔を満たしている今、彼の手が自分の体に触れると思うだけで耐えられなかった。バネッサの知っていたマシューはすぐに怒り、すぐに笑った。自分が作っているものに、その天才的な頭脳を何時間でも集中させられる人だった。彼がバネッサのことを好きだと、いや、それどころか信頼するようにもなってきたと思っていた。少なくともダリウスが現れるまでは。けれども今、彼は想像もつかない恐ろしいことに向かって進んでいる。それにはダリウスが関係しているに違いない。それがなんなのか、実行に移される前に突きとめ、なんとかしてマシューの爆弾とその製造方法を手に入れなければならない。それができなければバネッサの任務は失敗だ。簡単な任務のはずだった。

昨日ブルックリンのアパートメントで、マシューは自分の考えていることをバネッサに打ち明ける寸前まで行った。ふたりはベイウェイの爆破の計画について話しあっていた。マシューはいつもの癖で、コイン大の爆弾をまるでマジシャンのように指先で器用にもてあそんでいた。夜間の現場監督から手に入れた見取り図が開いてあった。知恵の働く生真面目なイアンが前もって開いておいたのだ。ラリー・リーブスには、ＣＯＥが手元に持っていた現金をすべて渡した。とはいえ、それはたいした問題ではない。アンディがいつでも新たに現金を手にできるのだから。マシューとバネッサはバド・ライトを飲みながら計画を最後におさらいした。ベルファスト出身のメンバーのひとり、ルーサーが角の店で買ってきたのがバド・ライトだけだったのだ。

バネッサはそれを飲み、マシューを見つめながら思った。慎重に、慎重に。

「マシュー、次はどうするの？　あなたはすでに世界から注目されているわ。ありとあらゆる法執行機関がわたしたちを捜してる。あなたが次に何をするか、人々は恐れているのよ。ベイウェイではこれまでより大きな被害を出すから、わたしたちの声明もいっそう力を持つでしょう。ＦＢＩが怒り狂うのはたしかね。ベイウェイのあとの仕上げはどうするの？」

マシューは手を伸ばし、バネッサの髪を耳にかけた。「明日、計画を実行する。誰ひとりとしてそれを止めることは――」

そのときイアンが部屋に入ってきたので、マシューはバネッサから離れてふたたびコインを指でもてあそびはじめた。五十セント硬貨とほぼ同じ大きさのその爆弾を初めて見たときのことを、バネッサは覚えていた。同胞でベルファスト出身のイアン・マクガイアが興奮した口調で、自分と同じくテロリストを憎むマシューとの出会いを話してくれた。そして、爆弾を作ってくれないかとバネッサに言ったのだ。

イアンとはうまくつきあうことができたが、アンディ・テートは七歳の頃から放火を続けている、なんでもやりたい放題の奔放な若者だった。コンピュータの天才で、恐ろしいほどの才能を持つハッカーだ。金を調達することができるのだから、マシューにとってはバネッサやイアンよりも大事な存在だろう。

バネッサは、別の救急車がまたしても静かに去っていくのを見つめた。また死者を運んでいるのだ。マシューはダリウスが何をしようとしているのか知っていたのだろうか？　それとも、ダリウスがマシューの爆弾をひとつ持ちだして使ったのか？　マシューもわたしのように怒りに燃えるだろうか？　それとも怒りを覚えないほど変わってしまったの？　イアンの紹介で初めてCOEの面々に会ったとき、マシューに言われたことは決して忘れない。

〝イスラム教徒も含め、罪のない人間はいっさい殺されるべきではないんだ、バネッサ。ぼくは、誰彼かまわず殺すテロリストとは違う。人を殺さずに自分の主張を通すつもりだ〟

バネッサは燃えている製油所に目をやった。すべてが変わってしまった。ダリウスとマシューのどちらかに責任があろうと、ふたりが共謀していようと、どうでもいい。とにかく止めなければ。

8

入城《キャスリング》

ダリウスはどこだろう？　バネッサは彼と落ちあう手はずになっていたが、ダリウスが製油所から出てくる姿をまだ見ていない。もう十分待ったら、ここから引きあげよう。じきに警察がこのあたりを調べに来るに違いない。ダリウスは死んだのだろうか？　自分が起こした火事に巻きこまれた？　そうだとしたら、ずいぶん皮肉な話だ。そしてバネッサが立ち向かうべきテロリストがひとり減ることになる。

一度、タホ湖近くの山中にある山小屋に徒歩で戻る途中、ダリウスに捕まったことがある。バネッサはすぐに相手の意図を察して言った。「わたしに無理強いしたらタマを切り落とすわよ」感情のこもらない目で彼を見つめて反応を待った。

「成熟した男より、頭でっかちの若造のほうが好みだってことだな」

「あなたと比べるなら悪魔《サタン》のほうがましだわ」ダリウスの正体を直感している身としては賢明とは言えない言葉だが、口にした瞬間、自分は何度でも同じことを言うだろうと思った。

ダリウスは笑い、肩越しに小指を振って言った。「あとでな」そして立ち去ったが、それ以降、彼はバネッサを無視した。

バネッサは真正面からダリウスの写真を撮ることに成功した。屋外用シャワーから出てくるところをとらえたもので、顔がはっきり写っているのは、このワンショットだけだった。彼はいつも用心していた。なぜだろう？　色は黒く、筋肉質でとてもたくましい。目は黒くて冷たい。中東の血を引いているが、英国で教育を受けていて英国のアクセントで話す。バネッサは彼の素性が明らかになるのを期待して、二週間前に写真を送った。

今ダリウスを待ちながら、バネッサは彼とマシューが製油所に向かう前に低い声で話しあっていた様子を思い返した。彼女が部屋に入っていくと、ふたりは口をつぐんだ。あとになって考えてみれば、爆弾を試す計画をまとめていたのだろう。つまりマシューは変わってしまい、今では進んで人殺しをするようになったということだ。

バネッサは腕時計を見た。もうすぐ十二時半。時間だ。集合場所まで戻らなくては。ダリウスが聖人ラザロのように炎の中から姿を現すかどうかを見届ける時間はない。死んでいてほしい。バネッサは祈った。お願いだから死んでいて。

荷物をまとめてバックパックを肩にかつぐと、バネッサは考えをめぐらせながら丘を走りおりた。

ケインとドラモンドは厄介だ。特にケインのほうは。彼女は闘犬のように攻撃的なのだ。

賢くて執拗《しつよう》な闘犬。ＣＯＥの犯行によって死者が出た今、ＦＢＩは捜査にこれまで以上の力を注ぎこんでくるだろう。時間がない。コイン爆弾で何をしようとしているのか、マシューの計画を聞きださなければならない。今すぐに。

マシューは泥だらけのトヨタ・カローラの中で待っていた。車内灯をオフにしていたので、バネッサがドアを開けても明かりはつかず、蝶番《ちょうつがい》のきしむ音と荒い息遣いが聞こえるだけだった。彼は盗難防止用のライトを消し、何も見えない前方の闇をまっすぐ見つめていた。

そしてうなずいて言った。「イアンたちもみんな無事にここへ来た。これからマスコミに声明を――」

見事なまでに落ち着いた声で、バネッサは言った。「マシュー、自分の作った爆弾のテストをしたのね。自分がどれだけの人を殺したかわかってる？　あなたのその手が人を殺したのよ。わたしの手ではなく」

マシューは何も言わず、彼女を見もしなかった。「マスコミに声明を送るんだ。今すぐ」

彼女は怒りをこらえて続けた。「ダリウスが爆発現場から出てきてないわ。あなたは自分の指導者をも殺したのよ、マシュー」

9

ビショップをf4へ

ベイウェイ製油所

マイクもニコラスも、ザッカリーに聞こえるように体を近づけた。「なんですって、サー？　リーブスが死んだんですか？　殺されたんですか？」

「いや、行方がわからないのだ。彼の妻の話だと、ドミニオン・バーから仕事着に着替えに帰ってこなかったらしい。友人の名前はチャック・メッターで、今捜しているが、まだ運はこっちに向いていない。ニュージャージーの警察が、近所でこの混乱をまぬがれた一部の人々にきいてまわっている。

それと金の動きがないか、リーブスの財政状況を調べている。彼自身が高飛びすることに決めたか、誘拐されたか殺されたかのどれかだろうな」

ニコラスが言った。「たぶん彼は、どうやってか知らないが、犯人たちを招き入れるためにいったん製油所に戻ったんでしょう。それを実行する勇気を奮い立たせるのに酒の力が必要だった。死傷者の中に含まれているかもしれません。あるいは病院に運ばれたか。彼の特徴に合う人物が運ばれていないか確認するよう、救急隊に伝えます」彼はさらに続けた。

「あるいはCOEが証人を消していて、リーブスも連れ去られたのかもしれない。COEも、まさか彼がバーでしゃべるとは思っていなかったでしょう」

マイクは自分の車のタイヤを蹴った。「たったひとりの証人だったのに。ミスター・ホッジズの警護も強化していただけませんか？　今夜のことからしても、彼らが人の命を軽く考えているのがわかります。ミスター・ホッジズを危険にさらすようなことはしたくありません」

ザッカリーが言った。「わたしもだ。運よくミスター・ホッジズのことはCOEに知られていないが、念のため三人の捜査官をつけている。だから大丈夫だ」

「復讐《ふくしゅう》だと思いますか？」

ザッカリーは肩をすくめた。「さあ、わからないね、ニコラス。そうかもしれないし、全面的な粛清のつもりかもしれない。ミスター・ホッジズは今夜じゅうに安全な隠れ家に移す予定だ。ところで、最初の爆発現場は特定できたのか？」

「まずは消火が先決でした。数時間は熱すぎて捜査できないでしょう。入れるようになったらすぐに入ります」

「ニュージャージーの爆発物処理班が来ている。ニューヨークも近い。爆発現場はすぐに見つかるだろう」ザッカリーはふたりの部下の肩に手を置いた。「今夜きみたちがしたことを聞いたよ。救出の手を止めなかったとね。ジンボという消防士が、ふたりとも献身的に動いて、自分も命を救ってもらったと言っていた。きみたちがいらだっているのも、疲れているのも、腹を立てているのもわかるが、これだけは覚えておいてくれ。きみたちは多くの命を救ったんだ。きみたちがいなければ失われていたであろう命を」ザッカリーは間を置いてから続けた。「感謝する。今夜の行動に対して表彰状が送られるべきだとわたしは思うよ」ふたたび間を置いた。「やつらを捕まえたらの話だが」

ニコラスは自分の手を見おろした。煤で汚れ、火傷でところどころ皮がむけてピンク色になっている。マイクを見ると、ふたたび炎を見つめていた。やはり煤にまみれており、ブロンドのポニーテールはところどころが銀色がかったブルネットになっている。「ぼくたちでやつらを捕まえます」

マイクが尋ねた。「COEはもう犯行声明を出したんですか?」

「まだだ。だがこれまでの数回の爆破と同じように、一時間ほどマスコミに憶測させてから、署名入りの文書をインターネットに流してマスコミから発信させるつもりに違いない」ザッカリーは言葉を切ってから続けた。「一番気がかりなのは、今夜はこれまでと違って死者が出たことだ。少なくとも十五人が亡くなっている。これまではひとりも殺していないのに。それに爆弾そのものがはるかに強力になっている。そのうえふたつ目の爆弾は、まるでそこに落ちたみたいに目につくところに置かれていた」

マイクがうなずいた。「今夜の彼らはこれまでと違っていました。なぜなのか、ずっと気になっています。これまでひとりも殺していなかったのに、どうして殺したのか？　彼らが注目されていないわけではありません。みな警戒していたし、中東からの原油の輸入を減らそうと提案する政治家も出てきています。誰もが製油所の爆破のことを気にかけていました」

ニコラスは言った。「何か別のことが始まっているのかもしれません。新たな、もっと大胆な計画が」

ザッカリーがうなずく。「ああ。あるいは新たに誰かが加わったか。人を殺すことになんのためらいも感じない人間が。まったく別のグループがCOEのやり方を真似ている可能性もある」

ニコラスは言った。「闇《ダーク》ネットでは、カリフォルニアを警戒すべきだという話が飛び交っていました。サンフランシスコのそばです。だが、爆破はベイウェイで起きた。ぼくには、やはりCOEのしわざに思えます。新たに加わった人物がいるんじゃないでしょうか？　はるかに凶暴な人物が加わり、そいつがグループを支配している――ありそうな話です」

マイクが頭を振った。その拍子に灰が肩に落ちる。「まずは――」

ザッカリーが彼女の腕に手をかけてさえぎった。「待て。聞いてくれ、ケイン捜査官。きみとドラモンド捜査官は家に帰り、シャワーを浴びて少し休むんだ。鎮火するまでは何も起こらないし、鎮火には数時間かかる。きみたちふたりはこの爆破に関して重要人物だから、朝になったら合同テロ対策チーム《JTTF》に事情を聞かれるだろう。何から何まで報告させられるだろうから、今のところはゆっくり眠っておくといい」

ザッカリーの下で長く働いているマイクには、彼が本心でそう言っているのがわかったので、ゆっくりとうなずいた。だが、まだ仕事をおしまいにする気にはなれない。

「わかりました、サー」マイクは両手で顔をこすった。相変わらず、手が煤で黒く染まる。

「ベッドに入る前に水を浴びなきゃ。洗車場に寄っていくわ」

「ふたり一緒に洗ってくれる洗車場を探すか」ニコラスがウインクをしながら言った。

「ついでに、あざを氷で冷やすといいぞ」ザッカリーはそう言うと、もう一度マイクの肩を叩きニコラスと握手をしてから、消防士たちと話すために救急治療所へ向かった。

「マイク、トランクの救急箱から冷却パックを出そう。そのほうが冷凍豆を買いに寄るより早い」

冷却パックはすぐに見つかった。共用車は常に同じものを常備しているのだ。マイクは助手席に乗りこみながら冷却パックを叩いて顔に当てると、ヘッドレストに頭を預けた。冷たさが心地いい。

「あなたのシャツ、どっちの袖もなくなっちゃったわね。ナイジェルはなんて言うかし

しれないが。

ら？」

ニコラスは笑った。悪夢のような夜のあとだけに、笑うと気分がよくなった。今だけかも

クラウンビクトリアのエンジンをかけ、橋に向かった。

マイクは冷却パックを顔から離し、助手席のミラーをおろした。見たくないが、見ないわけにはいかない。〝まあ大変、ひどいものだわ〟おびえきった顔の母がこちらを見つめているのが見えた気がした。そっと頰に触れてみる。いくつものあざができているのに加え、冷却シートを当てていたせいで、今は肌がロブスターのように真っ赤になっている。マイクはうめいてミラーを閉じた。ニコラスを見ると、案の定、片方の眉をあげてほほえんでいた。

「見なきゃよかったわ。真実は必ずしも人を楽にしてくれない。かえってぞっとさせることもあるのね」

ニコラスは笑った。「まるでクイーンズベリー卿《きょう》本人と殴りあったあとみたいだな」

「それもあなたのおじいさまのお高くとまったお友だちじゃないの？」

「ありえないことじゃないが、もっと前の人だ。有名なボクシング・ファンでね。クイーンズベリー・ルールって聞いたことあるかい？」

「ええ、ええ。正式かつ文明的な殺しあいの仕方を決めたのは英国人ってわけね」

ニコラスは手を伸ばしてマイクの頰にそっと触れた。「今のきみはいささか見た目が恐ろ

しげになっているが、それでもきみに助けられた人々は口をそろえて言うだろうな。天使が助けてくれたって。冷却パックで少しはよくなるだろう」

「わたしが使い終わったら、あなたが使って。そっちだってひどい顔になってるわよ」マイクはしばらく間を置いてから続けた。「助かった人たちは、あなたのことも天使だと言うでしょう」

ニコラスは眉をあげてほほえんだ。煤で黒く汚れた顔に白い歯が光る。「きみはすごい人だ。そう言ったことはあったっけ？」

マイクは小さく笑った。「どういう意味？」

「きみがぼくの母親だったら、ぼくを守ってくれると心から思えるよ」

マイクはおなかのあたりまであたたかい気分になった。「ありがとう」

橋を渡り終わるとニコラスは言った。「きみの家にはどう行くのが一番近い？」

「冗談でしょう？」

「ああ、もちろん。捜査官が三人ついているとはいえ、ミスター・ホッジズが安全な状態で、そしてほかに何か思いだしていないかを確かめたい。だがザッカリーに知られたら、きみの思いつきだということにするぞ」

10

ポーンをd5へ

ニュージャージー州ベイヨン
リチャード・ホッジズの家

ニコラスはベイヨンまでの道を戻った。マイクは厳しい顔で、燃えている製油所を振り返った。

「ぼくたちは間に合わなかったが、なかなかの働きをした。マイク、大丈夫か？　どこか骨折したのをぼくに隠していたりしないか？」

「してないわ」後ろを見つめたまま、マイクは答えた。

「きみが震えているから尋ねているんだ」

マイクはおそるおそる冷却パックを頬に押しつけた。「ええ、そうでしょうね。何かを殴りたい気分よ。今夜、目にしたものが悔しいの。大勢の人が死に、たくさんのものが破壊されたことが」

ニコラスは乾いた笑いを見せた。「ぼくもまったく同じ思いだよ」

マイクは脚をシートに引きあげながら彼の顔を見た。「ごめんなさい、昔のことを思いださせてしまうわよね」

世の中には口に出さないほうがいいこともある。ニコラスは黙ったままかぶりを振った。

「きみはこれほどひどい状況を見たことがあるのか?」

彼はカブールでのひどい裏切りの話はしたくないのだ。マイクにも、その気持ちはよくわかった。「マクベイがアルフレッド・P・マラー連邦ビルを爆破したとき、わたしの父はオクラホマにいたの。わたしは十歳だった。何時間もテレビで見続けたわ。父は帰ってくると、自分のチームの人たちが撮った写真を見せてくれた。もちろん亡くなった子供たちの写真はなかったわ。子供が犠牲になったことは、わたしも知っていたんだけどね。ほかにも本当にむごい写真は抜いてあったけど、それでも充分むごたらしかった。そのすべてが、道を誤ったひとりの男によって引き起こされたのよ。九・一一のときは、わたしは十六歳だった」声が大きくなり、マイクはこぶしをダッシュボードに打ちつけた。「あのひとでなしたちとその攻撃には、今でも怒りがおさまらないわ。連中が目の前にいたら、その用なしの頭を吹き飛ばしてやりたいぐらいよ」血圧が一気にあがったのを感じて、彼女は息を吸った。「ごめんなさい。でも本当に腹が立つの。あなたと違って、わたしはその真っただ中にいたわけではないけれど、いやというほど見たわ」

「だから警察官になったのか？」

「そういうわけでもないの。父が警察官だったでしょう？　だから警察官の生活というのがどんなものかわかっていて、それでわたしもなりたいと思ったのよ。父は大賛成だった。でも母は……母は今もオマハでは〝ゴージャスなレベッカ〟と呼ばれてるのよ。ニコラス、眉をあげないで。母はビューティー・クイーンだったの。ミス・ネブラスカだったのよ。そのビューティー・クイーンは、たったひとりの娘であるわたしのために大きな計画を立てていた。モデルか映画女優になってほしかったの。演技なんか、これっぽっちもできないのにね。あるいはお金持ちと結婚して、かわいい子供を産んでほしかった。だけど生意気な十代の頃だって、わたしは母が思い描いている自分の未来を真剣に考えたりしなかったわ。イエール大学に入学が決まったとき、母は高い学歴は将来への切符になるだろうと考えた。たぶん、わたしが東海岸の政治家か何かと結婚すると思ったんでしょう。

　けれどもその後、考えが変わったの。今ではニューヨークに住むＦＢＩ特別捜査官である娘のことを自慢しているわ。年に一回は父と一緒にニューヨークまで来て、ブロードウェイのショーを山ほど見たり、おしゃれなレストランをめぐったりしてる。レストランに行けば、ウェイターはうっとりと母を見つめ、父は座って頭を振りながらほほえんでいるわ」

「きみはお母さん似なのか？」

「夢の中ではね。でも、父に似てるみたい。母はいまだにわたしの姉のように見えるのよ」

「そして、きみの弟のティミーもニューヨークにいる。役者志望なんだろう？」

ニコラスはなんでこんな話をしているのだろう？　わたしの気を紛らわせるためだ、とマイクは思った。なかなか上手だと認めざるをえなかった。「ティミーは……弟のことはまったく別の話よ」そう言って、さっきニコラスがそうしたように話を終わらせた。

ニコラスの見たところ、マイクはリラックスして、元気になったようだ。自分を取り戻しつつある。「その後、きみはFBIアカデミーに入り、みんなを仰天させた。きみの資料を読んだよ。きみは二十六歳という異例の若さでニューヨークの犯罪捜査部に迎えられた。ぼくの個人的経験からつけ加えると、きみは実に優秀だよ、ケイン捜査官」

優秀？　それより獰猛《どうもう》と言われたい。「どうやってわたしの個人資料を手に入れたのよ？」マイクはニコラスのむきだしの腕をぴしゃりと叩いた。腕は顔と同じく黒い。「まったく、あなたのハッカーぶりにはあきれるわ」

「いや、クワンティコ本部の教官たちも喜んできみのことを話してくれたぞ。何人かのハートを傷つけたんじゃないのか？　信じてくれ、ぼくは彼らを質問攻めにしたんだ。コンビを組む相手が怠け者ではいやだったからね。みんな、きみのことをとても優秀だと言っていたよ。射撃教官のミスター・フィルバートには、身を粉にしないときみについていけないとまで言われた」

「あそこの教官はジョーク好きだから。特にミスター・フィルバートはね。だまされやすいカモを見つけるのがうまいのよ。しかもあなたは、あのコ・イ・ヌールを救った英国人ですもの。鼻高々に違いないから、その鼻をへし折ってやろうと彼らは思ったんでしょう。あなたはかつがれたのよ。アカデミーでの成果といえば、あなただって、ひとつかふたつ賞は取ったんじゃないの？」

「ひとつだけだ」その言葉に、マイクがやっとほほえんだ。

しかしその笑みも、彼女が今も車窓の向こうで立ちのぼるオレンジ色の火柱に目を向けたとたんに消えた。

ニコラスは静かに言った。「やつらを止めよう、マイク。ぼくたちふたりが相手なら、連中に勝ち目はない」

マイクの手を取り、ぎゅっと握った。

だが、次の彼女の言葉にニコラスは度肝を抜かれた。これまで聞いたこともないような、敵意に満ちた口調だった。「もしリーブスを生きて見つけたら、壁に叩きつけてやるわ。何度か膝蹴りを食らわせてこっちの真剣さを見せつけたら、彼も豆粒みたいなおつむの中にあることを洗いざらいぶちまけるでしょうね」

これでこそ、ぼくのマイクだ。「きみを敵にまわさないよう気をつけないといけないな。獰猛なきみを」

五分後、ニコラスはリチャード・ホッジズの家の前に車を止めた。静かだった。明かりはひとつもついていない。カーテンはぴくりともしないし、不意の訪問者にも、身を守るように動く人影ひとつ見えない。空気まで動きが止まってしまったみたいだ。不気味な静けさだった。

ふたりは身構えた。マイクはすでにグロック（セミオートマチックの銃）を握っていた。おなかのあたりに恐怖が渦巻く。

ニコラスにささやいた。「もう隠れ家にミスター・ホッジズを移したのかしら？」

彼は答えなかった。低い声で携帯電話に向かってしゃべっている。電話を切ると、首を横に振った。ふたりは静かに赤い玄関ドアに向かった。ニコラスがノブをまわしてみた。ドアはあっさり開いた。よくない兆候だ。ニコラスが数えた。一、二、三。そしてふたりは中に踏みこんだ。

11

クイーンをb3へ

ブルックリンに向かう道中

マシューは常に警官に用心しながら慎重に車を走らせた。

バネッサは彼のほうに顔を向けた。「マシュー、話して。ダリウスは火事で死んだと思う？」

彼はかぶりを振った。「ダリウスのことは心配するな」

バネッサの神経が張りつめた。彼の言い方に何か引っかかる。「どうして？」

マシューは肩をすくめた。「きみも知っておいたほうがいいだろう。ダリウスは無事で、次のステップのために移動している。今夜ぼくに言われたことを、すべてやってくれた」

あなたが彼に言われたことをやったんじゃないの？ バネッサはふつふつと煮えたつような怒りを覚えた。マシューの喉をかき切ってやりたい。でも、落ち着かなくては。怒りを抑えて、何が起きているのかを突きとめなければならない。次のステップとはなんなの？

鎌をかけてみるべきだ。「なるほどね。まず、あなたは今夜、自分の爆弾を試して人を殺すつもりだということをわたしに話してくれなかった。次に、ダリウスが無事だということも。そんなささいなことは、あなたの天才的な頭からこぼれ落ちてしまったのかしら？　わたしは一時間、あの丘に腹這いになって、死人や怪我人が救急車で運びだされるのを眺めながら、ダリウスが出てくるのを待っていたのよ。それがすべて無駄だった。あなたが話してくれなかったせいで」マシューは驚いたようだ。バネッサはシートにこぶしを叩きつけながら、さらにまくしたてた。「わたしが連れていかれるかもしれないとは考えもしなかったの？　あそこにはFBIがいたでしょう？　わたしを捕まえたら、彼らは大喜びしたんじゃない？　どうしてわたしに言ってくれなかったのよ？　爆弾のことを。ついに完成させたことを。それを試すつもりだということを。そしてダリウスのことを。どうして？」

マシューはふてぶてしく笑った。「爆弾はちょっと前に完成させていた。なんだ、嫉妬しているのか？」

「違うわよ。蚊帳《かや》の外に置かれるのがうんざりなの。自分の実力を示そうと努力し続けるのも、あなたの信頼を得ようとするのも。わたしはあなたが求めることをすべてやったわ。うまくやり遂げた。それなのにあなたはわたしをよそ者扱いする。

そこへダリウスがお金をたっぷり持って現れて、あなたはすっかり彼に心酔してしまった。彼は何者なの？　あなたは知っているの？　ええ、わたしだって彼の演説は聞いたわ。あなたに負けないくらいテロリストを憎んでいて、アメリカが原油の輸入をやめることで彼らの息の根を止めたいんでしょう。あなたと彼がテロリストを呪っているのも聞いたわ。でも、だからなんだっていうの？　わたしはあなたのために爆弾を作っているのよ。ベルファストでイアンが紹介してくれたときから、あなたと一緒にいるわ。あなたはいつも、わたしが必要だと言っていたじゃない。自分の作っている爆弾は人を傷つけるかもしれないので、使うつもりはないからって。アメリカ政府に原油の輸入をやめさせるための切り札として使うだけだって。

それなのにどうしたの、マシュー？　ダリウスがあなたの心を変えてしまったみたいね。ダリウスはどこで何をしているの？　あなたたちふたりは何を計画しているの？」

マシューがいきなりバネッサの膝を強くつかんだ。驚きと痛みが同時に彼女を襲った。彼の手から逃れるべきだろうか？　そうしたかったが動かずに、ただ落ち着き払った声で言った。「痛いわ」

「はっきり言っておいたほうがよさそうだな。バネッサ、きみは兵士、ぼくの兵士だ。言われた場所に行き、言われたことをする。わからないのか？　ぼくたちはイスラム過激派と戦っている。相手はぼくたちを世界もろとも破壊しようとしている狂信的な聖戦《ジハード》戦士たちだ。わが国が連中の原油を輸入し続けるなら、テロリストに手を貸すも同然になる。それを今夜ぼくは示したんだ。うまくいった。潮時だったんだよ。

そしてきみが言ったとおり、ぼくがきみを捜しだしたわけじゃない。イアンがきみを連れてきて、きみが優秀で、ぼくらの仲間に加わりたがっていると言ったんだ」

「あなたはイアンを信頼しているんでしょう？　何年も一緒にやってきたんだから。どうしてわたしを信じてくれないの？　イアンは信じてくれているわ。アンディでさえも。ダリウスだって、あなたが捜しだしたわけじゃない。彼だって、わたしみたいに自分のほうからやってきたじゃないの」

「バネッサ、きみは間違いを正したいとぼくに言ったじゃないか。テロリストと原油を輸入するばかどもに相応の罰を与えたいと言っただろう？　リーダーはぼくで、そのぼくがダリウスと何をしようが、きみには関係ないことだ。決定を下し、ターゲットを選び、マスコミと、できれば世間をあおるのはぼくなんだ。きみじゃない。きみはぼくに言われたことをしろ。わかったか？」

ダリウスはマシューをミニ・ヒトラーに変えてしまったのだろうか？「わたしはあなたの敵じゃないのよ、マシュー。なぜ敵みたいに接するの？　三カ月一緒にいて親しくなってきたのに、ダリウスが現れたとたんにすべてが変わりはじめた。何時間もふたりだけで部屋にこもったりして。メンバーの中には、あなたたちが特別な仲で、抱きあってるんじゃないかと思ってる人もいるのよ」

マシューは笑った。「誰もそんなこと考えていやしないさ。きみの作り話だ。ぼくに腹を立てているからね。ダリウスが抱きたかったのは、ぼくじゃなくてきみだ。だがきみは、ぼくを含め誰とも寝ようとしない。ぼくと相性がよさそうなことは、きみだってわかっているはずなのに」

いったいどこからそんな考えがわいてきたのだろう？

「ぼくが彼になんて言ったか知りたいか？　〝幸運を祈るよ。でも、無理強いしたら彼女に目玉をくり抜かれるぞ〟そう言ったんだ。教えてくれ、バネッサ。ダリウスはきみに言い寄ったか？」

「一度だけね。彼の目玉はくり抜かなかったわ。でもそんなことはどうでもいいの」もう一度、もう一度説得してみるのだ。「聞いて、マシュー。わたしはあなたとあなたの信念のために頑張った。言われたことはなんでもやったし、それ以上のこともしたわ。わたしにこんな仕打ちをしないで。イアンとアンディを除けば、あなたの唯一の友だちはわたしよ。ダリウスじゃない。彼が自分に共感していると思っているなら、あなたはアンディ並みにどうかしているわ。ダリウスはあなたを利用しているの。操っているのよ。彼には別の意図があるのに、あなたにはそれが見えていない。あるいは彼に、見えないようにされている。あるいは彼は、自分がしたいことにあなたを巻きこんでいるのかもしれないわ。今夜のことだけど、あれはあなたの思いつきだったの？　それともダリウスの？」

「たわごとはもうたくさんだ。ＣＯＥは友情や愛情とは関係ない。信頼もだ。ぼくたちには使命があり、それぞれにやるべき仕事がある。きみもそれに従うんだ、バネッサ。でないと後悔するぞ」ますますヒトラーっぽい。

わたしを殺すと脅しているのだろうか？　マシューは稲妻のようにすばやくほほえんでふたたびバネッサの膝に手を置いたが、今度はつかまずに撫《な》でた。

「なあ、きみは理由もなく怒ってる。きみは特別だよ、バネッサ。いつもそう言ってるだろう？　ぼくがきみを大事に思っているのは知ってるはずだ。きみはすばらしい才能の持ち主だし、見た目も美しい。そして一緒にいると楽しい。とにかく今まではそうだった。辛抱してくれ。成果があがれば、きみも納得するだろう。そうしたら、ふたりきりで過ごせるかもしれない。きみが知りたいことをすべて話してあげられるかもしれないよ」

マシューは話の方向を変えた。これまでもそういうことはあったけれど、これほど急にではなかった。あのモンスターは、あなたをどう変えてしまったの？　今のあなたはどんな人なの、マシュー？

だが、自分が恐れていると同時にひどく怒っていることを彼に知られるわけにはいかない。バネッサはそれ以上、何も言わなかった。

二十分後の真夜中、マシューは二階がアパートメントになっている自動車修理工場の隣の空き地に車を止めた。アパートメントは雑然としているが、彼の目的には最適だった。黙ったままじっとしているバネッサを見てから、マシューは車をおりた。そして、いやなにおいの漂う修理工場の上の暗いアパートメントを見あげた。建物は全体がガソリンとオイルと古いサンドイッチと汚い男たちのにおいに満ちているが、人通りのない場所にある。修理工場のオーナーは、マシューがその油まみれの手に札束を押しつけると大喜びで受け取り、工場を閉めて長い休暇を過ごすためにヨーロッパへ旅立った。

マシューはオーナーが休暇を楽しんでいることを願った。それというのも、いざとなったらアンディに建物に火をつけさせるつもりだからだ。そうなれば工場は店じまいをしなければならなくなる。

願わくは、ほかのメンバーたちは、ここからそう離れていないブルックリンの三箇所のモーテルでくつろいでいてほしいものだ。

バネッサが無言なのが気になった。彼女が怒ってすねているのはわかっているが、それだけではないような気がする。爆破のあと、いつもなら世界の頂点にいるかのように浮かれるのに、今夜はそうではない。たしかに状況は変わった。彼女はそれに慣れなければならない。いずれ彼女の考えも変わるだろう。そういえば、イアンとアンディをはじめとするほかのメンバーたちは、ベイウェイの爆破で死者が出たあと何も言ってこない。彼らはみな、それまでぴりぴりしていた。その原因がダリウスだったことに、今マシューは気づいた。イアンの率いるメンバーたちは、みなダリウスを恐れているのだ。無理もないことだった。ダリウスの心の奥底には殺すことへの欲求がある。それは毒ヘビが敵を襲うような、無意識からの欲求なのだ。

いや、大丈夫。彼らは計画どおりに進めるだろう。マシューとダリウスが立てた壮大な計画どおりに。

それでもイアンのことが心配だった。一番の親友であり、長年信頼してきた相手だ。ふたりでヨーロッパを旅した遠い昔のことが思いだされる。バックパックに銃と爆弾を詰め、中東の石油に大きく依存している配電網や製油所を狙った。しかし今、そういった施設を強力なコイン爆弾で吹き飛ばしたところで、大きな陰謀の前にはさほど意味のある攻撃でもなく、これまで自分がしてきたのはたいしたことではないのだと気づいた。

ダリウスが新しいやり方を示してくれたのだ。マシューはそれを実行したくてたまらなかった。ついに家族の仇《かたき》を討つ喜びを実際に味わっているような気さえした。後ろは振り返らず、前を、いつでも前だけを見るのだ。ダリウスと一緒に、狂気に満ちた行為に終止符を打つ。ふたりのおかげで世界は変わるだろう。自分がしようとしていることを思うと武者震いがする。心の奥で、恐怖と誇り、そして絶対に間違っていないという確信を感じる。ぼくがやろうとしていることは正しいのだ。

マシューは手を貸してくれとバネッサに声をかけた。ふたりは黙ったまま荷物を車からおろし、車を汚い防水シートで覆うと、フードの上に大きな岩をのせて、薄汚れた修理工場の敷地に置かれているほかの車と見分けがつかないようにした。それから、油のいやなにおいのする階段をのぼって二階のアパートメントに向かった。真夜中なので誰にも見られていない。

ありがたいことに、窓には遮光カーテンがかかっていた。室内では複数のモニターと、所狭しと並んでいる機械がちかちかと光っているからだ。モニターの画面はぼんやりと青い光を放っている。放火魔でありコンピュータのプロでもあるアンディ・テートが、足をキッチンテーブルにのせて壊れた革張りの椅子にふんぞり返り、ジッポをもてあそびながらリンゴをかじっていた。まだ若いのに年に似合わぬ狂気を持ちあわせている彼は、コーヒーなど飲まなくてもいつも高いテンションを保っている。

アンディはふたりを見ると、片方のこぶしをあげて叫んだ。「ぼくは全宇宙の支配者だ！」

マシューは心臓が激しく打つのを感じながらアンディのもとに急いだ。「入れたのか？」

「ああ、やったよ。やつらの引き出しを引っ張りだして、中に入りこんでやった。ぼくのベビーはあらゆる端末とサーバーを感染させて、重要ファイルを片っ端から破壊したよ。全部オフラインになってる。ほんの一、二時間で、全部のデータのダウンロードが終わるだろう。何に攻撃されているのか、連中には見当もつかない。ぼくらを追跡しようと何日もあたふたするだろうけど、見つけた頃にはこっちはとっくに必要なものを手に入れてずらかっているさ」

「よし、よくやった、アンディ」マシューはバネッサを振り返った。「シャワーを浴びてから荷物をまとめるんだ。アンディのダウンロードが終わったら、すぐに出発するから」

バネッサは無表情にマシューを見てから狭い廊下を進んだ。アンディの言葉に心底おびえていた。知っていたことではあるが、それが現実となった。アンディは主要な石油会社すべてのコンピュータシステムに侵入したのだ。本音を言えば、彼にそんなことができるとは思っていなかった。でも、それは大きな間違いだった。今すぐに警告を発しなければならない。すでに計画の段階ではなく実行に移されたと。じきに起きてしまうのだと。

そのとき、寝室から出てきたイアンとぶつかりそうになった。シャワーを浴びたばかりらしく、まだ髪が濡れている。彼は大きな音を立ててバネッサの両頰にキスをしてから、しっかり抱きしめた。

「やったな、バン。うまくいった」普段よりも強いアイルランドなまりで言ってから、顔をしかめる。「だが、死者が出たのは……。あれは気に入らない。死んだのは、ベルファストで好き勝手やっているイスラムの連中じゃないからな」

「そうよ。彼らは爆発に巻きこまれて亡くなった。罪のない人たちが死ぬなんておかしいわ。たくさんの人が亡くなったのよ。イアン、わたしたちはこんなことをしたかったんじゃないでしょう」

「きみのせいでも、ぼくのせいでもない。だから自分が悪いなんて考えるな。あの頭のイカれたダリウスが、あの爆弾をベイウェイで使うようマシューに勧めたんだ。少なくともこれで、マシューの爆弾がほんの一部だけでもどれだけ威力を持っているかがわかった。それにしてもきわどいところだったよ。ダリウスの野郎がぼくのいた部屋のそばに爆弾を置いたものだから、もう少しで逃げ遅れるところだった。焼き殺される寸前だったと思うと……なんとも恐ろしいものだ。悲鳴も聞こえた」イアンは身震いした。「さあ、アンディとマシューが車に荷物を運びこむのを手伝おう」

何か言わなければ。何か。「無事で本当によかったわ、イアン。すぐ手伝いに行くわね」

「バン、ぼくたちは無事タホに戻れるだろう。そうすればまたもとどおりになる。ダリウスもいなくなったことだしね。おとなしく身を隠して、次の攻撃の計画を練ろう。正しい攻撃の計画を」

マシューが廊下に出てきてイアンの言葉を聞き、うなずいた。「ああ、たしかにここを出なければならないが、タホには戻らない。南へ向かうんだ。次の段階に進むべきときが来た」

イアンがマシューを見つめた。「今でもヨークタウンをやるつもりなのか?」

「もちろん」

イアンは首を振った。「それはどうだろう、マシュー。今夜のは……ひどかった」

「約束するよ、今夜のベイウェイのような大きな爆発にはならない」マシューはこぶしを突きあげた。「人生は冒険だ、イアン。ぼくたちの冒険なんだ。臆病になるな」

ヨークタウンの製油所? バネッサは知らなかった。イアンもマシューも話してくれなかった。アンディは知っているのだろうか?

マシューはまだ興奮がおさまらないようだ。「アンディがコンピュータを分解している。終わったら、それを車に積むのを手伝ってくれ。アンディが何をしたのかは知っているだろう、イアン?」

「ぼくが知っているべきことは全部知っているさ。連中のパソコンを使えなくしたんだろう? 一から説明されても、どうせぼくにはわからないがね」イアンは笑うと、マシューの背中を叩き、薄暗い廊下にマシューとバネッサを残して立ち去った。

12

ポーンをc4へ進めてテイク

バネッサはマシューに背を向けて肩越しに言った。「シャワーを浴びてから荷造りをするわ。五分で終わるから」

「話をしよう」

「あとでね、マシュー。南へ、ヨークタウンへ向かうあいだに、いくらでも話しあう時間は取れるわよ」

マシューから離れ、送信するメッセージの文面を頭の中で組み立てながら、服と特別な電話を取りに寝室へ入った。その電話は、男性に囲まれている場合には最も安全なタンポンの箱に隠してある。ついに何かが起こると思うと、恐れと同時に興奮も覚えた。ヨークタウン？　ダリウスはそこに向かったのだろうか？　でも、なぜグループと別行動をしているのだろう？

タンポンの箱から小型電話機を取りだし、タオルと服をつかんで狭いバスルームに入った。

シャワーの湯を出して、その音の中で電話の電源を入れる。ダリウスの写真と一緒に送ったメッセージに返事が来ていた。

もっと情報を。データベースにはない。まるで幽霊だ。

信じられなかった。なんの記録もない？　ダリウスが犯罪者なのはわかっている。どこかの時点で逮捕され、指紋を採られ、写真を撮られているはずだ。トルコの刑務所の話を聞かせてくれたことだってある。ちゃんと国際刑事警察機構《インターポール》にも問いあわせたのだろうか？　もちろんそうしたに決まっている。

バネッサは返信した。

緊急連絡。コイン爆弾すでに完成済。ベイウェイで試験的に使用。ダリウスは一緒に戻っていない。居場所は不明。南へ向かう。

送信ボタンを押して待った。遅い。バスルームだと通信がうまくいかないのだ。電話は暗号化されているし安全だが、通信にはＬＴＥ接続が必要だ。衛星電話を持つわけにはいかなかった。そんなものを持っているところを見つかったら、間違いなく疑われてしまう。これは仲間が内部を改良してくれた、とても小さなスマートフォンだった。マシューは携帯電話を持つことをみんなに禁じているため、バネッサは慎重にこの電話を扱っていた。

メールはまだ送信されない。

「早く、早く」

服を脱ぎはじめたとき、バスルームのドアをノックする音がした。気が高ぶっていたバネッサは、危うく電話を落とすところだった。声をあげて言う。「今、シャワーを浴びているの。三分で出て、出発の準備をするわ」

マシューの優しくてセクシーな声がなだめるように言った。「中に入れてくれ、バネッサ。例のことを話しあうときだと思うんだ」

心臓が凍りついた。なんの話？　セックスのことを考えているのかしら？　バネッサはあわてて大きな石けんをつかみ、それを濡らすと電話を押しこみはじめた。まだ見えている？　間に合いますようにと祈りながら、さらに押しこむ。ようやく電話が完全に石けんの中に埋もれて、外からは見えなくなった。

ドアのノブががちゃがちゃと動いた。心臓が激しく打つ。

「頼むよ、バネッサ。開けてくれ。ぼくに腹を立てているのはわかってる。埋めあわせをしたいんだ。今がチャンスだ。ふたりで――」

なんとか止めなければならない。「今？」石けんを手の中でくるりとまわした。なんの変哲もない石けんに見える。手早くもとの場所に戻した。「今がチャンスっていうのは、ダリウスがいなくて、わたしと話すなと言わないから？」

ドアが大きな音を立てて開いた。マシューが荒い息をつきながら立っていた。黒い目が熱く燃えている。彼はすぐにほほえんだ。

「なぜ鍵なんかかけて、ぼくを締めだすんだ？　ぼくの計画をすべて話してくれと言ったのはきみのほうだぞ」

こんなふうに感情が激しく起伏することが最近は頻繁になっている。それもダリウスが原因だろうか？　話をしたい？　今？　違う、彼が求めているのはセックスだ。バネッサは、開いているシャツのボタンをあわてて留めた。「マシュー、今はだめよ。急いでいるんでしょう？　あっちへ行って、シャワーを浴びさせて。そうすればここから出発できるわ」

彼の笑みは消えないが、近くで見れば首筋の血管が激しく脈打っているに違いない。

「ぼくは話をするために来たんじゃない……今はね」

本気だろうか？　わたしが怒っているのも、ベイウェイで死者が出たことに心を痛めているのも知っているのに、その天才的な頭で何を考えているの？　セックスを迫れば、わたしをまた支配できるとでも？　今バネッサが何よりもしたいのは、マシューを忘却のかなたに追いやることだった。気を落ち着かせ、ほほえみまで見せて言う。「だめよ、マシュー。あっちへ行って」

「バネッサ、ちょっとだけ楽しもう。そのぐらい、いいじゃないか。お祝いだよ。今は怒っていても、気分が変わるよ」マシューは物事の分別もつかない男ではない。バネッサの顔に浮かぶ軽蔑の表情に気づいたが、それは無視することにしたらしい。なだめるような声で言う。「そのあとで話そう。きみの言うとおり、ぼくの計画をすべて打ち明けてもいい頃だ」

考えるのよ、バネッサ。計画をすべて打ち明ける？　彼女はなんとか優しい声を出した。「今はタイミングが悪いわ、マシュー。ここを出なきゃならないんだから」

その言葉を無視して、彼はバネッサを見つめたまま自分のシャツのボタンを外した。指がベルトにかかった。

「一緒にシャワーを浴びて時間を節約しよう。きっと楽しいぞ」

だめ。シャワーを浴びさせるわけにはいかない。彼は石けんを使おうとするだろう。何かおかしいと気づくはずだ。

マシューはベルトを引き抜いた。指がジーンズのボタンにかかって止まる。「バネッサ、すまない。ダリウスのこと、彼と一緒に立てた計画のことを話すべきだったんだ。きみを信頼している。これを終わらせたとき、きみにそばにいてほしい」

こちらを操ろうとしているのだ。マシューはジーンズのファスナーをおろし、近づいてきた。首筋にキスされても、バネッサは身じろぎしなかった。

彼を蹴りあげないよう、自分を抑えた。「何を終わらせるの？　終わらせなければならないことって何？」

「まさかぼくが一生、三流の製油所や配電網を爆破して過ごすとは思っていないだろう？今夜はほんの序の口だ」

マシューはバネッサを壁に押しつけ、片手で頭を押さえながら激しくキスをした。彼女の両脚のあいだに脚を滑りこませてくる。

バネッサはキスをされながら言った。「教えて、マシュー。何をしようとしているの？教えてくれたら、どうすれば協力できるか考えられるわ」

今度は羽根のように軽いキスを顔に浴びせてきた。「すべて動きだしている。ダリウスとぼくとで、あらゆる動きを組み立てた。きみも協力することになっているんだよ。ずっとね。きみとぼくはずっと一緒だ」ふたたび激しいキスをしてささやく。「さあ、ふたりの時間だ」

どうして？　ダリウスが見張っていないから？　バネッサは自分を奮い立たせてキスを返し、彼のジーンズの中に手を差し入れた。「今教えて、マシュー。知りたいの」

彼は顔をあげ、放心したような笑みを浮かべてバネッサの唇を指でさすってから、キスの合間に言った。「次に何が起こるか知りたいのか？　頂点を狙うんだ。いや、あとで何もかも話してあげよう。ぼくたちが殺そうとしている相手が誰かを知ったら、きみは――」

そのとき、石けんに埋めこんだ電話から大きな着信音が響いた。送信は成功していたのだ。

13

クイーンをC4へ進めてテイク

ニュージャージー州ベイヨン
ホッジズの家

マイクは目の前の光景を信じたくなかった。

ふたりの捜査官がキッチンのテーブルに突っ伏していた。ポーカーの途中だったらしく、ふたりのあいだにはカードが広がっている。カードは血まみれだ。三人目は寝室へ向かう廊下に横向きに倒れていた。

主寝室に入りたくないが、入らないわけにはいかなかった。リチャード・〝ディッカー〟・ホッジズはベッドの真ん中に倒れていた。美しい格子縞のフランネルのブランケットをかけられていて、額の中央と胸に、ひとつずつ弾痕が残っている。目は開いて天井を見つめていた。

不意の襲撃だったのはどこから見ても明らかだ。この家に忍びこんだ人物は、手早く巧みに四人を殺した。誰もがたった二発でやられている。床に薬莢《やっきょう》は残っていなかった。

ニコラスが氷のような声で言った。「プロの仕事だな」

マイクは彼を振り返り、その喉が激しく脈打っているのを見た。ニコラスから怒りが放出されているのが感じられる。自分も同じ憤りを覚えているので黙っていた。

ホッジズは穏やかな顔をしていた。「誰にしろ、これをやった男は自分のしていることをわかってる。あなたが言うとおり、プロのしわざね」

「こういうのを今までに見たことがあるか？　四人全員が、額を一回、心臓を一回撃たれている」

ニコラスの声の響きに引っかかり、マイクは顔をあげた。

「処刑ってこと？　たしかにマフィアがこんな殺し方をすることもあるけど、これはもっと手際がいい気がするわ。もっと正確よ。誰も抵抗してない。座っているところ、立っているところ、寝ているところをそのまま撃たれてる。片手をあげて相手を止めようとすらしていないわ。続けざまに二発。なんて手際がいいの」

「ミスター・ホッジズはぼくたちに話をしただけだ。それだけで、わざわざ殺し屋を送りこんで彼や一緒にいた者たちを罰し、殺すのに充分な理由となったわけか」

「二度としゃべらせないためにね」

ふたりはホッジズを残して廊下に戻り、捜査官の遺体を前にした。「彼の名前は？」ニコラスが尋ねた。

マイクは声を少し詰まらせながら答えた。「セダーソン。レックス・セダーソンよ」

「彼は寝室でミスター・ホッジズを監視していたが、銃声を聞いた。あるいは何か別の音かもしれない。殺し屋が消音器《サイレンサー》を使った可能性もあるからな。そしてキッチンに向かう途中で撃たれた。少なくとも銃を取りだす時間はあったようだ」

マイクは悲しみと罪悪感をのみこんだ。レックスは感じのいい男だった。冗談が好きで、一度マイクを男性トイレに閉じこめたこともある。あとのふたりは真面目でプロ意識が高く、家庭を大事にしていた。

「残りのふたりはボブ・ベンチュラとケネス・チャントラー。わたしが一番よく知っているのはセダーソンだけど」彼に二歳の娘と八歳の息子と愛する妻がいること、だが出世欲が強くて仕事漬けだったため、家族とゆっくり過ごす時間が少なかったことは話さなかった。あとのふたりも似たようなものだ。そして彼らは逝ってしまった。ほんの一瞬のうちに消えてしまったのだ。彼らの死は、マイクにとって大きなショックだった。「耐えられないわ、ニコラス。わたしには耐えられない」

ニコラスにも、彼女が衝撃を受けてぎりぎりの精神状態であることがわかった。慰めるようなことを言えば心のバランスが崩れてしまうだろう。だから感情を交えずに言った。「きみに見せたいものがある。だが、気をつけてくれ。科学捜査班が見つけるであろう証拠を台なしにしたくないからな」

しかし、それが無意味であることはマイク同様ニコラスにもわかっていた。この犯人は何ひとつ痕跡を残していないだろう。

マイクはニコラスに続いてホッジズの寝室に戻った。ニコラスは死んだ男を見つめてから、片手をあげて撃つ真似をした。

「キッチンで発砲があって、セダーソンがこの部屋を出ていったとき、おそらくミスター・ホッジズは眠っていたんだろう」

「サイレンサーがついていたにしても、銃撃のさなかに寝ていられたと思う？」

ニコラスはそうは思わなかったが、マイクを集中させておきたかった。「たぶん睡眠薬をのんだんだ。自分が死ぬなんて思ってもいなかったはずだよ。見てごらん。殺し屋は彼を見おろすように立って、二発撃った。身長は少なくともぼくと同じぐらいか、もっと高いかもしれない。検死官が調べても、ミスター・ホッジズからもほかの三人からも弾薬は見つからないだろう。銃痕は実にきれいだからな。殺し屋は正確かつ迅速な腕の持ち主で、キッチンで四発、廊下で二発、ここで二発撃った。もちろん標的はミスター・ホッジズだ」

「正直で孤独な男性がよき市民として、バーで耳にしたことをわたしたちに話したばかりに、この四人は殺された。信じられないわ。いったいどういうつもりかしら？」

「保険だな。この殺し屋は実に慎重で、安全を期すためなら不必要な殺しをすることもいとわない。COEのメンバーだろうか？　これまでCOEは人を殺《あや》めたりしなかった。そして今回の殺しはプロの仕事だ。プロの殺し屋がいったいなんのために、原油の輸入に反対しているちっぽけなテログループと関わっているんだ？　なぜこれほど慎重に人を殺す？　放っておいても、たいした痛手にはならなかったはずだ。ミスター・ホッジズにはこれ以上、われわれに話せることなどなかったんだから」

「ザッカリーが、COEに新たに誰かが加わったかもしれないと言っていたのを覚えてる？　もっと暴力的な人間が。きっとその人物がすべてを指図しているのよ」

「これだけ急に攻撃が激化したところを見ると、そのようだな」

サイレンが聞こえてきた。「応援が来るわ。ニコラス、殺し屋はどうやってミスター・ホッジズを見つけたのかしら？　彼がわたしたちに話したことをCOEがどうやって知ったのか、それすらわからないわ」

「ぼくたちが殺し屋をここまで導いてしまったんだと思う」

「誰かがあとをつけていたってこと？　連邦合同庁舎《フェデラル・プラザ》から？」

ニコラスの携帯電話が鳴った。電話を見ると、時刻は深夜一時だった。画面に表示されたのはフェデラル・プラザの代表番号だ。

「ドラモンドだ」

「ニコラス」グレイ・ウォートン捜査官だった。「大きな問題が起きた」

「ああ。マイクとぼくはそのど真ん中にいるよ。ベイヨンにいるんだが、ここに四人が倒れている。うちひとりはわれわれの情報提供者、ミスター・リチャード・ホッジズだ」

グレイが悪態をついた。「死んだのか？　捜査官たちも？　ああ、もちろんそうなんだろうな。ちょっと待ってくれ、ニコラス」

グレイが大きく息を吸うのが聞こえた。彼が冷静になろうとしているのが目に見えるようだった。「オーケー。聞いてくれ、ほかにもあるんだ。今からきみの電話にファイルを送る」

ニコラスの手の中で、携帯電話がかすかに振動した。「届いた。なんのファイルだ？」

「誰かが大手の石油会社に片っ端からサイバー攻撃を仕掛けたんだ。〈エクソン〉も〈コノコフィリップス〉も〈オクシデンタル〉も、どこもかしこもやられている。システムはダウンし、暗号は今のところまだ解読できていない。ニコラス、まずい状況だ。非常にまずい状況だよ。二〇一二年にサウジアラビアで起きたシャムーンによるサイバー攻撃よりひどいが、攻撃の特徴はあのときと同じだ」

「背後にいるのはロシアか？　それとも中国？」

「必死で追跡しているが、複数の海外サイトから攻撃されているんだ。きみの助けがいる。できるだけ早く来てくれ」

普段のグレイはこんなに騒いだりしない。つまりそれほど深刻ということだ。「すぐに向かう」

マイクが腕をつかんだ。「どうしたの？」

「石油会社に大々的なサイバー攻撃が仕掛けられている。フェデラル・プラザに戻ってグレイに手を貸さないと」髪に指を通して逆立てた。「なんてことだ」

にサイバー攻撃をする技術や意思があるなんて思いもしなかったわ」

「本当にCOEかなり高度な攻撃らしい。だが彼らの中にプロの殺し屋がいるなら、プロのハッカーがいたっておかしくない。グレイとぼくで、なんとか食いとめるよ」

マイクは彼の目の前で手を振った。「行って。わたしはここに残って、あとの処理をするわ」

ニコラスは、あざのあるマイクの頬にそっと手で触れた。「ありがとう」

「ニコラス？」

車のドアの横で振り返った。「なんだい？」

「気をつけてね。相手はすでにわたしたちの仲間を三人殺してる。あなたがまた怪我なんかしたら、わたし、本当に怒るわよ」

ニコラスはほほえんだ。「ケイン捜査官、ぼくのことを心配しているのか？」

「そうよ、おばかさん。それも本気でね」マイクはキッチンを示した。「こんな状況だもの」

「そうだな。気をつけるよ。きみもだぞ、いいね？」

14

ポーンをc6へ

ブルックリン

バネッサは凍りついたが、頭は働かせ続けた。電話を石けんに押しこむときに、うっかり消音《ミュート》をオフにしてしまったらしい。マシューもあの音を聞いただろうか？　彼はまだキスを続け、今はバネッサの胸を愛撫《あいぶ》しながら耳に舌を走らせている。

彼の気をそらすのよ。

バネッサはふたたびマシューのものを手で包み、さすった。

だが、手遅れだった。また電話が鳴った。今度のはメールの着信音だ。

マシューがゆっくりと顔をあげてバネッサを見おろした。

彼を殺すべきだろうか？　股間を蹴りあげ、彼が膝をついたら首を絞めるか、折る。あるいは頭をつかんで磁器製のバスタブに叩きつける。銃はここにはない。寝室のバッグの中だ。

バネッサが膝をあげたのと同時にマシューが前に突進した。彼は石けんに手を伸ばし、バネッサは彼の睾丸《こうがん》を狙った。マシューがすんでに体をひねったので、彼女の膝は彼の太腿に当たった。彼がバネッサの脚をつかんで引きあげる。バランスを失った彼女は三歩さがってシャワーの下に仰向きに倒れた。マシューはバネッサの首を踏みつけ、石けんをつかんだ。

「これはなんだ？」

バネッサはマシューの足を押しのけようとしたが、彼はさらに力をこめた。

「石けんみたいだが、ただの石けんではなさそうだ。魔法の石けんかな？　音が鳴る。びっくりじゃないか？　音が鳴る石けんだぞ」マシューは石けんから電話をほじくりだして画面を拭いた。バネッサは彼の足をつかんでどかそうとした。「息ができないか、バネッサ？」ジーンズの背中側につけたホルスターからベレッタを取りだすと、マシューは足をおろした。

「誰と話していた？」

バネッサは喉が痛くてたまらなかった。「わたしのじゃないわ」そうささやいたが、本当に声が出たのかわからなかった。ベレッタの銃口を見つめながら喉をさする。それ以上は動かなかった。

マシューは考えこんでいるようで、その顔に怒りは見られなかった。「本当に？　ＦＴ？　ＡＭ？　どういう意味だ？」声は落ち着いているが、彼の天才的な脳の中で何が渦巻いているかは想像するしかない。それらの略語の意味は、バネッサにはよくわかっている。〝最後まで続けるか《Follow Through》、さもなければミッションを中止しろ《Abort Mission》〟だ。

バネッサはまばたきひとつせずに答えた。「わたしにわかるわけないでしょう？　その電話は引き出しの中にあったの。誰のものだろうって調べていたのよ。そこにあなたが入ってきたから、わたしのものだと思われるのが怖くなったの。あなたは電話をひどく嫌っているから。そしたらあなたがキスを始めて、おかげでわたしは電話のことを忘れ――」

「それで石けんの中に隠したのか？　大きな石けんで運がよかったな。そうでなければブラジャーの中にでも隠したか？」その声は平坦《へいたん》で感情がこもっていなかった。マシューは手を伸ばしてシャワーを止めると、バネッサの目の前でベレッタを振りながら後ろにさがった。

「出ていって」彼女はゆっくりと立ちあがりながら言った。びしょ濡れになっていることに気づいて身震いする。

「バネッサ」愛撫するような優しい声でマシューが呼びかけた。「きみは嘘をついている」

「いいえ、ついてない。わたしはあなたを裏切ったことなど一度もないわ。電話はきっと、イアンかアンディのものよ。わたしのものじゃない。信じてちょうだい、マシュー。乾いた服に着替えさせて。わたしが着替え終わったら、イアンとアンディに電話を見せて、彼らがなんて言うか聞きましょうよ」

マシューが彼女に詰め寄った。ベレッタが胸に押しつけられる。

彼はバネッサの頰に向かってささやいた。「きみは嘘をついている。この裏切り者め」

バネッサの首に腕をかけ、ベレッタを今度はこめかみに押し当てながら、バスルームから引きずりだして廊下を進んだ。バネッサはマシューの腕をつかんだ。彼は腕をゆるめてバネッサにひと息つかせると、ふたたび強く締めた。

彼女の脳裏におじの顔が浮かんだ。おじは悲しむだろう。そしてひそかに、バネッサのせいですべてが台なしになったと思うに違いない。わたしはひとりで死に臨むのだ。たったひとりで。目を閉じ、もがくのをやめると、首からマシューの腕が離れた。彼はバネッサを床に落とし、彼女は転がってソファの角にぶつかった。イアンが叫んでいるのが聞こえた。アンディも狂気に駆られたように早口で何か言っているが、それは毎度のことだ。

イアンが言った。「どうしたんだ、マシュー？　彼女を傷つけるんじゃない」

マシューは無言で、足元に転がっているバネッサの心臓あたりにベレッタを向けながらイアンに電話を放った。

「なんだこれは？　初めて見るな。彼女のか？」

そこでいったん言葉を切ってから、イアンはびしょ濡れで体を丸めているバネッサを見おろした。「これはきみの電話か、バン？　本当にきみのなのか？」彼の声には恐怖と同時に、バネッサの裏切りを認める響きがこもっていた。

「ここに裏切り者がいるっていうのかい、マシュー？」アンディがそう言いながら、イアンの手から電話を引ったくった。「見せてくれ。すぐにわかるから」

「イアン、アンディ、それはわたしのじゃないわ。マシューにもそう言ったのよ。荷物をまとめようと引き出しを開けたら見つけたって。あなたのなの、イアン？　それともアンディ？　誓って言うけど、わたしのじゃない。でも、マシューは信じてくれないの。わたしのもののはずがないって彼に言ってちょうだい、イアン。そう言ってよ」

イアンはバネッサと目を合わせようとしなかった。アンディは何もかも無視して、手の中の小さな電話を見つめている。「きみの秘密を聞かせてくれよ、電話ちゃん」優しくささやくような声だった。まったくどうかしてる。今やマシューよりおかしくなっている。「どこから来たんだい、かわいこちゃん？　きみはかわいらしいね。さあ、このアンディにきみの秘密を打ち明けてくれ」

マシューが口を開いた。「アンディ、ばかげたことはやめろ。彼女は誰と通話していたんだ？」

アンディがようやく顔をあげた。「残念。履歴がない。全部消去されてる」

マシューは何も言わずにバネッサを立たせると、壁に向かって突き飛ばした。マシューのこぶしが目にも留まらぬ速さで襲ってきたが、彼はバネッサを殴らなかった。こぶしは彼女の頭の後ろの壁を叩き、壁板が割れた。マシューはベレッタをバネッサの頬に押しつけた。声はとても優しかった。「教えてくれ、バネッサ。きみはいったい誰なんだ？　今すぐ言わないと撃ち殺す」相変わらず感情のない、まるで夕食に何を食べようかと話しあっているような顔でマシューは言ったが、実際は怒り狂っているのが彼女には感じられた。

「お願いよ、マシュー」おびえた少女みたいに震える声で言う。「殺さないで。わたしは何もしてないわ。信じて。たぶんアンディよ。彼がまともじゃないのはわかっているでしょう？　アンディはどうかしてるって、いつもわたしに言ってるじゃないの。マッチを渡せば、彼は世界じゅうに火をつける。そして彼はいつもあのジッポをもてあそんでる。わたしじゃないわ。どうしてわたしだなんて思うの？　わたしはあなたがほしかった。バスルームでそれを証明しようとしていたじゃない。あれはわたしの電話じゃないわ、マシュー。わたしのではないのよ」

マシューはバネッサの濡れた髪をつかんで頭を前に引っ張った。その声はさっきと変わらず優しく、なだめるようだった。

「バネッサ、早く話さないと、アンディがこの髪に火をつけるぞ」

マシューは素手でわたしを殺す気なのだ。なんとか適切な言葉を見つけなければならない。

「聞いて、マシュー。あなたは爆弾を作らせるためにわたしを雇い、わたしはちゃんと仕事をした。いつもそばにいて、あなたを助けてきたわ」顔に手を触れると、彼が凍りついた。

「わたしがあなたを愛しているのがわからない？　ベルファストでイアンに紹介されたときから、あなたを愛しているのよ。どうして信じてくれないの？」

「きみはどれだけぼくと一緒にいた？」

何を言いたいのだろう？

バネッサが答える前に、マシューはイアンを振り返った。「きみが彼女をぼくに紹介してから、どのくらい経つ？」

イアンはバネッサを見つめていた。「四カ月と一週間かそこらだ。初めて彼女に会ったのはロンドンデリーのパブ、〈アヒルとシカ〉《ダック・アンド・ディア》だった」つらそうな表情が顔をよぎる。「彼女なら、ぼくたちにとって完璧だと思ったんだ」

「四カ月と少しか。バネッサ、きみはそれ以来、ずっとぼくたちと生活をともにしてきた」

アンディが電話から顔をあげた。「彼女は厄介だとダリウスがあんたに言ってたのを聞いたよ。ダリウスと寝ようとしないからだと思ってたけど」

「マシュー、イアン、わたしの話を聞いて。これはわたしの電話じゃないわ。今夜製油所で死者が出たけれど、製油所はしばらく機能しないでしょう。世間はあなたの言葉に耳を傾けるわ、マシュー。ついに耳を傾けるのよ。それにアンディは大きな石油会社のシステムをダウンさせた。朝になるまでに、わたしたちは石油会社を意のままに操れるようになるのよ。わが国の大統領がイランをはじめとする中東のテロリストにすり寄っていることに対して、わたしがあなたと同じ思いを抱いているのはわかってるでしょう？」

イアンがアンディに言った。その声と目は限りなく冷たかった。「電話を分析しろ」

アンディは自分のコンピュータに電話をつなぎ、キーボードを叩いた。リビングルームは沈黙に包まれ、聞こえるのはキーを叩く音とマシューの荒い息遣いだけだった。

アンディが肩越しに振り返った。「こっちから送信されるメッセージは自動的に削除されるようになってる。よくできたプログラムだ。メモリにはひとつの電話番号しか残っていない。これも電話機自体からは削除されてるけどね。この二週間で三回その番号にかけているが、相手の場所は毎回違う」彼はバネッサを見た。「誰と話してるんだ？　電話の向こうには誰がいる？」

「番号をたどれるか？」マシューがバネッサから目を離さずに言った。ベレッタはまっすぐ胸を狙っている。彼が引き金を引けば、バネッサは一瞬のうちにあの世行きだ。

「ああ」さらにキーボードを叩く音。「この番号には細工がしてあるな。通信は暗号化されてるよ、マシュー」

恐ろしいほど穏やかな声でマシューが言う。「どこでこの電話を手に入れた、バネッサ？」

「わたしのじゃないわ」

マシューは彼女の顔を見つめたままだ。「ああ、イアンのだな。そしてアンディの。次はぼくのだと言うつもりか？」

「たぶんダリウスよ。彼はまたあなたを操っているんだわ。あなたが思っているような人じゃないのよ、きっと」

「ダリウス？　なるほどね。アンディ、その番号にかけてみろ」

15

ポーンをe4へ

ニューヨーク州ニューヨーク
フェデラル・プラザ

ニコラスの運転するクラウンビクトリアはマンハッタンに入った。バックミラーにはまだ製油所からのぼる炎が映っているし、口の中はまだ燃える石油の味がする。わずかな時間のあいだに起きたさまざまなことに、頭が追いついていなかった。ＣＯＥは三人のＦＢＩ捜査官とリチャード・ホッジズを殺し、何人死のうとおかまいなしにベイウェイ製油所を爆破した。そして今、石油会社自体に組織的な攻撃を加えはじめている。ミスター・ホッジズの顔と、額に空いた円形の穴がよみがえる。彼はヒーローだった。ラリー・リーブスの情報をくれた。リーブスはベイウェイのほかの従業員とともに死んだに違いない。

すべては一瞬にして変わった。

ＣＯＥは今、何をしようとしているのだろう？　ただ中東からの原油の輸入を止めようとしているだけじゃないのは明らかだ。

フェデラル・プラザのがら空きの地下駐車場に車を止めた。銃撃の噂《うわさ》が流れれば、とたんにここも車でいっぱいになるだろう。

グレイ・ウォートンはいつものように、変人と天才を足して二で割ったような風貌をしていた。服はしわだらけ、髪はぼさぼさで、目の下に黒いくまができている。その姿を見るとほっとする。グレイは早い段階で、ニコラスにとって最も信頼できる同僚のひとりとなった。ふたりは互いにわかりあえる仲だった。

グレイはニコラスを見ると両手をあげたが、煤だらけの顔や、手の火傷、袖のないシャツ、破れて血だらけのズボンについては何も言わなかった。そんな時間はない。「ひどいもんだよ、ニコラス。何者かが石油会社の電子メールシステムにトロイの木馬を送った。社内メールっぽく作られた単純なメールが、会社のトップからと見せかけて、リストに載っているすべてのアドレス宛に送りつけられたんだ。中身はワームだったというわけさ。

コノコフィリップスの社員のひとりが、上司からの連絡だと思って自宅でメールを開いた。それがサーバーを支配してシステムに入りこみ、ハードドライブの中身を消去しはじめた。誰もまだ復旧できていない。ウェブ担当者は震えあがってるよ。パニックに襲われて電話をかけてきた。それからずっと、わたしはなんとかしようとしているが、今のところまだ成功していない。分散型サービス拒否攻撃《DDoS》のようだが、敵は独自のファイアウォールを組みこんだ。おかげでこっちは中に入ることができないばかりか、敵が中で何をしているかを追跡することもできないんだ。たった一回のクリック。それだけで連中の思いのままだ」

ニコラスはすばやく考えをめぐらせた。「連中は企業のウェブサイトに外からのアクセスができないよう、DDoS攻撃を行っているのか？　それとも施設を遠隔操作しているのか？」

「わからない。中まで入りこめていないから、なんとも言えないよ」

「目的がインフラの破壊なら、これはうまい方法だな。攻撃を仕掛けたのはCOEなのか？　犯行声明を出したのか？」

「出す必要はない。画面の真ん中にCOEのロゴが映っているんだから」グレイがマウスを数回クリックすると、目の前の画面が白に変わった。中央に回転するチェス盤が現れ、それに重なるように、しゃれた装飾文字で書かれた〝COE〟のロゴが浮かびあがった。

ニコラスは言った。「なんとか入りこまないとな。ワームはサーバーのメモリを消去しながら、同時にデータをダウンロードしているかもしれない。もしそうなら、社内メールから財務情報まですべてにアクセスできるようになってしまう」

「そして言うまでもないが、製油所の電源を自由に落とすこともできるようになる。最近ではなんでもコンピュータで制御されているからな。止まれとポンプに命じればそれで終わりだ。爆弾なんか使わなくても、たちどころに石油の精製を止めることができる」グレイはさらにふたつのキーを叩いた。「見ろ」

白い画面が消え、上海総合指数が現れた。画面の下をめまぐるしく数字が移動していく。赤ばかりだ。

「何かおかしいという噂が出ているんだ。だから海外市場で石油会社の株が売られている。このペースで売却が進むと、こっちの市場が開く頃には大変なことになるぞ。ニコラス、中に入って止めることができなかったら、株取引を中断し、朝になっても市場を開かないようザッカリーに話さなければならない」

「ファイアウォールを通過して被害を最小限に抑えられるか試してみよう。だがいずれにせよ、ザッカリーにはウォール・ストリートのお偉いさんに説明をしてもらわないと。マスコミが大騒ぎするだろうし、爆発に加えて――」

「被害を抑えるにはもう遅いよ、ニコラス。金融市場がすでに反応しているんだから。われわれは大至急ＣＯＥの暗号を解き、石油会社のシステムを復旧する。でないと、とんでもない朝を迎えることになるぞ」

ニコラスは天に祈った。「全部ぼくに送ってくれ、グレイ。やってみる。そうだ、きみも祈ったほうがいい」

16

bのナイトをd7へ

ニコラスは自分のコンピュータを起動し、安全な内部サーバーにいることを確認した。この攻撃を止めるためには、ウェブの裏にある世界に入りこまなければならない。匿名でネットに接続できるTORソフトを立ちあげて、現実のインターネット世界をあとにし、ダークネットに入っていった。

グレイのファイルから、COEが組みこんだファイアウォールを探る。

グレイの言うとおりだった。暗号は実にうまくできている。うまいどころか頑丈だ。これを通過するのは不可能に思われた。

「これではだめだ」彼は文字を打ちこみ、ワームを攻撃する自作のプロトコルを開始した。

三分後、二層の暗号が解除された。ニコラスはさらに複雑な暗号の組みあわせを見つめた。このプログラムを作った人物はとてつもなく優秀だ。そうなると容疑者は絞られてくる。さらに調べるうちに、一連のコードが繰り返されていることに気がついた。どこか見覚えがある気がする——これは言語の構造だ。〝わたしはなんて頭がいいんだ。おまえたちにはわたしを捕まえられない〟しばらく一連の文字を眺めたあと、ニコラスは必要とするものを見つけ、ほほえんだ。このコードはアメリカで作られたものではない。外国から買ったものだ。

さらに数回クリックして、自分が正しいことがわかった。このコードを書いたハッカーは、ただ優秀なだけではない。その能力はトップクラスだ。そのとき思い当たった。これはドイツ人ハッカーの電子署名だ。ガンサー・アンセル。彼は乗っ取られたサーバーのプロキシを最も高い値をつけた相手に売って、一回につき何百万ドルもの金を得ている。以前から利己的で、ニコラスはずっと、ガンサーが自分の作ったコードを見せびらかして署名をし続ければ、いつか足元をすくわれるだろうと思っていた。

悪いな、ガンサー、今日はおまえには運が向いていないようだ。ニコラスはグレイを呼んだ。「中に入れたぞ」

グレイがノートパソコンを持ってニコラスのスペースへ来た。「どうやったんだ?」

「攻撃を無事に食いとめたら説明する。石油会社のシステム担当者に電話をかけて、新しいコードを用意しておくように伝えてくれ。きみには側面からの攻撃を手伝ってほしい。こっちのサービス拒否プログラムをアップロードしてくれ。ぼくが自分で作ったコードを投入する。手早くやって、敵の支配を破らなければならない。敵も今頃はもう暗号を解かれたことに気づいて、通信を終わらせようとするだろう」

グレイはきしむ椅子を引っ張りだしてその上にノートパソコンを置き、床にひざまずいてコードで埋まった画面を開いた。

「いつでもいいぞ」

「三、二、一……行け」

グレイが攻撃を開始し、同時にニコラスも自分のコードでガンサーのコードを次から次へと解いていった。ガンサーはたしかに優秀だが、ニコラスだって負けていない。五分後、ひとつ目のファイアウォールが破れ、コノコフィリップスのサーバーを支配できるようになった。

ニコラスは宙にこぶしを突きあげた。「やった！　次はオクシデンタルだ」

二十分後、ふたりはなんとかすべてのサーバーの支配を取り返し、各社のＩＴ部門のトップの手に戻した。

ニコラスは深く息を吐いた。サイバー攻撃による被害から復旧するには数週間かかるだろうが、少なくとも完全に止めることはできた。石油会社は、しっかりしたセキュリティ分析をするまでは、いかに深い問題だったか気づかないだろう。そして今後も攻撃が、しかも近いうちに再開されるのは間違いない。だが、とりあえずはこちらの勝ちだ。

「グレイ、この状態が続くことを祈ってくれ。ＣＯＥのハッカーは必ずまた攻撃を仕掛けてくる」

「それでもよかったよ。よくやった、ニコラス。ザッカリーが大いに喜ぶだろう。それに、われわれが救った会社の最高経営責任者《CEO》たちも」

ニコラスは時計を見た。「今、ドイツは朝の遅い時間だ。この天才ハッカー、名前はガンサー・アンセルというんだが、彼は日中は活動しない。この時間は家で寝ている可能性が高い」ニコラスは自分の携帯電話をつかんだ。「早く動けば、彼が目を覚ます前に捕まえてもらうことができる。ダークネット経由でチャットして、誰に雇われてコードを書いたのか、どうやって報酬を受け取ったのかをきこう。それで問題は解決するはずだ」

「誰に頼むつもりだ？」

幽霊退治人《ゴーストバスターズ》だ。「スイス連邦警察だよ」そう言って電話をかけた。

ピエール・メナールは最初の呼び出し音で出た。休暇を取ったりすることはないのだろうか？　たまには寝坊したりすることも？　「ニコラスか？　ニューヨークは深夜だろう？　なんの仕事だ？」

メナールの強いフランスなまりを聞くとほっとした。これまで何度か一緒に仕事をしており、信頼できる相手だ。彼は決して期待を裏切らない。

「なぜぼくが仕事をしているとわかるんです、ピエール？」

小さな笑い声が聞こえ、ニコラスはメナールが小さく頭を振っているのが見える気がした。

「きみのことはよく知っているし、ベイウェイの爆破事件のことを聞いたからな。で、わたしにできることはなんだ？」

「ミュンヘンに知りあいはいますか？」

「ああ《ウィ》、もちろん《ナチュレルマン》。知りあいはどこにでもいる」

「よかった。ガンサー・アンセルというハッカーを捕まえてほしいんです。グロッケンバッハに住んでいて、今は家で寝ているはずです。今すぐ静かに捕まえてほしい」

「つい最近、聞いた名前だな。ハッカーと言ったね？ きみのような？」

「ええ。どこで聞いたんです？」

「インターポールが先週、その男に関して青手配（インターポールが出す国際情報照会手配書のこと）を出した。インターネットにおける彼の犯罪行為について情報収集を求めるものだ。だが昨日、それが撤回されたんだ。ちょっと待ってくれ」

　紙をめくる音が聞こえてきた。インターポールでは、赤や黄色などいくつかの色の名前をつけた手配書を出して、指名手配犯への警戒やこれから起こりそうな犯罪の防止、あるいは単に情報を求める。

　メナールが電話口に戻ってきた。「思ったとおりだ。残念な知らせだが、ガンサー・アンセルは三日前に殺されている。自宅近くの路上で強盗に遭い、射殺された。容疑者はいない」

17

ルークをd1へ

ブルックリン

バネッサは自分に残された時間があとわずかなことを悟りながら、アンディが電話のボタンを押すのを見つめた。ドアまでの距離を目測したものの、胸を狙っているマシューのベレッタが動くことはないのだから意味はなかった。最後にもう一度だけ試してみよう。マシューが目をそらせばチャンスが生まれる。

「どうぞ、アンディ。かけてちょうだい。マシュー、さっきから言っているとおり、わたしの電話じゃないのよ。これで証明されるわ」

マシューが髪を撫でつけた。自信がないときの癖だ。バネッサが裏切ったと確信を持てなくなったのだろうか？　ダリウスのことを持ちだしたのが効いたとか？

アンディが電話のスピーカーをオンにした。四回の呼び出し音ののち、背後の騒音に負けない大きな声で女性が応えた。

「〈グリーンズ・ピザ〉です。ご注文でしょうか？」

「ピザだって?」

「ええ。ピザを作ってます。おいしいカルツォーネもありますよ。どうなさいます? 十四インチのペパロニとマッシュルームのピザがお得ですけど」

「そりゃうまそうだな。忘れてくれ。ありがとう」アンディは電話を切った。狂気じみた目を光らせて言う。「どう思う? 今度はデラウェア州のピザ屋だ。その前はバージニア州アーリントンの韓国焼肉屋。なぜレストランに電話をしていたんだ、バネッサ? そして同じ番号にかけても違うところにつながるのはなんでだ?」

「マシュー、聞いて。わたしにはあなたを裏切る理由なんてないわ。わたしは爆弾を作って、それがうまく爆発するのを見るのが好きなの。あなたのグループの一員であることを誇りに思っているわ。ダリウスよ、マシュー。ダリウスの電話なのよ」

アンディが言った。「ダリウス? あの心の冷えきった人殺しか? あいつが裏切り者になる理由はない。でもなかなかいいな、バネッサ。ダリウスを非難するときのきみは本当のことを言ってるみたいに聞こえる。だけど、きみは嘘をついてる。どう思う、イアン?」

イアンは泣きだしそうにも、この場でバネッサを殺したそうにも見えた。マシューと同じだ。「バン、きみはマシューだけでなく、ぼくのことも裏切った。ここ二週間ほど、何かあるとは思っていたんだ。きみが自分で言っているとおりの人間じゃないのではないかと考えたが、ぼくはその考えから目をそむけた。きみは仲間だ、絶対にぼくを、ぼくたちを裏切らない——そう自分に言い聞かせたんだ。ロンドンデリーで出会ったのは罠《わな》だったのか？」

イアンに疑いを抱かせるようなことを何かしただろうか？　だが今となっては、そんなことはどうでもいい。「ダリウスはあなたの頭の中にも入りこんでしまったの、イアン？　わからないの？　彼はタホで合流して以来ずっと、わたしたちのあいだに亀裂を生じさせようとしてきたのよ。彼は外から来た人間だわ。わたしたちは彼のことをよく知らない。彼はお金の詰まったバッグを持ってきて、マシュー、あなたの目をくらませ、自分を受け入れさせた。今、責められるべきなのはあなたよ。彼を迎え入れたのはあなただもの。わたしたちを裏切ったのはダリウスよ」

マシューはバネッサからイアンに視線を移してから笑いだした。「ダリウスが裏切った？　そりゃあ面白いな、バネッサ。ダリウスはきみが思っているような人間じゃない。でも、わかるよ」彼は言葉を切ってから、目を興奮に輝かせた。「ダリウスは悪魔だ。そして、決して自分の所有する魂を裏切ったりしない」

もう終わりだわ。

バネッサは壁を押すように前に出て、マシューの手からベレッタを蹴り落とした。そしてテーブルにあった空のビール瓶を割り、ぎざぎざになった瓶を構えてマシューたちと向きあった。マシューの銃まで届くだろうか？　二メートルほど先だから届くはずだ。バネッサはそちらに動こうとしたが、凍りついた。

アンディがバネッサの銃をこちらに向けていた。彼は歌うように言った。「瓶をおろせよ、バネッサ。かわいい嘘つきだな。気に入った」

彼女はアンディに突進し、その顔をビール瓶の残骸で殴ろうとした。マシューが叫ぶ。「撃つな、アンディ、撃つな！　彼女から離れろ！　さがれ！」

アンディが後ろに飛びのいた。

「バネッサ」

ゆっくり振り返ると、マシューはほほえんでいた。「さよなら、バネッサ」そしてベレッタを構えた。

「やめろ！」イアンがマシューに飛びかかり、銃はイアンの胸を撃ち抜いた。イアンは一瞬バネッサを見たあと、ゆっくりと床にくずおれ、横向きに倒れた。

マシューはイアンを見おろした。「ばかめ」バネッサを見る。「イアンはぼくよりもきみのほうが好きだったんだろう」

そしてベレッタの狙いを定め、笑みを浮かべて彼女を撃った。

18

ナイトをb6へ

ふたたびフェデラル・プラザへ

マイクは午前二時少し前に、ベイヨンの隠れ家を出た。爆発でアドレナリンが出まくり、三人の同僚が殺されて怒りが全身を駆けめぐったせいで気持ちが高ぶっていた。鑑識班のルイーザ・バリーの共用車を運転し、スピードをあげた。深夜なのでほかに車はいないも同然で、記録的な速さでフェデラル・プラザまで戻れた。途中で交通規則をいくつか破ったからといって、誰も気にしないだろう。

傾斜路から静かな駐車場に入りながら、くたくたになって倒れるまで、あとどれだけアドレナリンがもつだろうと考えた。いや、怒りがまだ残っていて力を貸してくれるかもしれない。

車を止め、プロサーという夜勤の捜査官にキーを放って渡すと、彼はあっけに取られたようにマイクを見つめた。自分がひどい外見なのをすっかり忘れていた。彼女はかすかに笑みを浮かべ、手を振ってプロサーを黙らせた。二十二階でエレベーターをおり、給湯室に向かい、冷蔵庫からコーラとリンゴを取りだした。最後に食事をしたのははるか昔のことで、夜はまだまだこれからだ。

ニコラスとグレイは会議室にいた。テーブルに書類を広げ、それぞれものすごい勢いでキーボードを叩いている。マイクはコーラとリンゴを置いた。ニコラスが手を止めずに言った。「ありがとう。きみは大丈夫か？」

彼女が何も言わないので、ニコラスは目をあげた。

「マイク？」

「もちろん。進捗状況を聞かせて」マイクはコーラをグレイのほうに置き、自分の缶を開けた。

「グレイと協力して石油会社へのサイバー攻撃を止めることができた。ぼくが知っているドイツ人ハッカーの電子署名を見つけたんだ。だがメナールからの情報で、その男は数日前に殺されていることがわかった」

「国際的な話になっているのね？」

「ああ」

マイクは顔にかかる髪をポニーテールに押しこんだ。なぜか頭皮まで痛む。「つまり、誰かが自分の痕跡を隠そうとしている。そのハッカーはお金で雇われて仕事をして、用がなくなったら殺された。あなたはそう思っているわけね？　でも、いったい誰がそんなことをしたの？　彼はドイツにいて、COEはこっちにいるのに」

ニコラスがほほえんだ。「それがまさにぼくたちの知りたいことだ」

「そのハッカーはどういう人だったの？」

「名前はガンサー・アンセル。伝説に残るような仕事をしているが、他人に称賛されたいがために、ちょっとばかり凝ったことをせずにはいられないたちだった。社会の隅にとどまって暮らしてきたが、今回、信用してはいけない相手を信用してしまったんだな。ぼくたちの推測が正しければ、彼はCOEにワームを提供したあとに殺された」

グレイが口を開いた。「COEのメンバーのひとりがドイツまで行って殺したに違いない。そしてすぐに戻ったんだろう」

ニコラスがつけ加える。「連中は本気だ。前から計画を立てている。ファイアウォールを突破してシステム全体を支配できる、これだけ巧妙なソフトを作るには時間がかかるからな。膨大なプランニングと調整が必要だ。止めるのは簡単ではなかったし、ひとりではできなかった」

「どのくらいかかるものなの？」マイクはコーラを半分飲み、カフェインが脳を刺激するのを感じた。

「かなりの才能があったとしても数週間はかかる。この規模の攻撃だろう？　まずは資金集め。ガンサーのプログラムは法外に高いからな。それからソフトの開発。そして、いつ、どこに侵入するかを計画する。タイミングを爆破と合わせなければならない。ぼくたちは何カ月もかけた計画の最終形を目にしているのかもしれないな」

マイクは頭の中にチェス盤を思い浮かべた。駒がゆっくりとひとマスずつ動いて、適切な位置に進む。COEの複雑で予想不能な動きについていくのはひと苦労だった。しかもそのあいだも、COEは小さな製油所の爆破を繰り返していたのだ。「でも、なぜミスター・ホッジズを殺したりして時間を無駄にしたのかしら？　彼は何もしていないのよ。それにラリー・リーブスも、たぶんベイウェイのがれきの下に埋もれて死んでるわ」

ニコラスは顎をさすっていた。「連中は三人の捜査官を殺しているんだから、われわれがあらゆる手を尽くして追うことはわかっているはずだ」

「ニコラスの言うとおりだ。やつらは宣戦布告してきたんだよ」グレイが言った。

ニコラスにはわけがわからなかった。FBIはこれから、このグループの追跡に多大な資源を注《つ》ぎこむだろう。やつらは殉教者になるつもりなのだろうか？

マイクがコーラを飲み干して缶をつぶした。「彼らを見つけて、全員並ばせて撃ち殺さなきゃ。どこにいるのかしら？　誰がリーダーなの？」

ニコラスが言った。「少し光明が見えてきたぞ。ガンサーを雇ったことや大規模な攻撃を仕掛けてきたことからいって、ハッカー界とつながりがあるのがわかった。これですべてが変わる。おそらく、COEの必要に応じていつでも協力する人間が複数いるんだろう。COEは潤沢な資金を持っているらしいからな。アノニマス（国際的ハッカー集団）も関わっているのかもしれない」

「でもアノニマスはこれまで政府のウェブサイトを人質に取って、たとえばファーガソンの街（米国ミズーリ州の街。ここで起きた殺人事件をきっかけに、アノニマスのサイバー攻撃が始まり、暴動へと発展した）を混乱させることで民衆をあおってきたのよ。製油所を爆破したり、配電網を麻痺させたり、中東からの原油輸入を止めようと人々を説得したりはしないわ」

グレイが考えこむように言った。「今のところはな」

「そうね。今のところは」

19

クイーンをC5へ

ニコラスは二本目のコーラを開けた。ひと口飲んであくびをしてから伸びをした。「どう思う?」

マイクは答えた。「勘だけど、新しいメンバーが加わったんだと思う。最近加わって、グループの目的を変えたのよ。中東から原油を輸入している製油所を停止させるという、もともとの目的を変えたのよ。大々的なサイバー攻撃もそれで説明がつくわ」

ニコラスはマイクを見つめたままテーブルを指で叩いた。マイクは恐ろしく勘が鋭い。彼女の言うとおりだろう。なぜならニコラスも同じことを考えていたから。

「あなたはそのドイツ人ハッカーとつながりがあり、COEが攻撃を始め、あなたがそのサイバー攻撃に反撃した。彼らは挑戦してきたのよ。理由はわからないわ。あなたたちがコンピュータをいじってるあいだ、わたしはベイウェイ一帯と、それからベイヨンとミスター・ホッジズの家についている監視カメラの映像を調べてみる。誰かがへまをして、リーダーの顔が映っているかもしれない」

ザッカリーが疲れた様子で会議室に入ってきて、テーブルの端の椅子にどすんと腰をおろした。ニコラスは彼のほうにコーラの缶を滑らせた。ザッカリーはそれを受け取ると、開けて半分飲んでからテーブルに置いた。マイクとニコラスを順に見る。

「家へ帰るよう言ったはずだ。なのにきみたちは、われわれの仲間三人を含めた四人の殺害現場に行き、ニコラスはグレイと一緒にサイバー攻撃を食いとめた。コノコフィリップスのトップが礼の電話をかけてきたぞ」コーラの缶をもてあそんで続ける。「今夜、われわれは三人の優秀な捜査官を失った。わたしはその理由が知りたい。わかったことを話してくれ」

ニコラスはメナールとの電話やガンサーの殺害も含め、わかっていることや考えていることをすべてザッカリーに説明した。最後は、リチャード・ホッジズの家と製油所の監視カメラの映像を集めるというマイクの提案で締めくくった。

ザッカリーが頭を振った。「誰に予想できた？　サイバー攻撃のことだ。急にやり方を変えるとは。だが、きみが彼らを妨害した。どうやったかは聞かないほうがよさそうだな。しかし、これで終わりにはならないだろう。それだけじゃない。彼らはこれまでたどっていた道から、新たに大きな一歩を踏みだしたようだ。新しいルールで新しいゲームを始めた。その行きつくところは誰にもわからない」

ニコラスは座ったまま身を乗りだした。「グレイとぼくは糸口を見つけています。攻撃の跡をたどれば、朝までにはもう少し手がかりが増えるでしょう。まずはそこからです」

ザッカリーは額をもんだ。「よし。頼んだぞ。ニコラス、もし可能なら、ガンサー・アンセルのコンピュータに残っているものをすべて調べられるように要請してくれ。グレイ、インターポールからファイルを取り寄せるんだ。この一年でアンセルがしたこと、考えたこと、計画したことを何もかも知りたい。マイク、きみは監視カメラの映像を見せてもらえるように要請しろ。それから……」にやりとして言った。「三人とも家に帰れ。問答無用だ。みんな少し寝なきゃいけない」

ザッカリーは立ちあがった。「朝になったら続きをやろう。今夜はよくやってくれた。だが、いったん店じまいをする時間だ」腕時計を見る。「明日、いや、今日の午前八時半に集まろう。それより一分でも早く来ている者を見つけたら、二十三階のトイレを片っ端から掃除させるからな」

グレイが言った。「サー、わたしのチームにサイバー攻撃に関するスレッドをたどらせてはどうでしょう？　ニコラスが大きな攻撃は止めましたが、連中がふたたび攻撃してこないとは言いきれません。運よくすべてのシステムを守れれば、朝にはどこの会社も通常どおりの操業ができるはずです。それができないとまずいことになりますよ。上海の市場では、原油とガスの株が売られています。こちらの市場が開いたら大混乱になってしまう」

「わかった。きみのチームの者を何人か呼んで指示を出してくれ。それから睡眠を取るんだ。

もう二十四時間以上、働きづめだからな。きみたち全員だぞ。これは命令だ」そう言って、ザッカリーは首を横に振った。「いや、これもだ」

二十分後、マイクがニコラスのスペースをのぞきこんだ。

「もう帰れる？」

「ああ。グレイは部下に指示を出して、帰ったよ。ぼくは要請を出し、スレッドも流した」

「わたしはベイウェイにカメラ映像を見せてくれるように頼んだわ」

「うちに来れば、ナイジェルが何か食べるものを用意するぞ」

「すてき。でも、シャワーと自分のベッドのほうがもっと魅力的かな。少し寝てちょうだい、ニコラス。あなただって睡眠が必要よ」マイクはあざになった自分の頬に指で触れた。「でも、顔はわたしよりましみたいね。わたしなんか、多少は見られる顔にするにもすごい厚化粧が必要だわ。じゃあ、また八時半にここで」

彼女は軽く手を振って去っていった。

胸を張り、顔をあげて通路を歩いていくマイクを、ニコラスは見送った。服は黒く汚れて破れ、乱れたポニーテールが揺れている。彼は伸びてきた無精ひげをこすった。指が煤で汚れる。疲れていて体はあちこち痛いし、神経がささくれ立っている。ザッカリーの言うとおりだ。あとの作業は朝にまわしても大丈夫だろう。そう、あとの作業の大半は。

ノートパソコンのキーを叩いた。

20

ビショップをg4へ

ブルックリン

アンディが叫んだ。「イアンを殺した！　なんてことだ。あんたの親友で、指導者じゃないか！　ぼくはイアンが好きだったのに。ぼくのことを面白いと思ってくれたんだ」マシューの目に何かが光るのを見て、アンディは言葉を切った。そしてささやくように言った。「彼女を守ろうとしたなんて信じられるかい？　いったいどういうことだ？」

惨劇の真ん中で、マシューは手にベレッタをぶらさげたまま身じろぎもせずに立っていた。アンディから目を離し、黙ったままイアンを、次いでバネッサを見おろす。

「それにあんた、彼女も殺しちまった。あんたは人を殺すのが嫌いなんだと思ってたよ」アンディの瞳に、突然狂気の炎が宿った。「おい、やったじゃないか！」

アンディの叫びはマシューの意識にほとんど入っていなかった。アンディがいかれているのは以前からのことだ。だが今、病んだ興奮が波のように彼から伝わってきた。マシューはぞっとした。もう我慢できない。「黙れ。黙らないとおまえも撃つぞ」本気だった。あのいまいましい口を閉じさせ、どんよりと濁った目を永久につぶらせるためならなんでもする。アンディがマシューを見つめた。狂気に満ちた男はどこかへ消えており、アンディは今にも泣きだしそうだった。「マシュー、どうするんだ？　だって、全部イアンがやってくれてたから。いろんなことを計画して、どうやって、いつ行動するかを教えてくれたのはいつもイアンだった。ぼくがうまい仕事をしたときに褒めてくれるのも。それに爆弾はどうする？　もっと必要なんじゃないのか？　爆弾は全部バネッサが作ってた。あんた、いよいよ自分の爆弾を使うつもりなのか？」声が次第に小さくなった。

アンディに怒鳴ってもしかたない。マシューは友人を殺してしまった。だが、最初に感じた恐怖は消えていた。どうせあと戻りはできないのだ。マシューはふたたびリーダーになった。「アンディ、心配するな。ぼくがなんとかするから。ぼくはいつだってみんなのことを気にかけてきただろう？　荷物をまとめろ。早く。三分でここを出る、いいか？　さあ、動け」

アンディは手をもみあわせていた。「だけど、ふたりをここに残していくわけにはいかないよ」

「必要なものをまとめろと言ったんだ。あとのことはぼくがやる。動け、アンディ！」

アンディは大急ぎでコンピュータとモニターのコードを抜いた。そのあいだにマシューは爆弾の入ったバッグとスーツケース、それにキッチンの食料を集めた。血の海の中で倒れているイアンとバネッサのほうは見ないようにした。

　マシューもアンディも、ふたりの体に近づかないようにしながら動いた。アンディの機器を分解するのに、思ったより時間がかかった。彼らは車とのあいだを三往復して荷物を運んだ。

「エンジンをかけておけ。すぐに戻るから」マシューは、アンディが配合した瞬時に引火するガソリンの缶をつかむと、階段を駆けのぼった。

　背後からアンディの興奮した声が聞こえてくる。「マシュー、ぼくにやらせてくれ。頼むから、火をつけさせてくれよ」

「エンジンをかけろと言っただろう？」振り返らずに言った。「すぐそっちに行くから」アンディにこの一帯を燃やさせる気はない。

　部屋に戻ると、手足を伸ばして仰向けに倒れているイアンをあえて見おろした。格子縞のシャツは血で黒く染まり、目は開いてマシューを見あげている。心が痛んだ。アンディの言うとおり、イアンは友人であり指導者であり、なんでも教えてくれた。だが、彼が最後に選んだのはマシューではなくバネッサだったのだ。それがどうしても許せない。イアンの体に直接ガソリンを振りかけた。それから振り返って、自分が求めた女を見た。求めたものの、完全には信用していなかった。ほぼ信用していたが。ぼくはバネッサを愛していたのだろうか？　彼女を抱きたくてたまらなかったときは愛していたんだろう。今夜あの輝かしい成功の余韻で体じゅうの血がたぎっていたマシューは、あのままだったらバネッサにすべてを話していたに違いない。そして彼女はこっそりここから抜けだし、自分の勝利に小躍りしたはずだ。

けれどもバネッサは死んだ。すべて終わった。横向きに倒れている彼女の白いシャツは血だらけで、髪も血の海に浮かんでいる。吐き気がこみあげてきた。いや、自分は間違ったことはしていない。理性に従って行動しただけだ。彼女は裏切った。いったい何者だったんだ？　スパイか何かだろうか？　わからないが、今となってはどうでもいい。彼女はイアンと一緒に燃やされるのだ。

マシューはバネッサに背を向け、部屋全体に念入りにガソリンをまいた。だが、彼女には声をかけなかった。最後にもう一度、声に出してその名を呼んでから、ガソリンの缶を部屋の隅に放った。火のついたマッチを階段横の廊下に投げ、カーペットに火がつく音を聞いた。そして階段を駆けおりた。後ろは振り向かなかった。

21

ビショップをg5へ

ブルックリン

バネッサは漂っていた。

あれはマシューの声？　はっきりとはわからなかったが、黙って動かずにいるべきなのはわかった。人生の半分を覆面捜査官として過ごしていれば、危険とは常に隣りあわせだ。今夜はまさに、その危険にどっぷり浸《つ》かっている。

意識が戻ったおかげで痛みが押し寄せてきた。自分の血のにおいがして、これから痛みがどんどん増して自分は死ぬのだろうと思った。

マシューはイアンを撃ったあとバネッサを撃った。イアンは彼女を助けようとした。あの電話がバネッサのものであり、彼女が本当は自分たちの仲間ではなかったことを知りながら。だめ、今はそれについては考えないようにしよう。

血のにおいだけではなかった——煙のにおいがする。マシューがアパートメントに火をつけたのだ。

おずおずと胸に触れてみた。熱くてねばねばする血の感触。まずい。本当にまずいわ。なんとか頭をあげることができた。火は見えないけれど、廊下のすり切れたカーペットを燃やしてリビングルームに向かってくるのが聞こえる。煙が忍びこんできていた。じきに部屋は灰色になり、息ができなくなるだろう。

今すぐ逃げなければ死んでしまう。胸を縛って逃げるのよ。

体を起こすと全身に痛みが走った。バネッサは歯を食いしばって動いた。息が吸えない。肺がつぶれ、胸に血がたまっているのかもしれない。煙は次第に濃くなり、火の音が近づいている。階段までの通り道は火にふさがれているだろう。望みはない。椅子につかまりながら、よろよろと立ちあがった。イアンを見おろし、あわてて顔をそむける。彼にしてあげられることはなかった。

屋根への秘密の抜け道に向かわなくては。唯一の出口だ。この逃げ道があるからこそ、マシューはここを隠れ家に選んだのだった。

屋根にのぼるはしごは主寝室のクローゼットの中にある。そこまでたどりつかなければならない。ほかに選択肢はないのだ。壁を伝いながら体を引きずるようにして廊下を進み、主寝室に入った。そして小さなクローゼットに向かった。

一段ずつのぼっていくのがとてもつらく、不可能にさえ思えたが、亡くなった父の声がこう言うのが聞こえる気がした。〝痛みがあることを喜べ。おまえはまだ生きているという証拠だ。さあ、早くここから逃げろ、ネッサ。聞こえるか？〟その声に体の痛みがやわらいだ。

父の言葉がマントラのように繰り返し頭の中で響くのを聞きながら、バネッサははしごをのぼった。ついに小石を敷きつめた屋根に這いでると、くずおれるようにして咳きこんだ。口から血が飛びだす。息を吸ったが、いくら吸っても足りなかった。全身が煙に包まれている。

バネッサは非常階段に向かって這った。建物自体が火に包まれている今、それ以外に逃げ道はなかった。

父の声はまだ聞こえている。痛みを覆い隠すように叫ぶその声が彼女を前に進ませた。地面までは何キロもあるように見えるが、たった三階分だ。〝だめよ、パパ。たどりつけないわ〟

ふたたび必死に励ます父の声がした。〝あんな男に負けるな。聞こえるか、ネッサ？　動くんだ。今すぐ動け！〟突然の怒りに押されるようにして、彼女は非常階段の金属の踏み板に足をおろした。

サイレンが聞こえてきた。消防車が到着する前に逃げなければならない。ここで捕まるわけにはいかないのだ。絶対に。

熱くなっている手すりを急いでつかんだ。〝おりろ、おりろ。動き続けるんだ〟

体の中で何かが破れた。津波のように痛みが襲ってくる。血が腕を伝っているのがわかった。体に巻きつけたセーターは血に染まっている。父の声が聞こえなくなった。階段の途中で意識がなくなり、バネッサはかたいアスファルトに落下した。

22

ナイトをa4へ

マンハッタン、アッパー・イースト・サイド

キッチンでナイジェルを見てもニコラスは驚かなかった。ナイジェルは本を読んでおり、肘の横にはクリスタルのグラスに入ったタリスカー・ストーム（スコットランドのスカイ島で造られるウィスキー）が置かれている。

「待っていたのか？」

執事は眉をあげてニコラスを上から下までじっくり見ると、ため息をついた。「またズボンをだめになさったんですね。お父上から誕生日にいただいたスペイン製の革ジャケット、それに〈ギーブス・アンド・ホークス〉のオーダーメイドのシャツ。そして靴も」もう一度ため息をつくと、彼は頭を振った。「全部またごみ箱行きですか。〈バーニーズ〉が喜びます。その社員の子供たちも。何しろわれわれは、彼らの大学の授業料数年分を支払うことになるんですから」

「ちっとも面白くない冗談だな」

「ケイン捜査官と一緒にベイウェイ製油所にいらっしゃったんですね？」

ニコラスはうなずいた。

「では、あなたがたは火の中に飛びこんで作業員を助けたんですね？　袖がなくなっているのも、顔が黒く汚れているのも、それならわかります」

大勢が死んだ現場が頭によみがえり、ニコラスはぼんやりとまたうなずいた。

主人が必死で自分を抑えているのを見て取り、ナイジェルが肩にそっと手を置いた。「お見事でした。さて、わたくしは何をしたらよいでしょうか？」

ニコラスはわれに返った。「何もしなくていい。ありがとう。もう寝てくれ、ナイジェル。ぼくは大丈夫だ。だが、一杯飲もう」タリスカー・ストームを指三本分ほど注ぎ、ひと口で飲み干す。ウィスキーは体の中を駆け抜け、足の先まであたためてくれた。

「少しお楽になりましたか？」

「ああ、なったよ」ニコラスは椅子にもたれ、ナイジェルがもう一杯注ぐのを見つめた。

「お話しになりませんか？」

「いいや」

「お母上から電話がありました。製油所の爆発のニュースはすでに英国まで届いています。お母上には、あなたはリンカーンセンターで観劇中のはずだと申しあげておきました」

「助かったよ、ナイジェル。ありがとう」

「まったく信じておられないようでしたが、それ以上は何もおっしゃいませんでした。明日、お父上とご祖父上からもかかってくるでしょう。朝早くに」

「向こうは何も問題ないのか？」

「はい、問題ございません」ナイジェルはニコラスの顔をしばらく見つめてから言った。「ベッドに入る前にもタリスカーをお飲みになったほうがよろしいかと。冷蔵庫にコールドチキンと大麦のパスタもありますが」

「いや、もう少しのあいだ、体に悪いものは避けておくよ」ニコラスはそう言って、タリスカー・ストームの瓶を顎で示した。「これで充分だ」

ナイジェルは動かなかった。

「どうした、ナイジェル？　本当は英国で、ぼくが知っていなきゃならないような何かが起こってるんじゃないか？　おまえは、母を守ろうとしたときのようにぼくを守ろうとしているんじゃないのか？」

「あなたのことは生まれたときから存じあげています、サー。怒っていらだっておられる姿も何度も見てきましたが、今ほどではありませんでした。今よりも汚れていて、疲れていて、あの悪名高きドラモンド家特有のかんしゃくを起こす一歩手前のあなたの姿は見たことがありますがね。ですがひとつ、申しあげてよろしいですか？」

ニコラスの眉があがった。「なんだ?」

「あなたは楽しんでおられる」

ニコラスはウィスキーを吹きだした。

「まさか、それは間違いだ。とんでもないことが起きているんだぞ。いいや、ぼくは楽しんでなどいない」

ナイジェルはただ首を横に振った。「あなたは舞いあがっておられます。わたくしは環境が大きく変わることを心配していましたが、ニューヨークはあなたにぴったりです。ご祖父上がお聞きになったら喜ばれることでしょう」

「舞いあがってるというのは大間違いだ――少なくともそうであってほしいね。でも、ほかの部分はおまえの言うとおりだよ。ニューヨークとFBIはぼくに合っている。捜査官の服装にうるさいのが玉にきずだが。それから、ぼくの知らないところでこっそり祖父と話すのはやめてくれ」

ナイジェルはほほえんだ。「男爵とはお話ししておりません。わたくしの父と話しただけです。ああ、よろしくと申しておりました。ご家族のみなさまは寂しがっておられて、あなたがいつ里帰りなさるのかとおっしゃっているそうです」

ナイジェルの父親のホーンは、ファロー・オン・グレイのドラモンド家で執事を務めている。ニコラスにとってはナイジェル同様、赤ん坊のときから人生の一部となっている存在だ。

突然、故郷が恋しくなった。タリスカーがそんな思いを抱かせたのかもしれない。毎週一回、家族とともにする朝食。長い私道を縁取るライムの木。よく迷路になった庭園。料理人のクラムが作る、水っぽいオートミールの粥《かゆ》――ポリッジまでもが懐かしい。

ナイジェルがキッチンから戻ってきながら言った。「今夜の悲劇については本当に気の毒に思っています。ですが、そろそろおやすみになったほうがよろしいかと、サー。あなたにも睡眠は必要ですから。おやすみなさい」去っていく執事のハミングが聞こえた。

ナイジェルは正しいのだろうか？　ぼくは舞いあがっているのか？　いや、舞いあがっているというのとは違う。それより自分がどっぷり関わっているという思いに、全身の細胞が活気づき、力がみなぎっているのだ。自分が捕食者であることはずいぶん前から受け入れている。母からは、相手を限界まで追いこむ危険な遺伝子を持っていると言われたことがあるし、それはＦＢＩの仕事に間違いなく役立っている。ＣＯＥという常軌を逸した集団は今も自由に動きまわっている。だが、それも長くは続かない。

それにマイクがついている。これは奇跡と言ってもいいような幸運ではないか？　彼女のいないここでの生活など想像できない。ニコラスと同じく生命力にあふれ、何にでも立ち向かい、常にひたむき――それがマイクだ。彼女も危険な遺伝子を持っているのだろうか？　その可能性はとても高い。

グラスを洗いながら、自分はここニューヨークでうまいことやっていると思った。バーニーズと同じく。

熱いシャワーを浴び、救急箱を出して、てのひらに薬を塗った。それからベッドに入って、頭のすぐ横に携帯電話を置いた。

だが眠れなかった。知らない顔が、まだ解けない暗号が、次から次へと頭に浮かんでは消えていった。

マイクが古ぼけたバスローブを着て冷たいペパロニピザを食べていると、携帯電話が鳴った。出たくなかったが、もちろんそんなわけにはいかない。

ニコラスだった。彼がまだ仕事をしているのは意外ではない。規則をゆるめて彼には自由にやらせたいと思うけれど、残念ながら、ＦＢＩの中でそれができるほど高い地位につくにはまだ何年もかかるだろう。四十代になる頃には、いったいどこまでのぼりつめているだろうか？

マイクは小さなデスクの前に座り、書類の山――大半が請求書――を見つめた。ほこりを払ったほうがよさそうだ。いや、そんな必要はないかもしれない。散らかったデスクの上に足をのせ、電話をスピーカーにつないだ。「どうして寝てないの？」

「きみこそどうして？」

マイクは笑った。「食事中よ。冷たいピザを食べてるの」

と思う」

「酒のほうがいいのに。マイク、COEに新しいメンバーが加わったのは絶対に間違いない
「それで?」

「パリでのことを覚えているだろう? 若い男と彼の将来について話した」

もちろんアダム・ピアースのことを言っているのだ。あの頭のいかれたマンフレート・ハフロックを止めるのに重要な役割を果たした、若き天才ハッカーだ。刑務所に入って三カ月で釈放され、今ではFBIで働いている。ニコラスが一般回線で名前を出さなかった理由はわかっている。アダムが外国政府を翻弄した件がうやむやになるまで、FBIには彼の身を守る責任があるのだ。

「わたしたちの若い友人がどうしたの?」

「彼を利用したい。いいおとりになるだろう」

「もう? 彼はあの若さで大変な目に遭ったのよ。これは大きな事件だし、まだ早すぎるわ」

だがニコラスは、最近二十歳になったばかりのアダム・ピアースのことをよくわかっている。「彼はタフで才能がある。この仕事にうってつけだと思うんだ。われわれはグループの中に入りこまなくてはいけない。前回の協力者は殺された。攻撃を続けるには新たに協力者が必要だ。サイバー攻撃やベイウェイの爆破事件を見たら、世界に恨みを持つ若いハッカー

は一も二もなく飛びつくんじゃないか?」

ニコラスの言うとおりだ。

「連絡してみてくれる?」

キーを打つ音が聞こえた。

「メッセージを送った。返事が来たらすぐに知らせるよ」

「彼がどこにいるか知ってるの?」

「いいや。だが、どこでも問題ない。ぼくが考えているのは、どこにいてもできることだから」

「これで眠れる?」

彼は笑った。「ああ、そう思う。いい夢を見てくれ、ケイン捜査官。聞いてくれて、そして賛成してくれてありがとう」

ニコラスは本当のパートナーとして、行動を起こす前に意見を求めてくれた。マイクは笑みを浮かべながらベッドに入った。いい夢ですって? もちろん。でも、短い夢だ。何しろもう朝の四時を過ぎているのだから。

23

クイーンをa3へ

シカゴ

暗号化されたメールが届いたことを知らせる電話の着信音が鳴ったとき、アダム・ピアースは明々と照らしだされたシカゴの高層ビルの輪郭を見つめていた。鳴ったのは個人の電話ではなく、FBIから支給されている特別な電話だ。

今は真夜中だ。なぜこんな時間を選んで連絡してきたのだろう？　このアパートメントに連れてこられておとなしくしていろと言われて以来、FBIからは何週間も連絡をもらっていない。アダムは退屈していた。仕事がしたかった。頭を使って何かしたい。

メールは短かった。

頼みたい仕事がある。連絡をくれ。

やっと来た！　頭の中がクリスマスのイルミネーションみたいに明るくなり、血がたぎる。政府のために働くと思うと今でもいらだちを覚えるが、それでも刑務所でくさっていたり、これまで攻撃してきた国のどれかに送還されたりするよりはましだった。使っているハンドルネームはもう〝エターナル・パトロール〟ではない。今は〝ダーク・リーフ〟と名乗っている。この数週間、ダークネットをまわってハッカー界の動向を見てきた。慎重に。政府のために働いていることがほかのハッカーたちに知れたら、朝には殺し屋が送りこまれてくるだろう。いまだにアダムを地中深くに葬りたがっている権力者がたくさんいるのだ。

誰かが盗聴していても自分の声だとばれないように二層目の暗号を作ってから、相手の番号を押した。念には念を入れるのは以前からのモットーだ。

ニコラス・ドラモンドが電話に出て、気取った英国なまりで言った。「起こしてしまったか？」

「いいや」

ニコラスは笑った。「深夜に起きているとは根っからのハッカーだな。ぼくもよく眠れないんだ。調子はどうだい？　住み心地は悪くないんだろう？」

「ああ、上々だよ。でも、退屈でたまらない。コミー長官のコンピュータに侵入して何か仕事をくれと言いたいぐらいだ。電話をくれたのはそのためだと言ってくれよ」

「そのとおりだ。ＣＯＥというグループを知っているか？」

「〈地球の賛美者たち〉? もちろん。ふざけた名前だ。やつらの悪事のせいで、あんたたちがサルみたいに見える。おれも今じゃそうかもしれないな。正式にあんたたちの仲間になったんだから。今夜の石油会社への攻撃は連中のしわざなのかい?」

「知っているのか?」

「そりゃそうさ。ネットじゅうが大騒ぎしてる。シャムーンを使ってるんだろ?」

「ノーコメントだ。ガンサー・アンセルは知っているか?」

アダムは口笛を吹いた。「〝ブルー・ウェール〟か。もちろん。誰だって知ってるさ。すごい腕を持ってるんだ。年寄りなのにね。たしか三十歳だっけ?」

「ああ、スクラップ工場に送られてもいいような年だな。アダム、彼は死んだ。殺されたんだ」

長い沈黙のあと、アダムは言った。「わかった。全部聞かせてくれ」

ニコラスはすべてを話した。「彼がしていたことを何もかも渡してくれるよう要請している。COEを捕まえる手がかりが見つかるかもしれないからな。だが、本当は必要ないんだ。COEのことはわかる。やつらはサイバー攻撃を続けるために、新たなハッカーを必要としているはずだ」ニコラスは言葉を切って待った。「アダム、聞いてるか?」

「ああ、聞いてるよ。考えてるんだ。ガンサーが死んだなんて、まだ信じられない。で、ニコラス、おれのサービスをCOEに提供しろっていうのかい?」

「彼らよりも自分のほうが優れていることを見せつけて、同じ価値観や目的を持っていると思わせなければならない。もっとも、今ではその価値観や目的がわからなくなってきているんだがね。これまではっきりしていたのに、それが変わってしまった。今となっては、核になっているのが憎悪なのかどうかわからないんだ」

「やつらの価値観の一部は、おれと共通しているよ」

「ああ、やつらも政府を嫌っているだろう。だからこそ、きみがこの仕事にうってつけなんだ。入りこんでくれ、アダム。それもすぐに。これ以上死人が出る前に、やつらを止めなければならない。今夜石油会社にサイバー攻撃が仕掛けられるまでは、グループの中にハッカーまでいるなんてわれわれは知らなかった」

「ガンサーは三日前に殺されたって言ったよね？　だったら、彼の計画を実行するノウハウと知性のある人物がすでに内部にいるってことじゃないのか？　ガンサーを殺したのは、誰かにしゃべられたらまずいからじゃないかな」

「たぶんそうだろう。アダム、きみは今、サイバー空間では新顔だ。われわれの手によって、まったく新しい身元を作ったからな。きみなら離れたところから、やつらの内部に入りこめる」

一瞬沈黙が流れたあと、アダムは真面目な声で言った。「ドラモンド捜査官、あんたはおれの命の恩人だ。何かあったら報告する」

「よかった。感謝するよ。ぼくにはできないんだ。すぐにばれてしまうから。それに今はそっちにあまり時間を割けなくてね。アダム、跡をたどられないよう毎回注意するんだぞ。偽の痕跡を作って、できるだけ混乱させろ。それで最後にあっと言わせてやろう。きみの新しい情報の信憑性《しんぴょうせい》が増すように細工している。やつらは必ずきみの身元を調べようとするだろう。絶対にもれないようにするよ、約束する。とにかく急いでくれ。時間がない」

「わかった。また連絡する」

電話を切ったあと、メールの着信音がふたたび鳴った。ニコラスが偽造した身元情報が届いたのだ。アダムは鮮やかなハッキング行為の数々を行ったことになっていた。それをすべて頭に叩きこんでから、彼はCOEに関して探りを入れはじめた。運がよければ今夜じゅうに入りこめるだろう。ニコラスが一緒じゃないのが残念だ。彼とふたりでサイバー空間の悪者と戦うのは、さぞかし楽しいだろうに。

あらゆるハッカーがあちこちで、COEがどうやって石油会社のファイアウォールを突破したのか憶測を交わしていた。ガンサーの名前は一度も見かけなかった。ニコラスもこの中に入りこんで有益なスレッドを探し、〝ブルー・ウェール〟につながるものを閉じたのだろう。たいしたものだ。アダムに匹敵するハッカーぶりと言える。いや、ニコラスのほうが優れているかもしれない。もう年金を受け取ってもいいような年なのだから。少なくとも、ガンサーぐらいの年寄りではあるはずだ。

ガンサーが死んだのは悲しい。彼は偉大な天才だった。でもニコラスに署名を突きとめられたところを見ると、ガンサーは不注意だったようだ。

アダムは口笛を吹きながら、キーボードを叩きはじめた。

火曜日

（午前七時↓午後二時）

24

ナイトをc3へ進めてテイク

ニュージャージー州アトランティックシティ

ザーヒル・ダマリ——マシューと彼の率いる理想家、狂信者の小さな集団にはダリウスとして知られている——は、盗んだジープで夜明け前にアトランティックシティに入った。約束した相手と落ちあうことになっている、今は営業していない古いホテルは、大通りから二ブロック離れたところにあった。明かりはなく、建物は崩れ落ちる寸前だ。ザーヒルの懐中電灯に照らされたネズミが逃げまどう音が聞こえた。

アトランティックシティは死にかけている。じきにこの国全体が、欲と官僚主義、争い好きで利己的な人間たちのせいで崩壊するだろう。手遅れになるまで誰も動こうとはしない。すでに手遅れだ。まったくの手遅れ。それがわかるのは、崩壊を推し進めるのがザーヒルの仕事だからだった。彼とマシューがやるべきことを終えたら、アメリカは圧力を受けてつぶれるだろう。

この一帯には監視カメラがない。頭がどうかしていない限り観光客も来ない。ザーヒルはホテルの裏にまわった。足を止め、身じろぎもせずに立った。ここまで生きながらえたのは、自分の直感を信じてきたおかげだ。腕の下の古いホルスターからワルサーPPKを引き抜いて構えると、さっきよりもゆっくり進みはじめた。

ここにはまだ誰もいないはずだが、建物の端をまわりこむと、こちらに背を向けて静かに立っている若い男が目に入った。この男もまた、死にかけた街の取るに足りない影のひとつにすぎない。

いや、待て。これが約束の相手か？ ラハバ大佐から送られてきたのか？ あるいはハンマーから？ どういうことだ？ ザーヒルは獲物を狙うヘビのようにすばやく動き、男の首に腕を巻きつけてこめかみに銃口を押しつけた。

相手の耳元でささやく。「振り向くな。抵抗もするな。でないとおまえを撃たなきゃならないが、子供を殺したい気分じゃないんだ」

若い男は身をこわばらせた。「子供じゃない。もう六年も仕事をしてきたし、ずっと成功している。あんたにメッセージを伝えるために来たんだ」

ザーヒルは首にかけた腕の力を抜いた。「言え」

男は息を深く吸って話しはじめた。その威厳ある冷静な口調を聞いて、ザーヒルはこの男がただのメッセンジャーではないのを悟った。若いようだが自分のしていることをわかっているし、危険な立場にいることも、ザーヒルがその気になれば彼を殺せることもわかっている。それでもここに来て、落ち着いて自制しているのだ。ザーヒルは感心した。

男が言った。「ごらんのとおり、見取り図は持ってきていない。持ってこられなかったんだ」

「なぜだ?」

「おれのスパイが、ベイウェイ製油所で爆発が起きて死者が出た以上、自分はもう安全ではないと言ってきた。彼は監視されていると思っている。見取り図をあんたに渡したら、FBIに見つかって逮捕されるんじゃないかと恐れているんだ。大金と引き換えにやるはずだったことをすべて中断し、自分の足跡を隠さなければならないと彼は言っている。失望させてすまない、だとさ」男は鼻で笑った。「感情的で臆病な男で、われわれに借りがあることを忘れているものだから、どうしても説得できなかった。仕事を完成させるほかの方法を考えるよう、あんたに伝えろとラハバ大佐に言われて来た」

ザーヒルは男の耳に口を近づけてささやいた。「この方法が完璧だというのに、別のを考えろだと? いいや、わたしはそうは思わない。おまえがその情けない臆病者に何をするとかしないとか決めさせたり、自分やラハバ大佐に命令させたりするのが信じられないね」

「彼は協力を拒否しているし、おれが自分で見取り図を手に入れることはできない。できるものならやってるが、できないんだ。ハンマーも、あんたが別の方法を考えるべきだと言っている」

「つまりラハバもハンマーも、その愚か者は脅したり殺したりできないほど価値が高いと考えているわけだな」

「そういうことだろう」

ザーヒルはまた相手の耳元でささやいた。「これからどうなるか教えてやろう。わたしがその裏切り者のアメリカ人に、もらった金に見合うだけの仕事をさせてみせる。相当な額をもらっているんだろう。おまえはそいつにわたしからの、ザーヒル・ダマリからのメッセージを直接伝えろ。その男はどこで働いている?」

「ボルティモアだ」

「すばらしい。そのスパイに伝えてくれ。明日の午前十時きっかりに、インナーハーバーにある〈シルバー・コーナー〉という食堂《ダイナー》に見取り図を持ってこなかったら、わたしは彼を破滅させるばかりか、彼のまわりの人間もすべて破滅させるとな。やつは信じるだろうか?」

若い男の声は、もはや平坦でも無表情でもなかった。そこには熱意があふれていた。「ラハバ大佐やハンマーの意見には賛成できなかったから、喜んでそれを彼に伝えるよ。あんたを信じないとしたら、彼は臆病なだけじゃなくてばかだ。だとしたら、あんたが言うようなことをされるのも当然の報いだな」

「彼が迷っているようだったら、わたしは釣りがうまくて魚をさばくのが大好きだと言ってやれ。さあ、振り向かずに行け。おまえが振り返って焼き殺されるところは見たくない」

ザーヒルがこめかみから銃を離すと、男は大きく息を吸った。そして向きを変えて歩き去った。静かな朝に響く唯一の音であるその足音に、ネズミたちが逃げまわる。男は振り返らなかった。口笛が聞こえたのは気のせいだろうか？　なかなか骨のある若者だ。

25

ポーンをC3へ進めてテイク

ワシントンDC

アメリカ副大統領公邸

キャラン・スローン副大統領はデータを暗号化したiPadをコーヒーテーブルの上に置いた。まだ早い時間で、大統領日報をじっくり読む前にカフェインをとっておきたかった。

窓の外では、副大統領担当のシークレットサービスがベランダから庭の白いラティスを張ったあずまやを歩き、美しい春の朝を楽しんでいる。じきに温度も湿度もあがり、キャランを含め誰もが汗をかく、典型的なワシントンDCの夏がやってくるだろう。けれども今は空気が冷たく澄んでいて、花が咲いている。あと一時間は自由に過ごすことができる。リビングルームでひとり食事をとるのがキャランは好きだった。エアコンで涼みに来るスタッフも、義務である週二回のディナーパーティの準備であわただしい料理人もいない。

キャランの一日は、いつも同じように始まる。六時に起床、ルームランナーで走ってからシャワーを浴び、猫に餌をやって遊んでやる。それから一階におりて、コーヒーとリンゴと好きなグラノーラバーを食べる。そしてリビングルームで店開きだ。リビングルームは清潔で落ち着いていて、天井から床まで高級なカーテンがかかり、主張しすぎないクールなベージュでまとめている。散らかった二階の書斎や、ホワイトハウスにふた部屋持っている重厚な執務室とは違って、はるかにキャランらしい。

縁の欠けた青いマグカップからコーヒーを飲んだ。そのマグカップは自宅から公邸に移るときに持ってきたもので、かつては〝ドジャース〟の文字が書かれていた。野球好きの父がプレゼントしてくれたのだが、その父も五年前に心臓麻痺で急死した。キャランはそのマグカップをとても大事にしており、どうしても使わずにはいられなかった。いつかは割れる日が来る。そのとき自分はどこにいるのだろう？　完全に引退しているだろうか？

朝食をとるために座ってから、まず最初に大統領日報に目を通す。一九四〇年代後半のトルーマン大統領の在任時に、アメリカに対する差し迫った危険を大統領に説明するために始まった日報だ。

キャランはコーヒーを置き、データが厳重に暗号化されたｉＰａｄの画面に指を滑らせた。今日の日報の主要項目として何が載っているかはわかっている。ニュージャージーでの爆破事件だ。テログループ〈地球の賛美者たち〉が関係しているとされている。さらに石油業界に大規模なサイバー攻撃が仕掛けられており、こちらもベイウェイ製油所の爆発と関連している可能性が高い。けれども一番大きな話題は、ジュネーブで行われている和平会談だ。イランが最近、遠い将来に至るまでイスラエルに向けて核兵器を発射する予定はないと主張したことに対して、イスラエルが反発を見せている。そんなことを信じるのは大統領ぐらいだろう。〝世界はあっという間にだめになってしまうだろうね〟キャランの祖母は、よくそう言っていた。穴居時代までさかのぼるあらゆる時代の人々が同じことを言っていたと思うと、いくらか慰めになった。トルーマンは、キャランのボスであるジェファーソン・ブラッドリー大統領よりもはるかに厳しい状況に対処したが、当時の世界は今と違う。今や、国家の敵は軍服を着てわきたつ民衆に向かって行進したりしない。敵には顔がないのだ。陸、海、空、あるいはトルーマンが想像もしなかったコンピュータから、静かに攻撃してくる。

携帯電話が鳴った。電話はテーブルの食べかけのリンゴの隣に置いてあった。表示された番号を見て、キャランははっとした。大統領が直接かけてくるのは珍しい。中東の大事な和平交渉をイスラエルが白紙に戻そうとしている件について話したいのだろう。

「おはようございます、サー」

挨拶もなく大統領は言った。「日報を読んだか？」

「ええ、読みました」それだけ言って待った。

「キャラン、きみにイスラエルを説得してほしいのだ。きみはイスラエル諜報特務庁《モサド》とつながりを持っているからな。副大統領として迎えたのは、それもあってのことだ。今週行われているこの交渉を、何があっても妨害されたくない。互いを無視していないときの彼らの話題といえば、COEの恥知らずなサイバー攻撃だ。ベイウェイの事件のせいで産油国が震えあがっているのは言うまでもない。イスラエルがCOEを支援していると非難する国もある。それが正しいのかもしれない。わたしにはわからないがね。とにかく、このグループにわたしの遺産を台なしにされるのはごめんだ。絶対に許さない」ブラッドリーは息を深く吸った。「昨夜、イスラエルは席を蹴って出ていった。きみの知りあいのアリ・ミズラヒに電話をかけてくれ。この事態を、彼らをなんとかするのだ。それができないなら、わたしが戻ってから長い話しあいをすることになる」

「承知しました、サー」大統領のことはあまり好きではないが、彼と自分がいいコンビであることは否めない。キャランはカリフォルニアと女性たちの票を集め、それがブラッドリーにとって大きな勝因となった。ふたりが唯一大きく対立しているのが外交政策、特に対中東政策だ。キャランは、イランとその行動部隊となっているヒズボラ、中東のその他の非民主主義国家による核を利用した威嚇に直面するアメリカ、イスラエルをはじめとする世界の国々の危険をじかに知っている。一方のブラッドリーは、この地域の平和を遺産として残したがっており、大統領就任時にはそれを最優先事項として掲げた。就任してまだ一年だが、すべての当事国を一堂に集め、ジュネーブで交渉の席に座らせることに成功している。そのこと自体が画期的だ。それだけでなく、ブラッドリーはイスラエルを説得して、タリバンとサウジアラビアまでをも、この場に引っ張りだしている。ヒズボラを招待したら、どう脅しをかけてもイスラエルが出席しないであろうことはブラッドリーにもわかっていたが、イランの宗教的指導者たちと大統領、それに狂信的なバヒド・ラハバ大佐を呼ぶことには成功した。誰もがこれは奇跡だと認め、祈った。

だが、キャランにはうまくいかないとわかっていた。ブラッドリーが求めている栄光が彼の失脚を招く結果になりうることも。そして世界の失脚も……。

いや、そんなことはない。少なくとも今は、彼はキャランのボスなのだ。「すぐに話をします、サー」

「そうしてくれ。わたしは水曜の夜に戻る。ヨークタウンの製油所のクリーンエネルギー導入の記念式典で演説をするからな。週末はキャンプ・デービッドで過ごし、今回の和平交渉の内容をまとめさせる。それはきみが自分の仕事をするという前提の話だ。わかるね？」

「はい、サー。わかります」

「よろしい。各国首脳は来週アメリカで協定に調印する。ヨークタウンでも調印の場でも、笑顔を絶やさないでくれよ、キャラン」ブラッドリーは言葉を切った。「きみがわたしのやり方に賛成していないのはわかっているが、わたしはこれが正しいと本心から思っている。彼らに正しい道を示し、体面を保ちつつ、彼らの国とその未来を救う方法を示しているのだ。彼らも理性的になるだろう。わたしが彼らを導くのだ」

〝どうしてあなたはそんなに盲目なんですか？　各国のリーダーたちが和平協定に調印するとしたら、それは過去にもあったのと同じ、見せかけにすぎません。しばらくのあいだあなたを得意にさせておき、経済的援助や、われわれに不利な約束を彼らに与えるよう仕向けておいてから、攻撃を始めるつもりなんです。ラハバ大佐の目に憎悪がこもっているのが見えませんか？　大佐が西側諸国についてしゃべっていることを無視できるのですか？　われわれのことを、破滅のもと、害虫と呼び、駆除すべきだと言っているんですよ？〟

だが、それをブラッドリーに告げるわけにはいかない。すでに充分、彼とはぶつかっているのだから。ブラッドリーはヨークタウンにも和平協定調印の場にも、キャランの出席を求めてきた。中東諸国のリーダーたちに、アメリカの副大統領がついに暗黒の世界に足を踏み入れ、アメリカの敵を友人と見なすことに同意したのを見せつけたいのだろう。もしそれが実現したらの話だが。

「わかりました、サー」野獣を棒でつつくべきではないとわかっているが、どうしようもなかった。「それで、それ以外は交渉はどんな具合ですか？」

ブラッドリーは答えたくないだろうが、答えないわけにはいかなかった。「努力はしているが、あまりうまくいっていない。だが、きみがイスラエルを交渉の場に戻せれば、すべて変わるだろう。あとまだ二十四時間ある。きみの仕事をしてくれ、キャラン」ブラッドリーは電話を切った。キャランはすぐに自分の首席補佐官、クイン・コステロに電話をかけた。

十年前、ミズーリのウィリス・リード上院議員が家庭の事情――今でいうところの不倫問題で引退したときからキャランのもとで働いているクインは、彼女にとって頼りになる存在だった。

「おはようございます、副大統領」クインの明るい声が言った。「こちらに移動中ですか？」

「まだよ。今日のわたしの予定は殺人的に詰まってる？　ここでやりたい仕事があるんだけど」

「表敬訪問が三組、十時には酪農家との写真撮影があります。九時まではいらっしゃらなくても大丈夫です。ブラッドリーに急な仕事を入れられたんですね？」

「そのとおり。警備関係者を集めてちょうだい。十時十五分に、ＣＯＥに関する状況説明をしてほしいわ。そちらに向かう途中で連絡するわね」

それから少しためらったのち、そらで覚えている番号にかけた。電話に出た相手の低い声はとても懐かしく、とても遠くて、キャランはすべてを放りだして彼とやり直したくなった。

「ミズラヒだ」

「アリ？　キャランよ」

「わかるよ。きみの電話番号はまだ覚えているからね」その冷たい口調に、キャランは胸が張り裂けそうになった。少なくとも電話に出てくれたのは進歩だ。選挙運動を始めたとき、キャランはやむなく彼との関係を終わらせた。それから何カ月ものあいだ、アリは彼女からの電話に出ようとしなかった。キャランがアリを最も必要とする時期だったが、アリは自分が信用しないブラッドリーと組んだ彼女を裏切り者と見なし、完全に拒絶した。キャランには、彼の気持ちがわかりすぎるぐらいわかった。キャランがアリよりキャリアを選んだことに、彼は耐えられなかったのだ。彼女はこの状態をいつか改善できるのではないかと思っていたが、今日でそんなチャンスも永遠になくなるだろう。これからアリを怒らせることになるのだから。

「仕事のことで電話したの」

「きみからの電話はそれしかないだろう」

またしても胸が張り裂けそうになった。「アリ、お願い。喧嘩《けんか》はやめましょう。わたしの立場はわかってくれるわよね？　この仕事を引き受けたとき、モサドの恋人と一緒に遊説に出るわけにはいかなかったのよ」

アリは黙っていた。キャランは頭を抱えた。「これは一時的なことよ、アリ。わたしの気持ちは知っているでしょう？　以前と変わっていないわ」

ふたたび話しはじめたとき、アリの声は冷たくてよそよそしく、キャランは彼との個人的な喧嘩は別の機会までお預けになったのを悟った。

辛抱して、アリ。今日のところはわたしを許してちょうだい。

「何が望みだ、副大統領閣下？」

「あなたの仲間、あなたの政府に、ジュネーブの交渉のテーブルに戻って、ブラッドリー大統領の交渉に協力してほしいの」

「キャラン、われわれのスタンスは変わっていない。ここであきらめるつもりはない。あきらめることはできないんだ。その理由を誰よりもよく知っているのはきみだろう？　イランはわれわれに弾頭を向けている。今われわれがなんらかの譲歩をすれば、国境を開いて犬の群れを招き入れるようなものだ。向こうが警戒態勢を解き、永久に核施設を止めるというのなら、われわれも話しあいの席につこう。だが、彼らにそんなつもりはない。少なくともわたしが生きているあいだはな」

「わたしたちはそうさせようとしているの、アリ。本当よ。あなたがたが、わたしたちにちょっと誠意を見せてくれれば――」

「ほかの誰でもないきみがこんな話をしているとは信じられない。われわれが何を犠牲にし、どれだけ主張を曲げて妥協してきたかを、実際にその目で見ているきみが。われわれが常に攻撃を受けていることを無視したいのか？　常に死と隣りあわせだということも？　なんの罪もないわたしの幼い娘は殺され、地面に朽ち果てた。それなのにきみは、わたしにブラッドリーのメッセージを伝え、われわれの政府に彼らの嘘を受け入れろというのか？」

「わたしがお願いしているのは、恒久的な平和にたどりつく可能性を考えてほしいということよ、アリ。可能性を考えて、広い心を持ってほしい。それだけなの」

アリは苦々しげに短く笑った。「恒久的な平和か。きみは目先のことしか考えないんだな。いや、きみではなくブラッドリーか。彼は、イランにはわれわれイスラエルと協力する気も、一緒に平和を目指す気もないという事実から目をそむけている。イランはわれわれを破滅させたいのだ。世界に向けて、そう宣言しているじゃないか。この和平会談はすべて見せかけだ」

キャランも同じ意見だが、それでも言い募った。「今回は違うかもしれない。もしかしたら――」

アリがさえぎる。「教えてくれ、なぜ殺人の依頼が出ているんだ？」

キャランは血が凍った気がした。「えっ？　今なんて言ったの？」

「昨夜、ヨルダンに向けて発信されたメールを傍受した。その中に、われわれが監視している複数の口座への送金があった。ヒズボラと行動しているイラン人たちのものだと思う。彼らは――」

「言わないで」個人的な憎悪をすべて忘れて鋭くさえぎった。「この電話ではだめよ。たしかな証拠はあるの？」

「彼が姿を消した。三カ月前、ロンドンを経由してメキシコに飛んでいる。シウダー・ファレス郊外で数人が殺された。われわれが監視していたＩＳのメンバーたちだ。地元のコヨーテも行方不明になっている。麻薬王を怒らせて殺されたと言われているが、わたしは写真を見た。間違いなく彼のしわざだ。彼は活動している。そしてアメリカにいる」

「ターゲットは？」

「複数いるだろうが、今のところはっきりしていない。はっきりしているのがひとりだけいる。きみだ」

26

ナイトをe4へ進めてテイク

アッパー・イースト・サイド、東六十九丁目
ニコラスの褐色砂岩の家

ニコラスは目覚まし時計なしで六時に目覚めた。数時間しか寝ていないが気分はよく、ゆっくり休んだあとのような感じがした。ストレッチをしながらテレビをつけ、ニューヨークの天気予報を聞く。天気は彼の気分同様、快晴であたたかいらしく、外では完璧な春の一日が始まろうとしていた。雨また雨のロンドンの朝とは大違いだ。ロンドンが恋しいが、ニューヨークの天候は捨てがたい。ニコラスはだんだんこの街が好きになっていた。シャワーを浴びてひげを剃《そ》り、服を着るあいだも気分のよさは続いていた。だめになった服はどこにも見当たらなかった。それはつまり、ナイジェルが今朝すでにニコラスの部屋に入ったということだ。

念入りに服を選んだ。マスコミやカメラが来るはずだし、ほかの捜査官とも顔を合わせる

ことになるから、落ち着いていて自制心があるように見せなければならない。バーニーズのグレーの三つボタンスーツに、かすかにクリーム色の縦縞が入った〈ターンブル・アンド・アッサー〉のシャツ、祖父のカフスボタン、よく磨かれたウィングチップ。これなら大丈夫だ。赤いネクタイを選びかけたが、落ち着いた紫に変えた。ザッカリーが赤をつけてくるだろう。張りあってもしようがない。

朝食のためにキッチンへ行った。ナイジェルの姿はなかったが、驚いたことにオートミールが作ってあった。英国の家にいる料理人のクラムが作るものよりずっとおいしい。食べながら、iPadで主要ニュースを見た。予想どおり、トップニュースはベイウェイ製油所での爆発だった。明るくなってからの現場の写真は、ニコラスの記憶にあるよりも凄惨で生々しかった。彼は自分のてのひらを見た。薬を塗ったおかげで、今朝は火傷はそんなにひどくなっていない。レックス・セダーソン、ボブ・ベンチュラ、ケネス・チャントラーのことを考えた。なんと無駄な死を遂げたことか。そしてミスター・ホッジズ。善人だった彼が今はこの世にいない。彼らの死に理由はない。ただ傲慢さを見せつけるためだけの殺害だ。

母のミツィーのおかげで、〈フォートナム&メイソン〉から直接送ってもらえた濃いアール・グレイを二杯飲んだ。そしてブラウンシュガーがけのオートミールの二杯目を食べながら、メールをチェックした。アダム・ピアースからはまだ何も言ってこないが、数時間しか経《た》っていないのだから当然だ。彼には時間を与えて、確実な方法で潜入してもらおう。

ニコラスはスポーティーで運転しやすいBMW335iに乗りこんだ。新車の車体はサファイアブラックで、内装はいかにも高級車らしいグレーの革張りに濃い色のクルミ材のダッシュボード。愛用していたジャガーが懐かしいけれど、英国からそれを送るよりは、こちらでBMWを買ったほうが費用がかからなかった。まあ、たいして変わらないのだが。BMWの走りが好きだった。十六歳のときに初めて両親からもらった古いフィアットにちなんで、フレイアと名づけている。

携帯電話で道路交通情報を調べた。フェデラル・プラザまでは二十分かからずに行けそうだ。

FDRドライブに入る前に、マイクから電話がかかってきた。

「こっちに向かっている途中？」

「あと十分で着く。何があった？」

「まだ何も。わたしも二、三分前に来たばかりだけど。あなたが来たらすぐに会議よ。監視カメラの映像は用意できているし、家族への連絡はすんだわ。ゆうべ三人の捜査官が亡くなったことは、もう広まってる。局内は怒りで満ちているわよ。楽しい一日にはならないわね。わたしたちの友人との話はうまくついた？」

「ああ。彼はもう動きはじめている。潜入できたら報告が来るだろう。ザッカリーは自分のオフィスにいるのか？」

「さあ。でも、オフィスで張りきってるんじゃないかしら。十時に記者会見の予定が入っているの。ラリー・リーブスに関しては何もわかっていないわ。遺体はすべてベイウェイから運びだされたけれど、まだ全員の身元が判明したわけじゃない。リーブスは現れたかと思うと、家族にひと言もなしに消えた。死んでいる可能性が高いわね。グレイがあなたに話があるって。大事なことだと言ってるから、急いで来てちょうだい」


ニコラスが二十三階の自分のデスクに着いたとき、まず目に入ったのは自分のコンピュータに向かい、顔をモニターに近づけて何かを指でたどっているマイクの姿だった。彼女は眼鏡を外して鼻筋をもむと、椅子の背にもたれて目を閉じた。ニコラスはモニターを見ようと腰をかがめたが、ジャスミンの香りに気を取られた。残念ながら、今日はわずかに煙のにおいが混じっている。おそらく自分もまだ煙くさいのだろう。

腰を伸ばしてマイクの肩に触れた。「まだ何も見つからないか？」

彼女は目をぱちくりさせてニコラスを見あげた。顔のあざは紫色に変わっているが、それでも頭が切れそうに見えると同時に、敵を倒す気満々に見える。なんとも頼もしい組みあわせではないか。彼女の檻《おり》に悪人を投げこんでみたいものだ。

「おはよう、マイケラ。昨夜より元気そうだな。あざは紫になって、ロードアイランドみたいな形をしてるけど」彼女のあざの輪郭をそっと指でなぞった。「痛むかい?」

「ちょっとね」

マイクは眼鏡をかけると、ニコラスを上から下まで見つめた。「マッチョな体にクールな服がジェームズ・ボンドみたい。あらまあ、フランス製のカフスボタンまで。あなたったら、高額ポーカーでひとり勝ちしそうな感じよ。ボンドのフランチャイズ権をあなたが買ったら大人気になりそう」

これには笑うしかなかった。「きみのジャンパーもいいじゃないか。黒はきみの色だ。髪を引き立たせる」

「ニコラス、お世辞はいらないわ。ロードアイランドで結構よ。手の傷はどう?」

彼は肩をすくめた。「今朝はだいぶましだ」マイクのスペースを仕切っている青いフェルトの壁にもたれ、腕を組んだ。「考えていたんだが、COEは昨夜のサイバー攻撃を成功させるために巨額の金が必要だったはずだ。ガンサーへの支払いだけでも数百万ドルはかかっただろう。その金はどこから出ているのか?」

マイクはうなずいた。「そうね、あなたの言うとおりだわ。それを突きとめなければ」

「それにCOEが背後にいることの確証も得ないと」

「COEなのは間違いないけどね。監視カメラの映像は見てみたかい?」

「ええ。これを見て」マイクは画面を指差した。

黒っぽいぼやけた姿がかろうじて見える。次に、野球帽のつばの下に月明かりに照らされた顎の先と豊かな唇が見えた。

「すばらしい。この女性が誰なのかを突きとめて捜そう」

27

ビショップをe7へ進めてテイク

マイクが言った。「ほかにもあるのよ。彼女は三台の監視カメラ全部に映っているの。野球帽は一度も脱いでいないから、顎しか見えない。映像自体はたいして見るべきところがないわ。顔を認識するには、もっとほかの映像が必要ね」彼女はいったん言葉を切った。「彼女がカメラのほうに顔を向けている映像があるわ。まるでわざと顔を見せているみたい。どういうこと？　なんだか見覚えがある気がするんだけど、わからないのよ。どこの誰なのかがわかったら、パズルのピースがぴったりはまるかもしれないわ」

ニコラスは首を横に振った。「この画像ではデータベースに引っかかるとは思えないが、絶対とは言えないな。すぐにプログラムを起動して、この天使の特徴に合うデータがないか探してみるよ」

マイクの電話が鳴った。ザッカリーの秘書からだった。「ふたりとも来てくれって」

マイクは電話を切って立ちあがった。「あとにしましょう。ザッカリーに呼ばれたわ。

ショーの時間よ」

ふたりは会議室に向かった。ザッカリーの声がした。「ドラモンド、ケイン、入ってくれ」

中に入ると、テロ対策会議が開かれていた。現在行われている攻撃と、最近阻止された攻撃がボードに貼りだされている。ざっと見たところ、この二十四時間でアトランタ、ニュージャージー、カリフォルニア、ニューヨークでの攻撃が阻止されていた。

このチームの朝は、テロ対策会議でテロの脅威《スレット・アセスメント》に関する報告書を分析することから始まる。毎朝、その脅威の多さにニコラスは驚かされる。だが、ベイウェイはその中に含まれていなかった。噂も脅迫も、何ひとつつながらなかったのだ。ほかにも自分たちの知らない陰謀がどれだけ計画されているのだろう？

ニコラスはＣＯＥが〝緊急の脅威〟の欄に移されているのに気づいた。昨夜の爆破と十五人の死者を考えれば当然のことだ。いや、十五人ではなく十九人。ＣＯＥは小規模なグループで、おそらくメンバーは十人もいないだろう。そして別のグループとは手を組んでいないはずだ。彼らの動きが予測不能なのは、そのせいに違いない。彼らは一匹狼《おおかみ》であり、一匹狼はＩＳやアルカイダといった組織化された大きなグループより恐ろしい。ＣＯＥのようなグループは、国際的な協力を得てもなお、追跡するのが難しいのだ。

会議室の誰もがしゃべっていた。ＪＴＦのメンバーは国土安全保障省の捜査官と覚え書きを見比べている。国家安全保障局《NSA》は国家情報会議と活発に意見を交わしていた。ニコラスの知らない顔が多かったが、彼らがアメリカの各機関の代表であり、このチームに加わって主導権を握り、采配を振るおうと競っていることはわかった。

ＮＳＡの捜査官が顔をあげ、ニコラスを見ると口笛を吹いて両手を叩いた。「やあ、ドラモンド。ウォートンはすでにみんなの称賛を受けたから、今度はきみの番だ。よくやった」テーブルについている全員が拍手したが、大きな音ではなかった。他の機関の代表者たちはとりわけ控えめだった。ニコラスはにやりとした。

ザッカリーが言った。「グレイとニコラスは石油会社の富を救った。それだけではない。ニコラスとマイクは昨夜ベイウェイ製油所の爆発の真っただ中にいて、人命を救った」今度の拍手はさっきよりも大きかった。これは誰もが理解できたらしい。

「少し待っていてくれ」ザッカリーはそう言うと、マイクとニコラスを廊下に連れだした。そして、少し先にある自分のオフィスに連れていった。

「きみたちに仕事がある。いや、状況説明はいらない。必要ない。ＣＯＥに関して新たな情報が入ったかもしれないのだ」ザッカリーはファイルを渡した。「昨夜ブルックリンで火事があった。火を消しとめたあと建物を調べたところ、ひとりの遺体が見つかった。ニューヨーク市警は建物の所有者だと考えて、ＤＮＡ鑑定と歯科情報で裏を取ろうとしている。検死官の報告によると、死んだ男は胸を撃たれていたらしい。実は、そこに寝泊まりしていた人々に関して興味深い証言をしてくれている目撃者がいるんだ。

きみたちはブルックリンに行ってその女性と話し、現場を調べてきてくれ。何か新しいことがわかるかもしれない」

ザッカリーはふたりの顔を見た。「だめだ、マイク、ニコラス。証拠採取のためにベイウェイへ行くことは許さない。すでに消防局や爆発物処理班と協力して火元を特定するよう、ジャーニガンのチームを送っている」

「でも、監視カメラの映像はどうします、サー?」マイクが言った。「三台全部に映っている女性の顔の一部で、顔認識ができるかもしれません」

ザッカリーは片手をあげた。「ブルックリンの火事と殺された男に何かあるような気がしてならないんだ」会議室のほうを手で示した。「きみたちには、あそこよりブルックリンに行ってほしい。どういうことなのか調べてきてくれ」

ザッカリーがニューヨーク支局犯罪捜査部主任の座についたのは、その政治的手腕ゆえではない。それはおまけだ。そうではなく、頭が切れて、FBIでも指折りの現場捜査官だったからだ。彼は抜かりがない。マイクはザッカリーの勘を信じていた。

ニコラスが反論しようとしているのを見て、ザッカリーはため息をついた。

「これはきみたちを追い払うための命令ではない。昨夜のきみたちの武勇伝にみなが気を取られないよう、きみたちを排除しようとしているわけじゃないんだ。本当なんだよ。わたしの直感が、大事なことだと言っているんだ」

ニコラスはうなずいた。「行きますよ、サー。何か見つけたら連絡します」

「頼む。さあ、質問攻めに遭う前に姿を消すといい。それからケイン捜査官、ドラモンド捜査官がトラブルを起こさないよう見張ってくれよ」

マイクは自分のデスクに戻るとバッグを取り、拳銃の安全装置を解除した。ニコラスもその隣で同じことをした。

「待って、ニコラス」マイクはそう言うと、手を振ってベン・ヒューストン捜査官を立ちどまらせた。「ベン、監視カメラの映像を調べてもらえる?」

「もちろん。何がお望みだ?」

「ベイウェイの映像に野球帽をかぶった女性が映ってるの。カメラのほうを見つめているのもあるわ。それを国家地球空間情報局《NGA》のデータベースにアップロードして、一致するデータがないか調べてほしいのよ」

「何かわかったらすぐに知らせるよ」

「ありがとう、ベン。必要なときは無線で連絡して」

エレベーターの中でニコラスが言った。「ほかにやるべきことは何がある?」

「監視カメラ映像の大々的な調査に爆弾の分析、それから捜査官とミスター・ホッジズを殺した犯人を割りだすこと」

「それなのに、ザッカリーはブルックリンに行って目撃者の話を聞けと言う」

マイクはポニーテールをほどいて髪を振った。頭痛がしていた。「ザッカリーが何かあると言うならあるのよ。わたしのバイクブーツを賭けてもいいわ」

十分後、マイクの運転するクラウンビクトリアはブルックリン・ブリッジを渡り、ブルックリンの街を縫うように走りはじめた。GPSが目的地に着いたことを知らせると、マイクはテイクアウト専門の中華料理店と小さな雑貨店にはさまれたコインランドリーの前の縁石に車を止めた。

ニコラスが尋ねた。「で、そのとんでもなく重要な証人の名前は?」

「ミセス・ビダ・アントニオ。このコインランドリーのオーナーよ。そうそう、忘れないうちに言っとくけど、あなた、アダム・ピアースに仕事を与えたことをザッカリーに話してないでしょう?」

ニコラスはにやりとした。「アダムがCOEに入りこめたら、すぐに報告するよ。だめだったら、別に害がないんだから黙っていても問題ない」

車からおりると、マイクは彼を上から下までじっと見た。「ニコラス、コインランドリーの女店主のために、英国人らしさを見せてよね。その上品ぶったアクセントとフランス製のカフスボタンで、ミセス・アントニオがもっとしゃべってくれるかもしれないわ」

「しゃべることがあればの話だが」たいして期待はしていなかった。

「信じましょう」マイクはそう言って、ニコラスの腕をこぶしで軽く打った。

28

クイーンをb6へ

ワシントンDC
ジョージ・ワシントン大学病院

バネッサは無重力の中にいるような気がした。どんどん高くのぼり、やがて白くてやわらかい雲のようなものに包まれて、触れられそうで触れられないまま、さらに高くのぼっていく。痛みも不快感もない。わたしは死ぬのだ。それともすでに死んでいて、天国に迎え入れられようとしているのだろうか？　頭の横でゆっくりと繰り返されるビーッという音に気づいた。なんの音だろう？　なぜ止まらないの？　ふいに自分の呼吸を感じた。音のリズムに合わせて、吸って吐いて吸って吐いてを繰り返している。ここはどこ？　突然痛みを覚えた。そしてもう一度。今度は津波のように鋭く激しい痛みだった。息をするたびに肋骨《ろっこつ》がきしむみたいに痛む。

ここは天国じゃない。ということは地獄？　いえ、地獄でもない。痛みを感じるのは生きている証拠で、バネッサは今、燃える建物のすぐそばのアスファルトに倒れているのではなく、病院のベッドにいるのだ。

「ネッサ、目が覚めたか？　まぶたが動いてる。もう目覚めていい頃だ。おまえは大丈夫だ。無事なんだよ。さあ、ネッサ、そのきれいな瞳を見せてくれ」

よく知っている声だった。でも、誰だかわからない。

バネッサは目を開けた。まるで水の中にいるみたいに部屋が揺れて見える。なんとも奇妙な感覚だ。声がするほうに顔を向けることができた。ベッドの脇の椅子に男性が座っている。頭はほとんど禿げあがっているけれど、かつてはブロンドだった。分厚い眼鏡の奥のブルーの瞳、奇妙な口ひげ、丸くなった肩。茶色いスラックスに白いシャツ。

「カールおじさん」バネッサはささやいたが、そのひと言を口にするだけで、死んでしまいたいほどの痛みの中に放りこまれた気がした。おじは彼女の手を握っていた。立ちあがってバネッサの上にかがみこむ。

「大丈夫だ、ネッサ。わたしはここにいる。ちゃんとよくなるからな。本当にびっくりしたよ」

「どうやってわたしを見つけたの？」

「誰かがおまえの電話からかけてきたんだ。それも立て続けに何度か。すぐに何かおかしいと思って、ＧＰＳで位置を調べさせたんだよ。本当によかった。おまえは胸を撃たれて、燃えている建物の非常階段から落ちたが、ありがたいことに助かった。状態が安定してから、救急ヘリでここまで運んだんだ。おまえの安全のために、あの近辺には置いておきたくなかったから。何があったんだ？　誰かが電話を見つけたのはわかるが、どうしてそんなことになったんだ？」

話すのは大変な苦労を要した。バネッサはささやくような声でなんとか答えた。「長い話になるわ。マシューにメールの着信音を聞かれてしまったの。彼はわたしを撃った。イアンも撃ったのよ」

カールは心臓が止まりそうになった。たったひとりの姪《めい》を撃たれ、もう少しで死なせるところだったのだ。「さあ、少し水を飲みなさい。楽になるだろう」

バネッサはストローで水を吸った。「痛いわ。ものすごく」

「わかるよ。モルヒネを注射してあげよう」

カールは注射をした。ふたたび世界が霞《かすみ》に包まれ、痛みが引くのを待つあいだに彼は言った。「ニューヨーク市警がイアンの遺体を見つけた。ありがたいことに、おまえを撃った弾はわずかに心臓を外れたんだ」一瞬、目を閉じた。「実に運がよかったんだよ、ネッサ。痛みは少しましになったか？」

「ええ。消えてはいないけど、部屋の向こうに立って待ってる感じ」

カールはほほえんでバネッサの手をさすった。「おまえは手術を受けたんだ。とても長い手術でね、わたしは怖くてたまらなかった」彼は言葉を切って気を落ち着かせてから先を続けた。「血圧がまだ心配だ。非常階段から落ちたのを覚えているか？」

思いだそうとしたが、だめだった。

「いいんだ、気にするな。落ちたときに数箇所、骨が折れた。左脛《ひだりすね》はきれいに折れているが、大腿骨《だいたいこつ》と右腕の骨は容態が安定してから手術して、おそらくねじやピンを埋めこまなければならないだろう。よしよし、モルヒネが効いてきたみたいだな。今は全部忘れろ、ネッサ。続きはあとで聞かせてくれればいい。おやすみ、いい子だ。寝なさい」

〝おまえは死なない。ベルファスト紛争のただ中で覆面捜査官をしていたときに死んだ、おまえの父さんみたいには〟――おじがそう言った気がした。

バネッサはささやいた。「わたしが覆面捜査官であることはばれたわ。だから――」

おじは彼女の唇に指を当ててさえぎり、かぶりを振った。「今はいい。心配するな」

バネッサは目を閉じ、モルヒネの作用でふたたび白い雲の中に漂った。あたたかくて安全だし、そして何より、おじがここにいて守ってくれる。おじがぎゅっと手を握ったのがわかった。漂いながら、バネッサはもっとひどいことになっていたのかもしれないのだと思った。

だが、突然思いだした。そうだ、おじに伝えなければ。どうしても。バネッサは目を開けた。「カールおじさん、彼らは誰か大物を暗殺しようとしているの」

機械の音が速く執拗になった。

カールはバネッサの髪を額から払った。「落ち着け、ネッサ。われわれでやつらを止める。すでに追跡を始めているんだ。おまえは休みなさい」

「違うのよ。彼らはまた攻撃するつもりなの。今度は暗殺よ、重要人物の……」息を切らして言いながら、眠るまいとした。

激しい痛みが稲妻のように胸を突き抜けた。体の中で何かがふつふつと動いている。バネッサは白目をむいた。心電図モニターの波形が大きく乱れた。

看護師や医師が駆けつけ、カールを部屋の外に押しだした。

「どうしたんだ?」カールトン・グレースは叫んだ。

「心臓が止まりかけています。お願いですから邪魔をしないでください」

29

ビショップをC4へ

ブルックリン

ふたりはすぐにビダ・アントニオのコインランドリーには入らず、自動車修理工場の焼け跡を調べた。工場は向かいのブロックのほぼ全体を占めている。二階は焼け落ち、思ったとおり、燃えた建物のすぐ隣の敷地に止めてあった故障車は無事だった。れんがは真っ黒に焦げ、ガラスが吹き飛んだ窓が通りに向けて口を開けている。あたりにはまだ、濡れた断熱材と焦げた木のにおいが漂っていた。車が通り過ぎるたびに灰が舞いあがる。犯罪現場であることを示す黄色いテープが、敷地内に車が入ってくるのを阻止していた。

「ここでできることは何もない」ニコラスが言った。「ミセス・アントニオのところに行こう」

ビダ・アントニオはコインランドリーの汚れひとつないカウンターの中で待っていた。白髪で、小柄で丸々とした体つきをしている。おそらく六十代後半といったところだろう。目は鋭く、なんでも知っているという雰囲気を漂わせている。かすかなイタリアなまりがあるものの、圧倒的にブルックリンなまりのほうが強かった。ふたりがまだ店内に入りきらないうちに、彼女は口を開いた。「FBIの人？」

ニコラスがうなずき、マイクが言った。「おはようございます、ミセス・アントニオ。わたしはケイン捜査官、こちらはドラモンド捜査官です。昨夜、興味深いものをごらんになったそうですね」

ミセス・アントニオはすかさず唇に指を当て、ついてくるよう身振りで示すと、十数台の稼働中の洗濯機や乾燥機の前を通り過ぎた。椅子に座って本を読んだり、タブレットでインターネットを見たり、まわっている洗濯機をただぼんやりと眺めたりしている十人ほどの客のあいだを抜けて、店の奥へと向かう。若い男の客がふたり、シーツをたたみながらしゃべっていたが、誰もマイクたちには注意を向けなかった。

狭い事務所に入ると、ミセス・アントニオは安堵のため息をついた。

「何か話す前に身分証明書を見せていただきたいわ」彼女は手を差しだした。

ふたりは証明書を渡し、ミセス・アントニオはそれをじっくり調べてから言った。「あなたがたと話しているのが通りから丸見えでしたからね。誰かを動揺させたくないんですよ、わかるでしょ？　誤解する人がいるかもしれない。あなたがたと話しているところをマフィアが見て、わたしの喉をかき切りに来るかもって言ってるわけじゃありませんよ。若い人たちですよ。若い人は警察を見るとナーバスになりますからね。客を失いたくないんです。わたしの話を真剣に受け取ってくださってうれしいわ。もちろん、あなたがたがFBIなのはわかりましたよ。ふたりともぴしっとしていて、朝日みたいにすがすがしいんですもの。顔のあざは置いておくとしてね。どうしたの？　女性同士で取っ組みあいでもしたの？」

「ええ、わたしが勝ちました」マイクは言った。「お電話をくださって助かります。ゆうべ通りの向こうに何をごらんになったか、教えていただけますか？」

「ええ、ええ。たしか一週間前かしら、ジョージー――自動車修理工場の所有者のジョルジオ・パナトーネがヨーロッパに旅立ったんです。どこにそんなお金があったのか。うちもあちらも、今年はあまり繁盛してませんからね。彼は発《た》つ前に、友人たちが自分のところに泊まって花に水をやったりして留守を守ってくれると言いました。だから、知らない人が出入りしても心配するなって。何かあったときのためにとわたしに合鍵を預けて、ジョージーは出かけていきました」

ミセス・アントニオは鼻を鳴らした。「なんで留守をわたしに頼まないのかと思いましたよ。もう何十年のつきあいですからね。とにかく、わたしはおせっかいなもんですから、何かあったらいけないと思って見張ってたんですよ。友人っていうのは、必ずしも信用できるものとは限りませんからね。ジョージーが出発した日、大きな黒いバンがやってきたんです。五人がおりてきて、いろんな種類の箱や小さなテレビみたいなのを運びこみました。そして、建物の二階のジョージーのアパートメントの窓を黒いカーテンで覆ったんです。変じゃありません？　黒いカーテンですよ？　何をしているか誰にも見られたくないみたい。花に水をやりに来た友だちが、なんでそんなことするんです？」

マイクが言った。「おっしゃるとおり、すごく変ですね。どんな人たちだったか教えていただけますか？」

ミセス・アントニオの眉がつりあがった。「ええ、もちろんそのつもりでしたよ。黒いカーテンのことだけを話すために、わざわざここまで来てもらうわけがないでしょう。あなた、大丈夫？」

ニコラスもマイクも笑った。マイクは言った。「ええ、さえぎってしまって申し訳ありませんでした。続けてください」

「ええ、じゃあ。彼らは昨夜まで二日間あそこにいました。階段のところではっきり顔が見えましたよ。男性が四人。ひとりはアラブ系で、三人は白人でした。アラブ系は四十代、ふたりは三十代かしら。一番若いのはわたしの一番上の孫のネルソンと同じ、二十代後半ぐらいでしょうね。それから、赤毛を野球帽に押しこんでいるきれいな若い女の人もいました。彼らはダッフルバッグとバックパックを持っていました。

昨夜、男性のうち三人と女性が、ジョージーが置きっぱなしにしていたポンコツのカローラに乗りこみました。ダッフルバッグにいっぱい荷物を詰めこんでいましたよ。帰ってきたところは見てませんけど、だいたい三十分ごとにカーテンが揺れたので、一番若い男が残っているのがわかりました」ニコラスには、マイクが今にも空に向かって叫びだしそうなのがわかった。

ザッカリーの勘は大当たりだった。

ニコラスは言った。「ミセス・アントニオ、あなたは職業の選択を誤った。私立探偵になるべきでしたよ」

彼女はうなずいた。「それも悪い考えじゃないわね。五人の息子と三十二人の孫がいれば、いろんなことに目を配るのも得意になるってもんですよ」

「彼らの人種には間違いないですか?」マイクが尋ねた。「似顔絵の担当者に彼らの特徴を説明していただけます?」

「わたしは物覚えがいいんですよ、ケイン捜査官。ええ、間違いありません。その担当者に協力しますよ。ところで、ここからが肝心な部分ですからよく聞いて。午前二時頃、彼らが帰ってくるのが聞こえたんで、窓からのぞいたんですよ。帰ってきたのは白人男性ふたりと赤毛の女性の三人だけでした。あたりに誰もいないか、すばやく確かめていました。アラブ人の男性は見当たりませんでした。それから三十分もしないうちに、銃声が聞こえたんです」

マイクはニコラスが興奮に震えているのがわかった。「銃声のことを聞かせてください。

たしかに銃声でしたか？」

ミセス・アントニオは鈍い相手に話しているかのように辛抱強く言った。「ケイン捜査官、わたしはこのしゃれたところで生まれ育ったわけじゃないんですよ。北の、もっとひどいところの出身なんです。だから銃声がどんな音か知ってます。ええ、間違いありませんよ。二発聞こえました。でも、どこからかはわかりませんでした。だから警察に通報しなかったんです。もっと何か起きるかもしれないと思って待ってたんです。ふたりの男性が出てきて、バンに荷物を積みました。車と部屋のあいだを三往復して、それから走り去っていきました。すごいスピードで。

煙のにおいがしてきたとき、すぐに窓辺へ行って、ジョージーの建物が燃えているのに気づきました。消防に電話をかけて、すぐに来てくれと頼みました。建物の周辺で動いている人がいなかったので、心配になりましたよ。もうひとりの男性と赤毛の女性はどうしたんだろうって。もちろん、銃声が聞こえてきたのはジョージーのところだと思いました。ジョージーのアパートメントで誰が何をしようとわたしには関係ないことですけど、やっぱり人が死ぬのはいやですよ。

消防車を待つあいだ、屋根の上で動く影が見えたんです。ものすごくゆっくり動いてから、屋根の端っこを這いはじめました。赤毛の女性なのがわかりました。彼女は非常階段まで這っていくと階段をおりはじめました。怪我をしているみたいにひどく慎重でぎこちなかったので、思ったんです。撃たれたのは彼女だなって。彼女は階段の途中で岩みたいに駐車場に落ちてしまいました。わたしが飛びだそうとしたとき、黒い大きなシボレー・サバーバンが来て、ふたりの男性が飛びおりました。ひとりが彼女を指差し、ふたりは駆け寄って彼女を抱えあげました。ひとりがタオルか何かを彼女の胸に押しつけてから、白い大きな布みたいなもので彼女を包みました。それからふたりで抱えて、そっとサバーバンの後部席に乗せ、ひとりが一緒に乗りました。そしてもうひとりが運転して、車は去っていきました。あれだけ優しく扱っていたところを見ると、彼女は死んでないと思いますよ。わたしが見たのはこれで全部です」

ミセス・アントニオは一回うなずいた。質問を受けつけるという合図だ。

マイクが言った。「赤毛の女性を助けて連れ去った男性たちは、アパートメントに出入りしていたのとは別人なんですね？」

ミセス・アントニオがうなずく。「もちろん。同じ人だったら、そう言ってます。初めて見る顔でした。ビジネスマンみたいに全身黒ずくめで、頭にも黒い帽子をかぶっていたので、髪の色はわかりません。どちらもドラモンド捜査官、あなたぐらい背が高かったわ。アパートメントにいた四人の男のうちの三人よりも高かった。でも今考えてみると、若々しい動きだったわね」

ミセス・アントニオはメモを取っているニコラスを見た。「あなたはハンサムで背が高いわね。きっといい遺伝子を持っているんでしょう」

ニコラスはまばゆいばかりの笑みを浮かべた。「いい遺伝子という部分に関しては同意しますよ、ミセス・アントニオ。ところで、あなたならサバーバンのナンバーを書きとめているに違いないと思いますが」

「もちろんです」ミセス・アントニオはにっこりした。とたんに、顔が何歳分か若々しくなった。彼女はナンバーを教え、ニコラスがグレイにメールを送るのを見つめた。「あなたみたいに大きな手と長い指の持ち主が、その小さなキーを押せるなんて信じられないわ。あなたは才能にあふれているのね」

「ええ」ニコラスはもう一通、今度はザッカリーに宛ててメールを送りながら応えた。

「建物から運びだされたのは誰？　遺体袋を見ましたけど」

「まだわかりません」マイクは、ニコラスのすばやく動く指に半ば気を取られながら答えた。

「ジョージーじゃないことを祈るわ。あんなふうに死ぬにはいい人すぎるもの。彼が帰ってきていたら、わたしは気づいていたはずですよ」

ミセス・アントニオは、ふたりを話のわかる相手だと認めたらしい。ティーポットと古いマグカップを三つ持ってきて、ふたりに逃げだす間を与えずに紅茶を注いだ。「あなたはこのあたりの人じゃないわね」ニコラスにマグカップを渡しながら言う。大事な情報を提供していい一日にしてあげたのだから、媚《こび》を売る権利があるということなのだろう。

ニコラスはありがたく紅茶を飲んだ。「ええ。やあ、これはおいしい。ありがとうございます。わたしはロンドン郊外の、あなたが聞いたこともないような小さな町の出身です」マイクは自分のマグカップを受け取り、彼の肩をつついた。「ニコラス、お母さまのことをお話しして」

「いや、それは――」

「話してちょうだい。お母さまがどうしたの？　わたしはどんどん年を取ってるんですからね。わたしの時間は、あと一日も残っていないかもしれないんですよ」

「母はミツィー・マンダースです。コメディ女優で、『ア・フィッシュ・アウト・オブ・ウォーター』という八〇年代初めのテレビドラマに出ていました」

ミセス・アントニオの顔が輝いた。「『ア・フィッシュ・アウト・オブ・ウォーター』ですって。まあ、わたしの大好きな番組のひとつですよ。たぶん、うちの夫は大ファンだわ。これまで見たことないほどキュートな女性だって言ってましたもの。〝おどけたグレース・ケリー〟と呼んでいました。あなたが背が高くて強いのは彼女の遺伝子かしら？　そんな気取った英語を話すのも？　おしゃれの仕方も習ったの？　なんてすてきなフランス製のカフスボタン。すごくいいわね。驚いたわ。今度お母さまと話をするときは、ブルックリンにファンがいるって伝えてくださいな」

紅茶を飲み終えると、マイクとニコラスは立ちあがった。ニコラスが言う。「もうおいとましなければなりませんが、またご連絡します」ミセス・アントニオに名刺を渡した。「何か新たに思いだしたら、ぼくに直接電話をください」

「また来て、何があったのか教えてくださいね」

「ええ、必ずまた来ます」ニコラスはそう応えてから、できるだけ早く母に連絡することを心に刻んだ。ふたりがミセス・アントニオと握手を交わし、情報と紅茶の礼を述べてコインランドリーを出ると、男が通りに積もった灰をつついているのが目に入った。その男はふたりが自分のほうに向かってくるのを見ると、向きを変えて逃げだした。

30

ナイトをC3へ進めてテイク

「追え、追うんだ」ニコラスは叫んだ。

マイクがグロックを手に男を追った。彼女は足が速いから、男を追いつめられる可能性が高い。

ニコラスは角で曲がった。ふたりとも無線機を持っておらず、連絡を取りあう手段がないが、ニコラスは車でここまで来るときに中華料理店の向かいの小道を見ていたので、まっすぐ走り続ければ男の行く手をさえぎることができるとわかっていた。

グロックを取りだしながらフラッシング・アベニューで左に曲がると、男をマイクとふたりではさみうちする形になった。相手はそれを予想していたらしく、ためらうことなく腕をあげてニコラスに向かって発砲しはじめた。

「くそったれ《ブラッディ・ヘル》！」ニコラスは叫び、建物の陰に隠れた。マイクが止まれと男に叫びながら撃ち返しているのが聞こえる。ニコラスが陰から様子をうかがうと、男はすでに、自分に迫りつつあるマイクのほうへ向きを変えていた。男はすばやかった。マイクを撃とうとしている。

ニコラスは相手の脚を狙って撃った。

男がよろめき、左の膝をつかんで倒れた。捕まえたぞ。やっとなんらかの答えが得られる。この男が何者なのかわかる。

しかし驚いたことに、男はなおも動きを止めなかった。立ちあがると、角を曲がって全速力で走ってくる茶色のホンダに向かってよろよろと進んだ。男は膝をつかんで助手席に飛び乗り、運転席の男がエンジンをふかした。ニコラスは一瞬その男を見ることができた。黒い髪に野球帽をかぶり、膝を撃たれた男よりは年齢が高そうだ。

「車を！」ニコラスは叫び、ナンバーを読み取ろうとしながらホンダのあとを追いかけた。クラウンビクトリアがうなりをあげて走ってきた。彼は飛び乗った。「あそこで右折した」

「橋に向かってるんだわ。止めないと。応援を呼んで」マイクはダッシュボードにあるサイレンのスイッチを入れ、アクセルを思いきり踏みこんだ。

ニコラスは片手をついて体を支え、無線で本部に応援を頼んだ。

マイクの運転は巧みだった。ののしられたり、中指を立てられたり、赤信号に引っかかったりするのもすべて無視して、前の車から目を離さずに、ほかの車のあいだをぎりぎりのところですり抜けていく。

クラウンビクトリアはタイヤをきしらせながら角を曲がり、ニコラスは必死に体のバランスを取った。マイクは興奮し、集中している。楽しんでいるに違いない。舞いあがっているのだろうか？　ああ、そうだ。ニコラスは彼女をパートナーにしてくれた神に感謝した。

ニコラスは無線に向かって空からの応援を要請した。ニューヨーク市警のパトカーが二台、追跡に加わった。カーチェイスは通行人やほかの車をよけながら、スピードを落とすことなく続いた。クラウンビクトリアがディビジョン・アベニューとベッドフォード・アベニューの交差点に飛びだしたとき、ニコラスは一台のタクシーの運転手の顔を見た。死が自分に向かってきているような顔をしている。マイクが急ハンドルを切り、車は目指していたのとは違う九丁目に向かっていた。彼女は右に曲がり、ブロードウェイ方面に走った。

「やつらを止めろ。ベッドフォードに戻れ！」

ここは裏通りで道が狭く、左右に小さな路地がいくつも延びている。クラウンビクトリアはがたがたと揺れながら、でこぼこの道を全速力で走った。マイクがまた角を曲がろうとしたので、ニコラスはダッシュボードにつかまった。その瞬間、目の前に巨大なタンクローリーが現れ、ニコラスは叫んだ。マイクが車を急停止させ、窓をおろして叫ぶ。「どいて！　どいてちょうだい！」

後ろのパトカーも急停止した。

タンクローリーの運転手はのろまではなかった。ギアを入れてすぐにトラックを前に出した。マイクは猛スピードでその後ろを走り抜けた。

しかし、ホンダの姿はどこにもなかった。

マイクが悪態をつき、ニコラスは無線に向かって叫んだ。「見失った。誰か捕まえてくれ」

ベッドフォード・アベニューとサード・アベニューの角に立つ香港上海銀行の支店の前で車を止めた。ついてきたパトカーも隣に集まってきた。

警官のひとりがパトカーからおりて、今にも爆発しそうな爆弾に近づくようにマイクに向かってきた。相手の名札を見て、彼女は思わず笑った。〝P・愛想のいい《フレンドリー》〟

ニコラスが怒鳴った。「フレンドリー巡査、ニューヨーク市警は何をしてるんだ」

「逃げられたのは、ちょうど空からの応援を要請しているときだったんです。申し訳ありません。ホンダに対する捜索指令を出しました。あの車が車庫に入らない限りは見つけられます」

ニコラスは車の屋根を叩いてからグレイに電話をかけた。「連中を見失ってしまった。ニューヨーク市警が捜索指令を出している。わかったわかった、落ち着くよ。ミセス・アントニオが見たサバーバンのナンバーから何か判明したか?」

「ああ。車の所有者はチェルシーの〈メイヤーズ・エンタープライズ〉だ。住所を言うぞ」

ニコラスは住所を携帯電話に入力した。「ありがとう。ホンダの話に戻ろう。ナンバープレートは汚してあったので文字は見えなかったが、背景は白で、枝についた花の絵が描いてあって――」

マイクが車の屋根を叩いてニコラスの注意を引いた。「バージニアよ。ホンダのナンバープレートはバージニア州のものだったとグレイに伝えて」

彼女の声はグレイにも聞こえていた。「茶色のホンダで、バージニアのナンバープレートか。たいして絞れないな」

「手がかりはそれだけだ、グレイ」

「調べてみるよ。今、話しながら監視カメラの映像を見ている。二分くれ。見つけてみせるから」

二分。永遠にも思える長さだ。

マイクが言った。「科学捜査班をブルックリンに派遣してもらうわ。ニコラスに膝を撃たれた男は、焼け跡で何かを探していたの」彼女はグレイに自動車修理工場の住所を伝えたが、彼はすでに知っていた。

「さあ、どうする?」ニコラスは言った。「グレイが連絡してくるまで、ここで指をくわえているか? ザッカリーが銃を取りあげて、またわれわれを審問にかけるのを待つか?」ニコラスはマイクが髪をきれいなポニーテールに結び直すのを見つめた。あざのできた顔はほてり、息は切れ、今にも怒りだしそうだ。その姿は絵になるほど美しい。ビューティー・クイーンだという彼女の母親に、早く会ってみたいものだ。

マイクは背筋を伸ばし、目を輝かせて茶目っ気のある笑みを見せた。「ニコラス、ブルックリンにはもう用はないわ。一方が怪我をしているのに、あのふたりの男がブルックリンに戻ってくるはずがない。彼らはたぶん、黒のサバーバンを探しにチェルシーへ向かったんじゃないかしら？　わたしたちもグレイが教えてくれたチェルシーの住所に行ってみましょうよ。あとのことは、とりあえず今は放っておきましょう」

「ケイン捜査官、きみの頭はすばらしくよく働くな。きみの言うとおりだ。ルイーザにメールで、男が現場周辺で何か探していたことを知らせておくよ。鑑識班がくまなく調べてくれるだろうから、ぼくたちは容疑者の追跡を続けよう。チェルシーだ」

マイクは車の向きを変えてシックス・アベニューに入った。「赤毛の女性をサバーバンで運んでいったふたりのことだけど、ミセス・アントニオの話では黒ずくめだったんでしょう？　ＣＯＥではないわ。何かのプロじゃないかしら。その女性を捜しださないと。監視カメラの映像で彼女の身元がわかったという連絡が、グレイから来ればいいんだけど」

マイクの言葉ではなく口調に何かを感じ、ニコラスは彼女を見つめた。「何かあるんじゃないか？　彼女のことで」

マイクはうなずいた。「どこかで見たことがあるという感じが消えないの。彼女がカメラを見あげたのを覚えているでしょう？　どうしてそんなことをしたのか不思議だった。あれって、わたしたちに自分を見てほしかったんじゃないかしら。ニコラス、彼女を見つけなきゃ。どうしても」

31

ビショップをC5へ

ワシントンDC
アイゼンハワー行政府ビル

キャランは頭の中でアリとの会話を思い返していた。運転手のレドモンドが慣れたハンドルさばきで渋滞を縫うように抜け、副大統領専用リムジンをホワイトハウスへ進めていく。


「たしかなの？　わたしが標的になっているというのは」

「まあな。だが別の人物という可能性もあって、まだわからない」

「殺しを背後で操っているのは誰？」

「それもまだわからない。はっきりとは。おそらくイラン、ヒズボラだろうとは思うが」

「それで、わたしにはいつ知らせてくれるつもりだったの？」

アリが一瞬ためらってから口にした言葉を、キャランは正確に覚えていた。「われわれもここ一時間でやっと確認できたところだ。やつの居場所を全力で探しているところだし、きみには監視をつけてある。うちの連中がついてるんだ、キャラン。信じてくれ。きみはこれ以上ないくらいに安全だ」

「たとえ確証がなくたって、すぐに知らせてくれてもよかったはずよ」

「お言葉を返すようだがね、キャラン、わたしはきみになんの借りもないんだよ」

そこでアリは電話を切った。キャランもかけ直したりはしなかった。

ザーヒル・ダマリのことならよく知っている。あの超一流の殺し屋に、まさか自分が狙われているとは。

キャランには、自分は強い女性だという自覚があった。だから嫌われることもある。男性の自信を打ち砕く、いけ好かない女だからだ。でも、好いてくれる人もいた。中央情報局《CIA》捜査官から国会議員に転じた女性の草分けだから。ワシントンDCにはびこる南部出身議員のネットワークに媚《こ》びるのを拒否して、威厳と評判を保っている女性だから――まあ、完全に保っているとは言えないにしても。昔のことが懐かしく思いだされる。かつて聴聞会のあとで南部の古参議員に手をはたかれ、悪い子《バッドガール》だと言われたことがあった。その男性議員は今では最大の支援者のひとりになっている。

バッドガールと呼ばれるくらい、それ以前に対処してきたこと――独裁者たち、軍事偵察任務、イスラマバードの現地事務所での血まみれの任務——に比べたら、痛くもかゆくもなかった。とはいえ一方で、一番怖い思いをさせられたのは、やはりアメリカ連邦議会での十年だったかもしれない。そんな自分には、もう怖いものなどないと思っていた。でも、ザーヒル・ダマリに狙われたら？　助かる見込みがないことはよくわかっている。さすがに骨の髄まで恐ろしくなった。

　ダマリが表舞台に登場して二十年以上になる。世界的に名をとどろかせる殺し屋で、一匹狼のテロリスト。まさに歩く殺人兵器だ。キャランは国会議員一年生のとき、外交委員会に配属された。ザーヒル・ダマリについてはもちろんいろいろ知っていたし、何度かその手際を見たことさえあった。それでも、あのときのモサドの捜査官グループによる要約説明《ブリーフィング》には強烈な印象を受けた。モサドはアフガニスタンでの特殊作戦中に五人の職員を殺され、ダマリを追っていた。その代表団の中に鋭い目をしたハンサムな若手捜査官がいて、名前をアリ・ミズラヒといった。

　ブリーフィングに注意を傾けるはずのキャランは、気づけばその捜査官をじっと見つめていた。首の横に長く白い傷跡がある。なんの傷だろう？　爆弾の破片？　ナイフ？　弾丸？　イスラエルでは、十八歳になったすべての男女に三年間の兵役義務がある。平和だったことはほとんどない国だから、その捜査官が本物の戦場に身を置いてきたのも察しがついた。

　アリは後日、妻子とコーヒーショップにいたある午後に、目のつりあがった女性が近づいてきたときのことを話してくれた。自爆ベストを着たつり目の女性。その午後が彼を変えたこと。巻き添えになって死んだ妻子のことも。

のちにキャランはアリと深い仲になり、その首に優しくキスをしたが、そこに残る傷跡も心の傷も癒すことはできなかった。

車がペンシルベニア・アベニューに入り、キャランは意識を現在に引き戻した。ダ、マ、リ。あの男の標的リストの一番上に自分の名前があると知った今、いったいどうすればいいのだろう？　アリの言うとおりなのだろうか？　イランとヒズボラがダマリを雇ったとしたら？　もしそうなら、和平交渉に反対していることに関係があると考えないわけにはいかないだろう。

車はセキュリティゲートを通り、ホワイトハウスの西棟とアイゼンハワー行政府ビルのあいだの柱廊玄関で止まった。キャランは一瞬ためらってから車外へ足を踏みだした。ダマリが捕まるまでは生きた心地がしない。でも、こんなときこそ精神を研ぎ澄ます方法がある。深く息を吸いこみ、胸に染み渡るかぐわしい空気を味わうのだ。みすみす殺されてたまるものですか。

古い大理石の床にハイヒールの音を響かせながら、くねくねと曲がった階段を執務室へとのぼっていく。警護に当たるシークレットサービスひとりひとりを観察して、もしこの人たちが敵の協力者だったらと考えている自分に気づき、身内を信用できなくなったらおしまいだと思い直した。

キャランは午前中の職務を粛々とこなした。会談では笑顔で握手を交わし、酪農地帯のカメラマンによる写真撮影に応じ、ようやく落ち着いて座ることができた。ベイウェイ製油所の爆破とCOEという狂気じみたグループについて、セキュリティ関連の現状報告を受けるのだ。

会議室にはおなじみの顔ぶれが並んだ。モーリーン・マクギネス国家情報長官は、甘ったるい話し方とは裏腹に極めて冷酷で、根に持つタイプだ。〝テンプ〟ことCIAのテンプルトン・トラフォード情報部長は卑劣で、ヘビよりも狡猾。屈強でがっしりした体格のジミー・メイトランドFBI副長官は、自分の考えを述べたらあとは黙っているが、なんといってもFBIのことしか頭にない。

一同は向きあった椅子と長椅子に黙って腰かけ、キャランからの開始の合図を待っていた。テンプを除く全員が深刻な顔つきで、びくびくしているようにも見える。元CIA工作員のテンプとは、戦地での任務を何度もともにしてきた。彼は喧嘩が強く、敵を一発で仕留めることができた。わたしと同じように、とキャランは思った。今では情報部を統括するテンプは、いつも何か情報を隠していた。椅子の背に片腕をのせ、左脚を右脚の上に組んで足をぶらぶらさせている。

キャランは指揮者のように両手をあげた。「それで？　COEの黒幕は誰で、本当の狙いは何？　このサイバー攻撃はロシアのしわざで、資金の出どころは中国とか？　少なくとも北朝鮮でないことはわかっているのよね。ジミー、概要を報告して」

メイトランドが前かがみになった。「つい昨日まで、このCOEというグループはへんぴな場所にある製油所や発電所を攻撃し、中東の石油を扱う企業を脅しているだけの過激派でした。ベイウェイの爆破規模と十五人の死者。さらには石油会社へのサイバー攻撃で石油価格を暴落させ、生産ラインを分断する手法。これは今までの活動とは比べものにならないほど大規模で、一気にスケールアップしたと言えます。残念ながら、それがどういうことなのかはまだわかっていません」

マクギネス国家情報長官が甘ったるい口調にいらだちをにじませながら、メイトランドに言った。「ジミー、なぜこのグループの首謀者をいまだに特定できないのかしら？　何も情報をつかんでいないわけではないでしょうね。答えが必要なの。この一件を背後で操っているのが誰なのか、突きとめる必要があるわ」

メイトランドはあっさり言った。「それを目下、調べているところです、モーリーン」

キャランは口を開いた。「いいわ。では、被害の全貌は？　製油所が稼働できない期間は？　それから、ハッカーは石油会社から何か盗んだの？　それとも純粋に破壊攻撃を仕掛けただけ？」

メイトランドが答えた。「詳細は石油会社から最終報告があり次第わかるはずですが、べイウェイ製油所の被害は、ご存じのとおり甚大です。フル稼働を再開するには数週間を要するでしょう」

マクギネスは頭を振ってFBIへの失望をあらわにし、いつものとおり手厳しい批判に移った。キャランに向かってメイトランドを断罪する。「副大統領、率直に申しあげて、ミスター・メイトランドが不本意ながらはっきり認めたように、何が起きているのかわれわれにはまったく見当がつかない状態です。この一件を解決するためには、FBIにもっと迅速に動いてもらう必要があるのではないでしょうか」

やれやれ、またか。テンプルトン・トラフォードは一同を見まわしながら思った。モーリーン・マクギネスは好きになれない。好きになれたためしがなかった。猛犬のピットブルに砂糖をまぶしたような女で、目先のことにとらわれて物事を大局的にとらえることができない。それに国家情報長官がCIAに監視任務を押しつけてくるのも気に食わない。あの女にあれほどの権力があるとは嘆かわしいことだ。だが、キャラン・スローンのことは気に入っている。大好きと言ってもいいくらいだ。CIA時代のキャランに戦地で一度ならず命を救ってもらった恩もある。それでも、知っていることを明かすつもりはなかった。マクギネスが自分の首を絞める様子をたっぷり楽しませてもらおう。

キャランはマクギネスからメイトランドに視線を移した。責任のなすりあいをしてどうするの？　全員がひとつのチームなのに。モーリーン・マクギネスを除いては。モーリーンがこの場を支配したがっているのは間違いない。キャランは両方のてのひらをテーブルに押しつけ、感じがいいとは言えない声で告げた。「モーリーン、そんなはずはないでしょう？　あなたとあなたのチームは、この国で最高の情報機関のはずよ。あなたの部下が危険な兆候を見逃したということ？　ＣＯＥがゲームをエスカレートさせようとしているという噂や兆候は何もなかったの？　これほどのサイバー攻撃が起きたのに、手がかりがまったくなかったわけ？　いまだに糸口すらつかめていないなら、この場ではっきりそう言ってほしいわ」

後任探しの地ならしに手をつけるから。

「なんの噂も兆候もありませんでした」まったく、権力に執着するいけ好かない女ね。「このグループに関する情報収集を鋭意進めているところです。ニューヨークのＦＢＩがへまをしでかしてからは、特に急ピッチで」

メイトランドがこれを受け、落ち着いた声で穏やかに言った。「副大統領、ドラモンド捜査官とケイン捜査官をこの一件の担当にしました。ふたりは文字どおりノンストップで捜査に当たっています。歯がゆさを感じておられるのはわかりますが、あのふたりがグループの正体を突きとめ、待ったをかけることを保証しますよ」

マクギネスが控えめに鼻を鳴らしたが、全員がそれを無視した。キャランはテンプがこっそりほくそ笑んでいるのを見た。何か知っている顔だ。でも、何を？

キャランは全員に問いかけた。「せめて昨夜の爆破を行ったのはＣＯＥだという確証くらいはつかめているの？　犯行声明は？」

マクギネスがほかを制して言った。「はい、二十分前にCNNで署名入りの犯行声明が流れました。利口なやり方です。〝テロリストの国の石油はもう買うな。買えば大きなつけを払うことになる〟これの出どころはつかめていません」最後につけ加える。「今のところはまだ」

キャランは片手でテーブルを叩いた。「いいかげんにして。しっかりしてちょうだい。何かつかめているでしょう。今日の会見で国民を安心させる歯切れのいいコメントを発表したいのに、そのための材料さえないなんて。それが無理なら、コステロが『ワシントン・ポスト』に何かリークする情報でもかまわない。これではまるでわれわれが——つまりあなたたたが無能な間抜けみたいじゃないの」

テーブルの全員がその言葉に腹を立てつつも一理あるのではないかと不安になり、自分の首が飛ぶことを恐れた。

キャランは全員の屈辱的な顔を見まわした。「最後の部分は撤回するわ。名前を割りだして。一味の身柄を押さえるのよ。一刻も早く。あなたがたはみな、大統領が信頼を置くアドバイザーよ。どれだけ危機的な状況かわかっているはず。大統領がここにいらして、COEが中東和平会談に水を差していると知ったら、怒り狂うことでしょうね。COEは中東の石油に依存するわれわれがいかに弱い存在であるかを国民に印象づけているわ。そして石油産出国の多くが出すぎた真似をするわれわれの破滅を望んでいることに、関心を引きつけてもいる。もし会談が頓挫したら、ここにいる全員の立場が危うくなるのはわかっているでしょう。ＣＯＥの背後に誰がいるのか突きとめてちょうだい。今日じゅうに。いいわね？」

全員がうなずく。

「よろしい。ジミー、ドラモンドとケインがニューヨークで捜査に当たっていると言ったわね？」

メイトランドがうなずいた。「はい、そのふたりと、さらにマイロ・ザッカリーもこの件にかかりきりになっています。マイロのことはご存じですね。ブルドッグみたいな男で、嚙みついたら絶対に放しませんし、相当な切れ者です」

マクギネスが片方の眉をあげた。「そのドラモンドというのは、数カ月前に超小型核兵器の攻撃を食いとめた捜査官？　ロンドン警視庁からＦＢＩに入局したばかりなのでしょう？」

「そのとおりです」

「そんな新人をこれほど大事な任務に？」

メイトランドは言った。「ドラモンドは頭が切れるうえに仕事が早く、コンピュータの専門家です。パートナーのケイン捜査官は別の大事件でも彼と組んで任務に当たり、メトロポリタン美術館から盗まれたコ・イ・ヌールのダイヤモンドを発見しました」

マクギネスはメイトランドにうなずきながら冷笑した。「あなたの秘蔵っ子のディロン・サビッチはどうしたの？　天才なんでしょう？　なぜこの件を担当させないの？」

32

fのルークをe8へ進めてチェック

どんどん墓穴を掘るといい。メイトランドはマクギネスにそう言いはしなかったものの、その愉快な考えを頭から振り払うのに一瞬を要した。落ち着いて答える。「サビッチ捜査官は現状を充分に把握しています」

キャランが言った。「サビッチを入れて、ジミー。捜査を監督させるのよ。ドラモンドとケインを彼の直属にして、サビッチに全体の指揮を執らせてちょうだい。

わたしは本気よ。この件を解決しなくては。大統領がもうじきお戻りになるわ。そしてアメリカ国民に――あのてんでばらばらな国々に大統領が和平協定の署名をさせることを期待している人たちに、偉大な勝利を発表する。木曜午後のヨークタウンでの演説でね。大統領の成功に、COEの逮捕というニュースで花を添えたいわ」

メイトランドが言った。「副大統領、その演説ですが、FBIとしては延期する、もしくは会場を変更するほうが賢明だろうと考えています。ベイウェイの爆破は――」

キャランは立ちあがって窓へ歩み寄り、一同を振り向いて腕を組んだ。「そんなことはしないわ。どんなメッセージを送ることになると思うの？ 合衆国大統領がテロリストグループのせいで日程を変更させられるなんて、とんでもないことよ」背を向けて続ける。「ええ、まだテロリストと決まったわけじゃない。でも、そのとおりでしょう。彼らの意図がなんであろうと、われわれがどれだけ彼らに共感しようと、彼らが敵について何を言おうと。要するに、ベイウェイを爆破して十五人を無残に殺したからには、彼らもわれわれが世界じゅうで日夜戦っているイスラム教徒のテロリストと変わらないのよ。いいえ、延期も変更もしないわ。大統領は重大発表をどうしても木曜日にしたいとおっしゃるだろうし、われわれはそれをヨークタウンで行う。なぜなら、あなたがたとその部下がこの一件をそれまでに解決するからよ。わたしの言いたいこと、わかってもらえたかしら？」

うなずきながらも三人は、キャランが本当はどう思っているのか知っていた。和平会談はイランへの降伏にほかならないと考える副大統領が、ジュネーブで行われている大統領の会談に断固反対していることは周知の事実だ。そしてまた三人は、大統領の方針に賛成であれ反対であれ、自分たちが今の職に就いたときに誓った忠誠が絶対であることも知っていた。できることはなんでもするしかないのだ。

キャランはトラフォードを見た。「テンプ、ずいぶん静かかね。何かつけ加えることはない？」

トラフォードには低くゆったりとしたバージニア州のなまりがあり、キャランはそれを聞くたびに大学の男子学生たちや、よく土曜の午後にビールを飲みすぎたテールゲート・パーティ（大学フットボールの行われるスタジアムの駐車場で、車の後部扉を開けて行うパーティ）を思いだした。「いいえ、副大統領。ＣＩＡは全力をあげてＦＢＩと国家情報長官をサポートしていく所存です。何ひとつ聞きもらすまいと耳をそばだてて、情報を収集しています」

マクギネスがあきれたというように目を天井に向ける。キャランはにやにや笑いを噛み殺した。正直なところ、この面々をひと部屋に集め、必死に互いを出し抜こうとするところを見るのが好きなのだ。テーブルを囲む顔をひとりずつ順に見ていく。「最後にもうひとつ。ザーヒル・ダマリが仕事を請け負ってアメリカ国内にいるという知らせを受けたわ」

全員が椅子の上で凍りついた。

「ダマリが狙っている人物についての情報は？」マクギネスが尋ねた。

「とある情報源によれば、今回の彼の標的はわたしらしいの。別の人物の可能性もあるけれど、まだ特定はできていないそうよ」

針が落ちる音さえ聞こえそうなほどの静寂が流れた。それから、誰もがいっせいにしゃべりだした。

キャランは片手をあげて黙らせると、トラフォードを見据えて静かに言った。

「テンプ、なぜあなたがこの件を知らなかったのか説明してもらえる？　ＣＩＡは何ひとつ聞きもらすまいと耳をそばだてて情報を収集しているんでしょう？　それなのにダマリがわたしを暗殺するために入国したことについて、あなたの耳にはいっさい入らなかったの？」

テンプはほかの面々と同じくらいショックを受けているようだ。キャランは彼をじっと見つめた。ＣＩＡが何も知らなかったのに、それが事実だということはありうるだろうか？　アリが間違っている可能性は？

「ええ、何も」テンプがゆっくりと答えた。「そんなはずはありません。最新の報告では、ダマリはヨルダンにいるとされています。ヨルダンに別荘を持っていると言われていて――少なくともその別荘につながる金の流れはつかめています。ただ、その別荘でダマリを目撃した者はいません。何がなんでもあの男を見つけたいのですが、まだ実現できていないんです」

キャランは言った。「大々的な整形手術を受けて以来、ダマリの新しい顔を誰も見ていないのでしょう？」

メイトランドが前かがみになり、両膝のあいだで手を組んだ。「副大統領、われわれが確認できている唯一の手術は頬骨の移植です。そこでやめたとはとても思えませんがね。整形後の骨格がわからなくては、ある程度までしか顔を再現できません。どんな顔をしているのか誰も知らない現状で、ダマリを監視対象にしておくのは不可能です」

「とにかく」マクギネスが言った。「あなたの部下がダマリを追跡できないのなら、ミスター・トラフォード、その任務を国家情報会議に譲る時期ではないかしら。われわれならダマリに狙いをつけられる。しかも迅速に」

テンプはひと言も言い返さなかった。部下がきちんと仕事をしていなかったと認めたということ？　ダマリのことを彼が本当に知らなかったことがわかり、キャランは怖くなった。それはつまり、ほかにも重大なことを見逃している可能性があるということだ。そこが気に入らない。それはテンプ自身も同じだろう。

メイトランドが言った。「その情報源がたしかなら、大統領の和平会談に関係しているとしか思えません。そうだろう、テンプ？」

テンプがようやく厳しい声で言った。「われわれがその情報をつかめなかった原因をここで説明することはできませんが、必ず突きとめます。こうなった以上、のんびりしているわけにはいきません。副大統領がブラッドリー大統領に足並みをそろえていることを、われわれは全員承知しています。大統領の方針や、イランに妥協しているかのような姿勢に個人的には反対していることも。だが肝心なのは、この件に関して大統領に不賛成なのは副大統領だけではないということです。イスラエルを日干しにするような中東の平和を見たくない人は大勢いますよ。

それなのに、なぜ副大統領を標的に？　いったい誰がそれを命じたんでしょう？」

33

キングをｆ１へ

キャランは言った。「イランがヒズボラと共謀している可能性は極めて高いわ。でも、まだたしかなことはわかっていないの。このことについてはよく考えてみたのよ。わたしを殺すためにダマリを雇ったのがもし本当にイランとヒズボラなら、混乱を引き起こし、ひいてはわが国を破滅に追いやるのが目的でしょうね。過激派組織のＩＳやアルカイダだって、われわれ全員を抹殺してやろうと手ぐすねを引いている。一国の副大統領を暗殺しておいて生き残ろうと考えるのは、国を持たない者か、国をまったく顧みない者くらいよ」

マクギネスが言う。「おっしゃるとおりです。副大統領を暗殺すれば、ここアメリカだけでなく世界じゅうに大混乱を引き起こすことになるでしょう。報復せずにはいられませんから」

メイトランドが首を横に振った。「それは難しいですよ、モーリーン。その人物または殺しの背後にいる国を特定できるかどうか。大統領は絶対的な確証がなければ報復はしないでしょう」

実際のところ、たとえイランが背後にいるという裏づけが取れたとしても、面と向かってそれを否定された場合に大統領がどうするのか、キャランには確信がなかった。

メイトランドが続ける。「たしかに十中八九イランが怪しい。宗教的指導者も軍隊もひどく狂信的で、自国や国民に何が起きようとかまわないと考えていますからね。われわれさえ――西欧諸国さえ、破滅に追いやれるのであれば」

キャランはうなずき、アリとの会話について一同に話した。「忘れてほしくないのは、誰か別の人物がダマリの標的になっている可能性もあることよ。つまり、会談に関わる他国の政府高官にも気を配る必要があるわ」

テンプが言った。「わたしはここアメリカにいる人物、地位の高い人間ではないかと思いますが」

「そうね、同感よ」

「動機がなんであろうと、暗殺計画の背後にいるのがイランやヒズボラであろうとなかろうと、ダマリにあなたを殺させはしません、キャラン。そんなことはさせませんよ」

マクギネスが言った。「身辺警護をただちに強化しましょう。副大統領、アイゼンハワー行政府ビルから西棟へ移られてはいかがですか？　もっと捜査官を増員して――」

キャランは首を横に振った。「みなさん、ご心配には感謝するわ。でもわたしと同様、あなたたちも知っているはずよ。場所を移っても、日程を変更しても、ダマリを止めることはできないと。あの男は一流の殺し屋ですもの。あのスキルとコネがあれば、知りたいことはなんでも突きとめられるでしょう。わたしを狙っているのなら、間違いなく仕留めるわ。

　ほかに狙われてる可能性のある人物も割りださないと。アリもそれを心配していたの。わたしはここにいる全員を信頼しているわ。引き金が引かれる前に、あなたがたや部下たちがダマリを捜しだしてくれると信じてる。さて、これであなたがたの記憶の片隅にダマリが残ったわね」

　キャランはひとりひとりの顔を見た。足の引っ張りあい、縄張り争い、終わりなき無駄ないさかい――そういったものがみな、わたしの命が危険にさらされていると知っただけであとまわしになるだろうか？

　それは誰にもわからない。そうなるかもしれない。誰ひとりとして、口を開こうとはしなかった。

「以上よ」キャランは言った。「もちろん、このことはご自分と関係者のあいだだけにとどめておいてちょうだい。ダマリを成功させないためにも。それから、ＣＯＥにこれ以上何も爆破させないように。さもなければ全員の首が飛ぶわ」電話の小さなボタンを押すと、クイン・コステロが静かに部屋に入ってきた。全員が連れ立って出ていくとき脇によけたキャランの耳に、誰が主導権を握ってダマリを発見すべきかを議論する声が聞こえてきた。

クインはキャランが椅子に沈みこみ、デスクに突っ伏すのを見た。「まあ、どうされました？」

キャランは額を三度、古びた木製の表面に打ちつけた。

「大丈夫ですか？　でも、この知らせで少し元気が出るかもしれません。少なくとも大統領は元気になられるでしょう」

キャランは頭をあげて、首席補佐官のにこやかな笑顔を見あげた。

「アリから電話がありました。ジュネーブの会談の席に戻るよう、政府を説き伏せたそうです」

「それは驚きだわ。まるでわたしの仕事を支援しようとしているみたい」

「それから、これを送ってきました」クインは青いファイルフォルダーを差しだした。

「ザーヒル・ダマリというのは誰ですか？　なぜそんなに厄介なんです？」

キャランはため息をついた。「クイン、こっちに来て座ってちょうだい。話しておきたいことがあるの」

トラフォードが廊下に出ると、マクギネスとメイトランドが前を歩いていた。マクギネスが執拗に何をすべきか指図しようとしていたが、メイトランドはまっすぐ前を見つめている。おそらくそうやって、殴りたいのをこらえているのだろう。視線を感じたかのように、ふいにメイトランドが振り向いた。マクギネスは彼らを無視して歩き続けた。

メイトランドが言った。「何かわたしでお役に立てることがあるかな、ミスター・トラフォード?」

「同じ質問をしようと思っていたところだ。わたしこそ、何かできることがあるか?」

「ダマリについて握っているすべての情報を渡してくれる以外に? ベイウェイの爆破に関して完璧な分析を行う必要がある。爆発物に関して、そちらで一番の腕利きは?」

心の内を絶対に見せない経験を積んでいるトラフォードは、メイトランドに愛想よくほほえんでみせた。「いろいろ取りそろえているよ。アメリカ本土にも数人いる。それともチーム丸ごと必要かな?」

「すぐに稼働できれば誰でもいい。うちの部下をそちらの部下と会わせたい」

「もちろんかまわんよ。うちのデータベースに有力候補がたくさんいるし、COEが海外で使った爆弾の情報も大量にある。CIAで役に立つことなら、なんなりと」

いやなやつだ、そんな言葉を信用できるものか。そう思いながらも、メイトランドはうなずいた。「ダマリが副大統領暗殺を企てていることを、うちのチームに知らせておく。われわれのほうでも調べあげて、黒幕を突きとめられるかやってみよう」最後にもう一度うなずいて、トラフォードと握手をした。「また連絡する」

ああ、首を長くして待たせてもらうよ。トラフォードはアイゼンハワー行政府ビルを出て、待たせてあった車に向かった。マクギネスも同じようなことを言っていた。絶対にありえないことを、もっともらしく。

ふたりとも、トラフォードが最初にゴールするとは少しも思っていないのだろう。すでに最後の周回に入っていることも知らないのだ。

34

ビショップをe6へ

チェルシー

マイクの携帯電話が鳴った。運転中なので、ニコラスがスピーカーをオンにした。「ルイーザね。何かわかった?」

ルイーザは疲れているようだった。「ここにはわたしたちに役立つことは何もないわ。火を放ったとき、明らかに何者かが徹底的にきれいにしてる。二階の床が一階に崩れ落ちて、すべての証拠が台なしよ。何もかもずぶ濡れだし。全部調べるのに一週間はかかりそう。検死官に電話したわ、ドクター・ジャノビッチが建物から死体を収容したから。ドクターが言うには、かなりこんがり焼けてるけど、男が胸を撃たれていることはわかるそうよ。それ以外にはまだ何も。マイク、この建物はめちゃくちゃにされてるわ」

「捜査対象に放火魔を加える必要があるかもね」

「それは名案よ。放火犯は連続殺人犯と同じくらい、独自の痕跡を残すものだから」

ニコラスが言った。「ルイーザ、燃焼促進剤の化学組成を統一犯罪報告《UCR》データベースに送っておいてほしい。放火事件についての報告はあまり多くないが、何か一致するかもしれない」

「送っておくわ。それに凶悪犯逮捕プログラム《ViCAP》で、確認された爆発が起きたところの近辺で放火が起きていないかも調べてみる。やだ、わたしったら、この殺人者たちを見つけだすのにやる気満々ね」

ニコラスが言った。「ルイーザ、もうひとつ思いついた。グランジマスとベイウェイが爆破された前の週に起きた凶悪犯罪――特に殺人事件まで範囲を広げて調べてみてくれないか。どんなパターンがひそんでいるかわからないからな」

「わかった、やってみる。言っとくけど、濡れた干し草の山の中から針を探すって、まさにこのことよ。金属探知機を使って、このぐちゃぐちゃの中から薬莢を見つけださないと。でも取り急ぎ、燃焼促進剤の分析をするわね。ガソリンだってことはすでにわかっているわけだし、一階は自動車修理工場だったわけだから、そこから盗まれた可能性もあるけど、どうかしら。たぶん一時間以内には何かわかると思う」

「助かるよ、ルイーザ」ニコラスは電話を切ってマイクのほうを向いた。「さて、サバーバンの持ち主を見つけ次第、できれば赤毛の女性も見つけたいな」

「修理工場にいた人たちの似顔絵がすぐに届くはずよ」マイクはそう言いながらタクシーを

かわした。「でも何かおかしいわ、ニコラス。だって、COEに中東から新メンバーが入るなんて考えられないもの」

「COEが唱えていることに完全に逆行するな。その男はいったい何者だ？」

マイクはしぶしぶ赤信号で止まった。ニコラスのほうを見て何か言おうと口を開き、そこで目にしたものにぞっとして咳払《せきばら》いをした。

「ニコラス、今朝出勤してきたとき、あなたがどんなにエレガントだったかわかる？」

「なんで過去形で話してるんだ？」

「きれいな上着に銃弾の穴が空いてる。ナイジェルに撃たれるわよ。わたしだって撃ちたいくらいだわ、もっと自分を大切にしてくれないなら」

ニコラスはマイクを見て首をかしげた。彼女は車のギアをパーキングに入れると、ニコラスの腕をつかんで肩から肘へと両手を走らせた。「ほら、見てごらんなさい」

上質なウール地のジャケットの袖の上腕部に小さな裂け目があった。ニコラスが下品な言葉をいくつも並べて悪態をつく。信号が青に変わったが、マイクはそれを無視した。「本当にどこもなんともないの？」

ニコラスは首を横に振った。「なんともない。マイク、後ろのドライバーたちがかんかんに怒ってるぞ。アクセルを踏んだほうがいい」振り向くと、十台以上の車の運転手たちがこぶしを振りまわしてクラクションを鳴らしていた。

マイクはクラウンビクトリアのエンジンをふかした。ニコラスに目をやると、彼は肩をすぼめるようにして上着を脱いでいた。

「さてと、これでひと安心」

「何が？」

「シャツには血がついていない。裂けてもいない。無傷だ」ニコラスはにやりとした。「ナイジェルに、あと一日は生かしておいてもらえるだろう。たぶん」

マイクが二台のタクシーを大胆に追い抜く。スピードを出す必要などないのに。彼女は怒っているのだ。

ニコラスは片手をマイクの腿に置き、指の下で筋肉がこわばるのを感じてすばやく手をあげた。「本当に大丈夫だ。膝に傷を負った男がぼくに近づいたかどうかさえ、わからなかった。ぼくはきみのほうが心配だったんだ」

マイクはまっすぐ前を見て、駐車してある車をかすめるように走った。それから隣のありえないほどハンサムで、心配そうな――自分のことより彼女のことを心配している顔を見て、首をのけぞらせて笑った。「でも、またあなたのおかげで命拾いしたわ。ありがとう、ニコラス。すてきな上着なのにごめんなさい。ナイジェルに申し開きするための性格証人がほしい？」

ニコラスはマイクの目を見つめ、小指を上着の穴に通して指をくねらせた。「ナイジェルがこれを見たら、十人もの性格証人を立てても役に立たないだろうな。でも彼がゆうべ指摘したように、バーニーズは喜ぶだろう」

携帯電話が鳴り、ニコラスがポケットから取りだしてスピーカーフォンにした。「グレイ、どうした？」

「きみが膝を撃った男だが、ニューヨーク市警が茶色のホンダを見つけた。ウィリアムズバーグ・ブリッジのたもとに乗り捨ててあったそうだ。別の車に乗り換えたか、歩いたかだな。どちらにしても逃げられた。その車を調べるチームを送っておいたよ。運がよければ指紋が見つかるかもしれない。それか血痕が」

「ぼくがあの男の膝を撃ったことは、ザッカリーに言いつけないと約束してくれるまで認めないからな。聴聞会も、銃を取りあげられるのも今は困る」

「だよな。わかった、約束する。わたしの知る限り、きみは銃の撃ち方すら知らない。きみはおたくだからな」

「ありがとう、グレイ。それから、あの膝撃ちだけど、あれはやつがマイクを狙ったからだ」

「見事な腕前だったと言いたいところだが、逃げられてしまっては褒められないよ、テックス」

マイクが言った。「テックス？ ニコラスはジェームズ・ボンドのほうよ、グレイ。西部劇のローン・レンジャーじゃなくて」

グレイは笑い、マイクの発言をまわりにいた捜査官たちに伝えると、さらに笑い声が起きた。

「さて」ニコラスは言った。「落ち着いたところで伝えておくよ。サビッチに電話して、MAXを稼働してもらおうと思ってる」

グレイは最後にまた笑った。「名案だ。害にはならない」

35

ビショップをb6へ進めてテイク

メリーランド州ボルティモア

ザーヒル・ダマリはシャワーから勢いよくほとばしる熱い湯を顔に受けていた。これほど気持ちのいいことはない。高級ホテルに滞在しているので湯は熱く、途中でなくなる心配もない。ヨルダンでは、所有する豪華な別荘でさえ、ときどきぬるかったり出なくなったりすることがあるが。ゆっくりと全身を洗い、ヘチマが肌を滑る感触を楽しむ。すべてがふたたび軌道に乗りはじめた。

服を身につけると、今回使っている偽造パスポートの写真を見本に、念入りなメイクと変装を施していく。常に慎重で正確。最後に髪を整えたあと、鏡で仕上がりを確認し、そこに映る自分にうなずいた。上々だ。準備は完了。これから会うことになっている男がこの人相を詳しく証言しても、ちっともかまわない。完全に別人の特徴を描写することになるのだから。ザーヒルは鏡の中の自分にほほえんだ。とはいえ、そのばかな男が誰かに、たとえ妻にでも本当にザーヒルのことを話したら、彼は一時間ともたずにあの世へ行くことになるだろう。

ザーヒルはシルバー・コーナーへ出かける前にマシューに電話することにした。今回の計画における向こうの担当部分が順調に進んでいて、マシューに引き金を引く用意ができていることを確かめておきたい。ふたたびほほえみながら、マシューの番号を打ちこんだ。本人は気づいていないが、マシューはザーヒルのいわば手先だった。イデオロギー信奉者に特有のだまされやすい男。どちらの側にもマシューにそっくりな者たちが大勢いる。憎しみに突き動かされ、未来のことも、何が未来を作るのかもじっくり考えようとしない。ベイウェイ製油所の美しい爆発を思いだす。空をなめる炎、足の下で地面が揺れる感覚。あの小さな爆弾のパワーは驚くべきものだった。

呼び出し音が四回鳴るまでマシューは電話に出ず、ザーヒルは不安になった。そして、すぐに何かがおかしいことに気づいた。マシューはひどく疲れ、落ちこんだ声をしていて、いつもの彼らしくない。

「ダリウスだ。どうした？」

「ぼくをはめたのはきみか？　きみがぼくを裏切って、あいつらをけしかけたのか？」

おや、これは面白い。少なくとも、ここまでのところは。「おい、マシュー、いったいなんの話だ？」

マシューが堰《せき》を切ったように話しだした。イアンとバネッサの裏切り、ふたりとも殺したこと、ふたりのいた建物を焼き払ったこと。「でも、きみだったのかもしれないな、ダリウス。ぼくを裏切ったのは。バネッサの言うことが正しかったのか？」

「きみはどう思う？」このばかめ。

「わかった、わかったよ。じゃあ、やっぱりぼくにはああするしかなかったんだ。ふたりとも殺してしまった。イアンはバネッサを守ろうとしたんだぞ。信じられるか？」

「あいつも彼女に惚《ほ》れていたのかもな」

「いや、それはない」

石けんの中に隠された電話についてマシューがとりとめもなく話すのに、ザーヒルは耳を傾けた。興奮しきっている。これでは使えない。どうしてもマシューが必要なのだ。万が一、しくじったときのために。しくじるはずはないのだが、先のことは誰にもわからない。それがこの仕事のスリリングなところだ。不確定要素は常にある。他人のすることはわかったものではない、バネッサのように。どうやら覆面捜査官だったようではないか。とはいえ、あの女がわたしの写真を撮り、組織に送ったとは思えない。常に用心していたのだから。

「殺す前に、バネッサから何か聞きだせたのか？」

「自分の電話じゃないと言い張っていた。イアンのだと。きみのだと。電話のメッセージはすべて削除されていたよ。アンディでさえ、何も見つけられなかった」

「バネッサは死んだんだ。もう恐れる必要はない。ただしこうなった以上、すばやく動かなくては。バネッサが誰と、あるいは誰のために働いていたにせよ、そいつにはわれわれのことがすべて筒抜けだったわけだから」もちろん、わたしの正体を除いては。マシューの耳障りな荒い呼吸音が聞こえた。「しっかりしろ。きみは自分がすべきことをしただけだ。今度は自分の仕事をしなければならない。ここで立ちどまるわけにはいかないんだ。すべてうまくいくさ」

「でも、本当はもうこれで充分じゃないのか、ダリウス？　ベイウェイはきっちり爆破した。ぼくたちの信念を貫くためだと、きみが信じていることはわかってる。でもきみが言ったとおりバネッサのせいで、ＦＢＩはぼくの正体を知り、ぼくを傷つけようとするだろう。それにあんなに多くの死者が出た。あいつらのようにはなるまいと、ぼくの家族を殺したテロリストのようにだけは絶対になるまいと誓っていたのに」

なんとひねくれた愚か者だ。ベイウェイでの死者なんて、どうでもいいではないか？　自分だってイアンとバネッサを殺したくせに。この天才を理解することは絶対にできそうにない。これではまるで、めそめそした感情的な子供だ。

ここは辛抱しろ。こいつを引き戻せ。

「マシュー、今どこにいる？　何をしているんだ？　もっとよく話しあう必要がありそうだ」

するると突然、マシューは人が変わったようになった。これにはいつも驚かされる。強い精神力が戻っていた。「ぼくは自分の仕事をするよ、ダリウス。きみはきみの仕事をしろ」そう言って、彼は電話を切った。

ザーヒルは電話をじっと見つめた。マシューが一方的に切ったことが信じられなかった。バネッサが覆面捜査官だったことは驚くに当たらない。だが、イアンが――あの男がバネッサをかばった？　あいつも捜査官だったのか？　いや、それはありえない。イアンは本物のイデオロギー信奉者で、マシューを実の兄のように愛していた。それなのにバネッサを守ろうとしたというのか？　とはいえ、結局のところそれがどうした？　どうでもいいことだ。ふたりとも死んだ。終わったことだ。ただしマシューは正しい。ＦＢＩは彼を追うだろう。銃を連射しながら。

唯一心配なのは、マシューがふたたび考えを変え、自分と練りあげたせっかくの計画を実行しないのではないかということだ。実行前に捕まってしまう可能性もある。

ただどちらにしても、ザーヒルにはいくつもの安全装置があった。次善の策はいつでも用意している。

見取り図さえ手に入れば、出かける準備が整う。太陽の下を歩くのはむしろ楽しみだった。機転をきかせ、持てる能力をフルに使って敵に立ち向かう。実力が試されるだろう。それが醍醐味《だいごみ》なのだ。

ルームサービスがドアをノックして朝食を届けに来たことを告げると、ザーヒルはトレイを置いていくよう大声で命じた。またひとりきりになったことを確認したあと、ホテルのローブに袖を通し、たっぷりと量のあるコンチネンタル・ブレックファストをゆっくりと味わった。炭水化物でエネルギーを蓄えておく必要があることはわかっている。このあとはグラノーラとビーフジャーキーと水で食いつなぐことになるのだから。ここを出て森に入り、自分の仕事をひとりでやり遂げるまでは。

36

ビショップをc4へ進め、テイクしてチェック

ボルティモア、インナーハーバー
シルバー・コーナー

ザーヒルはレンタカーをインナーハーバーに止めると、少しのあいだその場に停車したまま海を見つめた。海上は薄靄《うすもや》に覆われ、朝の気温があがるにつれて蒸気が立ちのぼっていた。深く息を吸いこみ、すぐにそれを後悔する。空気は藻とごみのにおいがした。

半ブロック先にあるシルバー・コーナーまで歩く。三年前に一度入ったことのある、家族経営の小さなダイナーだ。前回はなかった青と白のストライプの派手な日よけが新たにつけられていた。

残念ながら、店内はいまだに徹底的な改装が必要な状態だった。中に入って息を吸いこむと、ベーコンの脂とかびのにおいがした。

ザーヒルは六つあるボックス席のひとつに陣取り、ビニールがひび割れた茶色い椅子に

座った。ブラックコーヒー——確実に食中毒にならないもの——を、派手な赤毛を高く結いあげたウエイトレスに注文する。大きすぎる胸の左上につけられた名札には〝レッド〟と書いてあった。あまりにもふさわしい名前に、ザーヒルはほほえんだ。

「そんだけ、お客さん？」

いったいどこの惑星出身だ？

「ああ、コーヒーだけで結構」窓から外を見ると、通りに協力者が見えた。よりによってカーキ色のトレンチコートを着こみ、形の崩れた帽子を目深にかぶっている。おいおい、ミスター・スパイ、冷戦時代から抜けだしてきた課報員《ちようほういん》の真似事か？

アトランティックシティにいる若い代理人は、この男にしっかりと言い聞かせてくれたらしい。ザーヒルは絶対に計画を途中であきらめたりしない人間だと。それを聞いて怖くなり、こいつはやってきたのだ。ミスター・スパイはきょろきょろとあたりをうかがっている。まるで誰かに飛びかかられて手錠をかけられるのを恐れているかのように。

殺される可能性はあるが、手錠はない。ミスター・スパイはダイナーの中に滑りこみ、ザーヒルがうなずくのを見て、そそくさとボックス席に腰をおろした。びくついて警戒している。「来たぞ」

「もちろん来るさ」

ミスター・スパイは椅子にもたれてずりさがった。そうすれば自分と太鼓腹を隠せるとでもいうように。ザーヒルはウエイトレスに手で合図し、口の動きだけで〝コーヒー〟と告げた。

ウッディ・リーディングは正面に座る男を見た。かぎ鼻で髪と眉は黒っぽく、ハンサムとは言えない。三十代半ばだろうか？　この男の代理人であるアジリは警告した。見取り図を用意できない場合、男にあっさり殺してもらえると期待しないほうがいい、魚のように内臓をえぐられ、そのあとで家族も同じような目に遭うぞ、と。アジリが本気でそう言っていることが伝わってきて、ウッディはそれを信じた。

ザーヒルは愉快な気持ちで満足感を覚えていた。この男はまるで、間違ったことを言ったらわたしがヘビのように襲いかかるとでも思っているみたいだ。いいぞ。恐怖におびえた人間は言われたとおりのことをするものだ。

コーヒーが運ばれてきた。ウエイトレスは長居するほど愚かではなかった。ださいトレンチコートを着た男から、強い恐怖が発散されている。一方、浅黒いほうは一見セクシーに見えるが、目をのぞきこんだとたんに鳥肌が立った。死んだ目。あれは死人の目だ。

「見取り図を持ってこなければあんたに殺されるとアジリに言われた」

ザーヒルはほほえんでうなずいた。「まあ、少なくともそうだ。それで、そのトレンチコートの下に持っているのか？」

ミスター・スパイは前かがみになって小声で言った。「ああ。だがお願いだ、考え直してもらえないだろうか？　あんたの計画は承知しているが、ＦＢＩがうろつきはじめている。信じてくれ。捕まりたくないんだ」

「あれだけのことをやっておいて、逮捕されるかもしれないと今さら心配しているのか？」「わたしはビショップに平面図を渡した。ベイウェイのバックアッププランもだ。だが、もう危険すぎる。やつらもばかじゃない。いずれうちの会社がターゲットになり、そうなればわたしに目をつけるだろう。考え直してもらえないか？　今ならまだ見取り図を戻せる。誰にも気づかれずに。どうしてもこれが必要なのか？」

マシューのその滑稽なあだ名——ビショップは、数年前にイアンが尊敬の念をこめて授けたものだ。ザーヒルは低く笑い、ウッディはぐいと体を引いて、危うくコーヒーをひっくり返すところだった。「心配には及ばない。報酬はたっぷり支払っているだろう。それ以上知る必要はない。見取り図をよこせ」

口には出さないものの、言っていることは極めて明白だった。今すぐ見取り図をよこさなければ、喉をかき切って立ち去るまでだ。血の最初の一滴がコーヒーカップにしたたる前に。

「聞いてくれ」ウッディが必死になって言った。「ベイウェイのあと、誰もが瀬戸際に立たされていることはあんたも気づいているはずだ。爆破は製油所の機能を奪うだけだとばかり思っていた。十人以上もの従業員を殺すつもりとは知らなかったんだ。ビショップは日頃から一般人を巻き添えにはしないと言っていたから、あんただったんだろう？　ボタンを押したのは。ビショップではなくて」口をつぐんで肩越しに振り返る。誰にも聞かれていなかったが、それで恐怖がやわらぎはしなかった。テーブルの上に身を乗りだす。「上司にしつこくきかれているんだ。今朝はCOEについてのセキュリティのブリーフィングがあった。いつばれるかわからない」

ザーヒルはコーヒーをひと口すすった。「最初の報酬を受け取らないこともできたはずだ、そうだろう？　サン・バルテルミー島の断崖に立つ、あのずいぶん豪勢な家を買わない手もあった。愛人にダイヤモンドをやる必要だってなかったはずだ。それなのにあんたはこれまで、盗み、嘘をつき、もらった金を充分に味わってきたんじゃないか。だから、ミスター・リーディング、これは交渉ではないし、わたしが説明する義理もない。見取り図をよこせ。今すぐに。でなければこれでおしまいだ。今度わたしに会うのはある日の深夜、愛人に腕をまわしてぐっすり眠っている最中、ナイフがあばら骨のあいだに差しこまれるときになる」

ザーヒルは小さな短剣を手に腰を浮かしかけた。そのとき、テーブルの下で筒状のものが脚を突いた。それを引きあげ、ジャケットの中にクリップで留める。

「賢明な判断だ」ザーヒルは十ドル札をテーブルに投げ、ほほえんで、ミスター・スパイの顔に浮かんだ汗を見ながら封筒を押しやった。「合意した金額だ。おわかりかな、ミスター・リーディング？　わたしは忍耐強いほうじゃないし、今朝は間違いなく忍耐の限界だった。二度とわたしに逆らうな、さもないとあまり楽しくないことが起きるぞ。愛人にも、妻にも、三人の子供たちにも。楽で割のいい仕事は露と消え、大事にしているすべてが燃え尽きることになる」

ザーヒルは立ちあがった。「ご協力に感謝する」

シルバー・コーナーを出るザーヒルの耳に、封筒が破り開けられる音が届いた。その場をあとにしながら筒で脚を叩き、ザーヒルは満足感を覚えた。

37

キングを g 1へ

州間高速道路九五号線

マシューは目に焼きついた残像を振り払うことができなかった。横向きになって膝を抱えたバネッサ。髪の中に血がしたたり、髪の束が黒く染まっている。

バネッサは死んだ。イアンも死んだ、ぼくよりも彼女を選んだために。あのふたりはぼくの友だちだった。唯一の友だちで家族同然のつきあいだったのに、バネッサは嘘をついていた。誰の手先だったんだ？　政府の職員、おそらくＣＩＡだろう。最初に近づいてきたのは北アイルランドだったから。ということは、ＣＩＡはぼくの正体を、グループ全員の正体を知っていることになる。それなのにＣＯＥを追ってはこなかった。

バネッサはなぜ単純に銃を突きつけて、ぼくを警察に出頭させなかったのだろう？　答えは明快だ。誰であるにせよ雇い主がぼくのコイン爆弾の噂を耳にして、その技術をほしがったために、あえて爆破を続けさせていたのだ。バネッサが爆弾係としてＣＯＥに潜入し、その爆弾を手に入れる任務を帯びていたのは間違いない。だがぼくは絶対にバネッサを自分の爆弾に近寄らせず、常に隠していた。ベルファストで初めて爆弾を披露して、彼女を感心させたあのときからずっと。バネッサはその爆弾の威力を知りながら、自分は任務を果たせなかったと悔やみながら死んでいったのだ。

バネッサにもあの爆弾を渡していたら、どうなっていただろう？　だが、ぼくもそこまでばかではなかった。

彼女は裏切り者だ。そしてもう爆弾を手に入れることはできず、ボスに手渡すこともできない。

アンディがまたうめきはじめた。

もうたくさんだ。「黙れ、アンディ！　ほんのかすり傷だ。弾はきれいに貫通した。脚がめちゃくちゃに壊れたわけじゃない。傷に抗生物質を塗って、テープで留めてやっただろう。最後の鎮痛剤だって、おまえにやった。だから情けない声を出すのをやめろ。じっくり考えなければならないんだ、ヨークタウンをどうするか」

それでもアンディはうめいた。死の瀬戸際にでもいるように。「アパートメントに戻るべきじゃなかったんだ、マシュー。あれは大きなミスだった」

「ああ、そうさ。解除コードを保存したメモリースティックの入った袋をおまえが忘れてきたのも、ぼくのせいだしな。おまけにあんな大変な思いをしたのに、収穫といえばおまえがあの捜査官に撃たれたことだけだ」

「戻るべきじゃなかったんだ。そう言ったじゃないか。だってそうだろう？　爆発を止められなくなっても、今さらどうってことない。ダリウスとの取り決めは最後までやり通すつもりなんだから。違うか？」

「保険だったんだ」マシューは十八輪セミトレーラートラックの大きなハンドルを切り、道路脇に寄せて止めた。「解除コードはＦＢＩとの交渉の切り札だった。万が一、何もかもうまくいかなかったときのためだ。そう言っただろう。めそめそするな」

アンディはさらにうめき声をあげ、マシューをしつこく責め続けた。

道路に視線を据えたまま、マシューはあえて冷静に言った。「そろそろ黙らないと、ぼくはおまえを撃つぞ、アンディ。撃ち殺してやる。そんなばかげた態度を取り続けるなら、そうされて当然だ」

アンディはショックを受けたように静かになったが、沈黙は長くは続かなかった。「あのときはあんたのせいであわてたんだ。だって、あんたがイアンとバネッサを殺して、急いで逃げろと命令したんだから」すねた少年のような声でつけ加える。「ぼくのお手製のガソリンミックスを使ったのに、火をつけさせてもくれなかったし」

ガソリンの缶を渡したら、興奮を抑えきれなくなったアンディが近所一帯を焼き払ってしまうだろうと考えたことをマシューは思いだした。あそこに戻った自分がばかだったのだ。

あの水浸しのがれきの中から、アンディがメモリースティックを見つけだせると思うなんてどうかしている。だが、可能性がまったくないわけではなかった。あのFBI捜査官たちがコインランドリーから出てきたのは不運だった。あれは誰にも予測できない。不運と判断ミス。どちらもこれ以上は許されない。

ふいにまた腹部をこぶしで殴られたような感覚に襲われた。イアンが死んだ。ぼくがこの手で殺したのだ。

マシューはアンディのうめき声を耳から締めだすと、イアンに初めて会ったときのことを思い返した。一番古い、ただひとりの友だち。二〇〇五年に家族をテロリストに殺されてから初めてできた、唯一の本当の友だちだった。ヴェッキオ橋のほとりにある小さなバーにいる自分の姿が見えてくる。途方に暮れ、孤独で、怒りと無力感にさいなまれて、いっそ死んでしまいたいとさえ思っていた。そんなとき、あの太ったアイルランド人が肩を怒らせて入ってきて、バーのテレビに映るサッカーを見ながらひとり言をつぶやきはじめたのだ。マシューは特に試合を見ていたわけでもなく、テレビを眺めながら、ただみじめな気持ちに浸っていた。マンチェスターのチームとイタリアのどこかのチームの試合だったことだけは覚えている。

「もちろんマンチェスターを応援してるよな？　あの女々しいイタリア勢じゃなくて」マシューはどちらでもよかったのだが、男はスコアをチェックし、マンチェスターが負けているのを見て言った。「ぼくはそうだ。今は負けてるけど」

そのアイルランド人は三十代くらい。濃い茶色の髪はつんつん立っていて、日焼けで鼻の皮はむけかけ、マンチェスター・ユナイテッドのジャージを着ていた。

COE――〈地球の賛美者たち〉という名称はイアンの思いつきだった。うやうやしく高潔な響きがある名前だと彼は信じていた。すべてはあのイタリアのバーで、わずかなビールを分けあったときから始まったのだ。青い目の狂信的なアイルランド人は、イスラム過激派への憎しみに共感しただけでなく、自身も深い憎悪を抱いていたために、マシューをむしろあおりたてた。

そして七年後、ブルックリンのくさいアパートメントで、イアンは死んだ。いまだに悪夢のようだ。イアンを殺したのはマシューだった。そしてイアンから一メートルと離れていない床では、バネッサが死んで横たわっていた。

いや、罪悪感はない。後悔もない。しなければならないことをしたまでだ。あのふたりはぼくを裏切った。裏切りは死に値する。それなのになぜ、せいせいするわけでもなく、吹っきることもできないのだろう？ 当然の報いを与えただけで、ああするしかなかったのに。マシューは何も感じなかった。わかっているのは、またひとりぼっちになったということだ。隣で血を流し、めそめそしている変わり者のアンディ以外には、もう誰もいない。ダリウスにもいるにはいるが、どこにいるかはわからない。マシューにわかっているのは、ダリウスに言われたこと――計画を成功させるために、これから最後のピースを集めなければならないということだけだった。

ダリウスというのはもちろん本名ではない。彼が本当は何者なのか、マシューにはさっぱりわからなかった。それでも持参した大量の現金を見せられたあとで、ダリウスが上流階級のイギリス英語で流暢《りゅうちょう》に話すのを何時間も聞いたのだった。世界は変わる必要があること、マシューなら世界を変えられること。ダリウスは新たな視点と偉大な目的を与えてくれ、より広い視野で世界を見ることを教えてくれた。そしてベイウェイで実際に見せてくれた。マシューが本当に世界の救世主になるために必要なことを。どうすれば殺された家族の恨みを晴らし、世界を乗っ取ろうとする害虫を駆除することができるのかを。

マシューは家族のことを考えた。みんなが死んで十年になる。爆弾に吹き飛ばされ、埋葬できたのは体の一部だけだった。

イアンとバネッサも死んでしまった。判別できないほど焼け焦げた死体となって。ぼくはいったい何をしているんだ？ ダリウスの計画を受け入れたばかりに。そんな価値があったのか？ マシューはダリウスの手引きでドイツ人ハッカーから買ったコードのことを考えた。頼みの綱だったコード――メモリースティックが焼け落ちたアパートメントの廃墟《はいきょ》にずぶ濡れで埋もれ、もはや取り消すことのできなくなったコードのことを。

保険はなくなった。これが最後の重大な任務になる。準備ならできている。「そうとも」

声に出して言った。「準備はできた。できすぎているくらいだ。もう引き返さない」
その声にアンディが振り向いた。「引き返す？　なんでそんなことするんだ？」
マシューは笑った。

38

ナイトをe2へ進めてチェック

ワシントンDC

カールトン・グレースは病院の駐車場に止めた車に乗りこむと、額をハンドルに押し当てて泣いた。バネッサが死ぬかもしれない。なんのために？ そんなことになれば、兄の期待にそむいて、姪を守れなかったことになる。バネッサがまさかここまで父親と同じ道をたどるとは、誰に信じられるだろう？ 潜入捜査の最中に撃たれるとは。そして今、彼女は死にかけている。父親が死んだときと同じように。

バネッサの命をかける価値があるものなどない。あるわけがない。マシュー・スペンサーが作ったあのばかげた爆弾に、そんな価値がないのはたしかだ。やめさせるべきだった。バネッサに手を引かせるべきだったのに、そうしなかった。上司のトラフォードは、爆弾を手に入れるまでバネッサをCOE内部に潜入させておくと言って譲らなかった。その結果、バネッサは死にかけている。わかっていることといえば、マシュー・スペンサーが消え、誰かの暗殺が企てられていることだけだ。

しかもバネッサの正体をばらしたのは、カールが送信したメールだった。もしあの子が死んだら、自分を一生許せないだろう。上司に逆らってでも、COEから去るようバネッサに警告しようと決めた矢先だったのに。

カールは涙をぬぐって背筋を伸ばし、ぼんやりと周囲に目をやると、病院から次々とスタッフが出てくるのを眺めた。シフト交代の時間だ。いや、ネッサが死ぬわけがない。死なせてはならない。あの子を失ったらどうすればいいのか、想像すらできない。バネッサが求められる以上の仕事をやり続けて二年になる。覆面捜査官としてヨーロッパで働き、英国でIRAを担当し、今はあの狂信的なCOEに潜入していたところだった。カールは何週間もよく眠れていなかった。姪のことが常に心配で、そのストレスに押しつぶされそうになっていた。

バネッサを置いていきたくなかったが、ほかに方法はなかった。マシュー・スペンサーを止めなければならない。COEをつぶさなければ。

駐車場から出たときに携帯電話が鳴った。「はい?」

女性の声が言った。「情報部長がすぐに会いたいそうよ」

「よかった、わたしも会いたいと思っていたところだ。情報部長が必要とする極めて重要な情報を手に入れた。十五分で行くと伝えてくれ、グラディス。敷地の外にいるから」

「急いでちょうだい。副大統領たちとの会議から戻って以来、怒り狂っているの。あんなテンプは見たことがないわ。何か重大なことよ、カール、本当に重大なこと」

「わたしの情報もそうだ」

トラフォードが他機関のお偉方と副大統領との会議に行ったことは知っていた。ベイウェイでの爆破事件があった今、キャラン・スローンが完全武装しているのは驚くには当たらない。

十分後、カールはCIA敷地内のオレンジ色で仕切られた駐車枠に車を止めると、新しい本部ビルへと急いだ。クリプトス——芸術家ジム・サンボーンの手によって難解な暗号が刻まれた彫刻作品——には目もくれずに。殉職者を追悼する星が並んだ壁の前を通るときには、その壁に刻まれたバネッサの星を見る場面が浮かんでしかたがなかった。

グラディスの前に立ち、二連のパールのネックレスとグレーのシルクのブラウス、女性らしいパンプスを見て、カールはほほえんだ。アナリストはみんな彼女が好きだった。いつでも彼らの味方だからだ。グラディスが先に口を開いた。「バネッサは大丈夫?」

言葉にするのはとてもつらかった。「まだなんとも言えない」そう答えるのが精いっぱいだった。

「みんな快復を祈っているわ。さあ、行って、カール」すれ違いざまに、グラディスがフォルダーを差しだした。「どうなっているのかわからないけど、さっきも言ったように、大変なことみたいよ。頑張って」

情報部長のテンプルトン・〝テンプ〟・トラフォードは、CIAの敷地を見おろす窓の前に立っていた。小雨が降りだし、窓は曇っている。トラフォードはいつでも非の打ちどころのない身なりをしているが、副大統領との会議に臨んだ今朝は普段以上に改まった服装をしていた。いつもは引き出しの中の高級ウォッカ、グレイグースの隣に置かれているシルクのネクタイとつややかな大統領章のカフスボタンをつけている。

トラフォードが振り向いた。「バネッサはどうだ?」

背中がこわばり、かたい声で答える。「また手術を受けています。医師たちにもわからないのか、何も言ってくれません」

「スペンサーはどうやってバネッサがスパイだと見抜いたのだ?」

「わたしからのメールです。スペンサーは電話の着信音を聞き、激高してバネッサを撃ちました。テンプ、彼女は意識を失う前に、暗殺計画があると言っていました。ただし標的がひとりなのかも、複数なのかも、実行場所もわかりません。この件について何かご存じですか?」

トラフォードは言った。「ああ、部分的にはな。要人の暗殺計画があるとの知らせを受けている。おそらく同じものだろう、たしかではないが」

「誰ですか？」

「副大統領のキャラン・スローンだ。だが、ほかの人物かもしれないし、まだ確証はない」

カールは信じられなかった。

トラフォードは深く息を吸いこんだ。「モサドにいる副大統領の友人がこっそり教えたらしい。悪いことに、暗殺者はザーヒル・ダマリだ」

カールは小声で言った。「ダマリですか。暗殺を命じたのは誰です？」

「モサドはイランだとにらんでいる。ということは、つまりヒズボラだ。副大統領には最初から脅かされているからな。副大統領は彼らの存在も、唱える説も断固認めていないし、おまけに女性ときている。

ヒズボラのほうは特に危険だ。平和な世界を望んでもいないのだから。望みは西側、ひいては世界の混乱と破滅と無政府状態だ。うまくいってシーア派を乗っ取れれば御の字というところだろう。

キャランに以前から反核を説かれてきたイランは明らかに面白くなかった。イスラエルとの結びつきに加えて、すべてのテロ国家は和平会談についての大統領の方針に副大統領が賛成していないことをよく知っている。キャランがいなくなれば、みんな喜ぶだろう」

カールは言った。「ですが、金を払って副大統領暗殺を企てたことが証明されたら、大統領が報復せざるをえなくなることを理解していないのですか？　厳しい報復がなされることを？」

「だが、いったい誰に対して報復する？　忘れるな、カール、ヒズボラはもっともらしい反証を示す。それで大統領はレバノンを攻撃する。するとどうなる？　テヘランは無傷のままだ。

加えて、自称ダリウスという男がザーヒル・ダマリであることは、ほぼ間違いない。バネッサが撮った写真で体格、身長、肌の色が一致し、タイミングも合致する。マシュー・スペンサーに接近するにあたって顔をいじったかどうか？　それはわからない。だから顔の特徴は判然としない。それにきみも知っているように、ダマリは変装の名人だ」

カールは言った。「そうですね。もしダリウスが本当にザーヒル・ダマリで、ＣＯＥにもぐりこむことに成功していたのだとすると、この最近の写真でＦＢＩがやつを逮捕できるでしょう。あそこのサビッチとドラモンドは、ＮＧＡのデータベースの改善に取り組んでいますから」

テンプが言った。「ベイウェイまで、スペンサーはひとりも死者を出さなかった。なぜいきなり変わったと思う？　ダマリが変えたんだ。なんらかの方法でスペンサーをたきつけ、より暴力的で劇的な行動に駆りたてた。スペンサーのコイン爆弾を、あるいはその威力に関する噂が本当なら、そのごく一部を使ってだ。モサドからの未確認情報によれば、ダマリの標的はキャランだけではないらしい。もっと重要な人物かもしれない」

「キャラン・スローンより重要な人物は大統領だけですよ」カールは信じられなかった。「合衆国大統領を暗殺する勇気のある国などありません。そんなことをすれば破滅です」

テンプが言う。「きみもわかっているはずだ、カール、ISやアルカイダ、ヒズボラといった多くのテロ組織は世界を爆破して石器時代に戻し、文明をがれきに帰すのを望んでいることを。彼らの唯一の目標は最後まで生き残ることだけ。つまり問題はこういうことだ。スペンサーの爆弾を手に入れたら、彼らはその目標を達成できるのか？」

カールは沈黙した。ベイウェイの爆破に使われたのがスペンサーのコイン爆弾のごく一部分だったと仮定するなら、答えはイエスだ。

「テンプ、これは非常に恐ろしいことです」

「少なくともダマリの外見は手に入ったのだ、カール。写真があればやつを止められる。できればスペンサーの爆弾を盗み、それをイランとヒズボラに渡す前に」そこでいったん言葉を切ってから続けた。「ダマリを捕まえられると思うかね？　間に合うか？」

「局をあげてダマリに集中すれば可能だと思います」

テンプは見るからに満足げだった。「そうだろう、もちろんきみの言うとおりだ。われわれはダマリを捕まえ、スペンサーのコイン爆弾を手に入れる。そしてそうなれば、われわれがアメリカ国内でCIA工作員を潜入捜査させていたことなど誰も気にしなくなる」

カールは上司のことを知り尽くしていた。正当化と策略の達人なのだ。「はい、われわれはその両方を達成しなければなりません。そしておっしゃるとおり、もし成し遂げれば、わたしたちの罪は水に流されるでしょう。しかも同時に世界を救うことになるかもしれません」

トラフォードは笑わなかった。策略に没頭し、頭の中で筋書きを練るのに忙しかった。

「だが問題がある、カール。副大統領は今夜じゅうにCOEのメンバーの名前を知りたいと言っている。しかし主要メンバー全員の名を知らせれば、バネッサを潜入捜査させていたという事実を明かすことになる。

わたしはこの仕事が好きだ。今の立場を失いたくない。そのためには、手術が終わったら、バネッサの知っていることをすべて聞きださなければならない。話せる状態になったら、狂信者たちが次に何をしようとしているのか、きみが聞きだしてくれ。メンバーたちの名前を知ったところで、もうなんの役にも立たない。探りださなければならないのはやつらの次の狙いであって、バネッサはそれを知っているはずだ。居場所さえわかっていれば、今すぐに捕まえられるんだが。ダマリも一緒にな」

カールは言った。「バネッサが今も生きていることを知ったら、マシュー・スペンサーとザーヒル・ダマリは彼女を殺そうとするでしょう」

「ああ、もちろんそうだろう。すぐに捜査官を手配してバネッサを見張らせよう。カール、すべてが明るみに出たら、わたしは連邦議会で証言しなければならなくなる。議会は捜査官の名前を知りたがるだろう。バネッサがCOEの爆弾を作ったことが露見するかもしれない。もちろん正当な理由があってのことだし、あのコイン爆弾に隠された技術を手に入れるためだった。議会もそれなら理解するかもしれないが、リスクを冒したくはない。プラス面としては、バネッサはたしかにCOEが暗殺を企てていることを確認した。さらに何か情報をつかんでいるといいのだが。われわれがすべてを隠しておけるように。

さあ、きみはバネッサのところへ戻れ。わたしにもっと材料を調達してくれ。バネッサは一味の行き先や次の標的を知っているはずだ。ダマリがどうやって副大統領を殺すつもりなのかも。ダマリは本当に誰か別人を狙っているのかも」

カールは両手をデスクについて身を乗りだした。「聞いてください、テンプ、バネッサは死ぬかもしれません。それだけの重傷を負っているんです」涙で目頭が熱くなる。「もしバネッサが死んだら、国内で工作活動をしていたことを副大統領に知られても、わたしはちっともかまいません」

「たしかにそうだな、カール」トラフォードはそう言って黙りこんだ。おそらく解決策を練っているのだろう。カールは待った。

トラフォードがゆっくりと口を開いた。「CIAを守り、連邦議会の愚か者たちにわれわれを検閲させない方法を思いついたぞ。きみはひそかにFBIのメイトランドに必要な情報を与えるのだ。FBIがグループを見つけだし、打ちのめすことができたら、われわれは一歩さがって注目を集めないようにする。メイトランドと部下たちに手柄を譲ろう。ニコラス・ドラモンドとマイク・ケインがCOEの捜査に当たっている。どちらも頭が切れて有能だ。メイトランドはディロン・サビッチにも、一連の事件を調べさせている。ふたりとも、過去にサビッチと組んで仕事をしたことがあるんだ。ああ、彼らはいいチームだよ。もし彼らがダマリを止められれば、そのときはCIAが関わっていたことを誰にも知らせる必要はない」

「ひとつ大きな穴があります」カールは言った。「バネッサが生き延びたら、FBIは直接話を聞くと言い張るでしょう。あなたが連邦議会で絞られることになっても、わたしとしては彼女が見捨てられるのを見過ごすつもりはありません、テンプ」

「ああ、それはない、もちろんないさ。それはわたしがなんとかする。これはわれわれの芝居だ。FBIに丸投げして駆けまわってもらおう。向こうは手柄をひとりじめする。われわれは関与しない。バネッサは不正を働いたわけではないし、われわれ全員の安全を守るために全力を尽くそうとしていた。FBIも理解するだろうし、CIAはバネッサをかばう。わたしが請けあうよ。すべてうまくいく」トラフォードはカールにほほえみかけた。「きみにはドラモンドとケインに直接会ってもらう。マシュー・スペンサーとザーヒル・ダマリを見つけるために必要なすべての情報を、ふたりに与えてほしい。大勢の命がかかっているんだ、カール。キャランの命だけではない。きみはCOEがいつどこで何を計画しているのか、バネッサから聞きださなければならない。FBIの尋問の前に。それから、キャランの暗殺計画も未然に防がなければならない。副大統領の死だけはなんとしても避けたいからな。わかるか?」

「もちろんです」

カール・グレースが出ていくと、トラフォードはデスクの前の椅子に座り、頭の後ろで指を組んだ。疲れていた。しかし、これですべてがうまくいけば、メイトランドの神童たちが評判どおりの能力を発揮してくれれば、情報部長の椅子に座り続けることができるだろう。CIAの面目がつぶれることもない。

トラフォードのオフィスを出たとき、カールの携帯電話が鳴った。病院からだ。心臓が早鐘を打ち、口の中が乾いた。「何かありましたか?」

看護師が言った。「ミスター・グレース、バネッサがまた内出血を起こし、そのせいで血圧が低下しています。複数の医師が治療に当たっていますが、予断を許さない状況です」

39

キングをf1へ

ジョージ・ワシントン大学病院

バネッサは意識が戻りつつあった。病院にいることはすぐにわかった。ベッドに寝かせられ、考えたくもないほどたくさんの針につながれていて、みんなが自分の命を救おうと手を尽くしてくれているのもわかった。そう、まだ生きているのだ。

目を開けることも、しっかり考えることもできなかったので、ふわふわと意識が漂うに任せていたら、ロンドンデリーへ、北アイルランドへと戻っていった。すべてが始まったのは四カ月前だっただろうか？　バネッサは北アイルランドで潜入捜査をしていた。苦労しながら少しずつ接近していったら、イアン・マクガイアがやっとあの低い声でビショップについて話しだした。バネッサの手を軽く叩きながら、それだけ爆弾作りの才能があるのだから、ビショップの仲間に加わらない手はない、とイアンは言った。

ビショップがどうした、ビショップがこうした。イアンはバネッサの標的に心底惚れこんでいた。七年間のつきあいらしかった。イアンがようやく明かしたところによれば、ふたりはなんの因果かイタリアのバーで出会い、すぐに意気投合した。以来ヨーロッパじゅうを旅しながら、あちこちでちょっとした破壊活動を行い、ちょっとした惨事を引き起こすようになった。そうするうちにビショップがついに自分を超えたのだ、とイアンは率直に認めた。まるでわが子が誇らしくてたまらない父親のように。

一年前まで、誰もビショップの名を聞いたことさえなかった。フランスの製油所での爆破事件で突然名をはせるまでは。死者をひとりも出さない手際に驚きつつ、CIAはすぐさま調査に乗りだした。犯人の顔も名前もわからず、ビショップという通称だけを手がかりに、バネッサはアイルランドに送りこまれた。ビショップがイアン・マクガイアの仲間であることは知られていたからだ。

そのうちに噂が聞こえてきた。ビショップが作りだした最先端のナノチップ・コイン爆弾は通常の探知機では検知されず、抜群の破壊力を持っていると。CIAはその爆弾がほしくてたまらず、できれば製造方法も知りたがった。

そしてバネッサはビショップに近づくチャンスを得た。

バネッサをビショップに引きあわせることになったとき、イアンは興奮に目を輝かせていた。そのときも誇らしげな父親のようだった。「ビショップが来るぞ、バン、やっと会えるな。言っておくが、ずいぶん前から彼にきみのことを褒めてきたんだ。きみもきっと彼を気に入るよ。怖いくらい頭がよくて、憎しみというものを知っている。誰を憎むべきかもね。彼には優秀な爆弾の作り手が必要で、それにはきみが適任だ。セムテックスが一キロあれば、きみなら月でも吹っ飛ばせる。彼にもそう言ったんだ」

超小型の探知不能な爆弾を作れるくらいなら、なぜ爆弾の作り手が必要なのだろうとバネッサは思ったが、コイン爆弾については知らないことになっていたので、イアンにはきかなかった。きっとまだ完成していないのだろうと考えた。

胸の奥深くに強い痛みを感じた。ピーッという警告音が聞こえたが、痛みは次第にやわらいでそのうちに消え、頭はふたたび過去に戻っていった。

イアンとビショップはひとつの強烈な欲望を共有していた――欧米の悪魔を打ち負かそうとするテロリストが人々を皆殺しにする前に、ヨーロッパと英国全体にはびこるイスラム過激派の信奉者を一掃すること。そしてビショップは、そうするためには製油所を破壊して、中東の石油を買うのをやめさせるのが一番いいと結論づけた。

顎の下を軽く叩かれて、バネッサはイアンから寄せられる優しい気持ちを感じた。「ビショップは母国で裁きを下すときだと考えている。あいつの母国、きみの故郷で。で、きみはどう思う？ ビショップに会いたいか？ 彼と運命をともにしてアメリカに行く気はあるかい？ あの国でこそ、ぼくたちの活動が本当に価値あるものになるんだ。ぼくはビショップの計画に乗るよ。バン、きみは？」

バネッサは頬が濡れるのを感じた。涙だった。イアンのための涙。彼はわたしを守ろうとしたせいで撃ち殺されたのだ。

このまま死ぬわけにはいかない。バネッサはそう気づいた。

40

ナイトをd4へ進め、テイクしてチェック

フーバービル
犯人逮捕班

メイトランドはディロン・サビッチのオフィスでサビッチとレーシー・シャーロックを見つけた。FBIのほかのすべての捜査官と同様、ふたりはベイウェイの爆破事件とCOEについて話していた。

「いや、ふたりとも座ったままで」そう言って、メイトランドはドアを閉めた。班の全員が何か失敗でもあったのだろうか、何事だろうという顔でじっとこちらを見つめている。

メイトランドは椅子を引き寄せた。「会議から戻ったところだ。マクギネス国家情報長官、CIAのテンプルトン・トラフォード、それから副大統領と会ってきた」彼はそこで何があったかをふたりに話した。

話し終えると深く腰かけ、頭を振った。「誰もが自分の縄張りを守りたいのは当然のこと

だ。だがマクギネスが自分をよく見せるためなら全部吐きだすし、得た情報を自分ひとりの手柄にしようとする一方で、テンプ・トラフォードは多くの秘密を隠している。あの防弾ベストの下にはわれわれの疑問の多くへの答えがあるのに、絶対に教えようとしない。状況がどれだけ危機的であっても口を開こうとしないんだ。

唯一わたしが確信できたのは、トラフォードがダマリの入国と、副大統領もしくは別人の暗殺計画については知らなかったということだ。しかし、COEについては知っていた。間違いない。でも、いったいどうやって？」

シャーロックが口を開いた。「CIAにはいつだって理由があります。それが何か探りだしますか？」

メイトランドは言った。「トラフォードは自分のテントの中に誰の鼻も突っこませないだろうよ」

シャーロックが言う。「アメリカを外国の脅威から守るため、CIAに非常に大きなプレッシャーがかかっていることはわたしたちも理解しています。でも、今はすべてを吐きだすべきだとトラフォードはなぜ気づかないんでしょうか？　多くの人命がかかっているわけで、ベイウェイを見ればCOEがゲームをスケールアップしているのは明らかですし、おそらくもっと大きな製油所がすでにターゲットになっているのも間違いないでしょう」

「そう思うかね」メイトランドはため息をついた。「わたしがここに来た本当の理由は、サビッチ、きみにこの任務を割り当てるためだ。ドラモンドとケインと連係して、ことに当たってほしい。この一件をわれわれに任せたいというのが副大統領の意向だ。すぐに始めてくれ。COEの連中を逮捕してダマリを止めてくれたら、最高にうまいトウモロコシをバーベキューでごちそうするよ。ああ、そうだ、このことはニューヨークのマイロにも話を通しておいた。彼も賛成だ」そう言って立ちあがる。「副大統領暗殺の黒幕はイランとヒズボラだとモサドはにらんでいる。われわれは彼らを止めなければならない」

メイトランドがオフィスから出ていくと、シャーロックはにっこりしてサビッチの腕をパンチした。「あなたにとっては明らかにたいした任務じゃないわね、ビッグ・ドッグ。きっとわずか数分で答えを出せるわ」

厚い信頼に気をよくしながらも、サビッチは自分がうまくまとめられなければ副大統領が撃たれる可能性があると不安になった。いや、そうはならない。誰がダマリを雇ったかは重要ではなく、ダマリ本人が重要なのだ。だから重要なことから取りかかろう。

シャーロックが立ちあがった。「わたしがどうしたいかわかる？　トラフォードの喉を両手でつかんで揺さぶってやりたいわ。知っていることを全部吐きだすまでね。で、あなたとニコラスとマイクは一日ですべてを明らかにしなければならないわけ？」

「そのようだ」サビッチは笑い、携帯電話を取りあげた。ニコラスにさっそく知らせてやるのだ。いい知らせかどうかは別として、本来の上司であるザッカリーに加えてサビッチがこの捜査を統括することになった、と。

サビッチの電話からブロンディの〈コール・ミー〉が流れだした。噂をすればなんとやら。

「ニコラス、こちらからもかけようと思っていたところだ。実は――」

ニコラスがさえぎった。「聞いてください、重要なことです、ディロン。COEの最新潜伏先らしき場所を見つけました。ブルックリンのアパートメントです。滞在していた四人グループを目撃した証人がいます。昨夜、その場所は全焼しました。そのアパートメントに滞在していたグループのうち、ひとりは中東系に見えたと目撃者は言っています。となると疑問が出てきます。その男が本当に中東出身なら、狂信的なテロリスト嫌いの集団に加わっていったい何をしているのか？　COEは西欧諸国にテロリストの国から石油を輸入するのをやめさせようとしているグループで、テロリストの国といえば、ほぼすべて中東諸国なわけですから。

目撃者は、昨夜遅くにそのグループが戻ってきたとき――ベイウェイ爆破のあとでしょうが、中東系の男は一緒ではなかったと言っています。さっきも言ったように、その男が何者か突きとめる必要があります。似顔絵作成の担当者を目撃者のところへ行かせました。それから――」

「ニコラス、ちょっと待ってくれ。その似顔絵ができあがったら、おれにも送ってほしい。男の正体がわかるかどうか調べてみよう。ところで、きみとマイクはザーヒル・ダマリを知っているか？」

「もちろんです」マイクが後ろで言った。「すご腕の殺し屋ですよね。世界一の腕前だとか。本当にたちの悪いやつで、あちこちの最重要指名手配のリストに載っています。ダマリがどうかしましたか、ディロン？」

「二時間ほど前にわかったんだが、ダマリはアメリカ国内にいる。モサドはやつが副大統領暗殺を企てているとにらんでるそうだ。もしかしたら標的は別の人物かもしれないが、まだ確認は取れていない。おそらくイランとヒズボラが背後にいる。そう、もちろん和平会談絡みだ」

あぜんとしたような沈黙のあと、マイクの声が響いた。「わたしたちの発見がトップニュースになると思ったのに。からかっているわけじゃありませんよね、ディロン？」

「そうならよかったんだが。最初から説明させてくれ」サビッチは状況説明に続いて言った。「シャーロックから伝言だ。〝心配しないで、ディロンはすばらしい上司になるわ〟それにいいほうに考えれば、この事件はいずれにせよ一日か二日で終わりになる。さて、今度はブルックリンの火災だ。知っておく必要のあることを全部聞かせてくれ」

銃撃と火災、燃えさかる建物の脇に横たわる女性を連れ去った黒いサバーバンの話を聞くと、サビッチは言った。「すべてつながるな。もっと情報が必要だ。しかもできるだけ早く。またテロ攻撃があるのは確実だし、なんとしてもそれを止めなければならない。そのサバーバンと女性を見つけだしてくれ。女性を火災現場から運びだしたのが誰か、突きとめる必要がある」

「その女性が鍵だわ。間違いありません」マイクが言った。

「そうかもしれない。何かわかったら報告してくれ。ニコラス、目撃者が中東系の男のことをなんと言っていたか教えてほしい。それから、できるだけ早く似顔絵を送ってくれよ」

41

キングをg1へ

ニューヨークシティ
チェルシー、西三十丁目

その黒のサバーバンは、三十丁目のブロックの中ほどの住所に登録されていた。そこは茶色いれんが造りで、最近改装されたばかりの高層の建物だった。奥に長く幅の狭いロビーが大きな正面の窓からよく見える。ドアマンと、カウンターの後ろに別の男性がいるのが見えた。ドアの反対側の壁には住人の郵便受けが並んでいる。

マイクはクラウンビクトリアを駐車禁止エリアに止め、FBIカードを窓に置いた。

「グレイによれば十五階」ニコラスが言った。「東廊下の突きあたりにある一五〇七号室だ」

ふたりはドアマンとカウンターの後ろの若い男のそばをすり抜けながら、身分証を高く掲げた。「FBIです。あとで話をうかがいます」マイクが言ってエレベーターに乗りこんだ。

住人が誰も乗りこんでこなかったので、十五階にはすぐに着いた。マイクは一五〇七号室の鮮やかな赤いドアをノックし、少し待ってからふたたびノックした。

するとと応答があった。「今、開けます！」

ドアののぞき穴から見られていることはわかっていたので、マイクは身分証を掲げた。

「FBIです。おききしたいことがあります」

チェーンと安全錠が外される音がした。ドアを開けたのは、きちんとした身なりをした二十代半ばのきれいな若い女性だった。黒いストレートのロングヘアに、スタイリッシュな黒縁の眼鏡、チェックのミニスカート、小さな足にドクターマーチンのブーツを履いている。

「いやだわ、FBI？」女性は体の前に両手を伸ばした。「ねえ、わたし、何もしてませんていうか、したくてもできなかったわ。午前中ずっとここにいたんですから。あら、ごめんなさい、どうぞお入りになって」

女性はふたりをリビングルームに招き入れようとしたが、マイクは首を横に振った。「FBIのケイン捜査官とドラモンド捜査官です。あなたは？」

「メロディー・ファインダーです」

「ミズ・ファインダー、あなたは黒のサバーバンを所有していますか？」

彼女は笑った。「まさか。わたしは生粋のニューヨーカーですよ。運転免許証はIDとして使うだけです」

ニコラスは携帯電話の画面を見せた。「ミズ・ファインダー、この黒の二〇〇九年型シェビー・サバーバンがこちらの住所で登録されています。メロディー・ファインダー名義です。あなたですよね」

「ええ、そうですが、わたしは車を持っていませんわ」グレーのぶち猫が緑と白の縞模様のソファの下から頭を突きだし、メロディーの足のあいだへ向かって歩いてきた。「ティガー、だめじゃないの、いい子にしてなくちゃ。さあ、戻って。だめよ、出ちゃだめ！」メロディーは猫をつかまえた。「ごめんなさい。ドアを閉めないと、この子たちが逃げだしてしまうわ。どうぞ入って、なぜわたしがこの車の持ち主だと思うのか説明してください。何かの間違いだと思いますけど」

部屋は小さなロフトで、床から天井までの窓から自然光がふんだんに差しこんでいた。ソファと椅子が三脚置かれ、対のエンドテーブルには雑誌が山積みになっている。大きなシルバーグレーの猫が、日差しの当たるソファの中央に仰向けに寝そべっていた。

「その子はプーです」

自分の名前を耳にして、猫は片目を薄く開けた。一同をにらんでから、またすぐ眠りに落ちた。

「プーは逃げそうにないですね」マイクが言った。

「ランチをたらふく食べて、おなかいっぱいで寝てるんです。どうぞ座ってください、おふたりとも」

マイクとニコラスはソファで眠る猫の両側に座った。マイクが身を乗りだした。「ミズ・ファインダー、あまり時間がないんです。われわれは……」プーが目を開いてマイクを見やり、大きく伸びをして足でマイクの膝に触れた。マイクが耳の後ろをかいてやると、次の瞬間には彼女の膝の上で丸くなっていた。状況がここまで切迫していなかったら、ニコラスは思わず笑いだしていただろう。ことに、メロディーが目を真ん丸にしてマイクを見ているとあっては。

「プーは知らない人が嫌いなのに」

「猫なりにFBIに敬意を払っているんでしょう」ニコラスは言った。「さて、ミズ・ファインダー、このビルに誰かサバーバンを所有しているかもしれない人を知っていますか？登録の記載が間違っているのかもしれません」

「わたしの知る限りではいませんけど、大きなビルで広い駐車場だから。さっきも言ったように、わたしは車を持っていません。職業はライター……というかブロガーで、書いているもののほとんどは食べ物かワイン関係です」

「失礼」ニコラスがそう言って席を外し、グレイに電話をかけた。

マイクはプーの耳をかいてやりながらきいた。「ブログのタイトルは？」

メロディーが身を乗りだした。うれしくて、じっと座っていられないようだった。

「TheWineVixen.comです。各地を取材してお勧めのワインを探し、そのボトルに合うレシピと一緒に紹介しています。二十一歳になった二〇〇九年から運営していて、セレブのゲストシェフやスタッフがたくさんいるんですよ」

ニコラスが片手をあげた。「ミズ・ファインダー、サバーバンはここの住所だけでなく、あなた名義で登録されています。もう一度よく考えて、本当のことを話していただく必要があります」彼の深刻な声に、メロディーは動揺したようだった。

「いいえ、違います。わたしの車じゃありません。本当です。何かの間違いです。だって、誰がそんなこと？」

「ちょっと考えてみましょう」マイクは言った。「もしかしたらお友だちに、車の置き場所が必要な人がいたのかもしれませんよ？　駐車スペースはお持ちなんですよね？」

「はい、ここの住人全員が持ってます。賃貸契約に含まれているんです」

「じゃあ、誰かがあなたの駐車スペースを使っていて、あなたはそれを管理人に報告したくないとか？」

「それって、なかなかいいアイデアですね、ドラモンド捜査官。ほかの住人にセカンドカーを駐車させてあげて、賃貸料をもらう」メロディーはふたりに笑いかけた。

マイクはほほえみ返さなかった。ニコラスに続いて、今度は自分が威嚇する番だ。「ミズ・ファインダー、われわれが探しているそのサバーバンは昨夜、ブルックリンの犯罪現場で目撃されました。昨日の夕方五時以降、どこにいたか答えてください」

メロディーは体を後ろに引き、明らかに動揺を隠せなくなった。恐怖すら覚えているようだ。

「どういうことでしょう。ブルックリンで起きた犯罪にわたしが関係していると思ってるの？　なんの話かさっぱりわかりません。アリバイを確認しているんですか？　わたしはブルックリンへは二週間前に行っただけです。〈カウ&クローバー〉でお酒を飲んで、それをブログで紹介する記事を書いて以来、行ってないわ。記事をアップしたのは昨日です。わたしはこの部屋でその作業をしていました」メロディーは立ちあがって窓のそばの椅子へ走り寄り、開いたままになっていたＭａｃＢｏｏｋ　Ａｉｒをつかんだ。猫は二匹とも飼い主を見たが、動こうとはしなかった。

「ね？　昨日の午後六時三十分に記事を投稿してる。みんなが出かける準備をして、すてきなレストランを探す時間帯です。投稿してから夕食をとって、あと五つほどブログの下書きをしてからベッドに入りました。『ウォーキング・デッド』を二話見てから寝たんです。いやな夢も見たわ。ネットフリックス（動画配信サービスの一つ）の視聴記録が時間を証明してくれるはずですよね？」

メロディーはコンピュータをタップして、ウェブサイトを表示した。

「わたしのアカウントとテレビの両方に、履歴が残ってると思うんです。ネットフリックスに連絡を取れば、アカウントにいつどこでアクセスがあったか確かめられるはずだわ」

ニコラスはメロディーのコンピュータを手に取った。モニターを確認すると、『ウォーキング・デッド』はたしかに〝最近見たもの〟欄にリストアップされていた。彼女の言っていることは本当だ。

マイクがソファの脇のテーブルに置かれた写真を取りあげた。「ミズ・ファインダー、この人はボーイフレンド？」

「ええ、そう、クレイグです。今はパリにいます。料理学校の〈ル・コルドン・ブルー〉で勉強しているんです。卒業したらふたりでレストランを開くつもりなの。きかれる前にお答えしておきますけど、彼はサバーバンを持っていません。本当にどういうことなのかしら。何かの間違いだと思いますけど」

その写真の中で、メロディーとクレイグはハイキング用のショートパンツとブーツを身につけ、マイクには何かわからない木が生い茂る前に立っていた。ふたりとも、にこやかにほほえんでいる。

「コスタリカでジップライン（木々のあいだに張られたワイヤーを滑車を使って滑りおりる遊び）をしたんです。たぶん六回くらいやったかしら」

マイクは猫を膝から抱きあげて立ちあがると、ソファに戻した。猫は不服そうな目でマイクを見てから、また眠りに落ちた。「ご協力ありがとう、ミズ・ファインダー。また連絡します」

「どうして？　だって、これで何もかも間違いだったとわかったでしょう？」メロディーはふたりのあとを小走りで追いかけて玄関まで来た。ブーツが床に当たってかたい音を立てる。

ニコラスが言った。「何かほかに必要なことがあれば、またお知らせします」

「そうですか。いいわ、わかりました。ねえ、今度ブログをのぞいてみてくださいね。おいしいキャンティ・ワインがお好みに合いそうだわ。ブログにたくさんお勧めを載せていますから」メロディーは白い歯をたっぷり見せて、ふたりに笑いかけた。

背中でドアが閉まると、マイクが言った。「不動産管理会社を当たったほうがよさそうね。ミズ・ファインダーは何も知らないようだから、おそらくほかの誰かが彼女の名前で車を登録したんだわ。その人物が駐車場を使っているかどうかも調べましょう」

42

ナイトをe2へ進めてチェック

不動産管理会社の現地管理人は背が低くがっしりとした男で、迷惑そうな顔をしながらも、ふたりが駐車場を捜索することに同意した。管理人は革張りの快適そうなデスクチェアから立ちあがり、ふたりを地下へ案内した。

「黒のサバーバンに乗っている住人に心当たりはありません。といっても、わたしは駐車場で長時間過ごしているわけではありませんけど。新しい車を買ったら、住人はそれがどんな車か報告することになっていますが、報告がないこともしょっちゅうです。メロディーの駐車スペースは部屋番号の一五〇七が振ってあるところですが、彼女は駐車場を使わないので、一二〇二号室の住人に貸しています。その男性はプリウスとジャガーを持っていましてね。信じられますか、この街で車を二台持つなんて？　まあ、でも彼はウォール・ストリートで働く若者ですし、週末にはハンプトンズへ出かけるのが好きみたいで」

管理人はしゃべり続けながらふたりをエレベーターへ案内し、駐車場におりると懐中電灯をふたつ手渡した。

「ごゆっくりどうぞ。わたしは階上《うえ》に戻ります。会社に問いあわせて、サバーバンを持っている住人がいるかどうかきいてみますよ」ふたりを暗闇に残し、ささやくような音を立ててエレベーターの扉が閉まった。

照明はエネルギー節約のため、動作感知方式になっていた。一歩前に踏みだすと四分の一の電気がついたが、残りは暗闇のままだった。地下の三フロアにまたがる百以上の駐車スペースを調べることになる。

一五〇七号室用のスペースは一番上の階にあった。車はなかった。

ニコラスは言った。「ここにあるわけないか。ふた手に分かれよう。きみはこのフロア、ぼくは一番下から始める。中間の階でまた合流しよう」携帯電話をチェックする。アンテナは三本。「電波は来てるから、途中で何か見つけたら電話してくれ」

マイクがうなずいた。「前回あなたとマンハッタンの駐車場……わたしのアパートメントの駐車場にいたときは、最終的に撃ちあいになったのよね」ニコラスのジャケットの弾痕に触れる。「今回はあれはやめときましょう」マイクは暗闇に踏みだし、懐中電灯の光がさっと前方を照らした。

ニコラスはエレベーターで二階分おり、フロアに出て捜索を始めた。左から右へと順に見ていく。懐中電灯があって助かった。照明には節電のために電球型蛍光ランプが使われており、動作感知器は反応が遅い。あたたまるまで最大光量にはならず、しばらく時間がかかった。人通りが多ければ明かりはたくさんついていただろうが、真っ昼間だけに人っ子ひとりいない。あちこちに影ができていてあたりは暗く、自分の足音だけが響いている。なんとも気味が悪かった。

それにしても筋が通らない。何者かが不法にメロディー・ファインダーの名前で車を登録した。誰にせよ、その人物は彼女が車を持っていないこと、だから駐車スペースを使っていないこと、そしておそらく別の住人にスペースを貸していることを知っていたに違いない。あるいはメロディーの言うとおり、何かの間違いなのか。

十分後、ふたりは駐車場全体の捜索を終えていた。収穫はゼロ。ニコラスはエレベーターに戻りながら、監視カメラが設置されているのを見つけた。うまく隠されていて、ほとんど見えないようになっている。ニコラスはカメラを指差した。

マイクが頭を振る。「あの気がきかない管理人、監視カメラの映像があるって教えてくれてもよかったのに。過去四十八時間分の映像をもらって、何かヒントになるものが映っていないか調べてみましょう」

管理人室に戻ると、管理人は会社と電話で話している最中だった。ニコラスが電話を替わってほしいと頼み、いくつかの短いやり取りを経て、ＦＢＩが監視カメラの映像を建物外に持ちだして調べることに会社は同意した。管理会社は録画テープをフェデラル・プラザ二十六番地へ早急に送ると約束した。

さしあたり、これで手詰まりになった。

マイクが言った。「いらいらしてきたわ。こんなに手がかりがあるのに、ちっとも解決につながらないなんて」

「もしかしたら」ニコラスは言った。「ミセス・アントニオがけりをつけてくれるかもしれないぞ。COEのメンバー全員の顔をしっかり覚えているかも」

マイクはうなずき、テッド・〝バッド〟・アンダースの番号に電話をかけた。マイクの知る限り、FBI随一の似顔絵作成者だ。的確な証言とノートパソコンさえあれば、その四人にそっくりな似顔絵を作成してくれる。中東系の男を優先してほしいことは、すでにバッドに頼んであった。

バッドは興奮を抑えきれないようだった。「ミセス・アントニオはすばらしい視覚的記憶の持ち主だ。あまり長くはかからないと思うよ、マイク。中東系の男の似顔絵ができ次第、きみの携帯に送る」

電話を切ると、マイクは言った。「あと何分かかるかバッドを問いつめてもしかたがないわ。ホンダを調べるしかなさそうね。膝を撃たれた男《ミスター・ウーンデッド・ニー》と、誰か知らないけどその友だちが乗っていた車。ねえ、彼らはたぶんあのアパートメントに滞在していた四人のうちのふたりじゃないかしら」

「そして、ミスター・ウーンデッド・ニーは何かを探していた。でも何を？」

マイクは降参とばかりに両手をあげた。「ニコラス、わたしたちにはもっと人手が必要よ。一日にあと二十時間よけいに必要だし。それにおなかがぺこぺこ。オフィスに戻りましょう。途中でライ麦パンのパストラミサンドでも買って」

「きみの胃の切なる訴えは聞こえていたよ。でも、何か言ったら失礼だと思ってね。ライ麦パンのパストラミサンド？いいね、ぼくはダブルで」

ふたりは車道を渡ってクラウンビクトリアに乗りこんだ。ニコラスがエンジンをかけて車を縁石から離したとき、マイクがいきなり腕をつかんだ。

「ニコラス、信じられないわ。見てよ、黒のサバーバンがこっちに来る」

ニコラスはブレーキをかけ、車は通りに半分出かけたところで止まった。「駐車場に入っていくかな？くそったれ《ブラッディ・ヘル》、入っていくぞ。そろそろこっちに運が向いてくる頃だと思ったよ。運転手は見える？」

「いいえ、でもナンバープレートなら見えるわ。ニューヨークナンバーよ」そしてナンバーの残りを読みあげた。

「よし、われらの管轄内だ」

ニコラスがクラウンビクトリアをバックでもとの場所に戻すあいだも、マイクはサバーバンから目を離さなかった。駐車場におりる私道でアイドリングして、シャッターがあがるのを待っている。

マイクは言った。「運転しているのは若い白人。サングラスをかけて、ボストン・レッドソックスの帽子をかぶってる。金髪が見えるわ。長そう。顔は見えない。駐車場に入らなきゃ、ニコラス。あの男が車を止めて、どこだかわからない部屋へあがっていく前に。応援部隊を要請するわ」

ニコラスはすでに車から半分出ていた。「やつを追って駐車場へおりるよ。何階にあがっていくかメールする」行き交う車を縫うように通りを渡る。怒鳴り声やけたたましいクラクションを無視して走った。

ニコラスが体をふたつに折るようにして閉まりかけたシャッターの下から駐車場へ滑りこんだのを見届けると、マイクはザッカリーに電話した。小走りで車をよけながら通りを渡る。「サー、応援を要請します。西三十丁目と六番街の角、〈メドウ・アームズ〉というアパートメントの駐車場。黒のサバーバンを確認しました。昨夜、ブルックリンで火災のあった自動車修理工場から女性を拉致した可能性のある車です」

ザッカリーが受話器の向こうで叫ぶ声が聞こえた。「西三十丁目と六番街に捜査官を急行させろ。ニューヨーク市警にも通報しろ。誰か近くにいるはずだ」ザッカリーはマイクの電話に戻った。「腹をすかせて頑張ったかいがあったな。応援部隊がそっちに向かう。サバーバンを押さえろ、マイク。気をつけろよ。ドラモンドはどこだ？」

「ニコラスは男を追ってすでに駐車場に入り、駐車場所を確認しています。わたしもこれから入ります」

メールが着信した。

B3。

ザッカリーが笑った。「そうだろうと思ったよ。また連絡しろ。それとマイケラ？　もう撃ちあいはなしだぞ」

やれやれ、ザッカリーはブルックリンとミスター・ウーンデッド・ニーのことを知っているらしい。

マイクは電話を切って走りだした。

黒のサバーバンがいるのは地下三階。エレベーターが一番速い。マイクは身分証をドアマンにふたたびかざして走った。

ドアマンが不安そうな顔で声をかけてきた。「あの、大丈夫ですか？」

マイクはくるりと振り向いた。「駐車場のシャッターの鍵を閉めてもらえる？　誰も出入りできないように」

「閉めることはできますが、管理会社がなんて言うか――」

「閉めて。今すぐに。ほかの捜査官がこっちに向かってるから、着いたら伝えてちょうだい。捜査官たちが地下三階で、黒のサバーバンに乗った容疑者に話を聞こうとしてるって」

エレベーターは鈍い音を立てながら、ほんの三秒で地下の駐車場におりていった。マイクはサバーバンの運転手の注意を引かなかったのを祈った。

43

キングをf1へ

ニコラスは灰色のコンクリートの壁に張りついていた。地階へおりていく通路はらせん状になっており、姿を見られないよう注意しながらサバーバンの後ろを小走りで追いかけてきたのだ。

運転手に姿を見られなかったのは幸運だった。その大きなSUVはエレベーターから最も遠い一番奥の列まで行った。そのあいだにニコラスは地下三階までおり、防御態勢を取ることができた。先ほどマイクはほんの冗談で、以前の駐車場での銃撃戦のことを口にした。それが当たらずとも遠からずになろうとは。

あのときの二の舞はごめんだ。今回、不意を突かれるのはサバーバンの男で、自分たちではない。

ニコラスがウエストのクリップからグロックを引きだしたとき、エレベーターが低い音を響かせた。よし、サバーバンの男に聞かれる心配はない。

エレベーターからマイクが出てきた。膝を曲げ、周囲にすばやく視線を走らせながら、片手をホルスターの留め金に添えている。マイクと目が合うと、ニコラスは唇に指を当て、こっちへ来いと身振りで招いた。ブルーのミニクーパーの後ろにマイクを引っ張りこむ。身を守るという意味ではたいして役に立たないが、少なくとも壁際のスペースに止められていて、サバーバンから見通せる範囲からは離れていた。サバーバンに乗っている人物が地獄耳でエレベーターの音を聞きつけていないことを願うばかりだ。

マイクのこめかみに唇を寄せてささやく。「向こうの奥に止めた。まだ姿は見えない。声も聞こえない。おそらくひとりだろう」

マイクがささやき返した。「応援がこっちに向かってるわ。ここが唯一の出口ね。エレベーターに乗るにも階段をあがるにも、わたしたちの前を通らなくちゃいけない。ドアマンが言ったとおりにしてくれていたら、駐車場のシャッターは閉まっているわ。あなたが決めて、ニコラス。ここで待つか、行動に出るか」

「待とう。やつにこっちへ来させるんだ」けれど誰も来なかった。のろのろと二十秒が過ぎても、なんの動きもなかった。

マイクが小声で言った。「何してるのかしら？　髪を整えてる？　化粧でも直してるの？　ニコラス、これ以上我慢できないわ。行って様子を見てきましょうよ」

そうこなくちゃ。ニコラスはにやりとした。「そうしよう。気をつけろよ、マイク」ふたりは車の列を進んでいった。一列、また一列。それでも最後の列からは何も聞こえてこなかった。何をしているのだろう？

あと二台というところでドアが開く音がした。前を行くマイクが止まり、こぶしをあげた。ニコラスはその後ろについた。

口笛が聞こえ、サバーバンの後ろのトランクが音を立てて開いた。

ニコラスは指を三本立てた。三。二。一。

ふたりは同時に飛びだして、両側から男をはさみこんだ。ニコラスが叫ぶ。その声が壁で大きく低くこだました。「動くな、そこまでだ。ＦＢＩだ。手をあげろ」

男がさっと両手をあげた。「おいおい、ちょっと待ってくれ」

マイクが車の後ろをのぞいた。

「なんなのこれは！　ニコラス、まるで兵器庫よ。武器に手榴弾《しゅりゅうだん》、無線もある。ねえ、あなた、何をする気？　包囲攻撃か何か？」

「聞いてくれ、説明させて――」

ニコラスは言った。「後ろを向け、ゆっくりと。今すぐに。両手を車に置け。置くんだ！」

男はブリーチしたような長髪で、ロサンゼルスあたりのサーファーみたいだった。野球帽をかぶりサングラスをかけたままなので目は隠れており、感情が読めない。「なんだおまえは？　サーファー気取りのテロリストか何かか？」

「おい、FBIがおれになんの用だ？　違うよ、兄弟《メイト》、おれはテロリストじゃない。信じてくれ、大きな誤解だ。手をおろして説明させてくれたら――」

「その手だ、メイト。車にのせろ。さあ。今すぐに」

サーファー男は動かなかった。

ニコラスはグロックをまっすぐ男の顔に向けた。「聞こえないのか？　両手を車の屋根に置けと言ったんだ」

マイクは距離を保ち、サーファー男が妙な気を起こして逃げようとしたときのために退路をふさいでいた。ゆうに十五メートルは離れたエレベーターを片目で確かめる。今にも応援が駆けつけるはずだ。男は背中を向けて両手を持ちあげ、てのひらを屋根におろしていった。そして手がつく寸前にいきなり向き直ってニコラスに襲いかかり、こぶしで顎を殴ってから逃げだした。

ニコラスはさっと振り向き、男が二歩と進まないうちに肩をつかんで、後ろ向きに投げ飛ばした。男はサバーバンのバンパーにぶつかって跳ね返り、コンクリートの床に倒れる。だが驚くべきことに、彼は転がって起きあがり、しゃがんだ体勢になった。

「そんなに遊びたいのか？」ニコラスの目に楽しげな色が浮かぶ。

マイクはサーファー男が鍛えあげられた体と動きをしていることにすぐ気づいた。サングラスが飛び、鋭い目で相手の弱点を探っているのが見て取れる。せいぜい頑張って、サー。

そう心の中で声をかけながら、彼女は言った。「そのばかを倒して、ニコラス」

ニコラスは左へフェイントをかけ、すばやく旋回して相手の膝を狙って蹴ったが、脚の横をかすめただけだった。男はそれほど動きが速かった。

男が目を細め、攻撃に転じた。パンチは迫力こそないもののスピードがあり、目にも留まらぬ速さで正確に繰りだされた。すべてが教科書どおりの動きで、決定的なダメージを与えるよう計算されていた。

かなり鍛えられている。厳しい訓練を受けてきた者の動きだ。マイクはほほえんだ。でも関係ないわ、ニコラスにはかなわない。自分がそのお調子者を取り押さえて背中にまたがり、頭をぽかりと殴って手錠をかける姿が目に浮かんだ。

上背があるニコラスがリーチの長さを生かして相手の首にパンチを繰りだし、腹部にもきつい一発をお見舞いしてから、足の甲を踏みつけた。男がナイフを持っていなくて幸いだった。マイクもニコラスもナイフが嫌いなのだ。刃物は危険すぎる。マイクの目の前で、ニコラスが男の下腹部を蹴った。

サーファー男はすばやくあとずさりして苦しそうにあえぎ、血を吐きだした。「よう、メイト、あんたなかなかやるな。ＦＢＩのへなちょこにしては」そう言うと、ふいに横に駆けだして向きを変え、立て続けにキックとパンチを繰りだした。

「おまえこそ、手こずらせてくれるじゃないか」ニコラスが強烈なアッパーカットをお見舞いした。サーファー男は後ろによろめきながらもにやりと笑った。左目の上が切れてひと筋の血が流れている。こいつは何者だ？　どういうことだ？

マイクは手を出さなかった。危険な武器はすべてサバーバンの中にあり、ニコラスのほうが強いとわかっていたからだ。それに本人も楽しんでいる。やりたいようにやらせておけばいい。自分もあんなふうに殴ったら、いらだちも多少は吹き飛んだだろうけれど。彼女は腕時計を見た。「悪いけど時間がないわ、ニコラス。あと十秒で片づけてくれたら、わたしがジムで一ラウンドお相手させてもらうわよ」

ニコラスが男の鼻を思いきり殴り、鮮血が飛び散った。残忍だと騒ぐマスコミが目に浮かび、マイクは声をかけた。「オーケー、それで充分」

ニコラスはすぐに手を止め、にやりとしてから相手を羽交い締めにしようとしたが、男はその手を振りほどいて駆けだした。

マイクは目をぐるりとまわしてみせた。ばかなやつ。「わたしの出番ね」そう言うと、男を追って駆けだした。すぐに追いついて後ろからタックルし、コンクリートの床に倒したところでエレベーターの扉が開いた。ベン・ヒューストンが五人の捜査官を引き連れて飛びだしてきた。

ニコラスはマイクを男の背中から引きはがし、片手で男を引っ張って立たせると、顔面から車に打ちつけた。野球帽をもぎ取り、シャツをつかんで激しく揺さぶる。

マイクが叫んだ。「ニコラス、ちょっとその男をじっとさせて。なんてこと。見覚えはない？」

ニコラスは男を引き寄せて顔を近づけた。「くそったれ《ブラッディ・ヘル》、血まみれだが、おまえはあの写真の男じゃないか。メロディー・ファインダーのボーイフレンドだ。パリにいるはずの。タマネギのみじん切りやチキンの骨の外し方を勉強してるはずだろう」

サーファー男は激しく息を切らしながらも、にやりとしてみせた。鼻から血をしたたらせて。「説明しようとしたのに、そっちが先に顔を殴ったんだからな。あんたが誰かも知ってるよ、このでっかいろくでなしめ」男は指の関節に血のついた手を堂々と突きだした。「おれはクレイグ・スワンソン、ＣＩＡだ」

44

ナイトをC3へ進めてチェック

「CIA……くそっ《ブラッディ》、なんてことだ。気づくべきだった。

「くそスパイめ《ブラッディ》」ニコラスはもう二、三発殴りたかったが、ベンとほかの捜査官が背後で笑う声が聞こえてきた。しかたなくあとずさりする。さあ、IDを見せろ」

「この体以外に身分を証明できるものなんかない。あんたたち連邦捜査官みたいに身分証を持ち歩いていないからな。覆面捜査と呼ぶにはそれなりの理由があるんだ」

たしかにね。マイクは納得せざるをえなかった。ずらりと並んだ武器のほうを手で示す。

「この旅行用の武器は、その覆面捜査の一環ってわけ?」

「自分の車を使っちゃいけないことになってるんだけど、正真正銘の緊急事態だったんだよ。とにかくたくさん積みこんで戦闘用車両にした。必要になるかどうかはわからなかったけどね。そうするしかなかった。急いでたから」

「マイク」ベンが声をかけた。「ニューヨーク市警が駐車場の外で、どうすりゃいいんだと思ってるはずだ。きみたちはわれらがCIAの兄弟とかなり楽しくやってるようだから、ぼくたちが階上に行って話をしてこよう」

「ベン、あなたはここにいて」マイクが言った。「トミー、リン、ニューヨーク市警をなんとかしてきてくれる？」

捜査官ふたりがエレベーターに乗った。

ニコラスはクレイグ・スワンソンに言った。「車をガールフレンドの名前で登録したのか？　おまえ、意外とばかだな」

「おい、おれはあんたたちのやり方を非難したりしてないぜ」

「おまえのガールフレンドは、恋人はパリにいると信じていて、サバーバンを持ってることも知らない」

「そうだ、そのことは言ってない。知る必要がないからな。彼女もおれの覆面の一部だ」

マイクは眉をあげた。「ここに武器が隠されていることは知ってるの？」

「もちろん知らないさ。知ったら縮みあがるだろうよ。でも彼女はおれのパートナーだし、有能だ。賭けてもいいが、自分は真っ正直で、あのドクターマーチンのブーツを履いたかわいい気取り屋だって、あんたたちを納得させただろう？」

「ええ、見事にね」

「鼻血を拭かせてくれ」スワンソンはサバーバンの後ろからぼろ布を引っ張りだして、鼻に押し当てた。「折れてはいないみたいだな。助かった。メロディーはＣＩＡで働くことを理解してくれてる。誰でも愛する人には自分の仕事の話をするだろう。誰かにきかれたら、恋人はシェフで、今は料理学校で学んでるとメロディーは答える。外国に出向く必要があるときに都合のいい職業だし、おれは料理が最高にうまい。そこに嘘はない」

マイクが言った。「たしかにあなたの恋人は有能で、真実味があったわ。わたしたちに面と向かって嘘をついていたのに、ずっと笑顔を絶やさなかった。そうだ、階上に戻って一発殴ってやろうかしら」

スワンソンが初めて不安そうな顔をした。「だめだ、やめてくれ。メロディーに罪はない。巻きこまれただけなんだ。おれのことをすごくかっこいいと思ってくれてるし。今回はあまりうまくだましたとは言えないみたいだけどね。あんたたちがここをうろついて、おれを捜していたってことは」

「いや、彼女にはすっかりだまされたよ」ニコラスは言った。「サバーバンが駐車場に入っていくところをたまたま見かけたんだ。きみが警戒を怠って、ＦＢＩをご丁寧に玄関前まで案内してくれたってわけさ。さあ、お楽しみはここまでだ。昨夜、ブルックリンで何をしていた？　きみが連れ去った赤毛の女性は誰だ？　彼女は今どこにいる？　その女性がＣＯＥと関わっていたことはわかってるんだ。つまりきみはテロリストを支援し、彼らに協力したことになる。いいか、もしぼくに嘘をついたりしたら、二秒でぼこぼこにしてやるからな」

スワンソンはたじろぎ、両手を顔の前にあげた。「ちょっと待ってくれ。もっと知りたいならボスと話してもらわないと。おれから話せることは全部話した。信じてくれ、メイト、おれたちは味方同士だ」

ニコラスはベンのほうを向いた。「こいつのガールフレンドが一五〇七号室にいる。捜査妨害で逮捕しろ」

ニコラスはスワンソンに向き直った。「メロディーを逮捕する前に、何か言いたいことは？」

「だめだ、やめろ。逮捕なんてしないでくれ。彼女は何もしてないじゃないか。まったく、汚い手を使いやがって。メロディーには手を出すな。わかったよ、ボスと話す」

「で、そのボスってのは誰だ？」

「電話を使わせてくれたらボスに電話する。ここから先はボスが話すよ。頼むからメロディーを逮捕しないでくれ」

「そうはいかないな。相手の名前と電話番号を言え。それを調べて嘘をついていないことが確認できたら、ボスと話をさせてやる」

スワンソンは鼻の穴から布を引っ張りだした。新たな血がついていないのを見て冷笑を浮かべる。「ついさっきまで、あんたたちFBI連中は革靴を履いたおたくばかりだと思ってたよ。でも、あんたは違う。あんたは本物のタフガイだ」指で鼻を触る。「認めるよ。あんたの右フックは強烈だった」

「連絡先を言え、今すぐに。でないと左ジャブも食らうことになるぞ。残念ながら、気に入ってもらえないと思うがね」

スワンソンは駐車場の床に血を吐きだした。「わかった、わかったよ。手荒な真似はよせ。次の一撃はおれのボスがあんたにくれてやる。おれじゃなくて」彼は電話番号を口にした。

ベンがタブレットにそれを打ちこむ。「本物だ。ラングレーにあるＣＩＡ本部の番号だよ」

マイクは言った。「電話して、ベン」

ベンがクレイグ・スワンソンの携帯電話からその番号にかけ、つながるとスピーカーフォンに切り替えた。

男性の声が言った。「クレイグ？　すべて順調か？」

「ええ、それが――」

ニコラスがスピーカー越しに話しかけた。「ＦＢＩのニコラス・ドラモンド特別捜査官です。そちらのお名前をお願いします」

短い間があった。「カールトン・グレース。ＣＩＡだ」

ベンがその名前をタブレットに打ちこんだ。少しして、片方の眉をあげてうなずいた。

「グレース捜査官、あなたの部下のクレイグ・スワンソンの身柄を拘束しています。彼は――」

「ドラモンドだって？」口笛が聞こえた。「なんという幸運だ。すでにきみの上司のマイロ・ザッカリーとは話をした。きみとマイク・ケインに、ただちにラングレーまで来てもらいたい」

「やれやれ、わかんないもんだよな？」スワンソンがにやついた。

もう一発殴ってやりたいという衝動をニコラスはこらえた。こいつの謎のボスが、すでにザッカリーと話をした？　どういうことだ？

ニコラスは言った。「われわれはどこにも行きません。いったいどういうことなのか、きちんと説明していただけるまでは」

カールトン・グレースは短く笑った。「何が気に入らないんだ？　こんな無防備な電話回線では何も言えないことくらいわかるだろう？　サビッチ捜査官とシャーロック捜査官もここに来る。そろそろ時間だ。ああ、それからドラモンド、スワンソンも連れてきてくれ。言い逃れる方法というやつを伝授してやる必要がありそうだ」

電話は切れた。スワンソンはまだにやにやしている。

「驚いたな」ベンが言った。

ニコラスはマイクを見た。「いったい全体どうなってるんだ？」

マイクはポニーテールをもてあそびながら、ぼんやりと遠くを見つめていた。

「ニコラス、あの赤毛の女性に見覚えがあると言ったでしょう、覚えてる？　あのね、誰だか思いだしたの」

「どうしてきみにわかるんだ？　顔認識はまだ成功していない。ミセス・アントニオの似顔絵だって、まだ完成していないんだぞ」

「すべてがぴたっとはまったのよ。あの女性の名前はバネッサ・グレース。クレイグのボスと同じ名字だわ。親戚なの、クレイグ？」

「ああ、ボスはバネッサのおじさんだ」

「イエール大学で一緒だったの。ニコラス、彼女もＣＩＡの職員に違いないわ」

ニコラスの眉がぐっとあがった。「ＣＯＥの内部にＣＩＡ捜査官がいるってことか？」

「いた、だ」スワンソンが口を出した。「もういない」

ニコラスは彼に顔を向けた。「引っこんでろ、スワンソン。きみたちは英国外務省に負けず劣らずたちが悪いな。内部に捜査官がいたのに、われわれにはなんの知らせもなしか？　しかもベイウェイのあとも。なぜこちらに知らせないんだ？」

「おれに言われてもね。そんなことは下っ端には決められないよ。ずっと上のほうの人間が決めることだ」

ＣＩＡが覆面捜査官のことを知らせてくれさえしたら、いったい何人の命が助かっただろう？　ニコラスはそう考えずにいられなかった。もっとも、驚くことではない。この種の省庁間の秘密主義は、ニコラスが軍情報部第六課《MI6》を去った理由のひとつだった。

「マイク、ザッカリーに電話して、このことを報告してもらえるかな。ぼくはサビッチに電話する」

45

キングをg1へ

サビッチに電話をかけようとすると、スーザの行進曲が電話から流れだした。ナイジェルだな、とニコラスは思った。

いや、ナイジェルじゃない。アダム・ピアースだ。ようやく来たか。

ニコラスはマイクにうなずいて脇によけた。

「アダム、何かわかったのか？」

「充分にね。目の前にコンピュータを用意して、全部打ちこんでもらわないといけないくらいだ」

「今はチェルシーの地下駐車場にいる。ＦＢＩ捜査官連中と、間抜けなＣＩＡ覆面捜査官と一緒だ。簡潔に頼むよ。残りはあとで電話をかけ直すから」

「了解。ほら、あのＤＮＡ鑑定にかけてる死体だけど。ブルックリンの火事で焼け焦げたやつ。誰だか聞いた？」

「まだだ。それにしても聞き捨てならないな。どうしてぼくが知らないことまで知ってるんだ？」

「ＣＯＥに入りこむ道を見つけるのにできるだけのことをしろって言っただろう。あんたのために働いている以上、データベースに手当たり次第にハッキングしてるわけじゃないよ。正確に言えばね。入る方法を知ってるだけなんだ、もし興味があればだけど」

「アダム、これだけは言わせてくれ。きみがＦＢＩのために働いてくれてとてもうれしいよ。ＦＢＩに敵対するためではなく。それから、きみはまったくもって正しい。この事件を解決に導くのに必要なことなら、きみはなんでもしていいんだ。教えてくれ、死んだ男は何者なんだ？」

「イアン・マクガイア。ＩＲＡのメンバーだ……まあ、撃たれて燃やされるまではそうだった。ロンドンデリー支局のリーダーをしていたらしい。前科記録を並べると、ぼくの腕の長さくらいになるかな」

「いつアメリカに入国したかわかるか？」

「いい知らせと悪い知らせがある。マクガイアはアメリカに来て数カ月になる。狂信的なメンバーと一緒に来てるよ。たぶん八人、みんな古参メンバーだ。全米各地の空港から日時をずらして、偽名を使って入国してる」

「なんで見逃したんだ？　警戒リストに載っているんだろう？」

「警戒リストには山ほど載ってるよ。ぼくも長いあいだ載っていたはずだ。セキュリティをかいくぐるのは、それほど難しいことじゃない。みんなしょっちゅう国境を越えてる」

「きみのことだ、彼らがどこにいて、何をしていたかもわかっているんだろう？」

「あくまで推測になるけどね。マクガイアのチームがどこにいるかはわからないけど、IRAの連中がCOEと同盟を組んだと考えて、まず間違いないと思う。COEといえば、ちょっと話が飛ぶけど、COEとガンサー・アンセルというドイツの天才とのあいだの通信記録を見つけた。COEはガンサーのプロキシ・サーバーに一千万ドルを支払ってる。ガンサーのコードを操作して、石油会社にワームを送りこんだんだ。一通のメール上でたった一回クリックするだけで、ネットワーク全体が感染する。簡単さ」

「そしてガンサーは何者かに殺された。それでやつらはどこにいるんだ、アダム？」

アダムはため息をついた。「それが悪い知らせだよ、ニコラス。十二時間前まではブルックリンにいた。でも、今はわからない。オフラインなんだ。どのIPアドレスからも接続した形跡がない、サイバー攻撃が始まってからはね。あちこちに探りを入れてみてるけど、アメリカのハッカーの半分が面白半分に同じようなことをしているからね。COEは攻撃のあと消えてしまった。オンラインに戻ってくるまで、おれにできることはない。ドアをノックして誰も出てくれなければ、中には入れないんだ」

「きみに気に入ってもらえそうなものがある。COEのIPアドレスのひとつから発信されたメールを見つけた。送信先はウォール・ストリートにある証券会社で、ポーター・ウォレスという男だ。ウォレスは主要なヘッジファンドを二、三運用していて、若いのにかなりの権力を持っている。『ウォール・ストリート・ジャーナル』に何度か記事を書いてさえいる。大がかりなハッキングをせずにウォレスのシステムに入りこむのは不可能だ。実は今、調査を五つ並行してる。ぼくが見つけた情報をすべて送っておいた。きみには人手があるだろう。オンサイトチームがデータを分析してくれたら――」

「すぐチームにやらせるよ」

「よかった。COEの次の行き先がわかる手がかりが、過去の動きから見つかる可能性もあるからな。今のところ、次の標的につながる道筋はまったく見えない。

標的自体はどうだ？　COEが特定の標的を攻撃した理由があるはずだ。爆弾を仕掛けるには時間も労力も相当かかるし、根まわしもいる。ベイウェイのラリー・リーブスから見取り図を手に入れて、爆弾の設置場所を決めたみたいに。何か関係性があるはずだ。それを見つけてくれ、アダム」

「できるだけ急いでやってみる。また連絡するよ」そして電話は切れた。

46

ポーンをb6へ進めてテイク

マイクは親しみのこもった声でクレイグ・スワンソンに言った。「一歩でも動いたら、叩きのめすわよ」

「動いてないって」スワンソンが言う。「なあ、この話なら聞きたいんじゃないかな、たぶん――」

マイクはスワンソンに背中を向けてベンに告げた。「アダムから何を聞いたか知らないけど、ニコラスの顔が紅潮してる。必要な答えが少しは手に入ったってことよ」スワンソンをちらりと見ると、彼は歯からそっと血をぬぐい、ぐらぐらしていないか押して確かめていた。

「それにCIAも関わってきた。ミスター・ザッカリーに電話して、これがいったいどういうことなのかきいてみないとね」

ベンがスワンソンを見やった。「CIAのおばかさんに危害を加えられることはなさそうだから、ぼくはオフィスに戻って状況を確かめるよ。グレイと一緒に。グレイとニコラスがゆうべサイバー攻撃を止めるために書いたプログラムはすごかった。グレイはチームにそれを見張らせ、残った穴を全部埋めて、攻撃された会社のIT技術者たちと一緒になってシステムがふたたび稼働するよう手伝ってる。聞いたところによれば、被害は並み外れて深刻だったみたいだが、まだ被害状況は公表していないようだ。グレイとニコラスが手を出していなかったら、まったく違った問題に直面していただろうな。じゃあ、またあとで」

ベンがエレベーターに乗りこんで行ってしまうと、マイクはふたたびスワンソンを見やった。サバーバンの横の地面に座りこみ、両腕で膝を抱えている。スワンソンが目をあげて言った。「携帯を返してもらえないか？　メロディーに電話しないと」

「だめ。でも、考えてもいいわ。武器を満載した戦闘用車両を、セキュリティ対策の施されていない駐車場に置いていこうとしていた理由を教えてくれたらね。ＣＩＡではこれが通常の作戦規定なの？」

「いや。武器はすぐに車からおろすつもりだったんだ。ちょっとメロディーに挨拶しようと思っただけだよ」

「仕事より恋愛ってわけ？」

スワンソンはマイクに向かって頭を振った。「あんたたちはほんとにおかたいよな。メロディーのドクターマーチンがいかしてると思えないのも無理はない」

「わたしがあなたの上司なら、ミスター・スワンソン、あのドクターマーチンで頭を殴ってやるところよ」

「携帯を使わせてもらえる？」

「だめ。バネッサ・グレースについて知っていることを言いなさい」

スワンソンは肩をすくめた。「さっきも言ったように、おれのボスの姪だよ。二、三回会ったことはあるけど、そんなによく知らない。潜入捜査官との合コンがあるわけじゃないからね。ＣＩＡは女子寮じゃないんだ」

「証人によれば、ゆうべバネッサは怪我をしていた。何があったの？　どうしてあなたが送りこまれたの？」

「ボスに電話で、バネッサを拾うよう命じられたんだ。言われたとおりにしただけさ」

「でも、病院へは連れていかなかった。重傷だったのに。どうして？」

「賛成できなくても、命令には従うしかないからだ。昔、衛生兵をしてたことがある。彼女、ひどい怪我だったよ。胸に銃弾を受けて、骨が折れて。でもグレースは、バネッサをワシントンＤＣに連れ戻したがった。だから応急処置をして、ＣＩＡの救急ヘリに乗せて送りだしたんだ。彼女は助かったかって？　それは知らない」

マイクは冷たい目でにらんだ。「もちろん嘘よね」

厚かましくも、スワンソンはにやりとした。「違うって、これは本当。おれの知る限り、これは機密じゃないしね。携帯、返してもらえる？　メロディーに電話するから。ほかには誰にもかけないからさ」

「だめ」マイクは背を向けてザッカリーに電話した。

「ケイン捜査官、大丈夫か？　ベンが大あわてで飛びだしていったが。髪に火がついたみたいに。それにルイーザが言ってたが、ニコラスのジャケットの袖に弾痕があるとか」

「わたしたちはふたりとも大丈夫です、サー」そう言って、状況を手短に説明した。「ニコラスとわたしがラングレーへ行って、カール・グレースというCIA捜査官と会うことに同意されましたか？」

「ああ。きみとドラモンドがラングレーへ出向き、COEとベイウェイ爆破事件の詳細なブリーフィングを受けるよう要請があった。ディロン・サビッチがすでに電話で、われわれとDCとの新たな連係について話したと思うが？」

「はい、サー」

「ベイウェイだが、爆弾の分析結果が出た。予想していたとおりではなかった」

「というと？」

「問題は、見つかるべきものが見つからなかったことだ。つまり小さかったんだよ、マイク。非常に小さい」

「ですが、爆発の規模は巨大でした」

「そうだ。手に入ったのは非常に小さなカーボン・ファイバーのかけらだが、内部装置は木っ端みじんに吹き飛んでいた。これまで見たことがないような一種のタイマーが、中に仕込まれていたと思われる。見つけたものを総合するに、爆弾は時計用のボタン電池程度の大きさだっただろう」

それはよくない知らせだ。とはいえ、あの爆弾が引き起こした大惨事の渦中にいたあとでは、マイクはさほど驚かなかった。

「では、ある種の最先端技術だということですね？」

「非常に進んだナノテクノロジー技術だ。マンフレート・ハフロックが超小型核兵器を開発するのを阻止したあとだけに、その言葉には背筋が寒くなるよ。

ＣＯＥが使ってきたほかの爆弾――ありきたりの旧型セムテックスとは大きく異なる爆弾だ。これはいったいどういうことだ？　ＣＯＥはいったいどこで、この驚くべきものを手に入れたんだ？　やつらの今後の計画は？　それをＣＩＡが教えてくれるはずだ。ああ、それから」ザッカリーは続けた。「爆心地点で見つかった、ひどく焼け焦げた死体の身元がようやく割れた。大酒飲みのラリー・リーブスだ」

「驚くことではないですね。あの男はとてもお粗末な決断をしました」

「ベンがやつの経済状況を調べてる。糸口がつかめるだろう」

「サー、ほかにもあります。このＣＩＡとのミーティングですが、ＣＯＥに覆面捜査官を潜入させていた経緯が聞けるのではないかと。捜査官の名前はバネッサ・グレース、あの赤毛の女性ですよ。指示を出していたのはバネッサのおじ。わたしたちと会いたがっている人物です」

しばしの沈黙。

「おじだって？　カール・グレースは電話で、そんなことは何も言ってなかったぞ。まあい い、ラングレーでのグレースとのミーティングは、ＣＩＡがこれ以上ＦＢＩに秘密にしておくことはできないとようやく理解したことを示している。公式見解を——国家機密を保護する、国家安全保障を脅かすなどとまくしたてながらも」

「サー、わたしはあの女性を、バネッサ・グレースを知っています、というか知っていました。イエール大学の同窓生で、学部で同じ心理学の講座を受講していたんです」

ザッカリーが口笛を吹いた。「話してくれ。どんな女性だ？」

「覚えているのは、頭がよく、とてもしっかりしていて有能だったことです。最後に会ったのは、もう八年も前ですが。バネッサがブルックリンの火事の女性被害者のようです。ベイウェイの監視カメラの映像にも映っているでしょう。今朝、ブルックリンへ出発する前に、映像のひとつに彼女が映っているのを見ました。そのときはバネッサだとわからなかったのですが、見覚えのある女性だと思いました」

「今も生きているかどうかは？」

「わかりません、サー。ですが、これはつまり、ＣＩＡがアメリカ国内でおとり捜査を行っていたということです。絶対にやってはいけないことですよね」

「たしかに」ザッカリーが言った。頭の中でさまざまな考えをまとめている音が聞こえてくるようだ。

マイクは言った。「ベイヨンのミスター・ホッジズの殺害現場について新たな情報はありますか、サー？」

「いい知らせはない。弾道検査の結果が出た。三人の捜査官が撃たれたのは九ミリ弾だ。弾丸の破片が回収されたが、データベースに一致する旋条痕はなかった。われわれにわかるのは、その銃がほかの犯罪で使われたことがないということだけだ。関係者以外の指紋はひとつもなく、捜査官とミスター・ホッジズ以外の人物のDNAもない。誰にせよ、犯人は実に巧みで徹底している。これ以上できることはほとんどない。捜査官たちの家族に知らせることは、わたしのこれまでの任務の中で最もつらいものだったよ、マイク」少し黙ったあとに続ける。「きみとドラモンドはラングレーへ行き、ミーティングに出てくれ。サビッチとともに今後どう取り組むべきかを見極めて、何が起きているのかすぐわたしに知らせてほしい。ヘリポートにヘリを待たせてある。きみたちの非常持ち出しバッグを持った捜査官をひとり送っておいた」

「ありがとうございます、サー。歯ブラシを持っていけるとわかって安心しました。ＣＩＡのごうつくばりたちには、さわやかな息なんてもったいない気がしますけど」

「連絡を入れてくれ、マイク。それから気をつけろ。まだわからないことが多すぎるし、秘密が多すぎる。何かもっと大変なことが起きているというのは、きみも感じているだろう。わたしも自分の持ち場で、何が起きているのか探りだせるよう最善を尽くしてみる」そう言って、ザッカリーは電話を切った。

ニコラスがマイクに言った。「アダム・ピアースは奇跡の助手だよ」

「奇跡のハッカーってことね。彼が何を見つけたの？」

「COEの次の標的につながる道筋を見つけたかもしれない。ポーター・ウォレスという、ウォール・ストリートの株式ブローカーから話を聞く必要がある。でもきみの顔つきからすると、ぼくたちにはまたしても前進命令が出たみたいだな」

「そうよ。ヘリでラングレーへ飛ぶことになってるわ。CIAの連中をがつんと言わせるためにね。準備はいい？」

ニコラスはスワンソンを見て、あざのできた手をもみながらほほえんだ。「ああ、もちろんさ、ケイン捜査官」

47

クイーンをb4へ

ジョージ・ワシントン大学病院

カールトン・グレースがナースステーションに駆けつけると、バネッサに変わりはないとのことだった。彼は息を吸いこんだ。つまり、姪はまだ生きているということだ。

カールは気を鎮めた。片づけなければならない仕事がある。彼は使われていない会議室を見つけ、ドアを閉めて座った。ヘッドホンをつけ、バネッサから送られてきた過去四カ月のデータを詳細に分析しはじめる。FBIとのミーティングに備えるためだ。

けれども気がつけば、データを見る代わりに思いだしていた。一九九五年、兄のポール・グレースが北アイルランドで死亡したという知らせを受け取ったのが、ほんの昨日のことのようだ。兄は娘のバネッサをひとり遺《のこ》して逝った。その翌週、バネッサの面倒を見ていたおばが自動車事故で亡くなった。カールはすぐにラングレーへ戻りたいと配置転換の希望を出し、バネッサを養女にした。はっきり覚えているのは、バネッサが十歳のとき、父親の日記を手に、断固とした大人びた声で言ったことだ。「カールおじさん、わたしはお父さんがしていたことをしたい。おじさんがしていることをしたいの」それで決まりだった。その後、バネッサの目標が揺らいだことはない。人の命がいかにもろくてはかないものか、説いて聞かせたにもかかわらず。バネッサは本気であり、そんなことには惑わされなかった。父親が亡くなった北アイルランドでの潜入捜査を担当したいと必死に懇願した彼女を思いだす。その結果がこれだ。

バネッサは今にも死にかけている。そしてあのときと同じように、カールにできることは何もなかった。撃ったのはスペンサーだったとしても、タイミングの悪いメールを送ってスペンサーに銃を握らせたのは自分だ。

カールは頭を振り、バネッサの音声を書き起こした原稿に集中して、罪悪感を振り払おうとした。マシュー・スペンサーとCOEを見つけだし、これっきりにさせたかった。あの男の頭に、自ら弾丸を撃ちこんでやりたくてしかたがない。

バネッサの青白い穏やかな顔がまた思い浮かんで泣きたくなったが、データをまとめなければならなかった。時間がない。

最新の会話から始めた。二週間前だった。バネッサはタホ湖の南にあるカフェで、安全なビデオ送信用回線を確保していた。COEが山の中の隠れ家に潜伏していた場所の近くだった。

あまり時間がないの。またすぐ移動することになるから。写真が撮れたので、サーバーにアップロードしておいた。ダリウスをついにカメラでとらえたわ。正体を突きとめてもらえるといいんだけど。ダリウスの目的はマシューと仲間になることだけだった。COEとは関係ないわ。今ではそう確信してる。わたしと同じようにダリウスも、マシューの驚異的な発明品、探知不能な小型爆弾——ダリウスは〝マシューの特別なコイン〟と呼んでる——を狙っているのかもしれない。ダリウスはマシューの耳にあれこれ吹きこんで、けしかけているのよ。もっとでかいことを考えろ、その爆弾を完成させたら何ができるか考えてみろ、それがあれば家族を殺したテロリストをやっつけられるぞ、とか。

わたしの直感では、ダリウスと名乗る男は完全に偽の仮面をかぶった人物よ。ひどく邪悪で卑劣な男だわ。明確な目的を持っているのがわかるし、それがなんであるにせよ、マシューにとってもわたしたちの誰にとっても、いいものではない。こんな言い方はメロドラマじみていると思うでしょうけど、わたしは体の奥深くで、本能で、怪物のようなダリウスを恐れているの。

マシューがわたしよりダリウスを信用するようになったのはたしかだわ。わたしを締めだしたから。ダリウスの差し金？　たぶんそうだと思う。マシューは以前より気分がころころ変わるようになったわ。それも怖いけど、ダリウスほどではないわね。いいえ、ダリウスとは比べものにならないわ。
さて、ちょっと気になることを耳にしたの。マシューとアンディが石油会社のデータベースにアクセスすることを話していたわ。でもわたしが入っていくと、ふたりとも黙りこんだ。ダリウスもこのことを知っているのかしら？ これも彼のアイデアなの？ だとしたら、何をしようとしているの？ ダリウスの身元を確認しないと。できるだけ早く。本当に怖いわ。信じて、ダリウスは危険人物よ。かなり危険だわ。

バネッサ、写真を受け取った。よくやったな。調べてみる。石油会社のデータベースへのアクセスだが、それは心配だ。調査を開始する。マシューからその件を聞きだせないか、やってみてくれ。いいな？

さっきも言ったけど、マシューはわたしをのけ者にしはじめた。わたしには、セムテックス爆弾を設置するために知っておく必要があることしか話さなくなったの。それだけしか言ってくれないのよ。マシューから聞けたのは、来週みんなでサンフランシスコへ行くことだけ。

標的は？

ロデオ・サンフランシスコの施設でまず間違いないと思う。

セキュリティに必ず知らせておく。

よかった。ダリウスの身元がわかったら知らせて。カールおじさん、あの男が怖いわ。

本当に怖いのよ。

それで終わりだった。

カールは写真を照合したが、空振りに終わっていた。世に知られているありとあらゆるアメリカ国内のデータベースと照合したが、それでも何も出てこないのだ。副大統領とのミーティングを終えたトラフォードから暗殺のことを聞かされた今朝になって、カールは確信した。間違いない、ダリウスという人物はザーヒル・ダマリ以外にありえない。

カールはＦＢＩに超高感度の顔認識システムで二枚の写真を照合させた。ＦＢＩなら百パーセント確認できるかもしれないが、そんな証明は不要だった。彼は確信していたからだ。バネッサの直感が正しければ、ザーヒル・ダマリはマシュー・スペンサーの新技術を盗むために雇われ、さらには副大統領の暗殺も企てている。ヒズボラ、ひいてはイランがその小型爆弾を手に入れたら、世界の安全が脅かされる。大混乱と無政府状態の世界で、その探知不能な爆弾を持つ彼らを想像する。間違いなく食物連鎖の頂点に立つことになるだろう。

カールはバネッサの最近のメールをいくつか読んだ。〝クレイジーなアンディ〟――バネッサは彼をそう呼んだ――から、ある会社のコンピュータシステムを攻撃するためのワームをCOEが購入したことを彼女は探りだしていた。ニューヨークのFBIのおかげで、その特定のサイバー攻撃は鎮静化されていた。

ほかのビデオも出して、バネッサの愛らしい顔をじっと見つめる。父親にそっくりだ。きれいで、目は父親譲りだが、燃えるような赤毛は母親のイザベラから受け継いだものだ。かわいそうなイザベラ。三十三歳の若さで脳腫瘍のため、この世を去った。娘がどんな女性に成長したかを知ることもなく。

バネッサは死なない。死ぬはずがない。

「ミスター・グレース？」

カールはゆっくりと立ちあがり、戸口に立っている看護師を見つめた。こんなに恐怖を感じたことは、これまでの人生で一度もなかった。

すると看護師がほほえんだ。「姪御さんが手術を乗りきりました」

「快復するのか?」

「執刀医がもうじき来ます。医師のほうから説明を――」

「頼む、はぐらかさないでくれ。あの子は大丈夫なのか?」

「まだ安心はできません。人工呼吸器につながれていて、医師たちはもうしばらく人工的な昏睡《こんすい》状態に置いておく意向です。最初の診断よりも損傷がひどかったようです。先ほども言いましたが、執刀医がまもなくこちらへ来て、すべて説明いたします」看護師はカールに歩み寄り、片手をそっと腕にかけた。「とてもつらい状況なのはお察しします、ミスター・グレース。でも、信じ続けなければいけません。バネッサは今も生きています。このままこちらの世界にいられるよう、わたしも全力を尽くします」

48

ルークをa4へ

メリーランド州

ザーヒルはメリーランド州フレデリックに向けて車を走らせた。落ち着いてリラックスしており、実にいい気分だった。すべてが順調に進んでいる。二十四時間、丸一日歩き続けて位置についた。標的のセキュリティ配置図と設計図が手に入ったおかげで、ベースキャンプの設営場所を決めやすくなった。だが、犬については多少心配だ。警察犬を連れた警備班も導入されているのだから、心配して当然なのだが。もっとも見まわりの時間帯は決まっているので、避けることができるはずだ。バッグにはシカのにおいを入れてある。そのにおいを自分につけて、人間のにおいを隠すつもりだ。

午後三時にカトクティン山公園の入口に到着した。キャンプ場に車を置き、荷物を肩にかついで出発する。幸い周囲に人影はなく、誰にも姿を見られずにすんだ。通り道に死体を点々と残していくのはあまり気が進まない。すんなり現場に入り、仕事を終え、ニューヨーク経由でカナダに入国し、最終的にはなんとかヨルダンへ――心休まる私有地へ戻りたい。未来は明るく輝いている。

森は静かで、聞こえてくるのは動物たちが地面を走りまわる音と、頭上で鳴く鳥の声だけだ。人の気配はなかった。気を散らされずに考えごとができるのはいい。長いあいだ大勢の人間に囲まれていて、頭がどうかなりそうになった。

英国の特殊部隊で過ごした日々を思いだす。あのとき受けた訓練が、これほど役に立とうとは。だが、最初に金を払って殺しを依頼してきたのはアメリカ人だった。まだ二十歳足らずの若者にとって一万ドルは大金だったから、つい笑顔で引き受けた。クライアントはザーヒルをセントピーターズバーグに送りこみ、石油業界で働いていたある男を殺させた。なんのために？　それは今も知らない。大金を使うのは楽しかったし、そのときの報酬は当時かなり長くもった。しかし金もやがて底をつき、もっとほしくなった。四人目を殺したときには、これが自分の天職だと実感していた。

クライアントのために世界じゅうを飛びまわり、いろいろなことを学習し、さらに学び続けた。同じミスは繰り返さず、常に寡黙で手際よく仕事をこなしてきた。ザーヒルは一流の中の一流――良心の制約を受けず、カメレオンのように変幻自在で、抜け目なく、絶対にあきらめなかった。どんな試練も楽しめたし、自分がドラマを楽しんでいることもだんだんわかってきた。派手に殺すことが、たとえ無意味に派手であったとしても、喜びを呼び覚ました。そうして殺しはどんどんドラマティックになっていった。世界じゅうの人たちにそれが自分の仕事であることを知らしめ、ひそかに恐れられ、語り継がれたい。伝説を作りたかった。他殺だとわからないようにしてくれと依頼してくるクライアントにはがっかりした。社会病質者《ソシオパス》。かつて父からそう呼ばれたものだ。あの年老いた偽善者の口から出ただけに、その言葉は味わい深かった。どの殺しも、あの老いぼれへのメッセージだった。近いうちに、おまえにも息子と最後のお別れをするときが来る。最期を迎えるのはもちろんおまえのほうだ。

新聞で自分についての憶測を読むのは楽しかった。自分とは違って強欲で、常軌を逸した暗殺者カルロス・ザ・ジャッカルと比較されると特にうれしかった。報酬を伴わない殺人も何度か行ったことがある。適度に複雑な殺しは血管の隅々まで血を行き渡らせ、神経の鋭敏さを保ち、一撃で仕留めるすばやい動きを錆《さ》びつかせないのに役立った。

ザーヒルは自らを殺人のプロと考えるのが好きだった。常に予想を裏切り、常に成功をおさめる。

これまで引き受けた中で、今回は間違いなく最大の仕事だ。最高に目立つという意味で。自分の名を歴史に刻むことになるだろう。だが未確定事項も未確認事項もかなりあり、ほかのどんな仕事よりも今回は失敗するリスクが高かった。

いや、失敗などするものか。決してミスはしない。ザーヒルは空を見あげてほほえみ、付近に人がいないか警戒を怠らなかった。父の祖国の戦場で生き抜くのに比べたら、今回の仕事を成功させるほうが簡単なくらいだ。

山の小川のそばで休憩して水筒を満たし、生い茂る枝の天蓋をすかして空を見あげた。午後二時といったところか。

このペースなら、月が出る頃には所定の位置についているだろう。

二十四時間、あまりにも多くのことを成し遂げなければならない一日だった。そして、すべてをなんの問題もなく実行した。ベイウェイでマシューのコイン爆弾の一部をリーブスが示した場所に置き、誰にも見られることなく一キロ先に止めておいた車まで戻り、その足でベイヨンへ車を走らせ、そこで四人の男——うち三人はＦＢＩ捜査官——をひとり当たり三分、胸に四発と額に四発で仕留め、そこから一路南を目指した。

そして今はここで、森の小道を歩いている。オオカミかクマに出くわすかもしれない。そうしたらどうやって殺そうかとしばらく考えてから、自分に言い聞かせた。集中しろ。これから起きるはずのことを、段階ごとにもう一度おさらいするのだ。

火曜日

（午後二時↓午後六時）

49

クイーンをb6へ進めてテイク

ニューヨーク・ヘリポート

ニコラスとマイクはMD530リトルバードの硬い座席でシートベルトを締め、ヘッドホンをつけてサングラスをかけた。クレイグ・スワンソンはふたりの向かいの座席に沈みこんで目を閉じている。ニコラスとの二ラウンドで消耗し、疲れきっているようだ。スワンソンがニコラスにまったく敵意を抱いていない様子に、マイクは興味をそそられた。プロからプロへの敬意のしるしというやつだろうか？　スワンソンのほうも、いいパンチを二、三発決めた。無精ひげが伸びたニコラスの顎は、そのせいでナスのような濃紺のグラデーションに彩られている。ラングレーに乗りこむ自分たちは、周囲の目にどう映るのだろう？　三人ともひどい姿だ。目のまわりのあざはサングラスで隠せるが。でも隠す必要はない。誇るべき名誉の負傷なのだから。

〈カッツ・デリカテッセン〉に寄って、ライ麦パンの分厚いパストラミサンドとポテトチップス、飲み物を買い、ヘリポートまでの車中で食べることができた。両親に電話をかけ、弟のティミーについて知らせる時間もあった。オフブロードウェイのショーに有給で雇用されたこと。自分が知る限り、刑務所には入っていないこと。当然ながら父はベイウェイの事件をすべて知っており、娘がその件で奔走しているのも知っていた。最後の言葉はいつもと同じ〝おまえに何かあったら承知しないからな〟だった。母――〝ゴージャスなレベッカ〟のほうは、マイクに試してほしい口紅の新色があると言っただけだった。それから笑い、しゃっくりをして、〝娘に何かあったら承知しないどころではすまないわ。そのきれいな髪を切ってしまうわよ〟と言った。後ろで父の笑い声が聞こえた。

ヘリのパイロットのチャーリーはコーヒーの飲みすぎで興奮気味で、これがその日六回目の飛行だったが、灰色のニューヨークの空にまたたく間に飛び立った。

ニコラスがマイクの肩をつつき、指を四本立てた。マイクはヘッドホンのチャンネルを四に合わせてうなずいた。これで自分たちだけで会話できる。

ニコラスがスイッチを入れて言った。「バネッサ・グレースについて教えてくれ」

マイクは脚を組み、向かいの空いた座席にかかとをのせた。スワンソンは窓の外を見ているものの、耳をそばだてているのは間違いない。留守とあざの理由をメロディー・ファインダーにどう説明するつもりなのだろう？

マイクは小声で話した。「バネッサとはイエール大学一年のとき、同じ寮に住んでたの。

よく知っているとは言えないわ。会えば挨拶して、共通の友人が何人かいる程度だったから。わたしは当時すでに警察に入る準備を進めていたわ。父のような警察官になりたかったの。まっすぐFBIアカデミーに進んでもよかったんだけど、父が言い張ったのよ。アイビーリーグの学校に願書を出して、ネブラスカの外の世界を見てこい、本当にその道に進みたいかどうかはそれから見極めても遅くない、って。イエールは中でもネブラスカから一番遠かった。距離的にも価値観の点でもね。そうしたら信じられないことに入学が許可されたもんだから、父に調子を合わせてニューヘイブンへ行ったってわけ」

「ネブラスカからアイビーリーグか。カルチャーショックだっただろう」

「最初は浮きまくってたわね。田舎者扱いされたり、危険人物として避けられたりしてた。週末ごとに射撃場に通っていたから」

「寮の部屋で銃の手入れをするとき、ルームメイトはどうしてた?」

「部屋ではそんなことしないだけの分別はあったわよ。わたしの評判がどんなだったか、ちょっと想像してみてくれる？　友だちと一緒にいてお互いにくつろげるようになるのに、最初の学期が丸々かかったわ。しこたま飲んで騒いで、やっと打ち解けられた。

わたしの過去についてはもういいわ。バネッサ・グレースのことを話すわね。最初に会ったとき、プリンセスみたいな子だと思った。すごい美人で、お尻まで届きそうな豊かな赤毛をしていたわ。男の子はみんな必死になってデートに誘ってた。バネッサは男の子を競わせているように見えたから、最初はひどい女だと思ったの。実はすごく引っこみ思案で、あまり社交的じゃないんだって気づくまではね。彼女、男の子にどう接していいかわからなかったのよ。共通の友人のひとりが言ってたわ。おじさんと一緒に世界じゅうを転々としていたせいで、バネッサはほとんど自宅で教育を受けていた。アメリカの学校には何度か通ってみたけど、シャイな性格だからうまくなじめなかったらしいって。

そうこうするうちに、〝善と悪の認知科学〟という授業で一緒になった。バネッサはその頃には自分の殻を破り、ラグビーチームでプレイするボーイフレンドもいたわ。卒業したら何になるかふたりで話したことがあって、わたしは警察官になりたいって言ったの。バネッサは外交官試験を受けて国のために働きたいと言ってた。父親は外交官だったけど両親とも亡くなった、おじに育てられて、そのおじも外交局で働いているからって。それが本当はどういう意味だったのか、今ならわかるわ」

「スパイだな」

マイクはうなずいた。「お母さんはどうしたのかなと思ったけど、母親の話はあまりしなかったわ。かなり若いときに癌で亡くなったというだけで。彼女はお父さんとおじさんのようになりたかったのね。

卒業後、わたしはジョン・ジェイの大学院に進学し、それ以来バネッサのことは考えたこともなかった」

マイクはニコラスを見て片方の眉をあげた。「あなたには異文化に適応しなければならなかった経験はないでしょうね。わたしがイエールでそうだったみたいに」少し間を置いてから、かぶりを振る。「あるわけないか。イートン校、ケンブリッジ大学、外務省。どれもぴったりはまるもの。そして今はFBI。両腕を広げて大歓迎されてるんですものね。ああ、そうそう、そのむさ苦しい無精ひげ、とてもすてきよ」

ニコラスはにやつきながら、あざのできた顎をさすった。「いや、きみと同じようにぼくも最初は場違い《フィッシュ・アウト・オブ・ウォーター》な人間だったが、おかげさまでこの奇妙で驚きに満ちた街が故郷のように思えてきたよ。ここでの生活を楽しんでる。おいしい食事と心優しき同僚に恵まれてね。みんなの望みはひとつ——悪者を捕まえて、テロリストに爆破を許さず、もし爆破したらやつらをとっちめることだ」肩をすくめる。「言ったかな？　今ではナイジェルとバーニーズに行くのさえ楽しい。ぼくは舞いあがってると思うかい？」

「なんで？　舞いあがってる？　どこが？」

ニコラスは恥ずかしそうに言った。「ナイジェルにゆうべ言われたんだ。半分死にかけて、服がごみ箱行きになったときに。ニューヨークに来てから舞いあがっていると」

マイクは気づいた。なるほど、ナイジェルは正しい。「そうね、徹底的に楽しんでいるのはたしかみたいだけど」そう言って、クレイグ・スワンソンに視線を送った。

スワンソンは舞いあがっているとは言わなかったが、それも無理はなかった。なにしろ、彼はこの前ニコラスにぶちのめされたばかりなのだ。

ヘリコプターの機体が斜めになり、またすぐ平行に戻った。インターコムからチャーリーの声がした。「みなさん、起きてらっしゃるかなと思いまして。別に問題発生ではありません」

ニコラスが言った。「お気遣いに感謝するよ、チャーリー。さて、マイク、メールをチェックさせてくれ。グレイがカール・グレースに関する調査報告書を送ってくれたか見てみよう。ああ、来てるな」

「内容は？」

「バネッサの父親のポール・グレースは、諜報業界では伝説の人物らしい。八〇年代と九〇年代に覆面捜査に従事し、北アイルランドのIRAに深く潜入していたようだ。IRAの爆弾犯の一派を逮捕したが、のちにその派閥の男の妻に撃たれて死んだ」

ニコラスはタブレットのカバーを閉じた。「弟のカール・グレースについては、バネッサを養女にしてから急に頭角を現したらしい。これは珍しいことだと思うが、カールはCIAに入局したバネッサの監督者《ハンドラー》になった」

マイクが言った。「そして今度はバネッサが撃たれた。死んでほしくないわ、ニコラス、心からそう思う」

「ぼくもだよ。安否はじきにわかるだろう」

チャーリーが言った。「もうすぐ到着です、みなさん。その前にひとつよろしいですか？電話をおつなぎするよう要請がありました。サビッチ特別捜査官からです。チャンネルを二に合わせてください」

ニコラスがつまみをひねり、マイクもチャンネルを合わせた。「サビッチ？　どうしました？」

「ドミニオン・バージニア電力から通報があった。リッチモンドに電力を供給する配電網に異常が発生したらしい。できるだけ早くこっちに来てくれ、ニコラス。外部からの攻撃を受けている恐れがある」

50

ナイトをd1へ進めてテイク

ワシントンDC
フーバービルのFBI本部

ヘリポートには二台の車が待っていた。一台はFBI、もう一台はCIAだ。スワンソンはふたりに小さく手を振って仲間の車に乗りこんだ。「あいつを叩き直してほしいもんだな」ニコラスが言い、マイクは吹きだした。

「ミズ・ファインダーも彼をひっぱたきたいかもしれないわね、今度顔を見せたときに」マイクは言った。「彼にはこれで二度と会えないとしても、そんなに悲しくないわ」

ふたりが黒いSUVの後部座席に乗りこむと、運転手のドーバー特別捜査官が言った。「シートベルトを締めてくれ。十分でフーバービルにお届けしないといけないんでね」

ドーバーが尋常ではない渋滞を縫うあいだに、ニコラスはマイクに言った。「まるでミズ・ファインダーに肩入れしているような口ぶりだな」

「あら、もちろんよ。あいつ、わたしをおかたいって言ったのよ」マイクはニコラスに顔を向けた。「おかたくなんかないわ。絶対に。そうでしょう、ニコラス？　おかたいとはまったくかけ離れてる、そうよね？　だってパーティに行ったり、髪をおろしてぶらぶら遊びまわったりできるもの。ちょっと、口を閉じなさい。笑ったりしたら、げんこつを食らわせるわよ」

ニコラスは笑いを噛み殺した。「いや、ケイン捜査官、きみを形容するとしたら、ぼくならおかたいとは言わないね」

「じゃあ、あなたならなんて言うわけ？」

「そうだな、考えるより前に飛びだしていく――」

「飛びだしていく？　わたしが？　あなたはどうなの？　辛抱できずにクレイグ・スワンソンを叩きのめしたじゃない。一秒たりとも考えなかったわよね？」

「きみだって飛びかかりたかったくせに。ぼくのほうが近かっただけだ」

まあ、たしかにそれはそうだ。「わたしを笑わせようとするのはやめて」

右側で三度クラクションが鳴り、ドーバーが中指を立てた。「よそ者め」そう言うとスピードをあげて黄信号を突っ切り、タクシーをよけてさっと左に車線変更した。

その拍子にニコラスは座席を滑り、マイクに寄りかかった。そのまま動かず、少しのあいだ目を閉じた。

マイクは窓の外を見ていた。「すっかり夏って感じ。桜の花はずっと前に終わったのね」

ニコラスはSUVの自分の側に戻った。「リッチモンドの送電網に何が起きたんだろう?」

「サビッチからは何も言ってこない……ということは、いい知らせよ。警報装置の誤作動だったのかも」

「よくあるからな」

ドーバーがフーバービルの前に車を止めた。「この入口から入って。九分きっかりだったな。じゃあ、サビッチと楽しんでくれ。トレーニングジムへ連れていかれて、脚で首を絞められないように気をつけろよ」彼は小さく敬礼した。ふたりが大理石のロビーに入ると、サビッチが待っていた。

「ニコラス、マイク、よく来てくれた。こっちで来局の署名をしてくれ。これで晴れて階上に行ける。リッチモンドからはまだ何も明確な情報はない。警報装置の誤作動かな? だとしたら幸運だ」

それほど長い時間をともにしたことはなかったが、マイクにはサビッチがひどく心配しているのがわかった。リッチモンドの送電網のこともそうだろうが、ほかにも何かあるに違いない。

署名をすませたふたりはジャケットに来客用バッジを留め、金属探知機を通って、エレベーターで三階にあがった。

ニコラスは前にもここへ来たことがあった。クワンティコ本部での訓練中、ある事件で英国の背景知識が必要になったサビッチに呼ばれたのだ。マイクは犯人逮捕班に来るのは初めてだったが、すぐにわが家のようになじめた。その広い部屋にいるすべての捜査官が、三人を目で追っていた。何かが起きている、何か重大なことが。捜査官の大半が警戒し、動きだす準備ができている。ニューヨーク支局と同じだ。マイクは別の任務で協力したことのある捜査官二、三人にうなずいてみせた。そして、ここにいる捜査官の何人がベイヨンのミスター・ホッジズの家で殺された捜査官たちとともに働いていたのだろう、と考えた。

サビッチのオフィスの巨大なガラス窓の向こうにシャーロックが見えた。タブレットで何かを読んでいて、カールした赤毛が横顔を覆っている。シャーロックは立ちあがり、マイクとニコラスをハグした。

「おふたりに会えて、とてもうれしいわ。残念よ。みんなそうよね、ベイヨンで亡くなった捜査官のことは」

サビッチが言った。「座ってくれ、ふたりとも。ミスター・グレースとのミーティングだが、CIAがようやく心を開き、何もかも白状してくれることを願ってる。COEについて知っていることをすべて教える用意ができたものと期待しているよ。だが、それを当てにはできない」

シャーロックがふたりのほうを向いた。

「仕事の話をする前に、おふたりとも今夜の夕食はわが家へいらしてね。うれしいことに今夜はラザニア、ディロンの得意料理よ。部屋は空いているから、お泊まりもサビッチ・ホテルへどうぞ。熱いお湯もタオルも使い放題よ。

ニコラス、あなたに会えるってショーンに言ったら、あの子、大声で叫びだしたわ。新しいゲーム〈キャプテン・ムック〉で、あなたをやっつけて下着姿にしてやるって」

「〈キャプテン・ムック〉のストリップ版を買ってやったんですか?」

シャーロックが笑った。「あの子の最新の隠語なの。ボクサーショーツと言いたかったんだけど、ディロンが下着のほうがかっこいいぞって言い含めたのよ」

マイクは尋ねた。「そのホテルにはチェリオスもありますか?」

「ショーンの一番好きなシリアルだ」サビッチが言う。「よし、じゃあ決まりだな」

「ありがとうございます」マイクが言った。「ああ、そうだわ、ニコラスはオートミールが好きなんです。インスタントでかまわないんですけど」

笑顔と笑い声がはじけたあとで、サビッチが言った。「情報をメールしておいた」ふたりにマニラ紙のフォルダーをふたつ手渡す。「ここにリッチモンドのセキュリティシステムの分析結果がある。ありがたいことに、つい三カ月前にリスク評価が行われた。担当したのは〈ジュノー〉社だ。アメリカでも屈指のサイバー企業だよ」

「ジュノーなら、よく知っています」ニコラスが言った。

マイクはうなずいた。

サビッチが続ける。「ジュノーはあらゆる部分を強化した。しかしながら、おれが思うに、もし攻撃が進行中だとしたら、おそらくシステム内部にすでにワームがあったんだ。ジュノーがセキュリティを強化する前に仕込んであったのだろう」

ニコラスは眉をひそめた。「となると、ジュノーが中途半端な仕事をしたことになりますね。ワームがすでに中にあったのなら、システムスキャンで異常が検出されていたはずですから」

ニコラスが書類をめくっているあいだ、サビッチはマイクとシャーロックに説明を続けた。「いつどうやって行われたにしろ、システムにバグが仕込まれているなら、攻撃を食いとめるための時間はあまりない。きみはこの手のことについておれより有能だ、ニコラス。それにやつらの攻撃をすでに一度止めている。うちの連中よりきみのほうが、この攻撃にうまく対処できるだろう。きみのノートパソコンを出してくれ」

二分と経たないうちに、ザ・フーの〈無法の世界〉が大きな音で流れだした。サビッチが携帯電話に出た。「正式に確認が取れた。リッチモンドの送電網がダウンしたぞ。ニコラス、頼む」

ニコラスがドミニオン・バージニア電力のサーバーにすばやくアクセスすると、強固なファイアウォールにぶち当たった。

「オーケー、ここまではジュノーも抜かりがない」ニコラスは顔をあげてにやりと笑い、指をもみほぐしてからコードに取り組んだ。

目の前のコードは洗練されているだけでなく、見覚えがある。ほどなくニコラスはサーバーへのバックドアを見つけた。最初のセキュリティシステムを開発した会社が、まさにたった今受けている攻撃のたぐいを食いとめるために、自分たち用に作ったドアだ。

「ああ」ニコラスは言った。「ここに自作コードがある。やっぱりそうだ……ガンサーの署名。これを無効にするやり方なら知っている」彼は攻撃を撤退させるための自作のワームをアップロードすると、じっと作動を見守った。「これが、ぼくがひとりでできる精いっぱいだ」

サビッチが言った。「ニコラス、まずはガンサーがどうやってこんなことをしたのか教えてくれ。それからうちのIT班を呼ぼう」

「これはDDoS攻撃――分散型サービス拒否と呼ばれる攻撃です。通常は企業のウェブサイトの機能を無効にしてメッセージに置き換え、人々がログインできないようにするだけです。でも、今回の攻撃は非常に高度なものだ。攻撃ベクトルがマルウェアをインストールしてセキュリティ網を破壊し、電力システムを遠隔操作できるようにしています。マルウェアはドイツ人ハッカーのガンサー・アンセルから購入したものです、この署名によれば。よい知らせとしては、過剰な活動は見られませんでした。すべてをシャットダウンしようとしていたのなら、動きやコード変更がもっとあるでしょうし、攻撃を止めるためにぼくがアップロードしたものを削除しようとする書き換えがあるはずです。ガンサーのコードだけで送電網を無効にできると考えたのかもしれないし、攻撃がすべての防御をくぐり抜けるのを待ってから電力にいたずらするつもりだったのかもしれない。ファイアウォールを入れたので、その前にやつらを止めてくれるといいんですが」

サビッチがうなずいた。「オーケー、いいだろう、IT班を呼ぼう。今の話をしてやってくれ」

シャーロックが言った。「ニコラス、アンセル殺害については連邦警察と話した？」

「はい。友人のピエール・メナールが捜査を引き継ぐ予定だと聞きましたが、ここ数時間は連絡がありません」ニコラスはパソコンのモニターをちらっと見て、コードを何箇所か調整した。「これは石油会社への攻撃とまったく同じタイプではないですね。財務情報や社内メールをダウンロードしていませんから。でも、似ています。またガンサーの署名があったということは、おそらくCOEでしょう」

「もちろんCOEに違いないわ」シャーロックが言った。「ほかに誰がいるというの？」

51

ポーンをh3へ

マイクは全員をかわるがわるに見た。「そう、COEよ。ベイウェイを爆破したあと、彼らが何を狙っているのか誰にもわからない。リッチモンドの送電網をダウンさせようとするのには何か理由があるはず。その理由がなんなのか探りだすのがわたしたちの仕事だわ」

彼女はサビッチのデスクからペーパーウェイトを取りあげ、左右の手でパスをした。

「こうしてエスカレートしているのは驚きだわ。COEはあのブルックリンの火事で重要なメンバーをふたり失ったのに……IRAのイアン・マクガイアと、爆弾製造者でCIAの覆面捜査官でもあるバネッサ・グレースを。それと、ともに活動している中東系の男も忘れてはいけない。その男は何者で、どんな役割なの？　COEと一緒に行動している理由は？　ふたりも失ったのに作戦を継続しているのが信じられない。多少の影響はあるんでしょうけれど」

ひとりの捜査官がドアのところに現れ、うれしそうににっこりした。

「いい知らせなの、デイビス?」シャーロックがきいた。

サビッチが言った。「デイビス・サリバン捜査官、こちらはマイク・ケイン捜査官だ。ニコラス・ドラモンドとはすでに面識があるな。なんでばかみたいににやにやしてる?」

「ブルックリンの放火魔のしっぽをルイーザ・バリーが捕まえました。燃焼促進剤の特徴をいくつものデータベースと照合した結果、放火魔が特定できたそうです。アンドリュー・テート、二十七歳。弱冠十三歳で最初の有罪判決を受けてます。シアトル郊外で開発中だった高級住宅地で一連の放火事件を起こした罪です。何百万ドルもの損害を与えました。少年院に四年入って出てきましたが、ある〝穏やかな抗議〟の一環で車を何台か炎上させて、またすぐに戻りました。

鉄格子の中にいたとき、テートはコンピュータのクラスをいくつか受講しました。教師が書き記した成績には、テートは天才と言えるほど優秀で、数週間で彼——その教師——を追い越した、とあります。

残念ながら、テートの現在の居場所はわかりません。最後に確認されたのはシアトルの更生訓練施設です。二〇一〇年の仮出所中に逃亡し、以来記録がありません。これまでにわかったことは以上です」

「すばらしいよ、デイビス」ニコラスが言った。「これでずいぶん説明がつく。きみとルイーザは放火犯と同時にCOEのハッカーを見つけてくれたようだ」

デイビスはあまり鼻高々に見えないように肩をすくめた。「大変な部分を担ったのはバリー捜査官です。ぼくはプリンターから報告書をつかんで、二、三のケースを調べただけですから」

「ええ、そうね」シャーロックが言う。

「デイビス」サビッチが言った。「われらが放火魔の写真を全域に、特にリッチモンド周辺にばらまいてくれ。よくやった」それから全員の顔を順に見ていった。「もうひとつ、話しておくべきことがある」

「なんです？」ニコラスが言った。

「マイク、ニコラス、ザーヒル・ダマリという名を耳にしたことは？」

「あります」マイクは答えた。「カルロス・ザ・ジャッカルと肩を並べるすご腕の殺し屋ですね。ザーヒルのほうがむしろ危険とも言われています。適正な報酬さえもらえれば誰でも殺す。重要なのは、誰も彼の素顔を見たことがないということです」

ニコラスがつけ加えた。「英国では、変幻自在に外見を変えるカメレオンのような能力が話題でした。整形、詰め物、インプラントを使って顔を変え、偽造書類でやすやすと国境を越える」

マイクの鼓動が速くなった。「インターポールが数年前、ダマリに対して武器等警告手配書を出したことは知っています。たしかパリでの攻撃に備えていたとかで。二〇一〇年にカタールでベナール・ブティーノを殺害したことは有名です。民主化に反対するブティーノを消すことで、アラブの春を根づかせたと言われています。それでもダマリを特定することはできませんでした。どうすれば見つけられるんです？　それよりディロン、なぜダマリを持ちだしたんですか？」

「いい質問だ」ニコラスは言った。「ダマリはここで誰を暗殺しようとしているんです？」片手でノートパソコンの縁をなぞり、モニターをちらっと見た。すべて計画どおりに動いていて、彼のパッチは持ちこたえている。だが、どのくらいもつかはわからない。IT班が目を光らせてくれているのがありがたかった。

「ダマリがやってきたのは、アメリカ合衆国副大統領を殺すためだ」サビッチが言った。

しんと静まり返る。

「そんなのどうかしてます」マイクが沈黙を破った。「副大統領はどこにいても厳重に警護されていて、護衛がぴったりくっついているんですよ。絶対に成功するはずがないわ。どうして暗殺計画があるとわかったんですか？」彼女は身を乗りだし、サビッチの口をこじ開けて情報を引っ張りだしかねない勢いで言った。

「イスラエルがダマリを追っていて、やつが所有していると思われる銀行口座を見張っていたんだ」サビッチは言った。「イスラエルが言うには、ダマリは三カ月前にヨルダンからロンドン、さらにメキシコシティへ飛んだ。そこからおそらく北上し、陸路で国境を越えてアメリカに入ったのだろうと」

シャーロックが続ける。「副大統領のキャラン・スローンはモサドに友人がいるの。それでいち早く警告を受けたのよ。キャランを殺すためにダマリが雇われた、と。標的はほかにもいる可能性があるけれど、まだ特定できていないわ。

副大統領がどれだけ厳重に警護されていようと、ダマリの評判はご存じのとおりよ。狙った獲物は必ず仕留める。だからこれは本当に極めて深刻な脅威だわ」

サビッチが言った。「カール・グレースに会えばわかるだろう、CIAが本当に知っていることのすべてを率直に打ち明けるつもりかどうか。COEについてだけでなく、ダマリについてもな」

「なるほど」ニコラスは椅子の背にもたれた。「今の話を聞いたあとでは、ぼくたちからお伝えしなければならないことがかすんでしまいそうですが」マイクにうなずきかける。「きみから頼むよ、マイク」

マイクはにっこりした。「わたしはバネッサ・グレースと大学で一緒でした。カール・グレースは彼女のおじで、ハンドラーでもあるようです。バネッサはブルックリンで撃たれ、CIAに救出されて手当てを受け、救急ヘリでワシントンDCに運ばれました。バネッサが生きているのかどうか、カールが教えてくれるといいんですが」

52

ルークをa2へ進めてテイク

ニコラスのノートパソコンがビーッと鳴った。

マイクが身をかがめてのぞきこむ。「さっきの攻撃？　食いとめられなかったの？」

ニコラスは言った。「形勢が危うくなってきた」

「それって英国流の謙虚な表現？」

サビッチがデスクの奥から出てきて、ニコラスの肩越しにのぞきこんだ。「いや、そうとも言えないようだ、マイク。ドミニオンのセキュリティサーバーで、何度もはねつけられているように見える。攻撃を止められそうか？　それともIT班を呼ぼうか？」

ニコラスは自分のワームがガンサーのコードをかじるのを見ていた。「今のところはなんとか。それにIT班も同じ画面を見ているのに、まだわめいていませんからね。でも、なんだかいやな予感がします。どう思います、サビッチ？」

サビッチはIT班に電話をかけた。「マーティン、スピーカーで話そう。きみたちはどう見てる？」

耳に心地よい落ち着き払った男性の声が淡々と言った。「そうですね、これは信じられないDDoS攻撃です。DERMS――分散型エネルギー資源管理システム――にアクセスするなんて。送電網そのものをコントロールするシステムです」深く息を吸いこむ音が聞こえた。「残念ながら、電気が止まりはじめます。四分の一ずつ」

「ちょっと待て、マーティン。ニコラス、きみにもそう見えるか？」

「ええ、はい、そうです。おっしゃるとおり、シャットダウンしていってます」

ニコラスのノートパソコンからビーッと一回音が鳴ったかと思うと、続いて三回鳴り、一定の速さの警告音が鳴り続けた。

「ああ、だめだ。ちくしょう！」そう叫ぶとニコラスはやみくもにキーを叩きはじめた。「くそったれ《ブラッディ》のワームがきかなくなりました。ガンサーのコードがワームを追いだして、送電網の破壊を加速したんです。DDoS攻撃は止まるどころか広がっています。これを恐れていたんだ」

「了解、ドラモンド」マーティンが言った。

シャーロックが尋ねた。「何軒くらい停電しているの？　停電の範囲は？」

「ものすごい勢いで広がっています。現時点で停電の影響は数百万人、バージニア州全域です。電力と電圧の変動もさらに広がっています。オンラインに戻せなければ、さらに大きな障害が広範囲に及ぶかもしれない。いったんひとつのシステムが過負荷になってオフラインになると、ドミノ現象が起きる。慎重に行わなければ、東海岸一帯がダウンする恐れがあるんです。ドラモンド、きみのパッチ仕事は見事だったが、COEのハッカーにだまし討ちにあった。今となっては止められない。聞いてるか？」

シャーロックの携帯電話が鳴り、相手の話に耳を傾けたあとで彼女が言った。「聞こえる、マーティン？」

「ええ、今度はなんです？」

「ドミニオンのセキュリティ責任者から電話があったの。ジュノーの担当者に電話を入れて、攻撃を止められないかきいてみたそうよ。責任者が言うには、この攻撃はあまりにも専門的で、あまりにも完璧なタイミングだから、ジュノーのリスク評価が関係している疑いが濃いと」

「そりゃ疑って当然だ。身内が思いきりしくじったんですよ。広がるのが速すぎて、とても食いとめられない」

そして、電気が消えた。

一瞬しんと静まったあと、外のオフィスから大声が聞こえ、捜査官たちが立ちあがって椅子が床をこする音がした。それから深いずんずんという音がオフィスを満たし、フーバービルに備えつけられた大量の発電機が作動して非常用照明がついた。

マーティンの静かな声が、大きくはっきりと聞こえた。「ニコラス、東海岸一帯を縦横に走る送電網を見てくれ」

一同は全員でニコラスのノートパソコンを見つめた。ひとつ、またひとつと線が消えていく。

「最悪の事態になった」ニコラスが言った。「送電網がバランスを失い、最大負荷が大きすぎたせいで系統的にシャットダウンしている。やられたよ。送電網に過負荷をかけられた」

シャーロックがきいた。「復旧できる、ニコラス？　マーティン？」

ニコラスが答える。「無理です。少なくともひとりでは。マーティン、力を合わせてコードを解析する必要があるな。やつらは送電網を遠隔操作することに成功した」モニターをじっとにらむ。「停電はノースカロライナからニューヨークまで広がってる」彼はサビッチを見あげた。「副大統領が標的になっている可能性があるなら、これが攻撃開始の合図かもしれません」

シャーロックはすでに電話に番号を打ちこんでいた。「シークレットサービスに警戒を呼びかけるわ」

マイクは携帯電話の画面をスクロールしている。「マスコミはすでに大騒ぎです。ツイッターで憶測が飛び交ってる」

ニコラスは言った。「マーティン、今そっちへ行く。チームに解析調査の準備をさせてくれ。マイク、停電についての状況報告を手に入れてもらえるか？」

「任せて」

サビッチが言う。「ニコラス、IT班と合流して食いとめよう。マーティン、ジュノーに連絡しろ。彼らのプロトコルで動く必要がある」

ニコラスは言った。「アダム・ピアースも呼びたいです。早く手を打たなければ」サビッチがうなずくと、ニコラスは歩きながら電話かけた。

アダムは疲れきり、あせっているようだった。「わかってる、わかってるよ、ニコラス。COEが世界滅亡の日を突きつけてきた。今いろいろ手を打ってる」

「急いでくれ。ぼくはDCにいて、本部のIT班と一緒にことに当たるところだ。信号がどこから来てるか、たどれるか？」

「今調べてる。そこの南だ。オンラインになったと思うと、IPアドレスが登録されるやいなやオフになる。最後の信号はリッチモンドの近くからだった。また電話する」

サビッチとニコラスは走りだし、長い廊下を抜けてITルームへと入った。十人以上の男女があわてふためき、バックアップが安全であることを確かめていた。サングラスをかけて口ひげを生やした黒い短髪の男性が歩み寄ってくる。あまりにも穏やかで心地よい声に鼓動がゆっくりになり、ニコラスは思わずあくびをしそうになった。

「きみがドラモンドだな？」

ニコラスがうなずくと、マーティンが言った。「こっちだ」

サビッチは自分が無用であることを知っていたのでそこに立ち、複雑なバレエを演じているかのような面々を見守った。持ち場を入れ替わる者たち、光るモニター、かたかたと音を立てるキーボード、そのすべてが緊急用補助発電機のグリーンがかった照明の下で行われている。

マイクがやってきて、サビッチの袖を引っ張った。

「航空管制が、この地域を飛行するすべての航空機を別の経路に振り替えています。連邦議会議事堂に電力を供給する発電所が稼働を止めたため、議会警察が緊急措置を取り、管轄内で差し迫った攻撃があった場合に備えています。シャーロックがシークレットサービスと話をして、スローン副大統領に安全な場所へ移動していただいているところです。東海岸一帯の原子力発電所は、どこも緊急措置を実行しています。ワシントンDCに出入りする地下鉄と列車はすべて止まりました。すぐに大規模な交通渋滞が発生するでしょう。状況をコントロールして、市民がパニックを起こさないようにする必要があります。ほかに何かできることがありますか？」

「正直に言おうか」サビッチは答えた。「今こそ、わがチームの腕の見せどころだ」

53

キングをh2へ

ホワイトハウス

停電はなんの前触れもなく起きた。キャランはジュネーブ会談の最新の報告書を読んでいた。「決裂するわ」声に出して言う。「驚くには当たらないわね。イランとヒズボラが会談を邪魔しようとしているとわかった今となっては」

クインが髪を振り乱してオフィスに駆けこんできた。「シークレットサービスが地下シェルターへお連れします」

「停電したから？　ちょっと過剰反応じゃない？」

「リッチモンドの送電網が攻撃を受けました。停電地域は東海岸一帯までどんどん広がっています。ＦＢＩはこれが副大統領への攻撃の始まりかもしれないと考えています。避難しなくてはなりません」

ザーヒル・ダマリ。心臓が喉元までせりあがる。アリ、あなたの言うとおりだったわ。ありがとう、本当に。

胸の奥で心臓がティンパニのように大きな音を立てていたが、クインを怖がらせるわけにはいかなかった。

キャランは緊急時における手順をしっかり訓練されていた。副大統領の指名を受諾し、彼女の身の安全を守ることだけを目的に武器を携えた男たちに取り囲まれるようになった瞬間から、それらの手順を叩きこまれてきたのだ。CIA時代には、そうした手順を改善する手伝いをしたこともあった。椅子の背からジャケットをつかみ、ハイヒールを履いた。クインがノートパソコンとブリーフケースを持つ。

キャラン専属のシークレットサービス主任、トニー・スカルラッティがドアのところに現れた。「よかった、荷物はおそろいですね。準備はよろしいですか、副大統領？」

「ええ、いいわ」

西棟に向かって早足で歩きながら、トニーは手首につけたマイクに告げた。「カーディナル、移動中」キャランに向かってほほえむ。「大丈夫ですよ、副大統領。心配ありません」

駆けだしたいほど不安だったキャランは、そう言われてほっとした。トニーが心配していないのなら、何も問題はないはずだ。

トニーはしごく淡々と、あたたかいシロップのように心をなごませる声で言った。「副大統領、空には飛行機が飛んでいますが、それを追跡するのに昔ながらの手動のほかによい方法がありません。どの飛行機にも、コースをそれてここに突っこもうとする可能性があります。街全体の通信と交通がダウンしています。連邦議会議事堂は人々を避難させました。副大統領にも安全第一でお願いします」

それだけ？　殺し屋は？「ほかに知っていることは、トニー？」

「少々お待ちください」トニーは背中を向けて通信機に話しかけた。振り向いたとき、声はしっかりと落ち着いたままだった。「危機管理室へお連れします。何が起きているか、わたしは存じあげません」

西棟の階段の吹き抜けはぼんやりとしたグリーンの光に照らされていた。危機管理室は地下一階にあり、中であわただしい動きがあるのが見えた。

キャランが部屋に入り、トニーとクインがすぐあとに続く。

狭い部屋の中央に軍関係者が数人立ち、巨大なモニターを見ていた。モニターの上には世界じゅうの時を刻む時計が並んでいる。キャランが入っていくと、全員が気をつけの姿勢を取った。

「副大統領、こちらへ来ていただいて安心しました」

「ザービック司令官、何が起きているのか聞かせてちょうだい」

ザービックは統合特殊作戦コマンド《JSOC》の上級士官だ。「副大統領、われわれは稼働しはじめたイランの核施設を監視しています。国連の査察官たちを近寄らせなかった施設のうちのひとつです」

キャランは血が凍った。「どういうこと……稼働しはじめた、というと？」

「何をしているのかはっきりとはわかりません。三十分前にブーシェルの施設が始動しました。熱シグネチャーは複数の部隊が防御態勢に入ったことを示し、中距離弾道ミサイルの発射台も点灯されました」

「どのミサイル？」

「セッジールとアーシュラー。射距離は二千キロです。軍事演習を行っているだけかもしれませんし、それならよくあることです。単なる挑発で、こちらをいらつかせるのが目的かもしれない。ただ、今回はこのタイミングですから。大統領と各国のリーダーがテーブルについて和平の話しあいをしている真っ最中に、こんなことをするというのは驚きです。だからこそ、副大統領にも知っておいていただきたかったのです」

ザービックの言うことはもっともだった。そうした挑発的な行為を仕掛けておきながら、ただのテストだと言い張るのはイランの常套《じょうとう》手段だが、今それをする必要がどこにあるのか？　キャランは考えをめぐらせた。ベイウェイが爆破され、送電網が攻撃を受け、ザービル・ダマリがわたしの命を狙っている。さらにイランがいつもの愚かな真似を始めた。使用禁止にしようと話しあっている、まさにその武力を使って。まあ、今に始まったことではないけれど。

これは武力による単なる威嚇ではないのだろうか？　究極の芝居を打っている？　イランは和平交渉を隠れみのに使えば、アメリカがこの行動を大目に見るだろうと踏んでいるのだろうか？　それとも全面的な戦争を望んでいる？　もちろん一部の人々は望んでいるわけだが、そうなれば自分たちが地上から抹殺される覚悟が必要だ。いったいどうなっているのだろう？

キャランは言った。「動きを確認できる人員が地上にいる？　それとも無人機頼みなの？」

ザービックが指を一本立てた。「少しお待ちください、副大統領」彼が電話を取り、同じ質問をするのがキャランの耳に聞こえてきた。JSOCの現地のチームリーダーと話しているのだろう。ザービックが電話を切った。「副大統領、二時間の距離に海軍特殊部隊《SEAL》の偵察隊がいます。彼らをできるだけ急がせるしかありません」

「工作員は？」

司令官は首を振った。「この地域に知らせを届けるには丸一日かかります。メールを送るわけにはいきませんから。おわかりになりますよね」

もちろんわかっている。イランとその他の中東の紛争地域にいる工作員は指令系統につながっていなかった。会議日程は事前に決められていて、活動はあらかじめ調整されている。中東での作戦はそれだけでも難しく、イランの裏庭での作戦となれば危険というだけではすまない。

この攻撃は充分に調整されている。本物の攻撃の前触れでしかありえない。

「大統領をただちに電話口に呼びだして。会議中でも引っ張りだしてちょうだい、司令官。今すぐに。大統領に知っていただく必要があるわ、イランの言動が矛盾していることを。それは今に始まったことではないけれど、今回は核施設が稼働しはじめている。モサドを呼びだして……アリ・ミズラヒを。この愚か者たちがイスラエルを攻撃しようとしているなら、モサドに知らせなくては。ええ、もちろんモサドはすでに知っているでしょう。アリなら、逆に情報をくれるかもしれないわ」

空気は張りつめていたが、全員が何をすべきかわかっており、それを粛々と進めていた。冷静に、効率よく。キャランは絶え間なく変わるモニター画面を眺めていた。電話がかけられ、コンピュータのキーがすばやく叩かれる。ザービックが盗聴防止機能のついた電話を手渡した。「副大統領、ブラッドリー大統領です」

「キャランか？　どうした？　何があった？」

「イランのブーシェルの核施設が、クリスマスツリーのようにライトアップされています。ええ、またイランの単なる威嚇かもしれませんが、今回は何かを準備していると考えないわけにはいきません」キャランは大統領にベイウェイの最新情報を伝え、送電網のダウンと、COEが東海岸全域を停電させる恐れについて説明した。「サー、今回は本当にいやな予感がします」

ザービックが言った。「アラークも始動しました、副大統領」

「お聞きになりましたか、サー？　二箇所の核施設が稼働状態です。ミサイル発射台も動いています。部隊の移動などはまだありませんが、それはこれからでしょう」

大統領がいらだたしげに言った。「いつものつまらない見世物を上演しているに決まってる。国民に向けて、敵国と近隣諸国に向けて、アメリカに押さえつけられてはいないとアピールするためにな。あと少しなんだ。包括的核取引まで、あとほんの少しのところなのだよ、キャラン。国連の査察と全面的な協力まで」

「それでわれわれは代わりに何を受け入れるのですか？」

大統領は少しのあいだ黙ってから言った。「すべての制裁を解く。イランを世界の一員として認めるんだ」

キャランは椅子にどすんと座りこんだ。「核保有国として？　サー、どうかなさったんですか？」

「のちに歴史的瞬間と呼ばれるようなことだぞ、きみはそれを受け入れないとしても。わからんのかね？　各々の違いを脇に置き、友好国になるのだ。向こうは世界の舞台に立ちたがっていて、この機会を逃すつもりはない。顔を立ててやらないと」

顔を立てる？　大統領はそんなふうに考えているの？「それでイスラエルは？　彼らはその結果をどう思うでしょうか？　見出しが躍るでしょうね。〝アメリカとイランが親友の契り――イスラエルは蚊帳の外〟テルアビブでは歓迎されないでしょう」

「イスラエルもここで同じテーブルについているのだ、キャラン。イスラエルも一員であり、会談に参加している。あの二カ国が話しあいの場についているんだぞ。何年もなかったことだ、本物の話しあいをするなんて。われわれが仲介すれば、真の和平をもたらすことができる。数十年、数百年と続く和平を」

この問題に対する大統領の姿勢を象徴する、現実逃避の響きがした。実際は現地で、大統領が直視したくない何が起きているのだろう？　落ち着いて、落ち着くのよ、キャラン。

「ジェファーソン、あなたは常に世界平和を望んでこられました。それは称賛すべき目標ですし、われわれ全員が達成したいと願う目標でもあります。ですが、今は現実を見なくてはなりません。イランはあなたを手玉に取っています。ヒズボラは交渉の場におらず、彼らの承認なしでは何もできないのが実情です。ヒズボラは仲介された和平に興味がないことをご存じですよね。イスラエルを滅ぼし、世界を滅ぼし、シーア派以外の人類を滅ぼすという目標を公にしていることも。

イランはすでに核を保有しています。核開発計画は、これまで彼らが認めてきた以上に進行しています。すべての調査報告書がそれを裏づけています。大統領がおっしゃっていることとは、イランに王国への鍵を、海を隔てたアメリカへの鍵を与えるということです。ここは一歩さがり、秩序立てて考えなければなりません。何が起きているか、イランが何をしているか、お伝えしましたよね。少なくともイスラエルに、今何が起きているかを知らせるべきです。イスラエルに彼ら自身で決断させるのです」

キャランをののしりたい気持ちが伝わってきたが、大統領はなんとか落ち着いた声を保った。「いいか、副大統領。今われわれが立ち去ったら、イランがイスラエルに核兵器を行使する可能性は圧倒的に高い。そんなことをさせるわけにはいかない。わたしの在任中に第三次世界大戦を始めるわけにはいかないんだ。わかるかね？　永続的な和平は達成できないかもしれない、わたしもそれは認めよう。だが、すべて丸くおさめることならできる。和平を実現したいと誓ったその口で〝アメリカに死を〟と言いたいのなら、言わせておけばいい。核施設をライトアップして支配しているのはイランだ、アメリカではないと世界に誇示したいなら、させてやればいいさ。見せかけのこけおどしにすぎない。お得意の常套手段だ。いいかね、イランはいつだって挑発的なんだよ。彼らもここで和平会談のテーブルについている。この会談のあいだはアメリカの防御が甘くなると思うほど、彼らもばかではない」

「サー、ここに並んだモニターを見る限り、イランのいつものはったりにしてはやりすぎです。CIAとモサドが、わたしの暗殺指令が出ていることを確認しました。聞いたところによれば、指令を出したのはイラン、つまりヒズボラとのことです。

ヒズボラが戦争を望んでいること、テヘランの多くの権力者も同じ考えであることをご存じですね。彼らは世界の破滅を望んでいる。すでにベイルートへの攻撃を受けたことは申しあげました。そして今現在、複数の州にまたがる送電網で問題が起きています。サー、今こそ彼らを屈服させるときです。なぜこんなことをするのか、どこに意図があるのか、問いつめる必要があります」しらじらしく嘘をつかれることになるだけだとしても。「こんな真似を黙って見過ごすことはできません。新たなサイバー攻撃を行う許可を出していただけるよう、強くお願いします。準備は整っていますし、スタックスネット（二〇一〇年に中東地域で発見された強力なマルウェア）が子供の遊びに思えるほど威力のある攻撃です。やらせてください。核施設の稼働を止めさせてください。彼らが何か愚かなことをしでかす前に」

背後で警報音が鳴り、そのものものしい響きにキャランはぞっとした。別の核施設が稼働し、さらに動きがあったのだ。

彼女は心臓が凍りつくように感じた。「向こうは大統領から決定権を奪うつもりのようです、サー」

怒りのこもった罵声が聞こえてきて、キャランはほっとした。「この野蛮人たちはなんの遊びをしているつもりだ？ ただちにイスラエルと話さなければ。早まって反撃を仕掛けたら大変なことになる。また連絡する、キャラン。防衛準備《デフコン》態勢のレベルをあげる必要があるのかどうか、イランは単に強さを誇示するために跳びはねているだけなのかどうかを判断してから」そして大統領は電話を切った。

大統領は少なくとも理論立てて考えてくれたようだ。イスラエルはどうするだろう？ 今、何が起きているかは彼らも把握しているはず。自国を守るために準備しているに違いない。何かあればいつでもそうするように。彼らはブラッドリー大統領の言うことに耳を傾けるだろうか？

そうでありますように、とキャランは願った。そして万が一に備えて、アリに電話した。

54

ナイトをf2へ進めてテイク

バージニア州ヨークタウン

アンディはコンピュータのモニターを指で叩き、悪態をついて叫んだ。「マシュー、誰かがぼくらのコードに入りこんでる。急がないと」

「心配するな。ちゃんと時間内に終わるさ」

爆弾を短時間で仕掛けなければならないことくらい、マシューにはずっと前からわかっていた。バネッサのではなく自分の爆弾を使って、もっと激しく吹っ飛ばすつもりだ。製油所で世界を明るくライトアップするくらいに。

停電を起こすのは最初の一手にすぎない。次はトラックで施設内に入らなくては。だが、それも問題ない。製油所にタングステンの積み荷を届ける定期的な配達なのだから。中にすてきなサプライズを仕込んで。

マシューはＩＤカード作りに何日も費やした。コードの埋めこまれた黒い磁気テープはうまく機能しそうになかったが、それはかまわない。停電していて、どうせ厳密にチェックすることはできないはずだ。

しかし、施設内に入るにはＩＤカード以外にも必要なものがあった。

マシューは意識のない男から衣服をはぎ取り、青いつなぎの作業服に足を通した。胸に当て布をぺたんと貼り、ＩＤの名前と一致させる。

それを立ったまま見ていたアンディは、すでに別の作業員の制服を着ていた。万全を期して作業員を殺したかったが、マシューにだめだと言われた。なんでだ？　ベイウェイですでに死者を出したんだし、イアンとバネッサだって殺したくせに。だが、知ったことか。それで作業員を入念に縛りあげ、林の中に隠したのだった。

マシューはアンディを見やった。アンディが考えていることは簡単に察しがついた。世界を吹っ飛ばしたら、空高く燃えあがる炎はどんなにすてきだろう、とでも思っているに違いない。アンディのことはよくわかっている。今回の計画にほころびが見えかけているかもしれないことに、彼がまったく気づいていないのもわかる。マシューのほうは直感で悟っていた。何かがおかしい。歯車が狂いだしている。アンディには、いかれた頭の中で躍る炎しか見えていないとしても。

またしてもイアンとバネッサの顔が思い浮かび、マシューはつかのま考えた。ダリウスの言うとおりなのだろうか？　これがテロリストの国を滅ぼす最適な方法なのか？　アメリカが行動を起こさなければならないほどの大混乱を引き起こすことが？　しかしブラッドリー大統領はテロリストの国に味方するくらいなら、自分の母親でさえ殺すだろう。マシューはほほえんだ。すべてがめちゃくちゃになれば、そんなことはすぐにどうでもよくなる。とどめを刺すまでには、まだ時間があるのだ。

けれども、ひとつ驚かされたことがあった。まさかアンディやガンサーと肩を並べるＩＴ技術者がいるとは思わなかった。これでがぜん面白くなり、その興奮が当面、バネッサとイアンへの苦悩と怒りを忘れさせてくれていた。当初ダリウスと計画したとおりに、ことが運ぶだろうか？　ダリウスのほうはわからないが、自分の担当分は完璧にやれるだろう。準備は整った。気持ちがはやる。ダリウスも準備は万全で、あとは時間の問題だと確約していた。

マシューはアンディに言った。「来い。トラックに乗るぞ。急げ」

マシューが運転し、アンディがナビゲートした。五分後、ふたりを乗せた車は施設の入口につながる道へと入っていった。

停電しているため、すべての確認は手作業で行われるはずだ。予想どおり、入口にはふたりの守衛が配置されていた。警戒している様子だが、バージニア州全域で停電が起き、誰にも原因がわからないというニュースが流れているのだから、それも当然だった。ふたりのうちひとりが前に進みでて、片手を伸ばした。

マシューはブレーキを踏み、窓をおろした。守衛が言った。「こんな状況でも配達に来るなんてご苦労なことだ。行き先は？」

マシューはシャツのポケットからIDを外して窓の外に差しだし、積み荷管理表をチェックした。「南四‐Gだ。タングステンが届いたんで、運んできた」

「停電の影響で、貨物区画の扉を開けるのにしばらくかかるかもしれない」守衛はIDを返した。ほとんど見もしなかった。「困ったもんだよ。いったいどうなってるのか、何か知ってるかい？　来る途中で送電線の作業をしてるトラックを見たか？」

「いや、どうなってんのかさっぱりわかんないね。ずっと運転してたから」

「じゃあ、順路からそれるなよ。シークレットサービスのやつらに気をつけろ。施設内の至るところを這いまわってるから。ここで明日行われる、大統領の大事な演説に備えてな。予定どおり行われるならの話だが。この停電をなんとかしない限り、間違いなく中止だろうけど」

「わかった」マシューは窓を閉め、ようやく息をついた。

アンディは顔を紅潮させていた。「考えてもみろよ、マシュー、みんな恐れてる。これってすごくないか？　恐れてるんだ、ぼくがしたことのせいで。いい気分だよ、本当に。この製油所は見事に燃えそうだと思わないか？」

「ああ、みんなが恐れてるのは、おまえが原因だ、アンディ。さあ、目を光らせていろよ。停電はどこまで広がった？」

アンディは後部座席の下からノートパソコンを引っ張りだした。「ペンシルベニア有料高速道路まで広がってる。でも、スピードが落ちてるな。誰かにバックドアから入られた。だけど、ぼくらには時間がある。やつらが今邪魔しようとしても、送電網をリセットして電力を取り戻すには、少なくとも数時間はかかるだろう。なあ、ぼくって優秀だよな？」

「ああ、おまえもガンサーも優秀だ。停電を長引かせてくれ。無事に爆弾を仕掛けられるように」

「ぼくは自分の仕事をする。あんたも自分の仕事をしろよ」アンディが言った。「ガンサーよりぼくのほうが上だ。それを覚えておいてくれ。そう、すべて完璧だったさ。あんたのせいで撃たれさえしなければ」

我慢、我慢だ。「たしかにな」マシューは言った。「メモリースティックを置き忘れた間抜けも、FBIに見られて走りだしたのもおまえだ。平然としたふりをしていられたら、今頃どこも怪我してなかっただろうよ。パニックを起こして撃たれたのは自業自得だ」いったい何度そう言えばいいんだ？ アンディを殴らないために、ハンドルをぎゅっと握りしめなければならなかった。

そのばかは口をとがらせたが、何も言い返そうとしなかった。トラックから蹴落として轢《ひ》いてやろうか、このばかめ。

「マシュー、爆弾はあんたひとりで仕掛けないとな。だってほら、ぼくが足を引きずりながらうろうろするわけにいかないだろう？ 注目を集めちまう。警察だってばかじゃない。あいつらがぼくたちを探してることは知ってるよな? ここはシークレットサービスだらけだし。ぼくはトラックに残るよ」

「勝手な真似は許さないぞ、アンディ。おれたちはチームで動いてるんだ」マシューは抑えた声で言った。そして、ぼくがリーダーだ。

「バネッサがあんたを……ぼくたちみんなを裏切ったからって、ぼくに当たらないでくれ。彼女は利口で、あんたの気持ちを傷つけた。だからあんたはバネッサを撃ち殺して復讐したんだろう」

バネッサの髪の中に血が流れ、黒くかたまるところが脳裏によみがえった。今度ばかりはどうしようもなかった。自分を抑えられず、マシューは右のこぶしを突きだしてアンディの顎を殴った。アンディの頭が窓に当たって音を立てる。

アンディが叫んだ。「何するんだ! ぼくを殴るなんて。痛いじゃないか。ぼくがいなければ、あんたなんかベルファストでイアンとぶらぶらしてるだけだったくせに」彼は顎を押さえて、前後に体を揺すりはじめた。

マシューは食いしばった歯のあいだから声を絞りだした。「よく聞け、このばか。ぼくの言うとおりにするんだ。でないとおまえの舌を切り取って血まみれのまま、爆弾の隣に置き去りにしていくぞ。すべてぼくがやりました、と書いた紙を胸に貼ってな。そのあとおまえのママの家へ行って、同じことをしてやる。わかったか?」

アンディは何も言わなかった。顔をそむけてただ窓の外を見ている。泣いているのかもしれない。

「返事は？」マシューは静かに繰り返した。「わかったか？」

また殴られると思ったのか、アンディは両手をあげて構え、脚を胸に引き寄せた。「ああ、わかったよ、もちろん。ちゃんとやるって。脅すのはやめてくれ」

「なら、ぼくの忍耐力を試すような真似はやめておけ、アンディ。めそめそするな、口を閉じてろ。今が肝心なところなんだぞ。集中しろ」

マシューはトラックを止めた。黒いスーツの男が駆け寄ってくる。「しくじるなよ」食いしばった歯のあいだから、マシューは小声で告げた。運転席からおりて、きついバージニアなまりで言う。「やあ、どうも」

「書類を拝見します。そのあとトラックも調べさせていただきます」

「どうぞ」マシューは積み荷の明細書をはさんだクリップボードを手渡した。「積み荷をおろすだけですよ」軽く首をかしげ、野球帽で顔を隠す。

おれはただのお人よしの配達人だ。あんたを殺させるなよ。

その職員は厳重にチェックした。そして五分後、手を振ってトラックを中に通した。

マシューは運転席に戻り、勢いよくドアを閉めるとギアを入れた。所定の位置に向かって車を進め、ゆるい坂を下りながらエアブレーキをきかせすぎないように気をつけた。

アンディが言った。「タイマーをセットしたよ、マシュー。あとはコードを稼働させるだけだ」

55

ルークをe1へ

FBI本部

その攻撃は激しく、展開が速く、送電網に過負荷をかけ続けていた。さらなる停電を引き起こす恐れがある。ニコラスの下で各区間を割り当てられた五人がコードの解除に取り組んでいるものの、なんの進展もなかった。

マーティンが言った。「このままではだめだ。コードの広がりを止めるのに、何かほかの方法はないか、ニコラス？」

考えろ、考えるんだ。

そのコードは非常によくできていた。ガンサーは一流の技術者だったのだ。新しいものを、ニコラスが見たこともないようなものを作っていた。だが、すべてのコードには解除するための鍵がある。ニコラスは入口を見つける必要があった。考えるんだ。そのときアイデアがひらめいた。

「ガンサーのサーバーに入ろう。コードを中から見るんだ」

サビッチが言った。「ニコラス、メナールがガンサーのコンピュータを持っているんじゃなかったか？　きみは遠隔操作でアクセスできる」

「たしかに、ディロン。名案です。マイク、メナールを呼びだしてくれ、大至急」

マイクはすばやく言われたとおりにした。「スピーカーフォンにしたわ。ほかにどうすればいい？」

「幸運を祈ってくれ」

メナールの声が聞こえてきた。「ニコラス、まだ新たな情報はない。こちらで――」

「ピエール、話をさえぎってすみません。ガンサー・アンセルのコンピュータにアクセスする必要があるんです。ぼくを入れてもらえますか？」

メナールがふうっと息を吐き、フランス風に肩をすくめる姿が思い浮かんだ。「やってみてもいいが、かなり難しい《トレ・ディフィシール》。少し時間をくれ」

「時間はないんです、ピエール。アクセスしなければならない。今すぐに。そちらの誰に話せばいいですか？　この事件の担当は？」

「ちょっと待て。電話会議にしよう」

電話の向こうが静かになった。マーティンがニコラスの背後から問いかけた。「どう思う？」

「ガンサーはいつでも自作のコードを解読する特別な鍵を書いていた。誰もがすることだ、万が一に備えてね。彼のシステムに入りこめれば、その鍵を見つけることができるかもしれない。その鍵なしで、攻撃をすばやく止めることは不可能だ。攻撃は続いていて、停電は広がっている。このままだと停電が数日続く可能性がある。そんなことが起きるとは誰も思っていなかったから、壊滅的な事態を招くかもしれない」

メナールが言った。「ニコラス、ミュンヘン警察の技術介入班を率いるエルシー・スプラッツ警部補と電話がつながった。きみが提出した令状に要請があった情報を集める仕事をしてきた女性だ。きみの力になってくれるだろう」

女性の声がクリアに聞こえてきた。なまりはあるものの、流暢な英語だ。「ドラモンド捜査官、ガンサー・アンセルのコンピュータのハードドライブはわたしのオフィスにあります。中を調べているのですが、セキュリティがとても厳重で。二枚目のファイアウォールから先に進むことができていません」

「サーバーにアクセスさせてください。ぼくがやってみます」

「残念ですが、ドラモンド捜査官、それはできそうにありません。あなたの令状にまだ許可がおりないので」

マイクがやれやれというように天井を見つめ、ニコラスは一時間ぶりに笑顔になった。警部補に言う。「たしかに書類の不備のような重大ミスがあると、国際的なサイバー攻撃を止めるのは二の次になりますよね」

「あなたの皮肉はこちらでも有名ですよ。どうすればいいですか？」

「〝Roman〟というファイルを見つけてください。〝Fever〟という暗号化されたドライブのサブフォルダーの中にあります」

キーを叩く音がした。

「ありました。おっしゃるとおり、暗号化されています。このファイアウォールを破れないんです」

「これ以上、破ろうとしないでください。破ろうとするたびに、守りはゆるくなるどころか、かたくなる一方ですから。ぼくならアクセスできます。それを送ってください」

「このファイルに何が入っているかご存じないんですね。また別のワームをばらまき、別の攻撃を仕掛けるかもしれませんよ」

ニコラスは冷静な声で言った。「警部補、それはガンサーのキーファイルです。ぼくを信じてください。彼の仕事なら、よく知っています。そのドライブに、ファイルに、暗号化コードをくぐり抜けて入る方法を知っているんです。でも、そうするにはそのファイルを目の前にする必要がある。複雑すぎて、あなたに電話で説明するのは無理だ。時間がありません。お願いです、それをすぐに送ってください」

メナールが言った。「わたしが責任を持ちます、警部補。連邦警察から、できるだけすみやかに適切な書類をお送りしますよ。ニコラスに望むものを渡してやってください」

「わかりました。安全が確保されたネットワークを介して、今送りました。すぐお手元に届くはずです」

ニコラスのノートパソコンが鳴った。「届きました。ありがとう。うまくいかなかったときのために、もうしばらく電話を切らないでください」

ニコラスはファイルをクリックし、新しいフラッシュメモリを差しこんでコマンドを実行した。部屋の全員が見ている前で、コードがばらばらになり、ドライブがウィーンと音を立てる。モニターが暗くなり、それから徐々に分割しはじめた。二分割から四分割、さらに八分割から十六分割へ。

そして突然、渦を巻き三次元のコルネ形をした、クモの巣状の複雑な数字と文字の羅列になった。そのさまは美しいと同時にわけがわからず、マイクは自分の専攻が心理学で、コンピュータサイエンスではなかったことを残念に思った。そう思うのはこれが初めてではないけれど。

「うっとりさせられるな」マーティンが言った。落ち着いた声の中にかすかな興奮がにじんでいる。

サビッチがにやりとした。「おれもだ」

「入った」ニコラスが言った。「ファイアウォールを越えたぞ」

数字が飛び交い、すばやく旋回する。ニコラスがどうやってそれについていけるのか、マイクにはさっぱりわからなかった。彼はふいにモニターを叩いた。「ここにいたのか、やんちゃ坊主め」マウスをクリックすると、部屋のすべてのモニターがニコラスのモニターを映しだした。

ニコラスは言った。「マーティン、これが攻撃を中断し、止めるために必要なコードだ。このプロトコルで停止できるはずだ」

マーティンが叫んだ。「みんな、かかれ！」

室内が活気づいた。ニコラスは椅子にもたれて背中をそらし、逆さまからマイクににっこりしてみせた。

サビッチが彼の背中を叩く。「よくやった、ニコラス、マーティン、みんなもだ。うまくいくことを祈ろう」

メナールが大声を出した。「見つけたのか、ニコラス？」

「ええ、大成功です。コードを手に入れて、今こうして話しているあいだにも攻撃を止めています。ありがとう、ピエール。ありがとう、警部補。おかげで助かりました。ピエール、できるだけ早く書類を送りますよ」

メナールが小さく鼻を鳴らした。「きみからの書類？　この手につかむまでは信じられないな。コ・イ・ヌールの事件の書類だって、まだそろってないのに」

「声が大きいですよ、ピエール。サビッチに聞こえるじゃないですか」

メナールが笑った。「どうも、サビッチ捜査官。頑張れよ、ニコラス。マイケラ、またすぐに会えることを願っているよ。さようなら《オ・ルボワール》」

ニコラスは目の前のモニターを見つめた。モニター上のコードを指でなぞると、マイクの手が肩に置かれた。かがみこんだマイクの髪が頬を撫でる。ジャスミン。ジャスミンの香りだ。

「最高だわ」マイクが言うと、息が頬にかかった。

たしかに最高だ。ニコラスは咳払いをしてから言った。「ガンサーは芸術家だった。いなくなって寂しいよ」

マイクが肩を平手で叩いた。「いいかげんにしなさい、ニコラス。このマニアックな男は何十億ドルもの損害を引き起こし、わたしたちみんなにもうちょっとで心臓発作を起こさせるところだったのよ。なのに、芸術家呼ばわりして称賛するわけ？」

サビッチが笑った。「おれもニコラスに同感だ。悪いな、マイク」

ニコラスは言った。「敵に敬意を払う。戦うときの第一のルールだよ」

「ふたりともどうかしてるわ」

シャーロックが部屋に入ってきた。「すべて順調にいったのなら、どうして電気がつかないの？」

マーティンが答えた。「復旧にはしばらくかかるでしょう。システムから侵入者を追いだしたら、電力会社は徐々に送電網を元に戻さなければなりません。システムにふたたび過負荷をかけないために」

ニコラスは立ちあがって伸びをした。いい気分だった。これでひと安心だ。マーティンの手を握り、部屋にいる全員に大きな声で礼を言うと、サビッチに引っ張られてマイクと一緒にITルームを出た。

「聞いてくれ。ミスター・メイトランドから電話があった。イランの複数の核施設が稼働しはじめた。言うまでもないことだが、スローン副大統領がすべてを注意深く監視している。サイバー攻撃を仕掛けるために呼ばれるかもしれない」

ニコラスは言った。「なんですって？　どういうことです？　みんなジュネーブで仲よく和平会談に臨んでいるはずじゃないんですか？」

「会談は延期された。大統領は予定より早めに帰国する。よく聞いてくれ。予定では、大統領と副大統領が明日、ヨークタウンの元製油所で演説を行うことになっている」

マイクが首をかしげてゆっくりと言った。「明日のヨークタウンでの大統領演説……主題はクリーンエネルギーと非常時のエネルギー自給ですね。ほかにもあるでしょうが、主旨はそういうことです。われわれがヨークタウンをCOEの予想標的リストから除外したのは、施設が製油をやめて貯蔵所に変わると発表したからです。大統領のグリーン構想プログラムの一環として。施設は民間の投資家に買われ、全設備が現行の環境基準を満たすものになる予定です。それを大統領が明日、発表することになっています。和平合意の成功も発表するつもりだったに違いありませんけど」

「おそらくそうだろうな。そちらは合意には至らなかったようだが。何が言いたいんだ、マイク？」

ニコラスはマイクを見ていた。彼女がこういう表情を浮かべているときは、頭がフル回転している最中だ。

マイクは言った。「石油業界から大勢の人がこの式典に招待されている、そうですよね？コノコフィリップスや、昨夜のサイバー攻撃を受けた会社、そのほかの企業の重役も招かれているんでしょう？」

サビッチが言った。「サイバー攻撃は石油会社を大混乱に陥れるのが目的ではなかったということか？」

「そうです。事実、ＣＯＥはサーバーから大量のデータをダウンロードしました。ヨークタウンに集まる顔ぶれを知るのは簡単なことです。大統領の日程を正確につかみ、副大統領の日程も把握していることは、まず間違いないでしょう。でも、本当にほしかったのは設備計画だったと思います。

ヨークタウンを爆破したら、石油会社の首脳陣だけでなく、大統領と副大統領も抹殺できるかもしれない。ヨークタウンが標的です」

マイクはにやりとした。「ひとつの仮説を検証してみましょう。つじつまが合うはずです。ブルックリンのアパートメントで目撃された三人目、まだ身元不明の中東系の男は殺し屋のザーヒル・ダマリである可能性が濃厚です。ダマリは副大統領が粉々に吹き飛ばされるのを確認するために、ヨークタウンに現れるでしょう。もし吹き飛ばされなければ、自ら副大統領を暗殺するつもりだと思います。たぶん大統領も」

サビッチもニコラスと同じようにマイクを見つめていた。まったくそのとおりだ。ニコラスはマイクの頭脳が愛おしかった。

サビッチが言った。「マイク、ラングレーで繰りだす最初の質問がそれだ。よし、行くぞ。CIAが待っている」

「たぶん」マイクが早足でついていきながら言った。「CIAは以前からこのことを知っていて、今になってダマリがCOEの一員だったと認めないわけにいかなくなったんじゃないでしょうか。だとしたら最低だわ」

56

ルークをe1へ進めてテイク

カトクティン山脈

少し前に雨が降ったのは幸運だった。分厚く降り積もって濡れた落ち葉が小道を覆い、足音を吸収してくれる。半日歩いてきたが、ザーヒルはほかの人間をひとりも見かけなかった。けれども今、周囲に夕闇が迫るにつれ、警備員たちが現れた。幽霊のように静かに歩調を合わせ、武器を構え、犬たちを引き連れて百メートルほど離れたところを歩いている。電流の流れる高いフェンスの向こう側を。

ザーヒルはフェンスに沿って進みながら、ブーンという雑音を聞いていた。遠くにミツバチの巣があるような音。そのせいで歯がうずき、ぎゅっと噛みしめる。頭を振って、そのいやな音を耳から振り払おうとしたが、それは動きだすタイミングを知らせてくれる必要な音だった。

フェンスへじりじりと近づくと、一歩ずつ警備員の歩調にぴったり合わせて前進した。体にはシカのにおいをつけてある。実際はヤギのようなにおいがしたが、犬たちは獣ではなく人のにおいをかぎ分けるよう訓練されているので、ザーヒルが動くのを見ない限り、吠えたりしないはずだった。空腹だが、今何かを食べるわけにはいかない。

腕時計を確認して、一本の木の幹に寄りかかる。予定よりも先に進めていた。予想した以上に歩く行程が楽だったからだ。GPSを再度チェックする。よし、正しい位置にいる。なんでも自分でコントロールしないと気がすまない性格なので、マシューとアンディに頼らざるをえない状況は気に入らなかった。しかし、ザーヒルは達観していた。今となっては、すべてが自分の管理を離れたところにあるのだ。

〝言われたとおりにしなかったな！〟

父の声が頭で響いた。もう何年も、ときどきこういうことがある。五年前、あの老いぼれが脳卒中で死んだと聞いたときには、うれしさのあまりロンドンのお気に入りのパブへ行き、その場にいた全員にギネスビールをふるまった。

幼い頃から、ザーヒルはほかの誰とも違う独特な個性を持っていた。いつも母からそう言われていた。母が優しく撫でてキスをし、息子を褒めていると、父は嫌悪感を顔に浮かべてじっと見ていた。

思い起こせば、あの老いぼれを感心させようと、ずいぶん頑張ったものだ。白い顎ひげと口ひげを生やし、何重にも垂れた顎。隙間の空いた歯を見せた笑顔は、ほほえみとは無縁のせせら笑いだった。家族の中で重要なのも、力を持つのも父だけ。父が金を、それもたくさんの金を持っていて、だから父が家庭におけるルールであることを示す笑いだった。

「いい子ね。あなたはほかの誰とも違う。将来すばらしいことを成し遂げるわ」そう言ってくれた美しい母は、ザーヒルがまだ八歳のときに亡くなった。

四男だったため、自分が父にとって唾ほどの価値もないことを、ザーヒルはずっと前から知っていた。そして十八歳のとき、母が正しかったと悟った。自分は誰とも違っていた。選ばれた人間なのだ。神が才能を授けてくれたのだから。ザーヒルはがさつな田舎者の兄弟よりずっと抜け目がなく、弱くてめそめそしている姉妹より狡猾だった。がめつく貪欲《どんよく》で、金と特別仕様の飛行機を愛した父親より頭が切れるのはたしかだった。物静かで美しい英国人の母親よりも明敏だっただろうか？　自分の住む世界を捨て、地獄で暮らすためにやってきた母親よりも。それはわからない。ときどき、もしチャンスを与えられていたら、母は世界を支配していたかもしれないと思うことがあった。ザーヒルは母にふたたび感謝した。これまでの人生で、何度となくそうしてきたように。母はザーヒルに完璧な英語を教えてくれた。なんといっても、息子も英国人なのだから。そして誇りと自由を教えてくれた。ザーヒルは多国籍軍に加わり、なぜかわからないが、そこが自分の居場所だとわかった。そこで訓練を受け、人を殺すこと、人を吹き飛ばすこと、遠くから撃つことを教わった。生まれ持った才能が花開き、すぐに完璧な殺人マシンになった。

世界にたったひとりの存在。それがいったいどういうことなのか、ザーヒルは今、悟っていた。

評判を得るのに長くはかからなかった。そして評判には金がついてきた。驚きとともに、あきれていることがある。どれだけ多くの人が他人の死を望んでいることか。そういう人たちの問題を代わりに引き受けることで、どれだけ裕福になれることか。そして今回の仕事。間違いなく、これまでの集大成だ。ラハバとハダウィの計画の綿密さには、今なお驚嘆せざるをえない。あまりにも多くの不確定要素があり、それらがすべて正しい時間にぴったりはまらなければならないのだ。イランにはあと何人、結果を気にせずに世界を荒廃させたがっている男がいるのだろう？　何世紀にもわたって蓄積した憎しみで、敵の死以外には何も見えず、何も聞こえない男たちが。

狂信的なイランのラハバ大佐は、ザーヒルがひと月前に送った爆弾を、大佐自らが選んだ信頼のおける科学者に渡したとメールで知らせてきた。そのイラン人科学者は、マシューの才能に畏敬の念を抱いているという。特定の要素を組みあわせ、そのほかの要素を排除して調整し、並み外れたダメージを引き起こす爆発物を生みだしたマシューの手腕に。

そして大佐は笑い、こう言ったのだった。〝舞台は整った。アメリカ人どもは疑うことを知らずにあわてふためき、どうすればいいかわからず、全員がぴりぴりして待っている。ただ待っているのだ〟タイミングは完璧だった。合衆国大統領は予定どおりジュネーブを発ち、不機嫌な顔をしながら大統領専用機でワシントンへ帰ってくる。

すべてが軌道に乗り、ザーヒルにはもみ手をする大佐の姿が見えるようだった。

イデオロギー信奉者のマシュー・スペンサーを言いくるめるのは簡単だった。憎しみに満ちて、どこまでも世間知らずな男。マシューはザーヒル――ダリウス――にコイン爆弾を手土産としてくれるようなお人よしだった。その爆弾は今、イランで分解されている。ザーヒルはふたつ目を盗み、それが今ポケットに入っていた。ラハバに送った爆弾はまだテストされていないが、きちんと作動するであろうことは間違いない。ベイウェイでその確信は倍になり、ラハバに結果をメールしたときには、ザーヒルは有頂天になっていた。

彼はポケットの中でコイン爆弾をもてあそび、笑みを浮かべて、マシューの指がボタンを――地球の終末の始まりを告げることになるボタンを押すところを思い描いた。

そう、アメリカ人がいつも言うように、抜かりなく不測の事態に対処できるようにもしてある。作戦を実行に移す前にマシューがFBIに捕まった場合に備えて、ザーヒルは代替案を準備していた。むしろそちらを採用することになるのを望んでいるほどだ。そうすれば、よりドラマティックで、よりインパクトのある殺人計画になる。

ザーヒルはカシの木にもたれて座り、目を閉じて、警備員の足音と低い声、犬の立てる音に耳を澄ました。もうさほど待つ必要はない。

鈍い音がして、ブーンという音がやんだ。マシューが成功したのだ。フェンスの電流が切れた。

あちこちから警備員の叫び声があがり、動きがあわただしくなった。今だ。今、動かなければ。

ザーヒルは警備のルールを知っていた。警備員はこのあと十五分間、フェンスを離れる。左側の警備員がふたり分のエリアをカバーし、そのあいだにキャンプ場に一番近い警備員が発電機をオンにする。その警備員が銃を抱えて歩み去り、犬が気分転換を喜んでしっぽを振りながらついていくのを、ザーヒルは見守った。

三歩、二歩、一歩。

警備員が三十メートルほど先に遠ざかり、犬は小道を駆けている。

ザーヒルは森から走りでると、フェンスをよじのぼって越えた。

足を滑らせて向こう側の地面に落下し、できるだけ静かにその場を離れたが、警備員には気づかれなかった。

防御線の内側に入ったのだ。

呼吸を整え、慎重にゆっくりと、常に警備員から見えないところを歩いた。最も遠いロッジに近づいて盗聴器のイヤホンを耳に入れると、マシューが請けあったとおりに声がはっきりと聞こえてきた。

ロッジのドアは鍵がかかっておらず、中に入るのは簡単だった。こんなに遠くまで来る者はいないし、警備員はすでに先ほど徹底的な捜索を終えている。手に入れたメモによれば、このエリアは一日に二回しかチェックされない。ザーヒルはイヤホンを調節した。逃げる時間はたっぷりある。警備員がやってくるとしても、相手の動きが手に取るようにわかるのだから。

時計をリセットして、タイマーをスタートさせた。

四十八時間のカウントダウン開始だ。

火曜日

（午後六時↓深夜）

57

クイーンをd8へ進めてチェック

ワシントンDC

停電した街を車で走り抜けるのは不気味だった。警官が大挙して出動し、家にたどりつこうとする人々を手助けしている。サビッチはシャーロックの頑丈なボルボで慎重に交差点を抜けていった。助手席にはマイクが座り、ニコラスは後ろでノートパソコンを膝にのせて、リッチモンドの状況を監視している。

「攻撃は阻止しました。アダム・ピアースから伝言があります。彼はジュノーとともにリスク評価に当たっているんですが――」

サビッチはバックミラーをのぞきこんだ。「なんだ、ニコラス？　何か気になることでも？」

「どうもリスク評価が納得いきません。ご存じのとおり、ドミニオン・バージニア電力は最近、ジュノーによってリスク評価を行いました。新しいファイアウォール、新しい防衛手段を導入したのだから、こんな攻撃を受けるはずがないんです。それなのに攻撃された。そしてすぐに最悪の事態になった。ジュノーはコンピュータ業界でも信用度の高い企業です。なんだってこんなひどいへまをしでかしたのか、理解できない」

「ガンサー・アンセルのプログラミングは超一流だと言ってたわよね」マイクが言った。

「ああ、言ったよ、マイク。実際そうなんだ。でも、脆弱性《ぜいじゃくせい》を悪用して最初にコードを入れる際には、バックドアから入らなければならない。自分が作ったドアか、あるいは緊急時――今回のようなことが起きたときにアクセスできるよう残したドアからね。それはさっきも言ったとおりだが、ジュノーのプログラマーが自分たちのためにバックドアを残し、アンディ・テートがそれをうまく利用したような気がしてきた」

ニコラスはふたたび口をつぐんだ。

サビッチはそれから数分かかって混雑した通りを抜け、ジョージ・ワシントン大学病院に着いた。地下鉄も電車も止まり、バス停には長蛇の列ができていて、歩道からあふれた人たちが通りに立っている。悪夢のように危険な状況だ。

停電のため、病院は妙にひとけがなかった。サビッチは車を止めると、ＦＢＩのカードをダッシュボードの上に置いた。全員で出入口へ向かう途中でマイクがふいに立ちどまり、振り向いてニコラスにささやいた。「見張られてる」

「ああ、そうだな」ニコラスは言った。「二階と三階にカメラが二台あるし、ふたつ先の列の障害者用駐車スペースに止まっている車もそうだ」

「CIAのお友だちの信頼を得るのは大変だな」サビッチが言った。「いつも驚かされるよ」

「誰かがバネッサを追ってくるのを恐れているのかも」とマイク。

「そう考えたほうが前向きだな」サビッチは応えた。

バネッサのおじ、カールトン・グレースがロビーで待っていた。マイクはグレースの顔にバネッサの面影を見た。すっと通った鼻筋と角張った顎は一族の特徴なのだろう。けれどもバネッサがとりわけ美しかったのとは対照的に、グレースの容貌はいたって平凡だった。穏やかそうで、顔にはしわが刻まれていて。通りですれ違っても、振り向いて見られたりはしない男性だ。周囲に溶けこめる。

スパイとしては完璧な外見。バネッサの父親も同じだったのだろうか？

グレースは自己紹介をしてから、三人全員と握手をした。「来てくれてありがとう。中に入るまで質問はしないでもらいたい。病室には盗聴器が仕掛けられていないことを確認してあるので、自由に話せる」

ニコラスが言った。「なぜぼくたちを大勢に見張らせているんです？」

グレースはほほえんだ。「きみたちを監視するつもりではないんだ、ドラモンド捜査官。マシュー・スペンサー――バネッサを殺そうとした男を監視するためだ。あの子が生きているとわかったら、仕事をやり遂げようとするかもしれないからな。そんなことをさせるつもりはない。一緒に来てくれ」

サビッチは監視の対象が自分たちではなかったと聞いてほっとしたものの、グレースを信じるべきかどうかはまだわからなかった。

グレースは先頭に立ち、奇妙な照明に照らされた廊下を進んだ。発電機はきちんと作動し、明かりはちらついていなかった。

角を曲がると、クレイグ・スワンソンが腕を組んで壁にもたれていた。顔にはあざが浮かび、鼻は白いテープで覆われている。ニコラスを見ると、さっと背筋を伸ばした。

スワンソンを見て、ニコラスはにやりとした。その様子だと、たっぷり絞られたようだな、兄弟《メイト》？

スワンソンの前を通り過ぎながら、マイクがうなった。

スワンソンが呼びかけてくる。「やあ、ケイン捜査官。こんなにすぐにまた会えてうれしいよ。ぼくには挨拶もなしかい？」

「あら、こんにちは、クレイグ。がつんと一発食らわせてあげたいところだけど、これ以上はやめたほうがよさそうね」

スワンソンは手で白いテープに触れてから、もう一度ニコラスを見た。「あんたに鼻を折られたよ。まったく、いまいましい英国のくそったれめ」

ニコラスは肩をすくめた。「抵抗するなと言っただろう、兄弟《メイト》。手を引くチャンスはたくさんやった。自業自得だ」

「そこまでだ」グレースが言った。「彼女の容態は、クレイグ？」

スワンソンは真顔になって答えた。「サー、バネッサは目を覚ましています。痛みはあるようですが、よく我慢していますよ。不要な者は誰も近づけていません」

グレースがうなずくと、スワンソンは一回ノックしてドアを開けた。

バネッサはマイク・ケインを最初に見た。ブロンドの髪をポニーテールにして、黒いバイクブーツに黒いパンツとジャケットを身につけ、そして片目のまわりにあざをこしらえている。クレイグのしわざだろうか？ ニューヨークで、FBIのへなちょこふたりともめたと聞いたけれど。クレイグの鼻はマイクがやったの？ 二対一だったとクレイグは言ったけど、信じられない。マイクなら、ひとりでもクレイグをこてんぱんに叩きのめすことができるはず。わずか二日前には、自分も彼女と同じように自信に満ちてさっそうと歩き、世界を相手にする準備ができていたのに。

「マイケラ」バネッサは自分がその名前を声に出さず、頭で思っただけであることに気づいた。最初に会ったとき、マイク・ケインはのんびりした田舎者だと思ったが、それは間違いだったことを思いだした。本当の彼女は気性が激しく、有能で、集中力があるとすぐに気づいた。マイクの両親に会ったこともある。オマハ警察の幹部である父親は、大柄でがっしりした体をしていて、青い目のまわりにはしわが刻まれていた。母親は昔から〝ゴージャスなレベッカ〟と呼ばれている、とマイクが教えてくれた。たしかにすごい美人だと思ったのを覚えている。そしてマイクは母親をそのまま若くしたような女性だった。おまけに彼女はユーモアがあり、いつも、ジョークを飛ばしていた。そんなことを今思いだすなんて、おかしなものだ。

最後に会ってから、マイクはちっとも変わっていないように見える。あれはいつだったろう？　そう、八年前のイエールだ。

ふたりの大男がマイクのあとから入ってきた。ひとりはベイウェイで見かけたニコラス・ドラモンド、もうひとりは見たことのない顔だ。頑健でいかにもタフな感じの、自分の世界をしっかり持っている男性。まともな頭がある人なら、逆らったりはしない男性だ。

ドラモンドのほうは、引力と同時に激しくほとばしるパワーを感じる。そして、バネッサに対して一心に神経を集中しているのがわかる。どんな状況だろうと引きさがったことは一度もないだろうし、走りだしたら決して止まらないだろう。彼がクレイグにしたことを見れば一目瞭然だ。クレイグだって、簡単に負けるような男ではないのに。

彼らの顔がぼやけてきて、バネッサは目をしばたたいた。薬は嫌いだが、のまなければ胎児のように丸まってうめき声をあげているだろう。強くならなくては。ドラモンドを見習って集中しなければならない。これを乗りきらなくてはいけない。彼らにすべてを告げたかった。それまではとても休んでなどいられない。

おじのカールがドアを静かに閉め、ベッドに近づいてきて彼女の手を取った。

「ネッサ、こちらがさっき話したFBIのみなさんだ。おまえはきっとすべての質問に答えようとするだろうと伝えておいたが、続けるのがつらくなったらいつでも中断する。いいな?」

バネッサはうなずいた。かすかな動きだったが、カールはほほえんだ。

彼が三人を紹介した。

「こちらはサビッチ特別捜査官、ここワシントンDCで犯人逮捕班を率いている。こちらの男性はニコラス・ドラモンド特別捜査官。それからパートナーのマイク・ケイン特別捜査官。ふたりはニューヨーク支局勤務だ」

バネッサはほほえもうとしたが口がうまく動かず、小さな声を絞りだした。「ドラモンド捜査官、お噂はうかがっています。マイク、こんにちは。元気?」

「元気よ、バネッサ」

マイクは進みでてバネッサのもう一方の手を取り、そっと握った。首元まで薄いシーツが引きあげられていたが、胸に巻かれた厚い包帯が彼女の身に起きた苦難を物語っていた。徹底的に痛めつけられて、生きようかどうしようか体が決めかねているみたいだ。それに本当に疲れ果てているらしく、顔は病院のシーツと同じくらい真っ白だった。美しい赤毛が頭のまわりに広がっている。薬のおかげで話ができるとは聞いていたが、それもかろうじてという感じだった。

「わたしのパートナーの噂を聞いていたのね？」

バネッサはかすかにほほえんだ。「あなたの相棒は罪深いほどセクシーね、マイク。それにあの割れた顎。わたし、昔からあれに弱いのよ」まるで肉食動物みたい、とは言わなかった。激しく、強引で、朝食に釘《くぎ》でも食べていそうに見える。サビッチのほうも。

「お会いできて光栄です、グレース捜査官」ニコラスが言った。「マイクからいろいろ聞いています。割れた顎ですが、ひげを剃るときに結構厄介なんですよ。少し質問させていただけますか？」

「ええ、なんでもお答えします。それが終わったら一カ月、そうね、たぶん二カ月くらいは眠り続けたい感じですけど」バネッサは少しのあいだ目を閉じた。話すのがこんなに苦痛だとは思いもよらなかった。でも、それがなんだというの？　わたしならこのくらいできる。やらなければならないのだ。

58

ビショップをf8へ

サビッチは椅子を近くに引き寄せてバネッサの手を取った。「危うく命を落とされるところだったのは知っています、グレース捜査官。こうして話ができるのは奇跡だということも。われわれ全員がそれをとてもうれしく思っていますよ。あなたのおじさんが言われたとおりです。話すのがつらくなってきたら、すぐにそう言ってください。休んでいただくようにしますから」そこで少し言葉を切り、バネッサがきちんと証言できる状態かどうかを見極める。どうやら大丈夫そうだ。「質問に答えることに同意してくれてありがとう」サビッチはそう言って立ちあがり、後ろにさがった。

ニコラスは少し近づき、本来なら二度死んでいてもおかしくなかった女性を見おろした。胸に銃弾を受け、燃えさかる建物の階段から落下したのだから。

「グレース捜査官から、あなたがここ四カ月間、ＣＯＥに潜入捜査をしていたとうかがいました。正確にはどんな任務だったのか教えてもらえますか？」

「すべては、開発中の特殊な爆弾についての噂を聞いたことから始まりました。どんな機械でも探知できない爆弾です。それを作っている天才はマシュー・スペンサー、通称ビショップという男であることを突きとめました。マシューは当時、ベルファスト郊外で活動していました。

わたしは爆弾の専門家のふりをして、実際そうなんですけど、一緒に活動していたIRAの爆弾テロリスト、イアン・マクガイアの紹介でマシューと会い、COEに加わりました。わたしの任務は、マシューが爆弾を完成したら、その製造方法を盗むことでした。マシューは開発中の実物を見せ、どうして探知不能なのかを説明してくれました。その爆弾は本当に小さくて、自分の目が信じられなかったほどです。五十セント硬貨の大きさです。

ただしマシューはとても秘密主義で、誰に対しても用心深かった。グループのメンバーにも、次の爆破を成功させるために各自知る必要のあることしか伝えませんでした」

「探知不能な爆弾」マイクが静かに繰り返す。「そんなことがそもそもどうして可能なのか、想像もつかないわ」

「金とタングステンでできていることはたしかで、カーボンファイバーで覆われていて、それが探知機を作動させないの。服のポケットに入れて飛行機に乗り、雑誌の入っているところにでも入れておりてしまえば、あとで機体を丸ごと爆破できる。コーヒーショップや警察、スタジアムなんかに置くのも簡単ね。でも、それは理論上だけの話だった、つい最近までは。

わたしが製造方法を探っているあいだに、マシューはついにそれを完成させたのよ」

サビッチが足を踏みだした。「ベイウェイはテストだった？」

「はい。わたしも爆弾を作りました。二度目の爆発の分で、施設を破壊するために作ったものです。人を殺すためではなかったのに」バネッサの息遣いが荒くなった。「知らなかった、知らなかったんです。従業員は何人亡くなったの？」

マイクが答えた。「十五人よ。爆発で製油所は大破したわ。スペンサーの爆弾は市場に出す準備ができたと言ってもいいわね」

サビッチが尋ねる。「あなたが潜入捜査官だということを、マシュー・スペンサーはどうやってかぎつけたんですか？」

バネッサは小声で言った。「ブルックリンのアパートメントに戻ったとき、これから起きようとしていることをおじにすぐ連絡しなければと思いました。バスルームからメールを送ったところで、マシューが中に入ってきたんです。おじから返信が来て携帯が鳴り、それをマシューに聞かれました。なんとか言い逃れようとしたけれど、うまくいかなかった。マシューはわたしを守ろうとしたイアンを殺しました。そのあとでわたしも殺した……というか殺したと思ったんです。それからアンディが配合したガソリンで、アパートメントに火をつけました。わたしはなんとか外に出たけれど、非常階段から落ちてしまって。それが覚えているすべてです。次に目覚めたときにはここにいました」

バネッサは青白い顔で静かに横たわり、サビッチをじっと見あげた。乾いた唇をなめ、少しだけ水を飲む。そしてようやく小声で言った。「マシューがわたしを見たとき、終わりだとわかりました。彼の目は死んでいた。あれが究極の裏切り、イアンとわたしの裏切りに対して、あの人にできる唯一のことだったんです」

口の中がからからだった。水差しのほうにふたたびうなずく。どうして口の中が砂漠みたいなのだろう？

グレースがすぐにストローを唇に当ててやった。彼はバネッサを見おろし、それから捜査官たちを見あげた。「少し休憩する必要があるようだ。ネッサ、おまえが手術を受けているあいだに、ダリウスがザーヒル・ダマリであることがわかった。副大統領を暗殺するために雇われた殺し屋だ」

サビッチがマイクにうなずいた。「それはマイクがすでに見破った。おれがききたいのは、あなたがたＣＩＡが、この情報をわれわれに伝えるほど重要ではないと判断した理由だ」

グレースはマイクに称賛のまなざしを送り、両手を前で広げた。「どうかわかってほしい。すべてがあまりにもめまぐるしく動いていて、そのことはわれわれも先ほど知ったばかりなんだ。それに、じかに会って伝えたかった。ザーヒル・ダマリのことは知っていたが、ＣＯＥに加わったダリウスという男と同一人物だとはわからなかった。これは電話で話せることではない。理解してくれないか」

バネッサは一瞬息が詰まり、その話をうまくのみこめなかった。「ダリウスが本当にザーヒル・ダマリなの？　ダリウスというのが本名じゃないのは知っていたけど、まさか」

ニコラスが言った。「ダマリはどうやってスペンサーのグループに入りこんだんです？」

「タホ湖の南にあるキャンプに現金百万ドルを持ってふらりと現れたの。そしてわたしたちに言ったわ。自分はダリウス・コールズという名前で、オックスフォード大学に通ったと。それが、マシューが彼の話に耳を傾けた理由のひとつだった。マシューもオックスフォード大出身だから。でも、さらにマシューを引きつけたのは、ダリウスが二〇〇五年にロンドンで起きた同時多発テロで友人を失ったという話だったの。マシューもそのテロで家族を失ったと言うのを聞いて、ダリウスは心から驚いていたように見えたけど。何もかも策略だったのよね、もちろん」

グレースが言った。「バネッサの情報に基づいて、われわれはダリウス・コールズをあらゆる公的なデータベースと、いくつかの極秘データで照合した。偽名だったよ」

マイクがゆっくりと言う。「これですべてつじつまが合うわね。ザーヒルがCOEに、マシュー・スペンサーのところにやってきたのは、バネッサと同じく、クライアントのために爆弾を手に入れるのが目的だったのよ」

「クライアントはイランとヒズボラだろう」グレースが言った。「CIAの耳に入ってきた驚くべき新しい爆弾についての噂は、どうやらほかの者の耳にも入っていたようだ。われわれはザーヒルの任務はふたつあるとにらんでいる。スペンサーの爆弾を手に入れることと、副大統領を殺すことだ」

ニコラスが言った。「その写真を使って身元を割りだせるか試してみてもいいですか？　サビッチとぼくでNGAのデータベースのために新たなプログラムを設計したんです。内部の骨格を識別する際に異なる手法を使います。何か見つけることができるかもしれません」

グレースはうなずいた。「そうできることを願っているよ。ここが終わったら、きみにデータを渡そう」

バネッサが言った。「でも、どうしてそうなるの？　ザーヒルは副大統領を暗殺するために雇われた？　それは副大統領が和平交渉に反対しているから？　イランとヒズボラがなぜそれを気にするの？　だって責任者は大統領だし、和平交渉を進めているのも大統領よ。イランを満足させられれば、イスラエルと西側諸国を脅し続けないだろうと信じているのは大統領でしょう」

サビッチはバネッサの青白い顔を見た。目が少しぼんやりしてきたようだ。もうあまり長くは話せそうにない。「もっともな指摘だ、グレース捜査官。だが、われわれを信じてほしい。さて、あとひとつだけ質問したら失礼するよ。マシュー・スペンサーは今どこにいる？　アンディ・テートは？　COEのほかのメンバーは？」

「イアンが死んだから、ほかのメンバーはすでに逃げだしていると思います。彼らもばかではないし、そもそもインターネットを介して活動しているメンバーも多いので。だから残っているのはマシューとアンディだけです」

サビッチは続けた。「もしスペンサーに撃たれていなかったら、あなたは今頃何をしているはずだった？」

「アンディと一緒に、石油会社へのサイバー攻撃で盗んだデータをチェックしていたでしょう。ヨークタウンでの大統領と副大統領のスケジュールを確認し、出席する石油会社代表の顔ぶれと日程、宿泊するホテルなど、すべてを調べるはずでした。けれど最も重要なのは、ヨークタウン製油所の見取り図を手に入れることです」

マイクがにらんだとおりだ。

サビッチが言った。「では、マシューはその全員がそろったときに、新型爆弾で製油所を爆破する計画だった？」

バネッサは目を閉じて唾をのみこんだ。「わかりません。でも、たぶんそうだと思います。そんなことになれば、ベイウェイよりひどい惨事になるわ。ベイウェイでは、マシューの爆弾のほんの一部を使っただけだったと思うから。計画ではマシューとアンディがヨークタウンに入りこみ、爆弾を設置することになっていました。マシューを見つけて止めないと」バネッサはマイクの手を握ろうとしたが、その力がなかった。

男性の低い怒りの声が背後で響いた。「全員、出ていってもらおう。ごらんのとおり、ミズ・グレースは重傷を負っている。出たまえ、今すぐに」

バネッサの執刀医、ドクター・プルーイットだった。一同は後ろにさがり、医師がバネッサの心拍と脈拍を確認して、点滴をいじるのを見た。次の瞬間、彼女は眠っていた。プルーイットが振り向く。「容態が許せば明日また面会してもいいが、それまではだめだ。わかったかね？」

医師は返事を待たずに部屋を出ていき、クレイグ・スワンソンがあとに続いた。カール・グレースが小さな声で言った。「まだききたいことはあるだろうし、すべてを解明するにはもっと情報が必要だろう。バネッサがここ四カ月で送ってくれた音声の一部を持ってきたので、部屋の隅で音量を絞って聞くといい」

その前にサビッチはシークレットサービスに電話を入れ、ヨークタウンをくまなく捜索するよう警告した。

59

ナイトをe1へ進めてテイク

カールがタブレットの再生ボタンを押すと、バネッサの落ち着いた力強い声が聞こえてきた。

ダリウスは現金の詰まったバッグと悪魔の舌を携えてCOEにやってきたわ。誤解しないで。彼は演技過剰なタイプじゃない。むしろさりげないの。ゆったりのんびりと構えていて、几帳面《きちょうめん》よ。ダリウスがマシューによくない考えを吹きこんでいると気づくのに、しばらくかかったわ。製油所を狙うのはもうやめるべきだ、これまでなんの効果も得られてないんだから、と説得していたのよ。それより人を狙ったほうがいい、そして魔法のコイン——マシューの爆弾をすぐに完成させる必要がある、今こそ攻撃のときだから、と。

バネッサはそこで言葉を切ったあとで続けた。

どう説明すればわかってもらえるかしら、カールおじさん。マシュー・スペンサーは理想主義者で、天才で、明るい未来が待っている男性だった。ところが二〇〇五年七月七日にロンドンの同時多発テロで家族を殺され、すべてが変わってしまったの。テロ国家とわれわれとのつながりを破壊することにすべてを捧げるようになり、マシューにとってそれは西欧諸国に中東の石油輸入をやめさせることを意味した。それでインフラを破壊する計画を立てたのよ。石油が生みだす富という資金がなければ、大規模なテロリスト集団は存続できないから。ところが、そこにダリウスがやってきた。

ダリウスはマシューに四六時中、話して聞かせていたわ。マシューがいかに大きな影響力を持っているか。テロリストを守り、資金を提供し、彼らに共感している人々を殺すことで、どんなふうにテロリストを攻撃できるか。ダリウスはマシューを納得させた。アメリカ人は、アメリカの大統領は、テロリストと和平を結びたがっている。アメリカ国民を守り、同盟国を守る仕事をする代わりに、大統領がジュネーブで和平会談のテーブルにつき、頭のいかれた卑劣な連中と紅茶を飲み、外交的な解決を図るなんてとんでもないことだ、とかなんとか言ってね。

マシューは夜遅くまで爆弾作りに取り組んでいるけど、あとどれくらいで完成するのか、わたしには教えてくれないと思う。親友のイアンにさえ言わないくらいだから。

カールが停止ボタンを押し、次の音声を再生した。


ダリウスとマシューが話しているのを聞いたの。ダリウスは誰かに会って荷物を受け取ることになっていた。中身が何かは、ふたりとも一度も口にしなかったわ。聞いていてわかったのは、その受け渡しが失敗したことと、再度ボルティモアのシルバー・コーナーというダイナーで受け渡しがあったこと。その協力者は前に一度、ダリウスに送電網についての情報を届けに来たときに見かけたことがあったけれど、名前は突きとめられなかった。写真は撮ったわ。そこから身元がわかるといいけど。


カールは音声を止めた。「その男の写真をいろいろなデータベースに照合しているが、今のところ収穫がない。きみたちにも写真を渡すから、調べてみてくれ。ダイナーでの二度目の受け渡しは昨日だった。今、監視カメラの映像を手に入れようとしているところだ」

彼はふたたび音声を再生した。「これはベイウェイの三日前だ」

カールおじさん、先週のことだけど、マシューはわめき散らしてた。自分たちが歴史を変えなければならない理由だとか、イランが核兵器で世界の半分を壊滅させようとしていて、ＩＳが動きだし、アルカイダやタリバンがわれわれを皆殺しにしたがっている今、政治演説がいかにばかばかしいか、とか。イスラエルのことや、イスラエル国民が絶え間ない危険と紛争の中に暮らしていることも言っていたわ。

何度も繰り返してた。何世紀にもわたって殺しあいをしてきた連中が今になってやめるわけがない、ＤＮＡに刷りこまれているんだからって。彼らは今でも、現代ではなく中世の世界に生きている、話しあいはなんの意味も持たない、連中が理解するのは暴力と権力だけだって。マシューはテーブルを叩いて「暴力と権力だ」と繰り返した。その言い方には心底ぞっとしたわ。それからマシューは言った。「ぼくが変化をもたらさなければならない。ぼくたちの文化と人々、生活を守るために」

カールおじさん、ダリウスがマシューを変えたの。まるで別人よ。マシューが何をするか、わたしにはもうわからない。覚えてる？　スコットランドのグランジマスでわたしの最初のテストをする前に言ったこと。マシューは誰も怪我をすることがないよう念を押したのよ。ひとりも怪我をさせるなと。だけど今は？　わからない。

ＣＯＥは二、三日後にベイウェイを攻撃するわ。わたしが爆弾を用意したけど、マシューは自分の爆弾を完成させていて、ここでテストしたいんじゃないかって気がするの。大きな爆発のほうが大きな声明になるから。協力者はラリー・リーブスという名前の、夜間の現場監督よ。マシューはこの男に大金を支払って図面を手に入れた。それがいつものやり方よ、知っているでしょう――その場所を熟知した誰かに金をつかませて設計図を手に入れ、最大の損害を与えられる爆弾の設置場所を決める。オンラインでアクセスできることもあるし、実際の図面が手に入ることもあるわ。

そこでニコラスが手をあげ、カールが音声を止めた。

「信じられませんね。ベイウェイの爆破を知っていながら、われわれに知らせてくれなかったとは」

カールが言った。「それを決めたのはわたしではない。われわれはセキュリティを強化した。誰も怪我をするはずじゃなかったんだ」

マイクはカールをぶん殴ってやりたかった。そんなばかげた決断を下した全員を。「よくもそんなことが言えますね。十五人が亡くなったんですよ、カールトン・グレース捜査官。情報を売り渡したラリー・リーブスも死んだ。自分が設置を手助けした爆弾に吹き飛ばされてね。FBI捜査官三人が殺されたこともご存じでしょう。情報提供者の家で。提供者はミスター・リチャード・ホッジズという、とてもいい人でした。バーでリーブスが得意げに大金が手に入るとしゃべっているのを聞いてFBIに通報してくれて、警護に当たっていた捜査官とともに殺されました。奥さんを三年前に癌で亡くし、夕食にはいつもベーコンサンドイッチを食べていたとか。ＦＢＩ捜査官は三人とも既婚者で子供がいました。今、その子供たちには父親がいません。そんなふうにさせたのはあなたたちです。セキュリティを強化したですって？　それしか言うことはないの？」

カールは言った。「単純な答えはないんだよ、ケイン捜査官、わかるだろう。妥協しなければならない。大義のためには犠牲を払わなければならないんだ」マイクは激怒して、手をあげそうに見えた。「あの決断はわたしとしても非常に残念だ。一連のすべての決断が。バネッサに任務を続けさせたことも含めてね。

今では、情報提供者とＦＢＩ捜査官三人を殺した犯人はザーヒル・ダマリだと確信している」

ニコラスが言った。「それで筋が通ります。口を封じようとしたんだ」

サビッチが言う。「誰の責任かはあとではっきりさせます。続けてください、グレース捜査官」

カールはふたたび音声を流した。

カールおじさん、最後の仕上げにかかってるわ。マシューが笑いながら言ってた。ぼくの爆弾は、セムテックスできみが作るどんな爆弾よりもずっと強力なものになるって。それが完成したら、マシューはその製造方法を売ることができるのよ。そうなれば、どこの国がその爆弾を使って想像を絶する方法でアメリカに向かってきてもおかしくないわ。マシューのノートを手に入れなければ。絶対に。

カールが停止ボタンを押した。「この連絡のあとは、ベイウェイの夜にバネッサが送ってきたメールだった。逃げろと言ったんだが、すでに遅すぎた。そしてマシューがバネッサを殺そうとした」彼の声は淡々としていたが、目は苦痛と憎しみで険しかった。少しして、彼は続けた。「術後の回復室から出て一時間と経たないうちに、バネッサはわたしに自分が生きていることを公表するように言った。自分をおとりに使ってくれと。マシューがやってきて、自分の息の根を止めたがるとわかっていたんだ。バネッサの裏切りに、マシューはそれほど激怒していた。なんとか話せるくらいなのに、バネッサは自分に決着をつけさせてほしいと懇願した」

カールの携帯電話がブーンと震えた。彼は電話に出たあとで言った。「ボルティモアのダイナーの監視カメラ映像とザーヒルの写真が用意できた」

マイクがニコラスの袖をつかんだ。「ディロン、ニコラスとわたしはあとからすぐに合流します」

ふたりが出ていくと、マイクは小声で言った。「聞いて、ニコラス。バネッサが言ったことは名案よ。バネッサにはできないけど、わたしならできる。おとりになれるわ。赤毛のかつらを手に入れて、グロックを手にベッドに横になっていればいい。そうよ、できるわ。早く、すぐにやらなくちゃ」

ニコラスはマイクの腕をつかんでぐいと引っ張り、自分のほうを向かせた。

「きみがおとりに？　赤いかつらをつけて、バネッサの代わりにあのベッドに入るだって？」マイクの体を揺さぶる。「よく聞くんだ。ぼくはきみのパートナーだぞ。絶対に、百パーセント、ノーだ。やつは別の方法で捕まえる。そんなことはさせられない。わかったか？　きみを危険な目には遭わせられない。もしやるとしたら、ぼくがきみの上にのり、体の隅々までぴったりと覆いかぶさって――」

ニコラスの声はかたく、その目は熱く燃えていた。

マイクは妙に落ち着いた気分で、そんなふうに言われても、体を揺さぶられても、ニコラスを殴ってやりたいとは思わなかった。彼はマイクを失うのが怖くて怒っているのだ。目に危険な光を宿し、顔をこわばらせている。マイクは何も言わず、片手でニコラスの頰に触れ、顎のあざをなぞった。

マイクの指がそっと顔を撫でていくあいだ、ニコラスはじっとしていた。優しい手に髪を撫でつけられて目を閉じる。

指が唇に触れると、まぶたを開いて視線を合わせた。自制心と怒り、マイクを失うことへの恐怖が全身を駆けめぐった。

マイクが両手で彼の顔を包みこみ、唇を頬に押し当てて言った。「ニコラス」それだけだった。それで充分だった。充分すぎるほどに。

ニコラスはマイクをぎゅっと抱き寄せた。彼女の速い鼓動を感じながら唇を重ねる。マイクを失いたくないという思いと心から愛しく思う気持ちが一気にあふれだし、そうせずにはいられなかった。マイクが伸びあがってキスを返すと、ニコラスの動きが荒々しくなったが、それはお互いさまだった。マイクのほうも彼の腕や首や顔を手当たり次第につかみ、キスが深まるにつれて唇を開いた。ニコラスは彼女を持ちあげて壁に押しつけ、ぴったり抱き寄せて放そうとしなかった。両手で背中を撫でおろし、ヒップを越えて太腿を撫で、両脚を押し開く。

無精ひげに顔をこすられ、全身のあざが痛んだが、マイクは気にしなかった。もっとほしい。すべてがほしい。ニコラスの味、かたさ、力強さを堪能《たんのう》したい。さらに密着しようと体を押しつけてすべてを求め、彼の口の中にあえぎ声をもらした。

二メートルと離れていないベッドから、うめき声があがった。

激しくむさぼっていたニコラスの口がぴたりと止まり、彼はまるで後ろから撃たれでもしたみたいにベッドを振り返った。それから泣きたいような思いでマイクの唇を見つめ、ゆっくりと彼女を抱く手をゆるめて床におろした。

マイクのこの感触……いや、だめだ。ニコラスは彼女のウエストから手を離して一歩さがり、顔を曇らせた。

「すまない、悪かった。こんなことをしてはいけなかった。悪いのはぼくだ。きちんと話しあうべきなのはわかってる。でも……」ニコラスは静かになったバネッサに視線を投げてから病室を出た。銃殺隊を前にして命からがら逃げる男のように。

ビショップをd5へ

60

なんてばかなことを。襲いかかったと言われてもしかたがない。マイクも熱く応えてくれたとはいえ、ニコラスは恥ずかしくてたまらず、どうしていいかわからなかった。

「ニコラス・ドラモンド！」

鼓膜が破れそうな大声に呼ばれて振り向くと、マイクがバネッサの病室の外に立っていた。シャツの裾がパンツからはみだし、ポニーテールは乱れている。どうしてそんなありさまに？　自分の思い違いでなければ、マイクの目は今もとろんとしているようだ。それはうれしいが――。

両手を腰に当てたマイクはニコラスを見据え、教師が生徒を叱るときのように指を一本振ってみせた。彼女のすぐそばにはナースステーションがあり、看護師や医師、職員が大勢いる。別の病室の出入口には用務係が便器を持って立っていた。誰も動かず、全員の視線がふたりに注がれている。クレイグ・スワンソンがマイクの後ろに立ち、憎たらしくほくそ笑んでいた。

時間が止まった。

マイクがニコラスのほうへ一歩踏みだし、胸を張ってふたたび指を振った。「〝すまない〟なんてよく言えるわね。〝こんなことをしてはいけなかった。悪いのはぼくだ〟なんて。それでさっさと逃げるわけ?」彼に向かってまた指を振り、大声で叫ぶ。「ダメ犬!」

耳に痛いほど、しんと静まり返った。

まさか。マイクはそんなこと言わないし、言えるはずがない。ニコラスは咳払いをした。

「ダメ犬? ぼくがダメ犬だって?」

「ダメ犬より、もっとずっとダメだけど、大事なのはそこじゃないわ。わたしを壁に押しつけておいて、何を今になって謝ってるのよ? 体じゅうを触ったこと? 夢中になったことを悔やんでるわけ? それで話しあいですって? 話しあう? あのね、無理よ、ドラモンド特別捜査官、そんなことは起こりっこないから。この件については二度と話さないわ。わかった?」

「そんなに叫ばなくても、よくわかったよ」

「よかった。じゃあ、あなたの脳みそはまだ機能してるってことね」マイクは左右に目もくれず、まっすぐにニコラスのところへ歩いてきた。彼の口が開いたのを見て、胸をぐいっと押す。「だめ、黙ってて。階下《した》におりないと。サビッチが待っているはずよ。彼と何をする予定だったのかはっきり覚えてないけど、そのうち思いだすでしょう」

マイクが片手でふたたびニコラスの胸を押した。彼はマイクの手首をつかみかけて、思いとどまった。激怒した彼女の顔をじっと見る。首筋で血管が脈打ち、目にはエネルギーと炎がたぎっている。どうにもこらえきれなくなったニコラスは吹きだし、咳払いをしてから、ふたりをじっと見ている病院のスタッフに呼びかけた。今ではみんな笑顔で、笑い声ももれている。「持ち場に戻れ！　見物料はただにしておく」

ニコラスはエレベーターのボタンを押し、ふたりは無言で左右に並んで待った。クレイグ・スワンソンが笑いながらやじる声が聞こえる。病院のスタッフの話し声や笑い声も。〝ダメ犬〟に助言を叫ぶ者もいた。犬の鳴き真似の声も聞こえる。

エレベーターのドアが開くと、ひとりの看護師が『アナと雪の女王』の主題歌〈レット・イット・ゴー〜ありのままで〜〉をハミングしながらおりてきた。そしてふたりをひと目見るなり「あらま」と言って、そそくさと離れていった。

「何よ！」マイクが看護師の背中に叫ぶ。「ちゃんと服を着てるでしょう！　何が気に入らないの？」

閉まりかけたエレベーターのドアの向こうで、大きな歓声と笑い声がどっとわき起こった。犬の鳴き真似もまた聞こえた。

ニコラスは口を開きかけた。

「黙ってて。サビッチとロビーで落ちあう件についてなら、しゃべってもいいけど。そういう約束になっていたわよね？」

「そうだと思う。ボルティモアのダイナーの監視カメラ映像の件だ。たぶん。それからサビッチと一緒に彼の家に帰って、夕食にラザニアを食べる。でも、それは予定変更になったかもしれないな。停電だから。冷たいラザニアはできれば遠慮したい。きみはどうだ？」

「わたしも遠慮したいわ」

「サビッチに電話しようか？　確かめるかい？」

マイクは首を横に振り、ゆっくりと動く数字をにらんでいた。エレベーターが二階で止まってドアが開くと、白衣を着たふたりの医師が真ん前に立ち、吐き気について話していた。中のふたりをちらっと見た彼らは、暗黙の了解とでもいうように背中を向けて歩み去った。チンと音がしてロビー階でドアが開き、マイクはエレベーターをさっさとおりていった。首をそらしてニコラスには目もくれず、サビッチを見つけて手を振ると、そちらの方向へずんずん歩いていく。

途中で足を止めたのは、三人のティーンエイジャーが行く手をふさいでいたからだった。うちひとりは腕に真新しいギプスをはめていた。ギプスはすでに卑猥《ひわい》な言葉や絵で埋め尽くされている。マイクはさすがにその子を押しのけるわけにいかなかった。怪我をして、薬でふらふらしているのだ。

「待てよ」ニコラスの声が聞こえたが無視した。でも、いやいやながらスピードはゆるめた。

ニコラスのにおいがした。彼のいいにおい。ほかの誰とも違う香りだ。香りだけではない、体が近づいてくるのがわかる。きっと顔を近づけてくるに違いない。実際、あたたかい息が頬にかかった。

「だめ、ひと言も言わないで。聞こえてる？　言い訳も、どれだけひどい間違いだったかっていうのも聞きたくない」

「わかった。でも、ちょっといいかな？」

「何？」

「ポニーテールを直したほうがいい。少しゆがんでるから」

マイクは髪をつかんで、ゴムで結び直した。

「シャツもパンツに入れたほうがいいぞ」

マイクはシャツをパンツに押しこんで呼びかけた。「ディロン、すぐ行きます」彼女はまた足を速め、若者たちをよけて行ってしまった。残されたニコラスの耳に、腕を骨折した少年の笑い声が響いた。

61

ナイトをf3へ

ホワイトハウス

キャランはその夜の半分を受話器を握って過ごした。電話の向こうは大統領かアリ、さらには、核施設の始動に政府は無関係だとしらを切るイランの保安機関のトップもいた。嘘つきの大ばか者と言ってやりたいのはやまやまだが、もちろん口にはしなかった。否定されるのは想定内。よくあることだ。では、核施設について把握している担当者は？　そう尋ねても、相手は答えを持ちあわせていなかった。

どこかのお偉方が誰かにボタンを押せ、押し続けろと命じたのだ。イランの国土が砂漠を横切る鉄道の駅のようにライトアップされるのを見るなり、イスラエルは先手攻撃の予定を組み、無人偵察機を飛ばし、戦いに備えはじめた。イランはそれを受けてさらに軍隊を配置し、最高の攻撃を行えるようミサイル発射台を調整している。アイアンドーム（イスラエルの対空迎撃ミサイルシステム）といえども、本物の核弾頭が降り注いだら、どのくらいもつだろう？　長くはあるまい。そして崩壊はすぐに中東全体へと広がるだろう。

何もかもが目にも留まらぬ速さで起きていた。導火線にマッチが近づけられたのだ。火がついたが最後、熱く激しく燃え続ける。今ここで未然に防がなければ、数えきれないほどの命が失われることになってしまう。

和平交渉は決裂したが、出席者のひとりが真っ赤な嘘をついていたことを考えれば、そこにたいした驚きはなかった。ブラッドリー大統領の恒久平和への希望を乗せて走りだした道は、高速のままUターンして、どちらかが相手を殺すまで続けられる殴りあいに発展しそうな勢いだ。今回もまた。

大統領は結局、会談の席を蹴って立つことになった。今は専用機でアメリカへの帰途に就き、午前十時までに着陸すると見込まれている。キャランは大統領の血圧が上昇しすぎていないことを願った。きっとこっぴどく怒鳴りつけられることになる。ちょうど手近にいるからという理由で。中東和平会談について大統領とは正反対の意見を持っていることを伝えてあっただけに、キャランが正しいと証明されて、大統領はいっそう怒り狂っているだろう。それにヨークタウンの式典へ向かう車中で、大統領にはキャランをいたぶる時間がたっぷりある。相手が大統領であるだけに、黙れと言い返すわけにもいかない。

キャランは危機管理室にこもり、かたわらに濃い紅茶のカップを置いて、地域一帯の動きを見守っていた。核施設が稼働する連鎖反応は驚くべきものだった。ジュネーブのテーブルについていた各国――サウジアラビアからロシア、イスラエルまでが、情報収集に奔走していた。ここ数時間で報告がもれ伝わってきた。レバノン、シリア、イエメンで大規模な動きがあった。ＩＳのマスコミ担当者はツイッターで攻撃を誓っている。ヒズボラとパレスチナはおおっぴらにイスラエルの即時降伏を呼びかけ、ガザ地区への攻撃を実行する、テルアビブを爆撃すると脅していた。イスラエルはあまり長くは食いとめられないだろう。

そして、もちろんこれがイランが待ち望んでいたことだった。挑発。なぜ今、推し進めたのだろう？　イランがまだ核兵器を保有していないことをキャランは知っていた。それなのにどうして？

この事態を解決しなければならない。止めなければ。どうすればそんなことができるのか、さっぱりわからないけれど。

キャランは電話を取って、テンプルトン・トラフォードに連絡した。

「テンプ、何か知らせがあると言ってちょうだい。マスコミがわれわれに群がって、何が起きているのか探りだそうとしているわ。信じてほしいの。〝大統領はご不満だ〟というのは、極めて控えめな表現よ。大統領は断固としてヨークタウンの式典への参加をキャンセルしたくないと言って譲らない。テロの脅威に屈したと思われてはならないから、と。心配だわ。わたし大統領がヨークタウンに乗りこんだら、とんでもない事態になるんじゃないかしら。わたしが代わりに戦争を止めなければならないような状況に陥らないとも限らないわ」

「鋭意取り組んでいます、キャラン。ＦＢＩには公式にブリーフィングを行い、みなが同じ認識のもとに前進しています。繰り返しますが、わたしとしては大統領がヨークタウンの式典をキャンセルされることを強くお勧めします。マシュー・スペンサーの行動はまったく予測がつきません。何をしようとしているのか見当がつきませんし、居場所もつかめていません。しかし、捜査官たちはやつがヨークタウンへの攻撃を企てていると確信しています」

「引き続き、大統領を説得してみるわ」

「お願いします。数分前にＦＢＩのサビッチ捜査官が、解像度をあげたザーヒル・ダマリの写真を送ってくれました。外見がわかったわけですから、副大統領に絶対に近寄らせないようにできることを願っています。

さらに、ふたりの男が映った監視カメラ映像もあります。ひとりはダマリの可能性が非常に高いのですが、ＦＢＩから送られてきた高解像度の写真と同一人物には見えません。おそらく整形や変装をしているのでしょう。実に念入りですよ。これだけ長くこの稼業を続けていられるのは、どんな状況でもとにかく用心深いからです」

「彼は誰と会っていたの？」

「まだ特定できていません。その映像には、ふたりがボルティモアのダイナーで会い、身元の確認が取れていない男がザーヒルに何か筒状のものを手渡すところが映っています。ウエイトレスは設計図か何かのようだったと言っています。ふたりは言いあいをしていたが声は低くて聞き取れず、ウエイトレスはあえて近寄らないようにしていたそうです。さらに何かわかったら、すぐにお知らせします」

「それがザーヒル・ダマリだというのはたしかなの？　言いなさい、テンプ、そんな情報をどこから入手しているの？」

彼は少しのあいだ黙っていた。「キャラン、すべてを知らないほうがいいときもあるのはご存じでしょう」

「相手が大統領でも、そう言うつもり？」

「今回の場合ですか？　そうですね、ええ、言います」

今度はキャランが黙った。トップシークレットの秘密工作について蚊帳の外に置かれ続けることには慣れていなかった。「テンプ、わたしたちは知りあって長いわよね。行く手に待ち受けているかもしれない政治的暗殺からわたしを守ろうとしてくれているのなら、感謝するわ。でも正直に言って、できるだけ早くすべての事情を知ることがわたしにとって最善だと思うの。今回は何かいやな予感がする。ひどくいやな予感よ。さあ、言ってちょうだい。その情報をどこから手に入れているの？」

テンプはため息をついた。「そこまでおっしゃるなら言いますが、われわれは過去四カ月間、ＣＯＥ内部に覆面捜査官を潜入させていました」

キャランはショックに言葉を失い、われに返って叫んだ。「何を考えているの？　そんなことはわたしに、大統領にも、状況を報告すべきでしょう。少なくとも――」

「キャラン、われわれがスパイを送りこんだのは、マシュー・スペンサーという男が強力で探知不能な爆弾を開発していると聞いたからです。スペンサーがある日突然アメリカに仲間を連れてきたとき、われわれに何ができたでしょう？　その覆面捜査官はスペンサーがその爆弾を開発するのを待って完成品を盗み、それをアメリカに持ち帰らなければなりませんでした。彼女に引きあげさせるわけにはいかなかったんです」

「彼女ですって？　女性の捜査官だったの？」

テンプが小さく笑った。「なんです？　驚きましたか？　史上初の女性副大統領である、あなたが？」

「そういうわけじゃないわ、テンプ、わかっているくせに。その捜査官は今どこにいるの？　状況を聞きたいわ。その女性に今すぐここへ来てもらって」

「それは無理です。入院していますから。残念ながらスパイであることがばれて、マシュー・スペンサーが彼女を撃ち、燃える建物の中に放置しました」

「命は助かるの？」

「はい。彼女はとても勇敢でした。生き延びたのは驚くべきことです。スペンサーは今も彼女が死んだと信じています」

「その捜査官は誰？　名前は？」

「立場上、名前を明かすわけにはいきません」

キャランは片手でデスクを叩き、銃撃のように鋭い音を立てた。「テンプルトン・トラフォード、わたしをもてあそぶのはやめなさい。彼女の名前を教えて。今すぐに」

「バネッサ・グレースです」

「もしかして、カールトン・グレースの血縁？」

「はい、カールトンの姪です。バネッサの父親も潜入捜査の達人だったのを覚えておられると思います。バネッサが幼い頃に殺されました」

「ええ、ポール・グレースのことは覚えてるわ。彼の死を悼んだこともね」

「それで、おじのカールがバネッサを育てました。彼女がＣＩＡに入局して六年です。非常に優秀で、いずれは父親を超えるかもしれません。おじより優秀かもしれない。カールは昔、相当に優秀でしたが」

キャランは耳を傾けながら、窓に歩み寄って外に広がる街を見た。停電のせいですっかりひとけがなかった。非現実的で動きのない、人々の消えた街の絵のようだ。死んだ街。停電があったことを忘れかけていた。ホワイトハウスの中は、すべてが今もスムーズに動いているから。

「テンプ、ＦＢＩ以外にこのことを知っているのは？」

「誰もいません。ＦＢＩだけです。カール・グレースによれば、サビッチ、ドラモンド、ケインの三人が今日の午後、バネッサと話をしたそうです。世間は狭いもので、バネッサはケインと大学時代の知りあいだったことがわかりました。カールは万事うまくいったと言っています。あの三人はマスコミにリークしたりしません。もし、それがご心配なのであれば」

「マシュー・スペンサーはバネッサが死んだと信じているのね?」

「はい。死んでいないことをスペンサーは知りようがありません。慎重に伏せていますから」

「生きているとわかったら、スペンサーは動揺すると思う?」

「でしょうね。胸を撃って火災現場に放置したのですから。親友のイアン・マクガイアと一緒に。マクガイアはIRAの人間で、かなり長くスペンサーと行動をともにしていました。マクガイアはバネッサを守ろうとした。それはスペンサーにとって重大な裏切りでした。裏切りをどうしても許せない人々がいるのは、あなたもご存じでしょう」

「そのグループでほかに身元が割れたのは?」

「ザーヒル・ダマリを別とすれば、主要メンバーではアンディ・テートというコンピュータおたくだけです。そのほかのメンバーについては、バネッサによれば今頃はすでに国外に出ているだろうとのことでした。ですから逃亡しているのはマシュー・スペンサー、アンディ・テート、ザーヒル・ダマリの三人です。ヨークタウンですが、あそこが標的に違いありません。それとあなたです、キャラン。ザーヒル・ダマリがヨークタウンで副大統領を仕留める——ありそうなことです」

キャランは腕時計を見た。九時ちょっと過ぎだった。「誰かマスコミで信頼の置ける人に電話して。急げば十一時のニュースに間に合うわ。一刻も早くマシュー・スペンサーをおびきださないと。心配しないで。バネッサ・グレースはその病室にはいない。誰か部下に命じて、バネッサを演じさせてちょうだい。ニュースで流すのよ、テンプ。すぐにニュースで広めて。バネッサ・グレースはたった今から公式におとりになるの」

しばしの沈黙のあと、テンプが応えた。「キャラン、その豪腕が健在とわかってうれしいですよ」

62

ナイトをe4へ

シャーロックがマイクにラザニアを渡した。「あなたたちが私道に乗り入れたときに、電気が復旧してよかったわ。ディロン特製のソースなの。長年食べさせてもらってきたけど、このソースは史上最高と言わざるをえないわね」

サビッチが言った。「祖母のレシピでね。ほんの少しアレンジを加えたが」

ニコラスはきいた。「ディロン、このレシピをもらえますか？　クラムに渡したいんです」

「クラムはオールド・ファロー・ホールのキッチンを預かる料理人なんです」マイクがそう言うと、サビッチが小首をかしげた。「ものすごく古い掘っ立て小屋ですよ。ニコラスの生家です」

「面白いな、マイク。部屋は全部でいくつあるんだい、ニコラス？」

ニコラスは少し考えてから答えた。「ちょっとわかりません。それはさておき、このソースですが、母が気に入ると思います。祖父はどうかな？　きみは会ったことがあるよな、マイク。祖父のことは誰にもわからない。でも、試してみる価値はあります」

「ガーリックブレッドを作ったのはパパじゃないよ」ショーンが言った。「ママが作ったんだ。ママはガーリックブレッドが上手なの。ぼくがみんなにそう言うと喜ぶんだ」

笑いに包まれた、いい夕食だった。

食事が終わると、ニコラスはショーンと〈スーパー宇宙飛行士スピフ〉を四ラウンドプレイし、すべて負けた。

ショーンはニコラスの顔をじっと観察した。「わざと負けたんじゃないよね、ニコラスおじさん？ ぼくが本当に勝ったんだ、そうでしょ？」

「実は」ニコラスは言った。「わざと負けた。手かげんしたんだよ」

「今度はわざと負けないで。約束する？」

「ああ、約束する」

ショーンは今度もニコラスを負かした。そしてうれしそうにしっぽを振る犬のアストロを膝に抱いて、ソファのクッションにもたれた。ニコラスを見て眉をひそめる。「嘘ついたでしょ。本当はさっきのも全部ぼくが勝ってたんだ。そうだよね？」

「まいったな、ばれたか。おじさんも形なしだ」そしてサビッチに言った。「鋭い子ですね。すっかり見抜かれた」

シャーロックがうなずく。「ママにだけはかなわないのよね、そうでしょ、ショーン？」

「そうだけど、ママ、今週こそぼくが勝つかもよ」

シャーロックは息子とアストロを一緒に抱きあげて振りまわした。ショーンは大声で笑い、アストロは激しく吠えた。息子にチュッと音を立ててキスをする。「だめよ、アストロにキスはなし。さあ、ショーン、寝る時間よ。今夜はもう充分ニコラスに恥をかかせたでしょう。アストロは夜のお散歩の時間よ」

「おやすみ、ニコラスおじさん。おやすみなさい、マイクおばさん」

マイクがショーンの手を握った。「わたしのパートナーをやっつけてくれて楽しかったわ。彼、ときどきやりこめられる必要があるのよ。こっぴどくね」軽い調子で冗談めかしたが、サビッチとシャーロックに困惑の目で見られてしまった。

何かあったと気づいているのだろう。マイクはニコラスを見やった。うつろな表情で自分の靴をじっと見つめている。まるでそのやわらかなイタリア製の革が、すべての答えを知っているかのように。

サビッチがふたりを交互に見た。「何が問題か知らないが、自分たちでなんとかしろよ」

「問題なんてありません」マイクはさっと立ちあがって言った。「まったく何もないわ、本当に。それに、そのことを話しあいたくもありません。ニコラス、ベンに連絡する時間じゃない？」

ニコラスはうなずいて携帯電話の番号を押した。ベンはすぐに出た。「信じられないことがわかったよ、ニコラス。きみの私物の車と、ここひと月にきみがFBIの車庫から使った車の五台から発信器が見つかった。ところで、いいBMWだな。今度運転させてくれ。発信器は小さい。超小型の最新型で、よくあるホイールリムのくぼみではなく、エンジンブロックの中につけられていた。見つけるのにしばらくかかったよ。何者かが間違いなくきみの——われわれの——居場所を追跡していた。これまでにわかったところでは、この発信器はかなり強いGPSシグナルを発信する。追跡していた人間は、約八十キロ離れたところからでもノートパソコン上できみの動きを見張ることができた。非常に高性能だ」ベンはそこで言葉を切った。「そうやって、ミスター・ホッジズと三人の捜査官を見つけたんだ」

「逆にたどって、データがどこへ送られていたのか確かめることはできるか？」

「やってみてはいるが、難しいかもしれない。今のところ、たどりつけていないんだ。研究室に持ちこんで、DNAか指紋が採取できないか調べてみるよ」

「その必要はない。誰がやったかはわかってる」

「誰だ？」

「COEだ。アンディ・テート——連中のコンピュータおたくかもしれない。あるいはダリウスことザーヒル・ダマリ。やつのやりそうなことだ。

グレイのほうは何かあったか？　スペンサーが爆弾のために設計した超小型トリガーについては？」

「ここにいるから、ちょっと待ってくれ。スピーカーにしよう」

カチリと音がしてグレイが出た。「トリガーは間違いなくマンフレート・ハフロックの技術だ。よくわかったな、ニコラス。唯一の問題は、これが市場に出まわっていて、大勢の人々に合法的に使われていることだ。売却先を調べるには令状を取らなければならないし、それには時間がかかる」

マイクが言った。「グレイ、資金の流れについては何かわかった？」

「ああ、そっちはもう少し情報がある。アダム・ピアースが見つけた男について財務捜査をした。ポーター・ウォレスという男だ。こいつは間違いなく副業で資産管理をしてる。ウォレスとラリー・リーブス——ベイウェイの情報提供者とのあいだのつながりを見つけた。リーブスの口座の金は、ケイマン諸島のオフショア口座から振りこまれた。その口座はもう閉じられて、完全に追跡不可能だ。でもな、ウォレスは三週間前にグランド・ケイマン島へ行ってる。ウォレスが口座を開き、入金し、ゴーサインが出たときに金を振りこみ、直後に口座を閉めたと考えればつじつまが合う。朝になったらお迎えに行って、楽しくおしゃべりして、やつの世界を徹底的に調べあげるつもりだ。令状は一時間前に出た。自宅玄関の扉を午前五時に叩く予定だよ。調べた限り、ウォレスは相当なワルだ」

「組織的犯罪への関与は見つけられないかな？　不正腐敗防止法（インサイダー取引に適用される連邦法）違反を立証できるかもしれない」

「表面的には組んでいたのはCOEだけのように見えるが、もっと突っこんで経歴を調べてみるよ」

マイクが電話にかがみこんだ。「グレイ、その男は何者なの？　そのポーター・ウォレスっていう男は？　ウォール・ストリートの株式ブローカーが、どうしてマシュー・スペンサーの仲間になるの？」

「世界は狭い。ウォレスはコネティカット州ハートフォードの出身で、エイボン・オールド・ファームズに通った。そこは派手な私立の男子校で――」

ニコラスがさえぎった。「グレイ、つながりを見つけたな。マシュー・スペンサーもエイボンに行ってる。学校で知りあったに違いない。ウォレスは親切心から手伝っているか、スペンサーのイデオロギーを信じているか、あるいは脅されたか……いずれにせよ、スペンサーに直接つながる人物だ。よくやった」

マイクはにっこりした。これは大きな情報だ。「すごいわ、グレイ。ありがとう。今度〈フェザーズ〉でビールをおごるから」

「ビールはありがたくいただくが、重要な情報を入手したのはアダム・ピアースだったと白状しないわけにはいかないな。わたしは単に跡をたどっていっただけだ。あいつをダークサイドから離れるよう諭してくれてうれしいよ、ニコラス」

ニコラスは言った。「ポーター・ウォレス家訪問の結果をあとで聞かせてくれ。一応知らせておくと、アダムにはほかにもいくつか仕事をしてもらってる」

「発信器は作動させておいて、電波の送信先を見つけられないかやってみるよ。あとは、なんといっても書類が山積みだ。きみはほとんど支局にいないから、事務処理をしなくていいんだな」

マイクは笑ってニコラスを見た。心から笑えたのはいつ以来だろう。いえ、そこを蒸し返さないほうがいいかもしれない。「この人はなんだかんだいって、いっつも事務処理から逃げてるわよね？」

客用寝室に案内してくれたサビッチにマイクは尋ねた。「ヨークタウンでの演説はキャンセルになりますか？　何もなかったような顔をして強行するのは愚かだと思うんですけど」

サビッチは肩をすくめた。「政治家のやることを理解するのはとっくの昔にあきらめたよ。それは大統領の決断だ。朝になればわかる」

ニコラスが言った。「演説前にすべて対処できているかもしれない。会場には先遣部隊がうようよしているはずだし、こうなったからにはシークレットサービスも増員しているだろう。スペンサーだって、それほど簡単に爆弾を仕掛けられないさ」

マイクは言った。「ひとつか複数かわからないけど、爆弾はシークレットサービス到着前に仕掛けてあるかもしれないわ。ああ、だめ。もう頭がくたくた。寝ます」片手をサビッチの腕にかける。「泊めてくださってありがとうございます」

マイクが非常持ち出しバッグをベッドに置いたとき、シャーロックの声がした。「待って、みんな、ちょっとこれを見て」

キッチンの小さなテレビに映っているのは、ジョージ・ワシントン大学病院の静止画像だった。

「十一時のローカルニュースよ」

全員が見ている前で、レポーターはいかにもうれしそうに情報を伝えた。ブルックリンの火災で死亡したと思われていた政府職員が一命を取りとめ、銃で撃たれた傷の手当てを受けているという内容だった。

マイクはニコラスを正面から見た。「少なくとも名前は言わなかったわね。でも、このニュースを聞いたらスペンサーは探しに来るわ。いったい誰がこれをもらしたの？　全部手はずを整えて、わたしが身代わりになっているなら話は違った――」

「まあ、それを言ってもしかたがない」ニコラスが言った。「きみは今、あそこにいないわけだから」

サビッチはすでに電話をかけていた。「何かわかるかきいてみるよ」

ニコラスの電話が鳴った。「ディロン、ちょっと待ってください。カール・グレースからです」

スピーカーフォンにする。「グレース捜査官?」

グレースは叫んでいた。激怒のあまり、ほとんど支離滅裂だった。「きみたちはなんの遊びをしてるつもりだ? わたしの姪をこんなふうに危険にさらすとは」

サビッチが言った。「われわれは何も知りません。誰にも話していませんよ。話さないとあなたに約束したでしょう」

しかし、グレースは怒り狂って聞く耳を持たなかった。「FBIはざるのように情報をもらす。いつもそうだ。それでよく、われわれがきみたちに隠しごとをするなんて責められるな。しかも自分たちには関係ないふりをするつもりか? 病院へは戻ってこなくて結構だ。敷地内に入ることも禁止する」そして電話は切れた。

「少し動揺してますね」ニコラスが言った。

「ちょっと待て」サビッチがそう言って電話をかけた。通話を終えて眉をひそめる。「ミスター・メイトランドはこのニュースがどこから来たのかさっぱりわからないそうだ。今夜はCIAが捜査官を増員してバネッサを守るだろうと長官は考えている。あるいは、すでにどこか別の場所へバネッサを移したか。そうしてくれているといいんだが」

マイクが肩を怒らせてニコラスに言った。「ねえ、あの放送を見たら、スペンサーはすぐに襲いに来るわ。まだ間に合う……わたしが身代わりになるわよ」

「だめだ、そんなことはさせない」ニコラスは背を向けてキッチンから出ていった。

63

クイーンをb8へ

バージニア州ロートン

州間高速道路九五号線沿い

そのモーテルの部屋は濡れた犬と煮詰まったコーヒーのにおいがして、くたびれたベッドカバーは安っぽいオレンジ色だった。だが、もっとましな場所に泊まるのは賢明ではないとマシューは知っていた。アンディとふたり、ここで我慢できる。アンディが口を閉じていてくれさえしたら。

ひとまず送電網への攻撃はうまくいった。モーテルに着いてまもなく電気が復旧したときには、できすぎたタイミングにマシューもアンディもびっくりしたほどだった。

マシューは今そわそわと、そのしみったれた部屋の中を行ったり来たりしながら考え、心配していた。ダリウスは停電中にうまくフェンスを越えられただろうか？　ダリウスのことだ、もちろん越えたさ。ちらっと腕時計を見る。そう、ダリウスは今頃所定の場所にいるに違いない。

少なくとも今日はすべてが計画どおりに進んだ。それなのになぜかマシューは気持ちが落ち着かず、頭の中が堂々めぐりして、どうしても何かがしっくり来なかった。自分の準備ができているのはたしかだ。成功すると確信もしていた。自分が失敗するか、おじけづくかした場合に備えて、ダリウスが別の計画を準備していることも知ってはいたが。いつものめくるめく興奮やわくわくする高揚感がない。熱い血潮が全身を駆けめぐるのも感じない。そして、それがなぜかはわかっていた。この手で親友とバネッサを殺したからだ。今になっても、自分にとって彼女がなんだったのかよくわからない。もう二度とバネッサがイアンやほかのメンバーたちと冗談を言いあう声を聞くことも、セムテックスの小型爆弾を作っているときのハミングを聞くことも、マスタードだけでケチャップはつけないハンバーガーを食べる姿を見ることもできない。彼女はぼくの人生の一部だったのに、あんなことをするから——裏切ったから、行動に移さざるをえなくなったのだ。バネッサはぼくをもてあそんだ。人を見る目があると思っていた、このぼくを。不意打ちを食らわせて、イアンをぼくに歯向かわせたのだ。

バネッサはぼくの爆弾がほしいだけだった。あんなことになったのは彼女のせいであって、ぼくが悪いんじゃない。行ったり来たりしながら、マシューの心は罪悪感と正当化のあいだで振り子のように揺れていた。

ようやく、彼は部屋にある唯一の椅子にどさっと腰をおろした。アンディに目をやると、ベッドに寝そべってヘッドホンをつけている。音楽とは名ばかりの激しいヘビメタを聴き、袋から赤いリコリスの菓子を出しては食べながら、ノートパソコンを見ている。なんだかわけのわからないものをハッキングするか、ポルノでも見ているのだろう。マシューはアンディの膝をきれいにして包帯を巻き、バイコディンを二錠のませてやった。その鎮痛剤は血流の中を楽しく泳いでいるようだ。少なくともアンディのうっとうしい泣き言を止め、なぜこんなことをするのか、あんなことをするのかといった、しつこい質問も止めてくれた。

アンディがふいに体を起こし、ノートパソコンの向きを変えた。

「マシュー、きっと信じられないぜ。見ろよ」

マシューはノートパソコンにかがみこみ、ワシントンDCのダウンタウンの映像をじっと見た。その風景に見覚えはない。電気が復旧したので暗くはなく、ひとけがなかった。

「なんだこれは？」

「ジョージ・ワシントン大学病院」

「だから？」

「マシュー、聞けよ、バネッサは生きてる。死んでなかったんだ！」

マシューはかぶりを振った。「ばか言え、そんなはずはない。心臓を撃って、あの建物を燃やしたんだぞ。イアンと一緒に。おまえ、何を言ってるんだ？」

「これはバネッサのことだよ。ほら、聞けったら」

アンディはノートパソコンのモニターを指差し、音量をあげた。長いストレートのブロンドで厚化粧のレポーターが、マイクを手に病院の前に立っている。

「もっと音を大きくしろ、アンディ」

「……ニュージャージー州エリザベスのベイウェイ製油所で起きた爆発については、今も捜査が続けられています。捜査に関わっていたCIA捜査官が月曜夜、ブルックリンの燃えさかる建物から助けだされたという情報を確認することができました。潜入捜査を行っていたと思われるその捜査官はジョージ・ワシントン大学病院に運ばれました。重傷ではありますが容態は比較的安定しており、集中治療室《ICU》に入っているとのことです」

アンディは頭を振っていた。「嘘に決まってる。だってそうだろ、この目で見たんだからな。そうだよ、あんたが撃ち殺した。床に転がって血をだらだら流して、ぴくりとも動かなかった。作り話に決まってるさ」

その瞬間、マシューは自分が自分から切り離されたような、奇妙な感覚に陥った。アンディの言うとおり、こんなのは嘘だ、そうに違いない。バネッサは死んでいた。言われてみれば、イアンのようにこちらを見あげるうつろな目を見たわけではないし、脈を確かめたわけでもない。でも、絶対に死んだと思った。これは明らかにぼくを病院におびき寄せるための罠だ。ばかどもめ。ぼくがそんなに間抜けなわけがないだろう。

でも、もし本当にバネッサが生き延びていたら？　彼女は賢かった。それはよくわかっている。腕利きの捜査官らしく常に熟考し、常に警戒して、常に何をすべきか心得ていた。

レポーターが続けた。「FBIは捜査官を襲った犯人の捜索に乗りだしました。その捜査官がなんの捜査に当たっていたのか、またどんな任務を課せられていたのかはまだわかっていません。この一件については、十二時のニュースでさらに詳しくお伝えする予定です。スタジオにお戻しします……」

マシューはふたたび椅子に沈みこみ、片手で目を覆った。いや、嘘じゃない。もう嘘とは思えない。バネッサは本当に抜け目がなかった。ぼくが去るまで死んだふりをしていたのだ。イアンと一緒に燃えなかったのはなぜだ？　屋根への秘密の抜け道——あそこから外に出たに違いない。

「生きてる」アンディが繰り返した。まるではるか遠くにいるように、彼の当惑した子供のような声は大きくこだました。マシューはほとんど聞いていなかった。もはやアンディのことなど、どうでもよくなっていた。

アンディのひときわ大きな声がマシューの思いをさえぎった。「おい、マシュー、バネッサはCIA捜査官だったってよ。驚いたな」アンディは両手で自分の頭をぽかぽか叩き、マシューの大嫌いないつもの泣き言を並べはじめた。「まいったな、だまされたんだ。完全に一杯食わされた。どうするんだ？　バネッサがぼくたちのことをみんなばらしちまう。待てよ、もうばらしたんじゃないか？　ぼくたちが誰か、きっともう知られてるぞ。でも、なんで生き延びたんだ？　なんで死んだのを確かめなかったんだよ？　確かめもせずにえらそうに命令ばかりして、火をつけさせてもくれないのに、ぼくの特製ガソリンを使いやがって。それでこのざまだ」

マシューは耳障りな声がするほうを見た。アンディを見てはいなかった。しくじったのだ。激しい怒りがわき起こり、気持ちをかき乱されて、何も冷静に考えられなくなった。

アンディが叫ぶ。「そんなあんたに、よくイアンはビショップなんてあだ名をつけたよな？　すごい天才で、二十手先まで読める偉大なチェスの名人みたいだから？　だけど、今回しくじったのはあんただろう？　失敗も失敗、大失敗だ、マシュー。やつらはぼくたちを見つけだす。殺さないにしても、死ぬまで刑務所にぶちこむか、電気椅子で処刑するかだ。あんたのせいで殺される！」

マシューはゆっくりと立ちあがり、アンディの声が際限なく流れでてくる空間を見て言った。「今けりをつけてやろうか、アンディ？」そして銃をあげ、彼の額を撃ち抜いた。アンディは音もなく後ろにくずおれ、頭を安物の背板にぶつけて横向きに倒れると、マシューに背を向けた。

マシューはふたたび座って銃を腿に置き、貴重な静けさに耳を澄ませた。

おそらくアンディは正しい。だが泣き言ばかり吐くから、今ボタンを押すのが一番よかったのだ。マシューは血が飛び散ったノートパソコンを拾い、膝に置いてプログラムを開いた。美しいプログラムだ。それは認めざるをえない。アンディはよくやった。マシューはほほえみながらボタンを押し、攻撃を開始した。カウントダウンの時計が画面で動きだした。

マシューの美しい爆弾は、目を疑うような威力を世界じゅうに見せつけるだろう。もうそれを止めるものはなく、ぼくを止めるものもない。できた。あとは行って、世界を変えるだけ。準備完了だ。

口笛を吹きながら銃をウエストに押しこみ、バッグをつかんだ。ワシントンDCのダウンタウンまではたったの六十五キロだ。今度こそ、きちんとやってやる。今度こそバネッサのうつろな目をのぞきこみ、とうとう死んだことを確かめてやる。

もし罠だとしてもそのくらいはできるし、大失敗に終わったところで誰が気にする？　かまうものか。マシューはもうわけがわからなくなっていた。

モーテルのドアを閉め、薄っぺらな〝起こさないでください〟の札をノブにさげながら、誰かがこの部屋に入るまでどのくらいかかるだろうと考えた。

あばよ、アンディ。

口笛を吹き続けながら、マシューは車へと歩いた。

64

ポーンをb5へ

ジョージタウン

マイクはほとばしる熱いシャワーを顔で受けていた。頭に来ていたけれど、ニコラスとまた喧嘩してもなんにもならないとわかっていた。朝になったらサビッチか、場合によってはミスター・メイトランドに直訴しよう。バネッサを演じるのは自分こそが適任だと。おとりだって、何もできないわけじゃない。そうよ、ちゃんとグロックを身につけておくわ。わたしは身のこなしが速く、抜け目がない。プロなんだから。

いらだってかりかりしながら髪をタオルで拭き、くしでとかして後ろへ撫でつけ、耳にかけた。非常持ち出しバッグからヨガパンツとTシャツを引っ張りだす。

ベッドはマットレスがしっかりかためで好みだった。疲れきってへとへとだし、あちこちのあざが痛みはじめている。最後にもう一度ニコラスをののしると、マイクは上掛けをはいでベッドに入った。

ドアにノックの音がした。

「はい？」

ニコラスがドアを開け、後ろ手で閉めた。

「話がある」

マイクはベッドから出てニコラスと向きあい、腰に両手を当てた。「話すことなんかこれっぽっちもないわ。わたしがバネッサの身代わりになることについて、ばかげた態度を取るのをやめることにしたのでなければね。わたしはプロよ、ニコラス。おとりなら前にもなったことがあるし、なんの問題もなかった。ちゃんと武器を持つから、バネッサみたいに無防備じゃない。それに――」

ニコラスは片手をマイクの顔の前で振った。「しっかり聞け、ケイン。これはCIAの作戦だ。おとりはCIAの人間が務めるのが筋だろう。あきらめろ」

マイクはわめくのをやめた。その当然の結論に行きつかなかったことが、どれだけ疲れているかを示していた。頭がぼんやりとしか働いていないのだ。認めるのはしゃくだったが、彼女は言った。「そうね、あなたの言うとおりだわ。残念だけど、これはCIAのミスよ。で、何を話したいの？」

「今日、ぼくたちのあいだに起きなかったことについてだ。話しあうべきだと思う。そう思わないか？」

マイクは一歩後ろにさがった。「話すことは何もないわ。何もなかったんだから。何度言わせれば気がすむの？　あなた、骨をくわえて放さない犬みたい。これって、ぴったりのたとえじゃない？　話すのはいっさいなし、聞こえた？」

「骨をくわえて放さない犬のほうがダメ犬よりはましかな？　まあいい。またそれほどの大声で言われれば、もちろん聞こえたさ。そのパンツとTシャツ、いいね。なんて書いてあるんだ？」

マイクは胸を見おろした。お気に入りのTシャツだ。〝安心なさい、警察官と寝るんだから〟

「読めた？　よかった」

ニコラスはにやりとした。「ああ、読めたよ、ぼくも安心したい」

マイクはニコラスをじっと見た。パジャマのズボンに、ぴったりした黒のTシャツを着ている。彼女はじっと見つめ続けた。

次の瞬間、部屋を横切って走った。ニコラスがマイクに腕をまわして持ちあげ、彼女の長い脚を自分のウエストに巻きつけさせて、ぎゅっと抱きしめる。

「マイク……マイケラ」その言葉が口と頭の中で魔法のごとく響き、彼女はこの世界にふたりだけしかいないかのようにニコラスにキスしていた。手を髪に差し入れて彼の顔を引き寄せ、鼻と頬と額に口づけたが、それでも足りずにTシャツを思いきり引っ張った。

ニコラスは両手をマイクのヒップに当て、Tシャツの下に手を入れて背中を撫であげた。彼女のしなやかな筋肉を感じる。濡れた髪からはジャスミンの香りがした。いつものシャンプーを非常持ち出しバッグに入れているのか？　もちろんそうだろう。ニコラスはわれを忘れ、何も考えられなくなっていた。マイクの首筋にキスを浴びせると、ウエストに巻きついた脚がぎゅっと締めつけてきた。彼女をベッドのほうへ運びながら、ヨガパンツを引きさげたくてたまらなかった。

「ニコラスおじさん？」

ふたりはその場で凍りついた。

「ニコラスおじさん？　目が覚めたら、おじさんが部屋から出ていくのが見えたんだ。マイクおばさんは大丈夫？」

ニコラスは彼女の額に額をつけて、息を整えようとした。「ショーン、ああ、マイクおばさんは大丈夫だ」その声はしわがれ、深く沈んでいた。

ニコラスはマイクの心臓が大きく打つのを感じた。咳払いをしてすばやく最後のキスをすると、ウエストにまわされた脚がゆるんだ。彼女を床におろして立たせたが、放しはしなかった。まさに泣きたい気分だ。いや、むしろうなり声をあげたいかもしれない。彼はドアの外に声をかけた。「ショーン、ぼくがおやすみを言わないと、マイクはよく眠れないんだ。忘れていたから言いに来たんだよ」

「お話をしてあげてるの？　ぼくが歌ってあげようか？　パパが歌ってくれるやつなら、いっぱい知ってるよ」

マイクが咳払いをした。「ありがとう、ショーン、でもいいの。すごく疲れてるし、ニコラスが〈ソフト・キティ〉を歌ってくれたから。わたしの大好きな歌よ」

「ぼくも好き」ショーンが言う。

ニコラスはさっと一歩さがった。「おやすみ、マイク、ゆっくり眠るといい。〈ソフト・キティ〉だって？　そんな歌は知らないぞ」

マイクは〝行って〟というように手を振った。ニコラスはドアのそばまでさがっていった。パジャマのパンツは今にもずり落ちそうに腰で引っかかり、ぴったりした黒のTシャツは破れている。なんでそんなことになったのだろう？　まったく覚えていない。マイクは背筋をまっすぐに伸ばした。

「おやすみ、ニコラス。よく眠れると思うわ。きっとあなたもそうでしょう。明日も話すことはなんにもない。何も起きなかったのよ、聞こえた？　こんな、ことは、全然、なんにも、起きなかった」

ニコラスはにやりとし、次の瞬間にはドアの外にいた。「さあ、ショーン、ベッドに戻ろう」

「ショーン、ニコラス？」

　ああ、まったく。ニコラスがそっと振り向くと、サビッチが夫妻のベッドルームのドアのところに立っていた。ニコラスと違って、Tシャツは着ずにパジャマのズボンだけを身につけている。

「パパ、大丈夫だよ。ニコラスおじさんはマイクおばさんに歌を歌ってあげてたんだって。パパがぼくに歌ってくれるみたいに。おばさんがよく眠れるようにね」

「わかった」サビッチが言った。特に裂けたTシャツの意味がよくわかったに違いない。

「ふたりともおやすみ。ショーン、ニコラスを寝かせてやれよ。長い一日だったんだから」

　その半分も知らないくせに、とニコラスは思った。

水曜日

（午前六時↓正午）

65

ポーンをh4へ

ジョージタウン

マイクはドアを叩く小さな音で目を覚ました。寝返りを打つと、ニコラスがドアのところに立っているのが見えた。すでにいつものぱりっとした白いボタンダウンのシャツを着て、奇妙なことにジーンズをはいている。私立の名門校に通うやんちゃな少年みたいだ。腰からずり落ちかけたパジャマ姿のほうが好きだわ、ともう少しで言いかけてやめた。危ないところだった。

ニコラスは仕事モードに入っていた。「服を着るんだ。十分後に出発する。スローン副大統領とのブリーフィングだぞ」

「ジーンズでホワイトハウスへ行く気？」

「副大統領のいるところへ行く。ラフな服装でとのお達しだ」

「いったい何事なの？」

「さあ。でも急いだほうがいい。階下で会おう」

五分後、マイクはサビッチ家のキッチンにおりていった。髪をポニーテールにしてジーンズとバイクブーツを履き、ショート丈の黒い革ジャケットを、ボートネックの白黒のストライプのシャツの上にはおっている。ニコラスが何も言わずに、コーヒーのカップを手渡してくれた。

サビッチはキッチンテーブルに座り、ノートパソコン二台を目の前に開いていた。魔法のMAXだ。いったいなんの騒ぎだろう？

「ええ、はい、とても」サビッチがコンピュータから目をあげた。「おはよう、マイク。よく眠れたか？」

サビッチの声に何か含みがあったような？ ないない、気のせいだ。深読みするのはやめなければ。

マイクはコーヒーをすすってため息をついた。

「ごゆっくり」シャーロックがそう言ってほほえんだ。

「五分だけだぞ」サビッチが言った。「すぐ出発しなければ」シャーロックのほうを見る。

「悪いな、スイートハート、でもガブリエラが風邪でダウンしてしまったから、きみにショーンを学校へ送ってもらわないと」

「はいはい、あなたたちみんなを呪ってやるわ」シャーロックが言った。「頑張って」

彼女がキッチンを出ていくと、二階からショーンの声が大きく響いてきた。「ママ、ぼくのバットマンのシャツはどこ?」

マイクは言った。「何か特に知っておくべきことはありますか?」

サビッチがMAXを荷物に詰めた。「昨夜、副大統領が現在進行中の作戦を立て、われわれを呼ぶことに決めたそうだ」

マイクはサビッチを見つめた。「じゃあ、バネッサのことをマスコミにリークしたのは副大統領だったんですか? そんなに驚くことでもありませんね。なんといっても元CIAですから」

サビッチがうなずく。「ああ、意図的なリークだ。きみさえよければ出発しようか」彼は玄関から外へ出ながら声を張りあげた。「またあとで、シャーロック。ショーン、楽しい一日を」

三人はシャーロックの頑丈なボルボに乗りこみ、海軍天文台を目指した。副大統領の邸宅がその敷地内にあることをマイクは知っていた。サビッチのジョージタウンの家から近いに違いない。実際そのとおりだった。

サビッチはウィスコンシンを直進し、右折してオブザーバトリー・レーンに入った。背の高いゲートでチェックを受けて中に入ると、弧を描く私道を進み、ビクトリア朝様式の白い瀟洒《しょうしゃ》な邸宅の前で車を止めた。これほど緊張し、ぴりぴりしていなければもっと楽しめるのに、とマイクは残念に思った。副大統領の家だなんて、すごくない？　オマハ出身のマイクが副大統領邸を訪問するのよ。ポニーテールを結び直し、服装をチェックして、きちんとしていることを確かめる。

外見の乱れはなくても、娘がジーンズとバイクブーツにノーメイクで合衆国副大統領に会ったと知ったら、母は卒倒するかもしれない。自分でも、いまいましいことに落ち着き払っている様子のニコラスと違って、バーでビールを飲んでラインダンスでも踊っているほうが似合う気がした。

マイクはニコラスに言った。「どういうことなのか、サビッチから聞いてない？」

ニコラスはかぶりを振った。「命令を遂行しているんだと思うけどね。サビッチに起こされて、急いで服を着てきみを起こしに行ったんだ」

マイクは六人のシークレットサービスが周囲をパトロールしているのを見た。全員が集中し、何かに備えている。どうすれば来る日も来る日も緊張を保てるのだろう、とマイクは不思議に思った。生まれてこのかた誰からもひどい扱いを受けたことがなさそうな、長身で引きしまった体つきの白髪交じりの男性が階段をおりて三人を出迎えた。

「トニー・スカルラッティです。その昔、ハープシコードのためのすてきな楽曲を書いた作曲家と血縁関係はありません。副大統領専属のシークレットサービスを率いています。今朝はお越しいただきありがとうございます。どうぞこちらで副大統領とお会いください」

全員が握手を交わし、自己紹介をして、トニーについて家の中へ入った。マイクは意味もなくささやきたくなった。中はそれほど静かだった。想像していたよりモダンで、さまざまな色調のグレーとクリーム色にペールグリーンがアクセントとしてちりばめられている。家を愛《め》でる時間はさほどなかった。トニーは一同を円い玄関ホールを抜けて奥へと案内した。

キャラン・スローン副大統領は、庭を見おろす広くてモダンなキッチンにいた。イタリア産カララ大理石の白いカウンターに座り、紅茶の入った大きなカップを前に『ワシントン・ポスト』を手にしていた。ゆったりとくつろぎ、のんびりしているように見える。まるでFBI捜査官に朝食の邪魔をされるのは日常茶飯事だとでもいうように。

「ありがとう、トニー。こんにちは、こちらへどうぞ」自己紹介し、握手してから、副大統領は言った。「コーヒーはいかが？　紅茶がいいかしら？　トニー、メイジーにダイニングルームへトレイを持ってくるよう頼んでもらえる？　シナモンブレッドのにおいがするでしょう。あと二、三分でオーブンから出る頃よ。ついてきて。あちらで話しましょう」

テレビで何度か副大統領を見かけていたニコラスは、仕切るタイプの女性で恐ろしく有能なのだろうという印象を持っていた。しかし実際に会ってみると、自分の世界を支配しているだけではなく、驚くほど魅力的な女性でもあることがわかった。抜けるように白い肌、白髪のまったくないブロンド、頑固そうな顎。キャラン・スローンが五十七歳なのは知っているが、まるでそんな年には見えない。ニコラスたちとは違い、彼女は黒いシルクのパンツに真珠貝のボタンが並ぶクリーム色のブラウスを合わせ、首には粒の大きさにグラデーションをつけた真珠のチョーカーをつけていた。

高級感のあるいでたちで、完璧にその場を掌握している。一国のリーダーだろうと、三人のFBI捜査官だろうと、誰でも迎える準備ができているといった感じだ。一瞬、ニコラスは元妻のパメラ・カラザーズを思いだした。常にきちんとして、いつでも舞台に出る準備ができていて、どんな状況にも対応できる。FBIアカデミーを卒業したとき、パムが送ってきたカードを思い返す。一匹の犬がしっぽを振りながら熱心に深い穴を掘っている絵のついたカードだった。どういう意味か知らないが、〝あなたのパム〟と署名があった。いや、意味ならわかっていた。ニューヨークでディナーをともにしたときから、はっきりと。ニコラスは頭を振って、意識を現在に引き戻した。

一行は副大統領に続いてダイニングルームへ入った。壁紙は同じクリームとグレーの色調で、窓の上のほとんど天井につきそうなところからさがるカーテンが、実際よりも天井を高く見せている。自分の母親なら、この紫檀材《したんざい》のテーブルを大いに気に入るだろう、とニコラスは思った。十二人全員が座れるほど大きい。

マイクは席に座り、この椅子にこれまでどんな人物が腰かけたのだろうと思いながらニコラスを見やった。彼には違和感がまったくない。音もなく現れた使用人がグラスにワインを注ぐのを待っている主人のようだ。そしてサビッチのほうは、控えめな好奇心を顔に浮かべつつ、プロの目で周囲を観察していた。

給仕が終わると、キャランはすぐに本題を切りだした。

「急な呼び出しにもかかわらず、来てくれてありがとう。昨夜、バネッサ・グレースが生きていることをマスコミに知らせることにしたわ。本名は公表しなかったけれど、マシュー・スペンサーなら、きっとバネッサのことだとわかるはずよ。

一刻も早くスペンサーをおびきだしたいの。報道を目にしたら、スペンサーは殺したと思っていた女性が奇跡的に逃げたのだと信じるでしょう。わたし個人は、バネッサが生き延びたのが信じられないけれど」

キャランはマイクのほうに顔を向けた。「ケイン捜査官？　おとりになることを志願したとサビッチ捜査官から聞いたわ。でも、その役はＣＩＡの人間がやるべきよ。あなたもスペンサーが病院に来て、バネッサをふたたび殺そうとすると思うのね？」

「はい、思います」マイクは言った。「バネッサが語った内容を聞いた限りでは、マシュー・スペンサーは彼女に特別な感情を抱いていました。少なくとも、バネッサは自分のためにそこにいて、目的を共有し、使命をともにしていると信じていました。彼女の裏切りに衝撃を受けて正気を失い、親友のイアン・マクガイアを殺したほどです。そしてバネッサのことも殺したと信じていた。ですからスペンサーはやってくると思いますし、バネッサを殺すつもりだと思います。

また、バネッサはスペンサーがニュース中毒だとも言っていたそうです。ですから、どこかテレビが見られるところにいればニュースを見るでしょうし、見れば計画を立てるはずです」

「彼女のおじのカール・グレースも同じ意見よ」キャランが言った。「ほかに何か言っておきたいことはある?」

マイクは言った。「ヨークタウンでの演説を中止するよう、大統領を説得していただく必要もあるかと思います」

「それはもうしたわ。わたしたちのどちらもあそこには行かない。中止は本日正午に発表よ。大統領はご不満そうだけれど、命を危険にさらすわけにはいかないものね。わたしだって、自分がかわいいし。ほかには、ケイン捜査官?」

予期せぬユーモアにマイクはほほえんで言った。「ザーヒル・ダマリが副大統領の暗殺を企てていたのがヨークタウンだったとは言いきれません。ダマリの現在の足取りもつかめていないので、副大統領ご自身にも警護のかたたちにも警戒態勢を続けていただかなくては。ダマリは腕利きのプロです。ご存じだと思いますが、バネッサが苦労してCOEから送ってくれた写真とは似ても似つかない人物です。それほど常に外見を変え続けているのが、人相を特定できない理由です。ダマリは決してあきらめませんし、見聞きしたところによれば、いつも必ず次善の策を用意しているようです」

「不測の事態に備えてね」キャランがうなずいた。「さぞかしいい政治家になったでしょうに。とにかく心配はいらないわ、わたしの部下はひとりとして警戒をゆるめないから。ダマリが別の標的を殺すためにアメリカに来た可能性もあると聞かされているし。あなたもそう思う、サビッチ捜査官？」

サビッチはうなずいた。「残念ながら、もうひとりの標的が誰かはまだ定かではありません。モサドもわからないんですか？」

「ええ。あなたは誰だと思う、サビッチ捜査官？」

「アメリカ合衆国大統領でしょう」

66

ポーンをh5へ

キャランは首をかしげてゆっくりとうなずいた。「わたしもそう思うわ。二十分前にモサドが、イランからダマリの口座に流れる資金を突きとめたのよ。イランが仕切っているのかしら？　モサドの考えでは、軍の上層部の人間、それも現役が一枚嚙んでいて、ヒズボラも関与しているらしいけれど」彼女はニコラスに言った。「あなたの国の首相が、ヒズボラの連中を〝イラン版ナチ親衛隊〟だとわたしに言ったことがあったわ」ひと呼吸置いてから続ける。「もちろん、大統領を殺そうなんてナンセンスもいいところよ。彼はこの地域では基本的に平和主義に徹し、つまりはイランに大きく譲歩しているのだから。援助の手を振り払う必要などないはずなのに。

実際、ISやアルカイダといった組織同様、ヒズボラはただ世界を混乱に陥れて、シーア派以外の人間を殲滅《せんめつ》させることをさもすばらしいように表現しているにすぎないわ。われわれの兵器を前にして勝ち目などないことを彼らに知らせても無意味でしょう。やがて壊滅するのだから。スペンサーが作ったという探知不能の強力な小型爆弾のことを聞いて……ベイウェイがその証拠だけど、すべて明らかになったわ。彼らは組織から多くの犠牲者を出すことなく、こちらを滅ぼせると信じている。至るところに兵士を送って勢力を拡大しているのよ。もし評判どおりの破壊力で探知機にも引っかからない爆弾なら、甚大な被害が出て混乱を招くでしょうね。で、あなたの意見は、サビッチ捜査官?」

「これは恐るべき事態です、副大統領。特にダマリがコイン大の爆弾をイランに持ちこむようなことになれば。その可能性が大ですが。とにかく彼は何カ月もスペンサーと一緒だった。そのあいだに爆弾を手に入れて、ベイウェイで試す前にイランの技師たちのもとに戻ったと思います。イランで爆弾を分解して製造法を解明し、大量生産する時間を作る必要があったのでしょう。まさに躍起になっています。和平会談も行きづまりましたし」

「すべて仕組まれていたというわけね。ただ、不確定要素が多すぎる。鍵になるのは暗殺と爆弾よ。

みなさん、間違いなくCIAはこの件に関わっているわ。ところで、ダマリはどうやって大統領を殺すつもりなのかしら? あるいはどうやってわたしを?」

ニコラスが答える。「バネッサ・グレースの話によると、スペンサーとダマリが手分けして攻撃を計画する可能性は大いにあります。ダマリが副大統領を、スペンサーがヨークタウンで大統領を狙って爆弾を仕掛けるのです。中東の和平会談中にアメリカの大統領と副大統領を殺せば、世界に向けた派手な宣伝になりますからね。愚かなグレート・サタンはまんまと操られ、もはや死に体だと。おっしゃるように、世界を揺るがすことは多くの組織が望むところです。ちっぽけな爆弾で――」

キャランがうなずいた。「もちろん、絶対に阻止しないといけないわ。

では、スペンサーの話に戻りましょう。彼は重要人物よ。忘れないで。われわれの目的は彼を捕まえること。ＣＩＡに任せるのが一番だわ。スペンサーをダマリから離反させて、いつどこでわたしの殺害を企てたかだけでなく、朝食に何を食べたかまで調べてくれるでしょう。スペンサーはダマリが爆弾を手に入れて何をするつもりか知っているのかしら？　知らないのかもしれないわね。わからないけれど。

こうしているあいだも、ＣＩＡはダマリが本当に爆弾をイランに渡したのか、製造法をつかんだのか、すでに製造に取りかかっているのか確かめることに専念しているはずよ」

キャランはニコラスにほほえみかけた。「以前、ダウニング街一〇番地であなたのお父さまにお会いしたわ。すばらしいパーティだった。わたしはお父さまとワルツも踊ったのよ。よろしくお伝えしてちょうだい」

「承知しました」

「あなたには期待しているのよ」

ニコラスはわずかに首をかしげた。なんと返事をすればいいものか。はい、ぼくひとりで世界を救ってみせます、とか？

キャランが続ける。「バネッサ・グレースは安全よ。もうジョージ・ワシントン大学病院にはいないから。今はCIA捜査官のキャリー・マンソンが、バネッサのグロックと赤毛だけでなく、回転の速い冴《さ》えた頭も携えて病室で身代わりを務めているわ。五分前の時点で、スペンサーはまだ目撃されていない。だからあなたたちにラフな服装で、と頼んだのよ。全員ただちに病院へ行って、プロの目でくまなく調べて張りこんでもらいたいの。ダマリにつながるのはスペンサーだけなのを忘れないで。そのためにあのニュースを流したんですからね」

マイクが口を開いた。「ひとつ気になることがあります。スペンサーはこれが罠だと見抜けないほど間抜けでしょうか？」

「わたしの経験から言うと、イデオロギー信奉者というのは信頼する同志の裏切りに遭うと自分を見失ってしまうわ。スペンサーは精神的に不安定になって、今度こそバネッサを殺そうと思いつめているはず。分析官《プロファイラー》の報告書では、彼はそういう人間よ。

だから、そう、マシュー・スペンサーは裏切り者が生き延びたことを知った以上、罠かどうかは問題じゃないのよ。病院に行って、自分の目で彼女が生きていることを確かめずにはいられない。そしてなんとか近づいて殺そうとするはずだわ」

　サビッチがうなずいた。「そのとおりです。スペンサーが彼女をどう思っていたにせよ、正体を知ったとたん、殺したいほどの憎悪がわいたんでしょう」

　ニコラスは副大統領に問いかけた。「こういう殺人者をずいぶんごらんになったのですか？」

　キャランが吹きだす。「殺人者？　まあ、そうね、ずいぶん見たわ。わたしは政治家に置き換えて考えていたの。スペンサーのように、政治家は完璧で強大な権力を握って運命を支配したいと考えるけれど、成し遂げる者はいない。テレビドラマの『ハウス・オブ・カード　野望の階段』シリーズってところかしら。まあ、ケビン・スペイシーが演じるあのドラマの主人公ほど、面白いことはやらないけれどね」

　キャランは立ちあがった。全員がそれにならう。

「スペンサーの経歴によると、彼はこれまで死亡者を出してはいないけれど、ベイウェイの事件からダマリのやり方に似てきたと認めざるをえないわ。しかもわたしたちは、ダマリが史上最も危険な暗殺者のひとりだと知っている。いいこと、彼はベイヨンで三人のＦＢＩ捜査官をためらいもなく殺したのよ。そう、彼のしわざに違いない。あの家で誰も殺す動機がないにせよ、データが一致しているわ。

　あなたたちが相手にするのはモンスターよ。くれぐれも気をつけてちょうだい」

サビッチがかぶりを振った。「ご心配なく。われわれはもともと慎重ですから。勇み足は慎みます。連絡も取りますよ」

「大変結構」キャランはそれぞれにカードを渡した。「わたし個人の携帯電話の番号よ。何かあったら直接連絡して。どうか気をつけてね」

そして、その場は解散となった。

トニーがキャランの横にやってきて、三人を乗せて去っていくボルボを一緒に見送った。

「彼らはスペンサーを仕留められると思いますか？」

「ええ」

「ザーヒル・ダマリも？」

車が円形の私道から消えるのを見つめてから、キャランは向き直った。「そう思いたいわ、トニー。どうやって彼を見つけるかって？　スペンサーがザーヒルの企《たくら》みや居場所を知っていたとしても、それはわからないわ。でも確実に言えるのは、ダマリが地球上で最も危険な人間だということよ」

キャランはトニーの腕に手を添えた。「大統領にダマリと爆弾のことを伝えましょう」

67

ナイトをe5へ

ジョージ・ワシントン大学病院

マシューはばかではなかった。テレビのニュースが故意に流されたことぐらいわかっていた。病院にはFBIの連中がうようよしているに違いない。銃を構えて待っている様子が感じられる。

だが、かまうものか。バネッサが生きているのなら、仕事をやり遂げてけりをつけなくてはならない。彼女は裏切り者。生きるに値しない女だ。今度は彼女の瞳孔が開いて鼓動が止まるのを確かめよう。そのあいだに病院を焼き払い、アンディへの最後の挨拶とするか。マシューは笑い声をあげた。

彼は病院の裏口に面した駐車場に見通しのきく場所を見つけていた。暗闇にひそみ、人の流れをつかみながらチャンスをうかがって、もう三時間になる。

病院のスタッフはそこに車を止めていた。遅かれ早かれ適任者が現れるだろう。イアンとともに数年間過ごしたおかげで、忍耐強さが身についていた。

ガレージを出入りする人々は看護師の制服を着て医療用サンダルを履き、メッセンジャーバッグやバックパックを携えていた。白衣姿もいる。何人かは自転車で出勤して、靴を履き替えた。帰路に就く者もいれば、出勤してくる者もいる。

午前六時にシフトの交代があった。看護師たちが駐車場に押し寄せてくる。マシューは車をおりると、朝日の中で体格と髪の色が自分と同じ人間を探した。長くはかからなかった。

あの男がいい。自転車通勤だ。マシューが待つ場所から十メートルも離れていないところに自転車を止めていた。男は白衣を脱ぐと——ということは医師かインターンで、看護師ではない——丁寧にたたんでメッセンジャーバッグにしまった。マシューは彼が自転車に乗って傾斜をおりるのを待った。車に乗り、監視カメラに映らないように顔をそむけながら発進する。ナンバープレートは映りこんでしまうが、それはかまわない。どうせＩＤカードを手に入れたら、すぐに捨てるのだから。

目当ての医師は駐車場を出て、ニューハンプシャー・アベニューをポトマック方面へ向かった。マシューは見失わないように注意しながら、ゆっくりと尾行した。自転車で通うということは、すぐ近くに住んでいるのだろう。

数分でウォーターゲート・アパートメントの入口に着いた。医師が〈ウォーターゲート・カフェ〉の前で止まる。マシューもあとに続き、相手が店に入って列に並ぶのを見ていた。

医師はコーヒーとロールパンを買うと、飢えていたようにがつがつ食べた。

二杯目のコーヒーを手にカフェを出てきた医師は、ウォーターゲート・アパートメントの駐車場まで自転車を押して歩いた。

マシューはあとを追うと医師をすばやく茂みに引きずりこみ、口を手で覆った。五、六メートル先にはちらほらと人がいて、危険このうえないやり方だったが、なぜか気にならなかった。一瞬の迷いもなく医師の胸にナイフを突き立てると、彼は声も立てずにくずおれた。マシューは医師のIDカードとメッセンジャーバッグにしまわれていた白衣、二種類の身分証明が必要な場合に備えて財布も奪った。名前はアーロン・タスカーと記されている。死体を茂みに残したまま、マシューは振り返りもしなかった。自分でも何も感じていないのがわかる。恐怖や良心の呵責《かしやく》など、これっぽっちもわいてこない。自分は使命を負っていて、それを果たさねばならないのだ。だが、もし失敗したら？　集中しろ。今は集中するしかない。

マシューは自転車に乗って病院に戻った。

ペダルをこぎながら、奨学生としてオックスフォード大学へ行けると聞いたときの気持ちをわれ知らず思いだしていた。科学の分野で天才と認められ、両親の誇りであり、いかに恩恵に浴していたことか。

そして、あのテロ事件。家族は爆発で吹き飛ばされた。運悪く、その場にいあわせたばかりに。マシューははっきりと思いだした。あの日から自分は別の人間になって、別の未来を描きはじめたのだと。

まばたきひとつするあいだに何もかも失い、怒りはふくらむばかりだった。そんなとき、イタリアのバーでイアン・マクガイアと出会って意気投合した。彼はぼくを称《たた》え続け、天才と呼んでくれて、通常より小さな爆弾を開発すると大いに喜んでくれた。そしてぼくは、探知できないほど軽くて小型の爆弾を作ることに成功した。しかも強力ときている。

自分がすべきことはその新しい爆弾に超小型トリガーをつけることだと、マシューにはわかっていた。そうすれば一気に売れる。ぼくは自分が誇らしかった。そのとき母の顔が浮かんだ。母は息子の才能を褒めようとしていない。復讐だよ、母さん。すべて母さんと父さんと妹の復讐だ。でも、やつらのような人殺しはしない。やつらの鼻を明かして、石油の海でおぼれさせてやるだけだ。そう信じていた。心の底から信じていたのだ。そのときは。

イアンがバネッサを連れてきて、彼女も協力を望んだとき、マシューは信念や目的を分かちあえると確信した。今考えると、何ひとつ分かちあえていなかった。彼女の狙いはあの新しい爆弾だけだったのだ。

とはいえ、自分のほうが一枚上手だ。バネッサに気を許して何もかもしゃべったりはしなかった。その後、ダリウスがベイウェイで実験を行った。事前に知らされていなかったので猛烈に腹が立ったが、実験が成功して爆弾の威力が明らかになったので、矛をおさめることにした。

その際イアンは死んで燃えてしまったのに、あの嘘つき女はまだぼくと同じ空気を吸っている。それもあと少しのあいだだが。

マシューは自転車を駐車場に入れて駐輪ラックにつなぐと、歩道橋を渡って建物に入り、盗んだIDカードを読み取り機に当ててドアを通り抜けた。見とがめる者はいなかった。この病院のスタッフなのだから。

さて、バネッサを探さなくては。

ジョージ・ワシントン大学病院は高層の建物に多くのICUを備えている。ダークスーツ姿で病室を警護する捜査官を探してフロアをうろつくような真似は時間の無駄だ。コンピュータシステムを利用して彼女の部屋を突きとめよう。マシューは歩きながら、血で汚れたナイフがポケットの中で蠢くのを感じた。

68

キングをg7へ

マイクはドアの後ろに立っていた。廊下からも窓からも見られない位置だ。ニコラスはバスルームのカウンターに腰かけている。部屋はガラス張りの部分が多く、看護師が患者の様子を見やすいように視界をさえぎるものがほとんどないので、待ち伏せの場所を見つけるのに苦労した。

CIA捜査官のキャリー・マンソンはバネッサやマイクよりゆうに十歳は年上で、非情なベテランという印象だった。「わたしは護身術のクラヴ・マガにはまってるの」彼女はマイクとニコラスに告げた。「自分の身は自分で守れるから心配しないで。これもあるし」そう言って、枕の下に隠されたグロックを見せる。マイクはキャリーの能力を疑わなかったが、もしマシュー・スペンサーがいきなり発砲したらどうなるかわからないとも思った。

ニコラスたちはスペンサーをおびき寄せ、バネッサの病室へ入ったところを押さえることにした。

看護師や職員に扮《ふん》した捜査官たちも、本物の病院スタッフに交じっていた。全員がスペンサーの写真を持っている。バネッサがおじに送った最初の画像のひとつだが、そこに写っているのは、狂気を帯びた殺人者やテロリストというより、真面目で思慮深いハンサムな男の顔だった。

厳戒態勢での一時間が過ぎると、誰もが疲れて集中力を失ってきた。マイクは気が張りつめていた。両肩が痛くなってくる。

二時間後、ニコラスとマイクは場所を入れ替わった。

ニコラスが言った。「コーヒーを飲んでもいいかってきくだけ無駄かな」

「しゃべるのはまだしも、コーヒーを飲むのはあきらめて。両手を空けておかないと銃を扱えないわ」そんなこと、百も承知でしょうに。

「紅茶もだめだろうね?」

突然、ふたりのワイヤレス・インカムが作動した。

聞き覚えのない声だ。CIAの人間だろうとマイクは思った。「やつがいた。西のエレベーターをおりて病室に向かっている。医師の格好をしてスタッフになりすましてるよ。考えたな。

堂々としたものだ。各自、準備してくれ」

医師の格好ですって? マイクはアドレナリンがあふれでるのを感じた。スペンサーが奪った白衣の持ち主はどうなったのだろう？

「尻のポケットに手を入れた。待て、何か光ったぞ。刃物か銃かわからない」

バスルームのドアがきしんだ。ニコラスはマイクがドアの狭い隙間に滑りこむのを見た。彼女がうなずく。ニコラスがキャリーに合図を送ると、彼女は少し横向きになって、赤毛がよく見える姿勢を取った。マイクは両手でグロックを構え、発砲に備えている。

ニコラスはスペンサーの武器が銃であるように願った。接近戦やナイフはごめんだ。

「やつは部屋まで約六メートル。三メートル。二メートル」

さあ、来い、この野郎。

「止まった。やつが振り返る。ああ、くそっ！」

イヤホンに耳障りな悪態が響いた。続いて何かを壁に押しつけるような音と叫び声。「どうした？　何があった？」ニコラスは袖口のマイクに向かってささやいた。

「看護師を人質に取られた。喉にナイフを突きつけている。ナイフは血まみれだが、その看護師の血ではない。そっちから狙えたら撃ってくれ」

「いや、射殺はだめだ。生け捕りにしなくては」

そのとき、別の男の声がイヤホンから聞こえた。「出てきて自分の目で見たらどうだ、特別捜査官？　そこにいるのはわかっているぞ」

その声はマイクにも聞こえた。スペンサーがニコラスに、病室から出ろと呼びかけている。こちらの通信回線を使っているのだ。相手との距離は三メートル足らずだが、マイクはバスルームから動けなかった。スペンサーが部屋に入ってこない限り、待ち構えているしかない。

マイクはドアの隙間から室内をうかがった。するとニコラスが合図をした。ペンを出しててのひらに何か書きつけ、その手をあげてマイクに見せる。

〝ぼくは部屋の外に出る。やつはぼくひとりしかいないと思ってる〟

マイクはかぶりを振った。キャリーとドアを順に指してから、手を喉に当ててかき切るしぐさをしてみせる。

スペンサーの声がふたたびイヤホンから響いた。「出てこいよ、捜査官。びくびくするな。ぼくは彼女と話したいだけだ。謝りたいだけなんだ」

ニコラスが今度は〝プランB〟とてのひらに書いた。

プランBって何？

だが、マイクには察しがついた。ニコラスったら、また目立ちたがって。

イヤホン越しのスペンサーの声は静かだが、容赦ないすごみがあった。「病室でバネッサと話をさせてくれなければ、このレディのきれいな喉を裂くぞ」

ニコラスが出ていくのを、マイクはなすすべもなく見送った。無事に戻ってきたら殺してやるんだから。

ニコラスは瞬時に考えをめぐらせた。シンディ・カーライルはブロンドのショートヘアが似合うきれいな看護師で、ニコラスたちが配置につくときに見せた笑顔も魅力的だった。スペンサーは彼女をしっかり捕まえて首に腕を巻きつけ、血のついたナイフを突きつけている。シンディは完全に盾になった状態だ。もっとそばに寄ったら、スペンサーの目に狂気が見えるだろうか？　彼の顔を見つめても、心が憎しみにゆがんでいるとは思えない。ハンサムでなめらかな肌。こちらを見据える知的で澄んだ瞳。死神と踊っているというより、大学院の研究生みたいに穏やかな表情。白衣も似合っている。シンディに突きつけたナイフさえなければの話だが。脅しではないことを示すため、スペンサーが少し強くナイフを押しつけた。血が一滴したたり落ちる。こちらが少しでも判断を誤れば、スペンサーも看護師も命を落とすだろう。危険は回避すべきだ。

ニコラスは手にしている銃の引き金から指を離して上を向き、もう片方の手もあげた。

「ナイフを捨てろ、ミスター・スペンサー。病室に入ってバネッサと話してもいいが、狙いは定めておくぞ。おかしな真似をすればすぐに撃つ。いいか？」

「ドラモンドだな。会えてうれしいよ。ぼくはビショップ」

「いや、きみはマシュー・スペンサーだ。ほかの名前など無意味なことぐらい、わかっているだろう」

スペンサーは目の前の大柄な男がイギリス英語を話すのをいぶかしげに見つめた。「ぼくは本心を言ってるんだ。バネッサと話して謝りたい。彼女は助かるのか？　入院記録には危篤状態とあった。二度の手術に耐えられたのか？」

シンディを盾にしながら、スペンサーはニコラスに向かって一歩踏みだした。シンディはひと言も発しなかったが、恐怖ですくみあがっているのが見て取れた。ニコラスに向けて大きく見開かれた目には何も映っていない。

ニコラスは言った。「峠は越えた。胸を撃たれたうえに燃えさかる建物に置き去りにされたのに、すごいじゃないか？　きみかアンディ・テートが火をつけたのか？」

「アンディはそうしたがったが、彼にも言ったように、ぼくは一ブロックたりとも灰にするつもりはなかった」

「そこからでもきみの声はバネッサに聞こえる。話しかけてみたらどうだ？」

「ベッドにいるのは本当にバネッサなのか？　きみたちの仲間じゃないのか？」

「シンディを放して、ここから見てみるといい。赤毛も何もかも。きみは運がよかったな。彼女はちょうど意識が戻ったところだ」

まさにそのとき、バネッサの声が聞こえてきた。まだ弱々しく、やや聞き取りにくいが、怒りのにじんだ声だった。「わたしよ、マシュー。この人たちはあなたがとどめを刺しに来ると言ったけど、わたしは信じなかった。あなたはそんなばかじゃないはずだもの。だけど来たのね。何が望みなの？」

スペンサーの顔から血の気が引いた。シンディにナイフを突きつけた手が震えている。よくない兆候だ。頭が前後に揺れはじめた。何を考えている？　バネッサが墓から呼びかけてきたとでも思ったか？

ニコラスはスペンサーの顔を見つめた。一気に自制心を失いつつあるようだ。スペンサーが腕をおろした。すかさずシンディが床に倒れこみ、胎児のように丸まって両腕で頭を覆いながら、ナースステーションの前に転がっていった。

はじかれたようにスペンサーが動いた。ドアに駆け寄り、ニコラスを押しのけながらわめく。「このアマ！　なんで死ななかった！　おまえなんか死んで当然だ。裏切り者め！」

ニコラスは叫んだ。「マイク、今だ！」

スペンサーが病室に飛びこむが早いか、マイクがバスルームを出て声をあげた。「止まりなさい！」

だが、スペンサーは止まらなかった。

キャリーがグロックを手に身を起こす。スペンサーは腕を大きく振りかざしてベッドに飛びかかり、血に染まったナイフで切りつけた。「おまえはバネッサじゃない！」

マイクは続けざまに三度引き金を引いた。スペンサーがくるりと向き直った。目は血走って、歯をがちがち鳴らしている。二発は手に、一発は腕に命中した。彼は腕を押さえて痛みにうめいたが、まだナイフを握っていた。マイクをにらみつけてからキャリーを振り返る。

「どういうことだ。おまえはバネッサじゃない。別人だ。でも彼女の声がした」

キャリーがレコーダーの再生ボタンを押した。バネッサの声が流れる。「ハロー、マシュー。ここに来て話さない？」

スペンサーは腕を押さえたままマイクからキャリーへと視線を移し、激痛によろめいた。

「やるじゃないか。録音とはね」そう言って腕をぎゅっと抱えこむと、意外にも声を立てて笑いだした。

「まんまと引っかかったよ。彼女は死んでいるんだな？　これがダイイング・メッセージってわけか？」

「まさか」ニコラスがスペンサーの背後から言った。「バネッサは喜んで録音に応じたよ。ここできみと直接話したがったほどだ」

マイクも言った。「もっとあるわよ、スペンサー、あなた宛のメッセージが。あなたが聞きたいのならね」そして再生ボタンを押した。

69

キングをg1へ

バネッサの声は張りこそなかったが、落ち着いていた。「マシュー、この人たちに何もかも話して。ヨークタウンのどこに爆弾を仕掛けたか、それにダリウスの居場所と企みも。彼はあなたが考えているような人間じゃなかったのよ、マシュー。あなたが憎んでやまないイランとヒズボラに雇われていることがわかったの。あなたは彼に利用されていたのよ。そしてやつらにも。

ドラモンドとケインに協力してちょうだい。ふたりは正当に対応してくれるわ」

声が止まった。部屋にはスペンサーの荒い息遣いが聞こえるのみだ。

マイクは銃口を彼に向けながら、一歩近づいた。「バネッサの言うことは真実よ、ミスター・スペンサー。われわれはあなたを正当に扱うけれど、そのためには協力してくれないと。ダリウスの居場所を教えてちょうだい。彼の本名がザーヒル・ダマリだって知ってた？彼はともに戦う同志なんかじゃなくて殺し屋よ。あなたを利用しただけ。彼は副大統領を殺すつもりなの？　あるいは大統領を？　あなたが開発した爆弾をテヘランへ運んだの？」

ふたたびスペンサーが笑い声をあげる。マイクは銃を構えたまま、さらに近づいた。

スペンサーはドアのところに立つニコラスから、その後ろに集まった三人の捜査官、自分を撃った女性、そして赤毛の女性へと視線を移した。腕と手の傷の痛みは耐えがたいほどで、鼓動も激しく悲鳴をあげそうになったがこらえた。口を開いたときは、落ち着いてはっきりとした声が出た。「ダリウスだろうがダマリだろうが知るもんか。動機がなんであれ、彼がやろうとしていることは正義だ。イランとヒズボラの話など嘘っぱちだ。ダリウスは英国人で、ぼくと同じく喪失の悲しみを知っている。爆弾など持っていない」そこまで言うと急に口をつぐみ、ゆっくりとかぶりを振った。

たしかにダマリは爆弾を盗んでいた。

スペンサーはマイクからニコラス、キャリーへと目をやった。「おまえたちにわかるものか。バネッサにはわからなかった。テロリストの真相を見抜ける人間なんて、この世にいやしない。テロリストはひとつの国や集団ではないし、われわれを殺すことだけを目的としているんだ。現政権は、われわれがテロリストと共存し、その信条や信仰を尊重できると考えている。彼らがどの派閥に属していようとも。

ぼくたちは耐えねばならないと教わった。テロリストが女性や反対派に対して何をしても責めるなと。そうすれば彼らは憎しみも殺意も抱かなくなると。笑わせてくれるよ。

われらが合衆国大統領はやつらの機嫌を取りたがり、どこまでも譲歩し続け、制裁を緩和し好きなだけ行き来させようとしている。われわれが同意したとたん、やつらは和平交渉のテーブルで平和を祝して笑顔で乾杯するが、すぐさまこちらの喉をかき切って首を落とし、焼き尽くすだろう。

やつらはわれわれを憎んでいる。われわれが支持するものすべてを。害悪でしかないというわけさ。

テロリストどもを阻止しなくてはならない。やつらに服従などしないこと、むざむざ殺されたりしないことをはっきりと示すべきだ。ぼくはその第一歩を踏みだそうとしている。テロリストにぺこぺこして、ぼくたちを差しだすような愚か者は殺してやる」声がうわずっていく。「懐柔などごめんだ！」

スペンサーがひとりひとりに勝ち誇ったような笑みを投げるのを見て、マイクはぞっとした。彼は撃たれた腕から手を離した。その手は携帯電話を握っている。

一瞬ののち、スペンサーは言った。「これが始まりだ！」

マイクが引き金を引くよりわずかに早く、彼は電話のボタンを押した。

スペンサーがもんどり打って倒れた。携帯電話は床に落ち、廊下まで転がった。

全員が爆発に備えて物陰に飛びこんだ。

しかし、何も起こらなかった。

ニコラスが部屋を出て携帯電話を拾い、必死の形相で調べはじめた。マイクもスペンサーをキャリーに任せて駆け寄った。

「爆弾は持ってないわ」キャリーが大声で言う。

「ニコラス、どうなってるの？」

「まだわからない。きっと起爆装置のようなものだろう。カウントダウンが始まっている。彼がごみ箱にでも仕掛けている場合に備えて、ここから退去したほうがいい」

インカムで話していた捜査官が叫んだ。「やつは何も仕掛けてないぞ。ナイフを出したとき以外、ポケットから手を出さなかったから大丈夫だ」

マイクは心の底からほっとした。ＩＣＵが吹っ飛んだりしたら悪夢だ。

ニコラスはノートパソコンを取りだしてカウンターに置いた。「それをつないで、プログラムを解除できるかどうか調べてみる」

携帯電話はアンドロイドで、ニコラスは専用のコードもバッグに入れてあった。見たところ平凡な電話機だが、カウントダウンは進んでいる。

それをノートパソコンにつなぎ、カウントダウンを無効にして電話機のソフトに侵入するコードをセットした。

数分後、ニコラスは言った。「侵入した。データは暗号化されていたが、もうわかった」

「爆弾はどこ？」マイクが問いかける。

ニコラスはノートパソコンの画面から目を離さない。

「ニコラス、どうしたの?」

彼はモニター画面の向きを変えた。そこに映しだされたのは銀色の金属、複雑な制御装置、黒とオレンジ色、青と緑色のスイッチだった。高度計、地平線、エンジン負荷。

「飛行機だわ。スペンサーは飛行機に爆弾を仕掛けたのね」

「ただの飛行機とは違う」とニコラス。「垂直尾翼のマークが見えるか? これは間違いなくエアフォースワン――大統領専用機だ」

水曜日

（正午↓午後四時）

70

ビショップをC5へ進めてチェック

北大西洋上、エアフォースワン

ジェファーソン・ブラッドリー大統領は、エアフォースワン二階の個室でようやくひとりになれた。出発が遅れたが、大統領専用機の付近の建物に狙撃手《スナイパー》がひそんでいる危険性があれば当然だろう。離陸するまで、誰もが神経を張りつめていた。

六時間後の今、大統領はブラントンのシングルバレル・バーボンをちびちびと味わっていた。側近たちはほかの場所で和平交渉の決裂について、あるいは週末の夜の予定について話しているのだろうが、知ったことではない。少なくとも、もう名ばかりの和平交渉に臨んだ二枚舌のばか者どもと関わる必要はないのだ。連中は奈落の底へ突き落としてやった。

大統領はため息をついた。キャランが報告してきた超小型爆弾。本当にそんなものが存在するのか？　事実なら気にかかる。どうなっているのだろう？

落ち着け。リラックスが必要だ。チャーチルの新しい伝記を手に取り、サスペンス小説のほうが気分転換になると思いながらページをめくったとき、警報が鳴った。ブラッドリーはスピーカーフォンのボタンを乱暴に押した。「何事だ？」

パイロット——空軍のサイモン・ムーア大佐の声がスピーカーから流れた。「サー、ただいまコンピュータに若干の問題が生じましたが、ただちに修正すべく司令部のアップロードを待機中であります」

「ならば警報を切れ。機内を刺激してはいかん」

「イエス、サー」

通話口の向こうで、ざわざわと人の声がした。副パイロットの押し殺した声が聞こえる。無線通信で偵察隊に電気ポートを失ったと告げていたが、すぐに警報が切れて、パイロットもスピーカーのボタンをオフにした。

突然、不気味なほど静まり返った。ブラッドリーは気にも留めず、目の前のテーブルに本を置いた。目を閉じると、仰々しく尊大だった連中——イランの交渉担当者が頭に浮かぶ。まったく、彼らがしたことといったら。得意げな笑みを浮かべて、嘘八百を並べただけだ。

ブラッドリーは言葉にできないほど失望した。歴史に名を刻むという望みも計画も、すべて水の泡だ。彼らはどうしたというのだ？　キャランが正しかったのか？　爆弾を盗むまで調子を合わせていたということか？　探知不能な、コイン大の爆弾の複製ができるまで？それが信じられるかどうかさえわからない。

イランがいくつかのミサイル発射台を移動させ、いまいましい核施設を始動させたことをキャランから知らされたときは、あの国のいつものポーズであり、西欧諸国を挑発しているだけだと思っていた。だが今となってはキャランが言うように、もっと深読みすべきだった。首席交渉人が最後に見せた無防備な表情はよく覚えている。交渉人は――うれしそうだった。興奮していた。

怒りがこみあげてくる。わずかな土地、ラクダ、油井の所有権をめぐって言い争い、さらには自分たちの信じる神が最も偉大だと言って争っている。太古の昔から、彼らは太陽がどこからのぼるかでも意見が合わなかった。争って殺しあい、憎悪と不信の念を抱きながら、自分たちを置き去りにして進んだ世界を見つめてきた。疲れる話だ。ブラッドリーはバーボンのグラスに話しかけた。「彼らが必ずしも死ではなく、ほかの信仰や民族を受け入れて未来を目指せるといいんだが」そしてため息をついた。彼らの信条は変わりそうにない。限りない憎悪は千年経っても同じだろう。連中は子供みたいなものだとキャランに話したのを思いだす。しっかり手を添えて導いてやらなければならないのだと。すると、彼女は声を立てて笑った。

「大統領、それは違います。彼らは飲んだくれのティーンエイジャーと同じで、両親を焼き殺して家を逃げだすのもいとわないんですよ」

ブラッドリーは自分の望みと理念を教えこもうとした。キャランもＣＩＡも軍も間違っている。非はイランの指導者にあると考えざるをえない。不寛容や古いしきたりや戒律という重圧で国民を苦しめている。なんとしても次世代にチャンスを与えたい。頼みの綱は若者たちしかいないのだ。

だが、どんなに教えても効果はないだろう。イランは嬉々《きき》としてすべてを火中に投げこんだ。そういえば、イランの首席交渉人には今度の会談の前に会ったことがなかった。黒幕はバビド・ラハバ大佐か？　ヒズボラの殺し屋どもと共謀しているのか？

そしてヨークタウンでの演説は中止。冗談じゃない。脅迫には慣れている。自由社会の指導者ともなれば日常茶飯事だ。しかしキャランは単なる脅しではないと言い張り、モサドもＦＢＩもＣＩＡもそれに同意した。キャランとは気が合わないかもしれないが、敬意は払っている。彼女は保守主義ではない。真に汚れた世界に身を置きながら、それに染まらなかった。ＣＩＡほど汚れきった機関はないというのに。選挙の際にはキャランの意見に従ってカリフォルニアに行ったことで、明らかに風向きが有利になった。それがまた腹立たしいのだが。

バーボンをぐいっとあおると、腹の中までが焼けるように熱くなった。

ブラッドリーはグラスをテーブルに置き、飛行地図を眺めた。徐々に陸が近づき、メイン州上空に差しかかっている。予定では二時間以内にワシントンＤＣに到着する。着陸したら真っ先に――。

急に機体が揺れた。バーボンのグラスが横に滑る。ブラッドリーはそれをつかんだ。飛行機全体に振動が走り、左へ大きく傾いた。まるで戦闘機が旋回しようとするように。彼はこの感覚を知っていた。戦争ではF‐16sに乗っていたからだ。ボーイング747‐200Bにこんな急旋回は無理だ。

ややや平衡状態になると、ブラッドリーの体に戦慄が走った。

ムーア大佐がインターコムで呼びかけてきた。声は冷静そのものだが、彼はこの職務に就くまで何年も戦闘機のパイロットをしていたのだから当然だ。

「サー、大変です。何者かがフライト・コンピュータにハッキングしました。システムが乗っ取られて、自動着陸の設定になっています」

「では、システムを奪還したまえ」

「無理です、サー。システムにバグが生じています。電子制御装置の新たなソフトウェアをアップロードしたら、ソフトの内部にワームが発生しました。原因はわかりませんが、コース、機首方位、高度、何も変更できないのです。申し訳ありません、サー」

機体がふたたび急旋回した。ブラッドリーの耳に、乗員たちの走る足音が聞こえた。通信室に通じるドアがぱっと開いて壁にぶつかり、首席補佐官のエレン・スターが抱きつかんばかりの勢いで飛びこんできた。彼女はブラッドリーの両腕をつかんだ。「サー、攻撃です！われわれは攻撃を受けています！」

ブラッドリーはスターをまじまじと見た。「大丈夫だ」機体が大きく揺れて激しく上下すると、彼女を引き寄せてしっかりと抱えた。「心配するな、見ていろ」

彼はインターコムに呼びかけた。「ただちに機体を制御せよ。命令だ」

突然、機首が下を向き、高度がさがりはじめた。スターが悲鳴をあげる。機内に叫び声や怒号が響き渡り、荷物が落ちて人々が倒れる音が続いた。

ムーアが依然として冷静な口調で言った。「サー、残念ながら制御不能です。復唱します。制御不能。ライフジャケットをおつけください、サー。この飛行機は墜落します」

71

キングをf1へ

ジョージ・ワシントン大学病院

ニコラスはなすすべもなく見つめていた。飛行機の傾斜角度が極端に変わり、彼は何が起きているかを悟った。いけない。墜落させるものか。なんとかしなくては。アドレナリンが噴きでそうだ。かたわらでマイクが問いかけてくる。「じゃあ、大統領の暗殺はスペンサーの担当だったのね。いったい何が起きてるの、ニコラス?」

「何者かが自動着陸装置をコントロールしている。どこかに着陸させるつもりなのか、海に墜落させるつもりなのかはわからない。このシステムを解除する方法を見つけなくてはいけないんだが、犯人が電子制御装置をすべて停止させているんだ。手の打ちようがない」

マイクが自信に満ちて言った。「あなたならできるわ、ニコラス。まずは何が必要?」

ニコラスは彼女に目を向けた。「飛行機が着陸か墜落する前に、無線通信で航路を把握することだ。機首方位から判断すると墜落は避けようがなさそうだし、あと二分で海に突っこむだろう」

マイクは周囲の人々をさがらせてスペースを空けてから、猛烈に集中しているニコラスの横に戻って身をかがめた。「必要なことを指示して」

それでニコラスはひらめいた。「機内との安全な通信を確保したい。つないでくれ、マイク。今すぐに」

ニコラスはしばし目を閉じて祈った。七十八名の命が自分の手にかかっているのだ。

マイクはすぐさまカードを取りだして、副大統領に電話をかけた。

キャランが応える。「ケイン捜査官、どうしたの――」

「副大統領、至急エアフォースワンにつないでください。当該機が攻撃を受けていることを伝えたいんです。オーディオ、携帯電話、無線。つながればなんでもいいですから、今すぐにお願いします」

「待って」キャランが言った。電話口が静かになった。しばらくして返答があった。「電話をつないだわ」

マイクはスピーカーの音量をあげて、ニコラスの左手のそばに置いた。

「特殊作戦軍司令官のレイノルズです。どなたですか？」

「FBIのニコラス・ドラモンド捜査官です。エアフォースワンのシステムがハッキングされました。ぼくが操縦系統を制御する任に当たっています」

「そんな、まさか」

「何者かがやりおおせたんです。この一カ月間に制御装置のソフトウェアを変更しましたか？」

沈黙が流れ、レイノルズはしばし席を外した。「早く、早く」ニコラスは小声で言いながらも、パソコンのキーボードを猛烈な勢いで叩いている。マイクは彼の指からコードがモニター画面にとめどなく流れでるのを見つめた。まるで『マトリックス』のキャラクターみたいだ。

レイノルズが戻ってきた。「たしかに十分ほど前、電子制御装置に問題が生じ、オンラインを回復させるためにアップロードした」

「新しいアップデートが必要です。先ほどアップロードしたものはハッキングされていたんです」

「無理だ。制御装置が停止している。いや、待て、計器はオフラインで作動している。ドラモンド、墜落するぞ！」

「わかっています。あと一分もありません。セキュリティを解除してください。ぼくなら突破できますが、一刻の猶予もなりません。そこから続けます」

「こちらスローン副大統領。ドラモンドの言うとおりにして。今すぐに。直接指令よ」

「わかりました」

ニコラスの目の前の画面が変わった。彼が深く息を吸うのを見たマイクは、その肩をつかんだ。「さあ、ニコラス」

「レイノルズ司令官、よく聞いてください。ぼくが新しいワイヤレスネットワークを作ります。そしてエアフォースワンをログオフしてから、新しいネットワークに情報をつなぎます。それから新たにアップデートを行ってください。そちらが送信したものより前の日付にさかのぼるんです」

レイノルズが言う。「気はたしかか？　もう時間が――」

「やるんです」ニコラスは譲らない。「もう新しいネットワークを見つけたので、すぐにも攻撃を排除できます」そしてマイクに言う。「あと何秒だ？」

「四十五秒よ」

ニコラスはクリックして別の画面を開き、コックピットを表示した。高度計は一万八千フィート（約五千四百メートル）を示している。まもなく墜落するだろう。

「用意はいいですか？」ニコラスはレイノルズにきいた。

司令官が張りつめた声で答える。「あと三十秒かかる」

「二十秒しかありません。すぐにセキュリティを解除してください！　システムを壊すのに躊躇《ちゅうちょ》しないで。思いきって！」

ひと呼吸の間があった。「解除した。頼む！」

ニコラスはすばやくキーを叩きはじめ、何列もの数字を入力した。遠巻きに見ていた捜査官たちがそっと近づいてなりゆきを見守っている。あたりは静まり返り、マイクは自分の息遣いが聞こえた。ニコラスの肩越しに時計を見やって祈る。

「ニコラス、あと二十秒よ」

「わかってる」

コードが入力された。高度計の数値はまだ急激にさがり続けている。

「今度はパイロットと話をさせてください」ニコラスは冷静を装って呼びかけた。ひと文字でも、ひとつの数字でも、どんな小さなコードでも間違えたら、乗員全員が飛行機もろとも死んでしまうのだ。

「ムーア大佐だ。きみが直してくれたのか？」岩のようにかたい声音だった。

「はい。ぼくが合図をしたら機体をもとに戻して、回避操縦を実行してください。スリー、ツー、ワン、ゴー！」

ニコラスはEXEと打ちこんで、リターンキーを押した。本来なら、コンピュータを乗っ取るのに十五秒はかかる。あと五秒しかない。

四秒。

三秒。

電話口からは、なんの音も聞こえてこない。

失敗した。飛行機は海に突っこんで沈んでいくところで、乗員の命も絶望的だろう。ニコラスは目を閉じた。ああ、許してくれ。

彼は高度計が千三百フィート（約三百九十メートル）の高さで止まって水平飛行を示したのを見ていなかった。

マイクが身をかがめて彼を抱きしめた。「ニコラス、見て！　やったわ！」

ニコラスが目を開けると、ムーア大佐の声が携帯電話の小さなスピーカーから聞こえてきた。「操縦機能が回復した。繰り返す。操縦機能が回復した。一万フィート（約三千メートル）まで上昇している。ほぼそれくらいだ。ありがとう、ドラモンド。わたしの妻を始め、乗員全員が感謝しているよ。とりわけ大統領が」

72

ナイトをg3へ進めてチェック

ニコラスは聞こえてくる歓声に耳を閉ざした。まだやるべきことがある。「ムーア大佐、このプログラムがどれぐらいもつかわかりません。至急、着陸願います」

「ノバスコシア州ハリファックスのターミナルレーダー管制《TRACON》業務と連絡を取っている。十分以内に着陸できそうだ。早くきみと握手をしたいよ。飲み物はわたしに、ディナーは妻に任せてくれたまえ。感謝する。以上だ」

今度は副大統領の声が聞こえてきた。「ドラモンド特別捜査官？　さすがね。よくやってくれたわ。でも、どうしてこんなことに？」

「スペンサーです。彼がエアフォースワンの爆破装置を起動させたので、やむをえずマイクが射殺しました。ボタンを押すとき、彼は〝これが始まりだ！〟と叫びました。ですから次があるはずです。スペンサーの標的が大統領だったということは、おそらくダマリはまだその近辺にいて、あなたを狙っているはずです」

ひと呼吸置いて、副大統領は言った。「わかったわ。またすぐに連絡を取りあいましょう」

サビッチがニコラスの横に来た。「一件落着だな」

ニコラスは彼に向き直った。「ええ。ありがたいことに、飛行機はもうすぐ着陸します。

これからマシュー・スペンサーの携帯電話に取りかかりますよ。データ解析をして、彼も副大統領暗殺計画に絡んでいたのか調べます。今回のことは彼がしくんだようですが、これが最終目的だったのならいいんですが」

「彼を殺すしかなかったのか、マイク？」

「はい。それでも携帯電話のボタンを押されてしまいましたけど」

ニコラスが立ちあがってマイクの腕を取るのを、サビッチは見守った。

「いいか、きみは職務を果たしたんだ。正しいやり方でね。きみを誇りに思うよ」ニコラスは少し間を置いて続ける。「助けてくれてありがとう、マイク」

キャリーが病室から出てきた。「見て。スペンサーのズボンの裾の折り返しに縫いこまれていたわ」彼女は二枚のコインをかざしてみせた。「これって、ベイウェイを爆破した探知不能な爆弾じゃないかしら？」

「きっとそうだわ」マイクはなんの変哲もない小さなコインを見つめた。「そっと扱って、キャリー」

「心配しないで」キャリーが言う。

サビッチがニコラスとマイクを前に進ませながら静かに告げた。「きみたちはここを出て、鑑識班に加わってくれ。フーバービルだ。シャーロックがきみたちを司令部に案内する。ヨークタウンに設置した監視カメラの映像を集めてある。質問はのちほど」

ニコラスはうなずいた。「これから何が起こるかわかりませんが、バネッサの言うとおりスペンサーが現地に爆弾を仕掛ける機会があったのなら、なんとしても探しださなくては。犠牲者を出すわけにはいきません」

「もう取りかかっているよ」サビッチはそう言うと、ふたりをエレベーターまで導いた。「ふたつの班が捜索しているが、まだ見つからない。なぜなら爆弾が探知機に引っかからないからで、全員を避難させた」

病院を出る前に、規定どおり銃を引き渡したマイクは、受け取った捜査官がそれを証拠品の袋に入れるのを見て泣きたくなった。とりあえず、小型のグロックがバイクブーツのかかとのホルスターにおさまっている。それで大丈夫だろう。

サビッチがニコラスの肩をつかんだ。「よくやってくれた、ふたりとも」そう言うと、彼は現場に戻っていった。

サビッチのねぎらいの言葉はうれしかったが、ニコラスはかぶりを振った。こんなことで満足している場合じゃない。マイクに視線を向けると、彼女も複雑な面持ちだった。今度のことは彼女の責任ではない。

「さあ、行こう、ケイン捜査官。紅茶の一杯ぐらい飲む時間はあるだろう」

なぜかわからないがマイクは笑ってしまい、ニコラスに手を預けた。

「いい子にしていたら、ウイスキーを一滴紅茶に垂らしてあげるよ」

マイクは憂鬱な気分が少しずつ晴れてくるのを感じた。「それはいいわね」

「きみの舌も、よくまわるようになるかもしれないし」

「それはないわ」


ふたりは国務省の近くのコーヒーショップに寄って紅茶を飲んだ。残念だがウィスキーはやめて、クリームチーズをたっぷり添えたホットベーグルを注文した。マイクは空腹だったことにそれまで気づかなかったが、ベーグルをひと口かじったとたん、ゆっくり味わうのも忘れてしまった。

食べ終えて満足げにおなかをさすりながら、ニコラスを見やる。

「気分はよくなったかい、ケイン捜査官？」

「ええ、とっても。あなたって本当にすごいわ、ニコラス。大統領と乗員たちを絶体絶命の危機から救うなんて。しかも大佐の奥さまにディナーをふるまってもらえるなんてね」

それもきみがとっさの判断で副大統領に電話して、パイロットにつないでくれたからだ。ニコラスはそう言いたかった。だが、そんなことを言ってもマイクは肩をすくめて取りあわないだろう。「ぼくの考えを言おうか。副大統領の電話番号が書かれたカードを額に入れておくべきだ」

名案だわ。マイクはそう思ったが、いやな予感はぬぐいきれなかった。「ニコラス、スペンサーのことだけど、わたしは本当に殺したくなかったのよ」

ニコラスは肩をすくめた。「彼は病院から生きて出るつもりはなかったんじゃないかな。あれが自分の最期だとわかっていたと思う。大統領専用機を爆破？ テロリストに屈する指導者を葬る？ ダマリは彼を説得する必要もあまりなかったはずだ」ふたたび肩をすくめ、紅茶を飲んだ。「今となってはわからないが」

ニコラスの言うとおりか、あるいはそれが限りなく真実に近いだろう。「今はスペンサーの携帯電話のほかのカウントダウンがヨークタウンの爆破につながるのか、探らないといけないわ」

「残念ながら間違いないようです」誰かが店のテレビの音量をあげ、ふたりはジョージ・ワシントン大学病院の事件の臨時ニュースを見た。「詳細は不明ですが、病院の封鎖は解除されたので、正午のニュースで細かい状況をお伝えします」

マイクが言った。「ニュースでは、何もかもひと言でまとめられるのね」苦痛を浮かべた彼女の顔を見て、ニコラスは後悔の念に駆られた。「スペンサーはとてもすばやかった。彼がボタンを押したとき、みんな吹き飛ばされて死ぬと思ったわ。頭をよぎったのは、失敗した、みんなを死なせてしまうということだけ。父と母の顔が浮かんで、自分がのろまなせいで死んだと知ったら、両親はさぞ嘆くだろうとも思った」マイクは身を乗りだし、両手で顎を支えた。「わたしは判断を誤ったのよ、ニコラス。スペンサーに携帯電話のボタンを押させてはいけなかったのに」

彼女が殺人者を阻止したおかげで無数の人々の命が救われたのだ。ニコラスはそう言いたかったが、そんなのは帳消し《キス・オフ》だとアメリカ風に言い返されるだろう。「じゃあ、どこが間違っていたのか教えてくれるかい？」そうとしか言えない。

答える代わりに、マイクは意外な話を持ちだしてきた。「いつかあなたをわたしの家族に会わせたいわ、ニコラス。きっと気に入ると思うの。〝ゴージャスなレベッカ〟に会ったとたん、動悸《どうき》が激しくなるわよ」

それは興味深い。「それはぜひとも」ニコラスは彼女を見つめて言った。「お目にかかりたいね」

「スペンサーは死んで、ダマリの居場所も計画もまだわからない。わたしの家族は定期的にニューヨークへ来るの。ディナーを一緒にできるかも。だめだめ、ランチのほうがいいわね」

ニコラスは笑い声をあげた。「相談して決めよう」

「いいわ、両親のこととランチについてね。きっとオーケーよ」

「煙に巻くのはそこまでだ、ケイン捜査官。あのときのきみの判断は正しかったし、ぼくがきみの立場だったら、同じことをしただろう。忘れないでくれ。ぼくもスペンサーに出し抜かれたんだ。誰かの責任だとしたら、それはぼくだよ。ほかの誰でもない」

予想どおり、マイクは手で振り払うようにして一蹴した。

「大統領はあなたをホワイトハウスに招いて、リンカーン・ベッドルームの鍵をくれるかしら？　でもベッドはすごく小さいらしいから、あなたは眠れないかもね」

ニコラスはブライトリングの腕時計に目を落とした。「ヨークタウンでの演説の開始予定時刻まで七十分。爆破計画があるのは間違いない。そこで爆弾の威力を示そうとしているんだ」

「それで終わりじゃないわ」マイクはこぶしでテーブルを叩いた。「ダマリはどこにいるの？」

73

キングをe1へ

フーバービル

シャーロックはニコラスとマイクとロビーで落ちあい、抱擁を交わした。「アンディ・テートの死体がバージニア州のロートンにあるモーテルで発見されたの。額を撃ち抜かれていたわ。電子機器がいくつか転がっていたけど、パソコンや携帯電話はなかった。部屋に入ったのはスペンサーとテートだけだから、犯人はダマリではないわね。ハリー・ポッターの透明マントを着ていたのでもない限り」

「そうですね」ニコラスが言った。「撃ったのはスペンサーでしょう」

マイクは眉をひそめた。「でも、どうしてテートを殺したの？　彼はグループの中心メンバーで、スペンサーの右腕だったのに。サイバー攻撃を仕掛けたコンピュータおたくよ」

シャーロックが言った。「正気を失って一線を越えてしまったんだろうとディロンは言ってるわ。バネッサを殺して、大統領を吹き飛ばすことしか頭になかったんでしょう。もう死ぬ覚悟ができていたのよ。

さっきディロンから電話があったの。カール・グレースとバネッサと会って、一部始終を報告したそうよ。バネッサの予後は良好だから安心していいわ。それとバネッサからの伝言で、あなたたちに感謝している、自分がスペンサーについて話したことが役に立ってよかったって。ただ、わたしたちと同じで、バネッサはダマリがスペンサーの爆弾をイランに持ちこんだことを懸念してる。

だけど、あなたたちは合衆国大統領の命を救ったのよ。それだけで今のところは大成功と言えるんじゃないかしら。あなたたちに対する称賛の言葉が、すでにあちこちから聞こえてきているわ。ニコラス、大統領に大きな貸しがあるってどんな気分？」シャーロックは笑いながら、ニコラスの腕をこぶしで叩いた。「さてと、じゃあ、ふたりともわたしについてきて。ヨークタウンの爆破予定時刻まで、あまり時間がないわ。何が起こるかわからないから」

シャーロックはふたりを五階の大会議室へ連れていった。その部屋はニューヨーク支局の指令室に似た、最新の指令センターに変えられていた。大型液晶モニターが四台置かれ、それぞれヨークタウンの製油所と周辺地域の航空画像を映しだしている。水路――バック・クリークとヨーク川に薄緑色のラベルが貼ってあった。

中央の大テーブルを十数名のＦＢＩ捜査官が囲んでいる。コーヒーを飲み、絶えずモニター画面を気にしながら小声で話していた。

シャーロックがマイクとニコラスを紹介した。初めて会う人ばかりなので、全員の名前を覚えるのは無理だろうとマイクは思った。もちろんコミー長官は別だ。長官は立ちあがると、ふたりと握手をした。ニコラスの顔をじっと見ながら言う。「きみがうちの有名な英国人か。アカデミーを出たばかりだというのに、もう大統領の命を救ったんだって？」

一同がどっと笑った。

「これぞまさに即戦力だな。副大統領も、ケイン捜査官のとっさの判断力とドラモンド捜査官の驚異的なコンピュータ技術に感心なさっていたよ。きみたちが病院にいてくれて本当によかった」長官はそこでひと息つくと、首を横に振った。「マシュー・スペンサーの人物調査書を読んだが、やりきれない気分になった。スペンサーは戦おうとしていた相手と同類になりさがってしまったらしい。自分を邪魔したり、裏切ったりする人間は全員排除する人殺しに」

ヨークタウンの地図に目を向け、ふたたびゆっくりとかぶりを振る。「この世は憎しみに満ちていて、暴力が唯一の解決策だと多くの人が考えている。自分と考え方の違う人間を殺すのが正しいことで、そうするしかないと。だからこそ、われわれの仕事があるわけだが。それはさておき、シャーロック捜査官、ケインとドラモンドに画面に映っているものの説明をしてやってくれ」

「はい、サー。ヨークタウンの上空にドローンと人工衛星を飛ばしているの。爆発物処理班とK9《警察犬》が午後三時半まで捜索を続けて、三分後には全員引きあげるわ。何があろうと、四時には製油所とその近辺に誰もいないようにする。でも実を言うと、爆発物処理班は何も危険はないと考えているのよ。異状は見当たらないし、作業員は誰も脅されていないし、スペンサーの小型爆弾が仕掛けられている気配もない。K9が見逃すはずはないわ。スペンサーの真の標的はエアフォースワンで、ヨークタウンの爆破はカムフラージュにすぎなかったことを誰もが願っているんだけどね」

ニコラスはそう思わなかったが、何も言わずにうなずいた。

長官も含め、この部屋にいる全員がニコラスと同じ考えのはずだ。

シャーロックが中央のモニター画面を指差した。「ヨークタウンは大西洋に突きだしている。だからガスや石油や金属を保管する倉庫として利用されるようになったの。巨大な貨物船でも利用しやすいから。作業員たちは、もう避難しはじめているわ」画面の向こう側を指し示す。「この背後にチェサピーク湾があるの。驚くほどはっきり見えるでしょう。もし爆発したら上から見られるわ。それから、この角度からも」

シャーロックがリモコンのボタンを押すと、画像が動いて、陸へ向かう船の上から見る角度に変わった。風変わりな灯台にも見える、空高くそびえ立つ白と赤の縞模様の煙突が鮮明に映しだされた。

長旅のあとなら、遠く離れた沖からでも見えるキャンディーバーみたいな煙突は、心の浮きたつ光景なのだろうとマイクは思った。ここは特等席だ。

一同がヨークタウンの画面に見入る中、マイクはニコラスに体を寄せて言った。「ザッカリーに報告しないと。それから、ベン・ヒューストンとグレイ・ウォートンに進捗状況を確認しましょう」

74

ビショップをb4へ進めてチェック

マイクはマイロ・ザッカリーに電話をかけ、ニコラスにも聞こえるようスピーカーフォンに切り替えてから、事務的な口調でこれまでのことを報告した。ザッカリーは口をはさまずに耳を傾け、彼女が話し終えると言った。「きみたちが攻撃を阻止してくれて本当によかった。エアフォースワンの操縦システムに侵入するために、新たなプログラムを作成したんだって?」

「そうです、サー」マイクは言った。「ニコラスがやってくれました。見事でした」

「だがマイク、きみが副大統領に電話をかけたからこそ実現できたことだと聞いたぞ」

「まあ、そうですね。否定はしません」

「ニコラス、いったいどうやったんだ? グレイが知りたがっているんだが」

「この件が落ち着いたら見直してみると、グレイに伝えてください。コードを完全には把握できていないんです。〝神さま、お願いですから飛行機を墜落させないでください〟くらいしか」

ザッカリーが笑った。「グレイが喜ぶよ。IT班にも教えてやってくれ。きみたちは明日、戻ってこられるだろう。一杯おごってやってもいいぞ」

まだダマリの動向をつかめていないし、彼がスペンサーの爆弾をイランに持ちこんだかどうかもわかっていない。それでもニコラスはこう言った。「戻れるよう努力します、サー」

「マイク、スペンサーに発砲したことで、明日の午前中に調査委員会が開かれる。だが、心配することはない。銃は明日の正午には戻ってくるだろう」

電話を切ったあとで、ニコラスが言った。「グレイとベンに話を聞かないと」彼らの番号にかけると、前置きなしに切りだした。「ベン、わかったことを教えてくれ」

「いい知らせがある。今朝は大成功だった。早朝の不意打ちの手入れは効果てきめんだ。玄関を叩いて〝FBIだ、開けろ〟と叫ぶと、ポーター・ウォレスはベッドから転がりでて逃げだそうとしたんだ。あのばか、スリッパすら履いていなかった。そのあいだずっと、状況を説明しろとかみさんに怒鳴られていたよ」

グレイが言う。「でも結局、おとなしく協力した。尋問する必要さえなかったよ。アダム・ピアースが掘りだした明細書を見せただけで、べらべらと自白した。ピアースっていうのはたいした若造だな」

ニコラスは言った。「あんなに若いのに犯罪の才能があるんだ。じゃあ、マシュー・スペンサーとCOEは株のブローカーを雇っていたわけだな。まったく信じられない」

「ポーター・ウォレスは、マシュー・スペンサーとは学生時代に知りあったと認めた。一年前にスペンサーが大金を持って訪ねてきて、こっそり投資してくれと頼まれたそうだ。ウォレスは無理やり計画に引きこまれたと言っている。その計画というのが、認めたくはないが実に巧妙なんだ。戻ってきたら、入手した文書の詳細を教えるよ。ウォレスによると、ブローカー仲間との楽屋話から情報を得ていたらしい。週に一度チャットをして、次に何を買うか話しあっていたそうだ。そのあとで、ウォレスはちゃんとした顧客だけでなく、数人のあまりまともではない客の分を買っていた」

「二重帳簿か」

「そう、しかも大金だ。COEの銀行口座に一千万単位の金が入っていた。金額は市場に基づいて上下するが、ウォレスはやり手の投資家だから、うまくやっていたようだ」

「だけどそもそも、投資する金をどこで手に入れたんだ？　最初から金まわりがよかったのは知ってるが、その出どころは判明していない。背後に誰がいるんだ？」

「最初は自己資金だった。マシュー・スペンサーには、組織を立ちあげるのに充分な信託財産があったんだ。そして三カ月前、COEに莫大《ばくだい》な金が流れこんだ」

マイクは言った。「ザーヒル・ダマリがお金を持って、イランからやってきたのね」

「そのとおり」グレイが言う。「過去数カ月のあいだにやつらが使用したIPアドレスを全部追跡してみた。ＣＯＥのコンピュータマニアは一流だ……いや、一流だった」

「きみのほうが上手だろう」

「わたしの専門分野はまた違うんだ。確認された最後のＩＰアドレスの発信地は、バージニア州のロートンにあるモーテルだった。そこで死体が発見されたんだろう？　アンディ・テートの」

「ああ。ガンサー・アンセルからＤＤｏＳ攻撃のためのマルウェアを購入し、それにテートが自分のコードをロードしてから、システムに送りこんだんだ。巧妙な計画だ」

「その多くが作動したが」グレイが言う。「われわれが食いとめた」

ニコラスは言った。「この方面の調査はほぼ完了かな。ご協力に感謝するよ」

ベンが言う。「早く帰ってこいよ。きみたちがいないとつまらない。マイク、ぼくの代わりに偉大なる英国人にキスしてやってくれ」

ベンとグレイが大笑いし、マイクはあぜんとしながら電話を切った。

「ちょっと話をしようか？」ニコラスがきいた。

「いいえ、話すことなんて何もないわ。あのふたりはばかよ」

「キスはしてくれないのかい？」

「もう一生しない」

「それはどうかな。さて、ヨークタウンの爆破予定時刻まであとどれくらいある？」

「十七分よ。でも、何もすることはないわ」

「じゃあ、そのあいだにアダムに連絡して、スペンサーが電力系統に侵入し、エアフォースワンのコンピュータにワームを送りこんだ方法に関するぼくの持論を話してみよう」ニコラスはアダムの番号を押した。

アダムはすぐ電話に出た。「かかってくるのをずっと待ってたんだ。最高にいかしたプログラミングだったよ、ニコラス。あんなの初めて見た。ふたりとも無事なのかい?」

ニコラスは笑った。「ああ、心配ない。それより、どうやってぼくのコードを見たんだ?」

「おいおい、あんたは今や伝説の男だぞ! ハッカー界の噂の的だ。みんなあれに〝急襲《スウープ》〟って名前をつけて、あんたのことはスーパーマンって呼んでる。ダークネットに入っていって、あっという間に立ち去った。あれは本当にすごかったよ。誰もがあんたを尊敬してる。ニュースサイトの掲示板は、あんたに協力したいっていう人たちで大騒ぎだった。子分が大勢できたぜ」

ニコラスは咳払いをした。「それはどうも」子分ができて困ることはないだろう。「手が空いてるなら、また頼みたいことがあるんだ。そんなに難しいことじゃないから」

「なんでも言ってくれ、スーパーマン、いや、サー・スーパーマン」

「黙れって。きみならわかるだろう、エアフォースワンとドミニオン・バージニア電力、それから攻撃された石油会社……コノコフィリップスやオクシデンタルの共通点は?」

「ええと……ああ、ソフトウェアかな」

「正解。それで、国家のセキュリティに使用されるソフトウェアに対して、ＦＢＩは何をしている？」

「突破口がないか確かめるために、ほかのソフトウェアよりもはるかに高いレベルで頻繁にリスク評価を行ってる。おれが……その、前にやってたことと同じだ。侵入して欠陥を証明する。相当の額で」

「じゃあ、そのリスク評価を行っている企業は？」

アダムがはっと息をのんだ。「なんてこった、ジュノーか。それしかない。あんたはもうわかってたんだろう？　ジュノーは軍や政府の最新の施設にサービスを提供していて、民間企業とも契約してる。サイバーセキュリティ分野のトップだ」

「よかった、きみも同じ意見か。ぼくの考えでは、今回の事件はジュノーが無能だったから起きたわけじゃない。リスク評価を行った人物が、悪意のあるコードを仕込んだんだと思う。アンディ・テートは、ＣＯＥが買ったガンサー・アンセルのコードをアップロードするだけでよかったんだ」

アダムが長い口笛を吹いた。「その人物がバックドアの鍵を残しておいたんだな。それならつじつまが合う」

「その人物を突きとめてほしいんだ、アダム。ジュノーの三十五歳から五十歳までの男性従業員を全員調べてくれ。犯人の写真を送るよ。経済状況を徹底的に洗うんだ。身元が割れたらすぐに令状を取る」

「なんで写真があるんだ？」

「ボルティモアのダイナーの監視カメラに映っていた。そこでザーヒル・ダマリと会っていたんだ。ヨークタウン製油所の見取り図か何かが入っていると思われる筒を渡していた。その男こそジュノーの従業員で、犯人に違いない」

「なるほど」

「その写真を従業員のプロフィールやフェイスブックと比較するんだ。リスク評価チームのメンバーに関しては、特に念入りに調べてくれ。犯人を割りだしてほしい」

「五分あればできる。このまま待つかい？」

ニコラスはマイクにほほえみかけた。「時間を計って待ってるよ」

結局、三分しかかからなかった。

「見つけた。名前はウッディ・リーディング。ワシントンDC支社でリスク評価をしている。詳細を送るよ」

ニコラスはコンピュータを立ちあげた。「この男で決まりよ」マイクが言う。「早業ね、アダム」

ニコラスは新たなウィンドウを次々と開いた。アダムが言う。「見てくれ、こいつ、ばかじゃないのか。ベセスダに家を二軒持ってるんだ。ジュノーの給料じゃ一軒買うのがやっとだっていうのに。うさんくさいにおいがぷんぷんする。見つかった資料はこれで全部だ」

「充分だ。よくやった、アダム。またすぐに連絡する」

「楽しかったよ。解決してよかった。なあ、若頭はおれでいいかい？　子分のまとめ役としてさ」

「好きにしろ」ニコラスは電話を切ると、マイクを見てにやりとした。

彼女が言う。「あなただって、アダムと同じくらい速く犯人を割りだせたでしょう？」

「かもしれない。だが、今はほかのことで頭がいっぱいだから。予定時刻まであと何分だ？」

「四分よ。スパイは見つけたから、次はＣＯＥと、ダマリやイラン人やヒズボラとの金銭的なつながりを探らないと。副大統領の暗殺を請け負ったという動かぬ証拠になるわ。でも、ダマリの足取りはつかめていないし、爆弾がどうなったかもわからない」

「ひとつひとつ解決していこう、ケイン捜査官。まずは、ウッディ・リーディングがこの地区にいるんだから、シャーロックに捜査員を送りこんでもらい、引っ張ってこさせよう。ダマリは仕事仲間を排除したがるみたいだから、リーディングの命を救ってやれるかもしれない」

マイクが肩をすくめる。「反逆罪で起訴されるくらいなら、死んだほうがましかもよ」

ニコラスは言った。「たしかにそうだな。命拾いしたことを後悔するかも」

「ニコラス、ウッディ・リーディングがザーヒル・ダマリに渡した筒の中身を一刻も早く確認しないと。もしそれがヨークタウンの見取り図でないのなら……というのも、それならCOEが石油会社のコンピュータを攻撃したときに入手できたとバネッサが言っていたからなんだけど、なんであれ問題だわ」

「ああ、そのとおりだ」

ふたりは同時にカウントダウン・タイマーに目をやった。

あと二分。

水曜日
（午後四時→深夜）

キングをd1へ

75

一同は衛星画像でヨークタウンの全景を見ていた。画面のひとつに製油所周辺の重要な地区が映しだされ、さまざまな建物の名前が列挙されている。ひとけはなく、なんの動きも見られなかった。

アダム・ピアースが発見したことを報告すると、シャーロックは両手をこすりあわせた。

「アダムのお手柄ね。令状が取れ次第、ウッディ・リーディングを逮捕させるわ」

ニコラスは言った。「アダムはうちの秘密兵器になりつつありますね」

会議室にいる全員が、ゼロに近づいていくタイマーをじっと見守っている。

局員が列をなして部屋に入ってきた。犯人逮捕班の捜査官たちと、ＦＢＩ副長官のジミー・メイトランドだ。

副長官がシャーロックに向かって言う。「サビッチからの伝言で、状況を逐次報告してほしいそうだ。時間までに戻ってこられないらしい」それから、みなに聞こえるように言った。

「当然のことだが、エアフォースワンの件でマスコミは大騒ぎしている。機械の故障が起きて、ノバスコシアに緊急着陸したとしか公表していない。報道官が、大統領は無事で、ワシントンDCに戻り次第、予定どおりに行動するという声明を出した。だがインターネット上では、スーパーマンのしわざだという噂がすでに広まっているらしい。攻撃された事実を否定できなくなるのも時間の問題だろう」

コミー長官が尋ねる。「ヨークタウンの式典への参加がキャンセルされた件については、マスコミはどうとらえているんだ?」

「問題ありません、サー」メイトランドが答えた。「大統領は絶賛されています。イランの挑発にも屈せず、和平会談を退席した。ヨークタウン行きをキャンセルしたことで、愚か者ではないと証明したと。むろん言葉は変えてありますよ。大統領は分別がある、という言いまわしがよく使われています」

シャーロックが言った。「まもなく四時です」

高校時代、全生徒が体育館に集合して、スペースシャトル・コロンビアの離陸を見守ったときのことを、マイクはふと思いだした。自分が宇宙飛行士になって乗りこんでいるところを想像し、胸を躍らせたものだ。ところが二週間後、地球に戻ってきたコロンビアはなんの前触れもなく爆発し、宇宙飛行士は全員死亡した。〝お願い〟タイマーを見つめながら、マイクは心の中で祈った。〝お願いだから〟

タイマーがゼロに達した。

画面の製油所がクローズアップされる。

一同は息をのんだ。

マイクの祈りは届かなかった。

西端でひと筋の煙が立ちのぼったかと思うと、画面から白と黄色の閃光《せんこう》が放たれ、製油所は炎にのみこまれた。ベイウェイよりもさらに大規模な爆発だ。スペンサーは爆弾の使用量を増やしたのだ。ベイウェイでは、喉や肌に焼けるような熱さを感じながら、炎をくぐり抜けた。たくさんの悲鳴が聞こえ、人々が死んでいく、あるいはすでに死んでいるのがわかって、胸をえぐる恐怖に襲われたものだ。

マイクは大声で言った。「でも、爆弾はなかったはずよ？」

ニコラスが言う。「煙は南四-Gから発生した。そこに何が保管されていたのか調べよう」

シャーロックが見取り図を開いた。「ここが四-G。金属の倉庫よ。タングステンなんかが保管されていたみたい」

コミー長官が言う。「そこにスペンサーが爆弾を仕掛けたというのか？　タングステンの中に？」

「そうです、サー」ニコラスは言った。「きっとスペンサーが、あるいはテートが、金属の……タングステンの貨物に爆弾を忍びこませたのでしょう。いいカムフラージュになったはずです。スペンサーの爆弾にはタングステンが含まれていると、COEの潜入捜査官が言っていました。それをほかのタングステンと見分けるのは不可能に近い」――停電で監視カメラや何もかもがダウンしているあいだにやってのけたに違いない。警戒態勢が取られるにしても、隙が生まれる。

マイクも同じことを考えたらしい。「スペンサーとテートは、製油所に侵入しやすくするためにニコラスはマイクに向かって言った。「ウッディ・リーディングがジュノーでなんらかのプログラミングを行ったせいで、あんなに速く停電が広まったんだ。だから過負荷を制御することもできなかった」

シャーロックが言う。「この一週間のタングステンの貨物について調べましょう」

会議室はしんと静まり返っていた。爆発の衝撃が大きすぎて、みな呆然《ぼうぜん》としている。

マイクは言った。「マシュー・スペンサーの最後の攻撃で犠牲者は出なかった。われわれの勝ちです」

そのとき、電話がいっせいに鳴りはじめた。

ヨークタウンが爆破された二分後、副大統領のキャラン・スローンからマイクに電話がかかってきた。

「あなたがたに感謝しているわ」

自分の携帯電話に副大統領からかかってきたことに驚いたマイクは、鼓動が速まるのを感じた。

「どういたしまして」気のきかない返答だが、ほかに言うことが思いつかない。

「ザーヒル・ダマリの足取りはつかめたの？」

「申し訳ありません、まだです」

「国土安全保障省に捜索を命じたわ。ダマリは国外へ逃亡するだろうと、顧問とＣＩＡの半分はにらんでいるの。全世界が注目している中で、今さらわたしを狙うのは自殺行為だから。だけど、わたしは残りの半分と同意見よ。ダマリは何があろうとあきらめるような男じゃない。逮捕されるまで職員全員が厳戒態勢に入っているわ。ケイン捜査官、あなたはどちらの意見に同意する？」

「厳重な警戒が必要だとわたしも思います。ダマリは計画の予備の予備まで用意するタイプの暗殺者です。まだ近くにいるはずです」

「同じ意見でよかったわ。ところで、大統領があなたがたにお礼をしたがっているの。今夜、キャンプ・デービッドに招待するわ。カクテルパーティとささやかな晩餐会《ばんさんかい》を開く予定なの。職員と何人かの議員しか出席しない、カジュアルなものよ。大統領は和平会談後の休息期間として、今週末はキャンプ・デービッドに滞在する予定だったの。スケジュールをあちこち変更して、一日早く到着できるようにしたのよ。スペンサーたちは大統領のスケジュールを把握していたわけだから、それを変更すればザーヒル・ダマリも手が出せないでしょう」

マイクは言った。「大統領と副大統領が同時にキャンプ・デービッドに滞在することは許されていないのではないですか？」

キャランが笑い声をあげた。「公式発表しなければ問題ないわ。警護のトニー・スカラッティを覚えている？　彼はわたしのスケジュールも変更したほうがいいと考えているの。慣例に反するのだから、キャンプ・デービッドこそ最も安全な場所のはずよ。シークレットサービス――トニーの部下があなたがたを車で迎えに行って、そのあとヘリコプターに乗せるわ。何時間もかけて車で来るより、そのほうが効率的だから。今はフーバービルにいるのね？」

「はい。お招きいただいて感謝します」

「車は三十分後に到着するわ。ケイン捜査官、もう一度お礼を言わせて。今日のあなたとドラモンド捜査官の活躍には必ず報いますから」

ひょっとして税金を控除してくれるとか？　まさかね。

ニコラスが眉をあげてマイクを見ていた。マイクは電話を切って、ジーンズのポケットにしまった。「副大統領からだったの」

「そうだと思った。どうしてにやにやしているんだい？」

「税金のことを考えていたのよ。さてと、パーティに行く気はある？」

76

ビショップをb3へ進めてチェック

カトクティン山脈

この二十四時間、シークレットサービスの護衛官たちがべらべらとしゃべりまくるのを、ザーヒルは聞いていた。それを知らずに、彼らは作戦行動やスケジュール、シフトについてまで話している。ザーヒルはワシントンDCの動きをすべて把握済みだった。彼らはわたしのことを恐れていない様子だが、わたしが脅威であるのはたしかだ。ザーヒルはにやりとした。待ってろよ、おまえたち。

バネッサを殺害しようとしたマシューが射殺されたこともわかった。アンディ・テートも死んだ。おそらくマシューが殺したのだろう。イアン・マクガイアも死んだが、バネッサはまだ生きている。胸を撃たれたうえに、非常階段から落下しても生き延びた彼女には感心するほかない。しかしCIAの覆面捜査官だと知って、ザーヒルは頭に来ていた。この仕事がすんだら、病院へ向かって彼女を始末してやろうか。

そしてマシューがボタンを押したのに、エアフォースワンは墜落しなかった。英国人のFBI捜査官がコンピュータを駆使して阻止したのだと、騒ぎたてられている。

失敗には違いないが、それについてはザーヒルはあまり失望していなかった。

残念だったな、マシュー。あと少しだったのに。

ザーヒルは計画の代案を用意していた。唯一の懸念も、つい先ほど解消された。ふたりはここに来る。ふたりともだ。

予定を繰りあげる必要があるとはいえ、これ以上の喜びはない。

その必要はないにもかかわらず、バスルームのドアに鍵をかけてから、バッグの中に手を入れた。用心深いからこそ、今までやってこられたのだ。

それから、およそ一時間かけて念入りに支度をした。鏡に映った自分にほほえみかけたあと、もう一度写真を見てうなずいた。完璧だ。

準備はできた。

ザーヒルは狭い部屋のソファに腰かけ、パーティが始まるのを待った。

77

キングをc1へ

アンドルーズ空軍基地
ワシントンDC郊外

大統領が搭乗した際はマリーンワン、副大統領の場合はマリーンツーと呼ばれるヘリコプターのシーキングは、ワシントンDCへ来る際に乗ったリトルバードに比べると豪華だった。マイクはシートベルトを着用すると、やわらかな革に手を滑らせ、青いカーテンを引いて外をのぞいた。「なんだか癖になりそう」

「女王さま扱いが気に入ったかい？ ヘリコプターでひとっ飛びだなんて」

「飛行機のガルフストリームよりヘリのほうがいいわ。あれには一生慣れないでしょうね」

その気持ちはニコラスもよくわかった。「同感だ」

ヘリコプターはなめらかに離陸し、キャンプ・デービッドのある北西へ向かった。

ニコラスがパソコンバッグからオレンジ色のファイルを取りだした。

「それは何？　あなたにそれを渡した人は誰だったの？」

「英国大使館のジョージ・ヘンプトンだ。フーバービルを出る前に会えてよかった。父がぼく宛に緊急便で送ってきたそうだ。何が入っているか見てみよう」ニコラスはファイルから書類の束を引き抜くと、一番上の紙を声に出して読んだ。

ニコラスへ
ザーヒル・ダマリには充分気をつけるように。知能が抜群に高く、銃やナイフの扱いに長けていて、ハリウッドのメーキャップ技術を習得した変装の達人だ。決して侮ってはいけない相手だ。写真を何枚か同封しておく。体形と動作に注意するといい。
これは写しだから、読み終えたら燃やすように。
近いうちに帰ってこい。みんな待っている。

H・Dとだけ署名してあった。

ニコラスはマイクの隣の席に移り、一緒に書類を読みはじめた。

ダマリはカメレオンのような男だ。これまで捕まらなかったのはもっぱら、本来の姿を誰も知らないせいだった。写真に写っていたのは、推定百九十から百九十三センチの長身の男で、これはベイヨンの事件で明らかになったことと一致する。ニコラスと同じくらいの身長だ。二十年前の写真もあり、緑色の軍服を着て、カラシニコフを構えていた。

その写真に、マイクがそっと触れながら言った。「変だと思わない？　若いのにあどけなく見えないなんて」

「今は全然違う外見になっているはずだ。目は一緒だろうが」

それから身体的特徴の情報を読んだ。マイクはバネッサが撮影したダマリの写真と、ボルティモアのダイナーでウッディ・リーディングと会っていた男の写真を取りだした。どの写真も違う人が写っているように見える。「変装の名人だとは聞いていたけど、あなたのお父さまの言うとおりね。予想以上だわ」

ダマリが暗殺した人物のリストは何枚にも及んでいた。重要人物の暗殺に関わったり、単独で実行したりしている。ある人物を標的にしてチリとウガンダの政府を転覆させたり、アルゼンチンの検事や調子に乗りすぎたサウジアラビアの王族を殺害したりしていた。相当なキャリアを積んでいる。しかも、ここにあげられているのは立証されたものだけなのだ。ほかにいったい何人殺しているのかは知る由もない。

マイクがニコラスを肘でつつき、携帯電話の画面を見せた。グレイからのメールだ。

テキサスの国境警備隊がダマリの最新の人相に合致する男をとらえた。詳しいことがわかったらまた知らせるが、もう心配する必要はない。大物たちとのパーティを楽しんでくれ。
土産は「M&M'Sの大統領バージョン」（政府機関への来客などに配られる、特別なパッケージの米国定番チョコレート菓子）でよろしく。

ニコラスは窓の外に目をやり、緑豊かな景色や不規則に広がる町並みをじっと見おろした。どういうわけかすっきりしない。何かがおかしいと感じているのに、何がおかしいのかわからなくていらいらした。

78

ナイトをe2へ進めてチェック

キャンプ・デービッド
カトクティン山脈

「まもなくキャンプ・デービッドに到着します」ウィリス機長がインターコム越しに言った。「海軍サーモント支援施設はメリーランド州北西部、カトクティン山脈に建設された海軍基地です。地球上で最も安全な場所のひとつですよ。快適な空の旅をお楽しみいただけたでしょうか。大統領によろしくお伝えください。ドラモンド捜査官、あなたがその場に居あわせてくれて、大統領はとても幸運でした」

白と緑色のシーキングが着陸し、回転翼が停止すると、マイクとニコラスはヘリコプターからおりて機長と握手をした。マイクは身震いした。山の上はかなり気温が低い。セーターを持ってきて正解だった。

ふたりを出迎えるために、白い軍服を着た兵士たちがコンクリートの道の両脇に整列していた。みな、直立不動の姿勢で立っている。ここで働く海軍や海兵隊の兵士に対しては、徹底的な人物調査が行われる。軍人の誰もが望む職務だ。彼らの中心に自分がいるという状況が、マイクは信じられなかった。

列の最後に副大統領のキャラン・スローンがいた。国旗と、青の地に大統領章の入った旗のあいだでほほえんでいる。

「やっぱり癖になりそう」マイクが言うと、ニコラスはどこかうわの空といった笑みを浮かべた。どうしたのかしら？　何を考えているの？

キャランが握手をしながら言った。「ようこそ。来てくれてとてもうれしいわ。本当にありがとう」

兵士たちが帽子を傾けて挨拶した。マイクは感動し、少し圧倒されながらも、どうにかほほえんだ。

ニコラスが言った。「結果的にうまくおさまってほっとしています」

「本当によかった。あなたたちのおかげだわ」キャランが言う。「今夜はお祝いよ。爆弾とダマリの心配をするのは明日でいいわ。さあ、行きましょう」

キャンプ・デービッドに招かれ、副大統領と、さらには大統領と言葉を交わすことになるなど、マイクは夢にも思わなかった。父は喜び、セキュリティについて詳しく聞きだそうとするだろう。母は料理や服装、会話の内容——とりわけ誰が自分の娘を褒めたかについて知りたがるに違いない。

ニコラスは言った。「お招きいただいて光栄です。感謝します」みなが敬意を示してくれているのがよくわかる。母とナイジェルのために、すべてを記憶しようとニコラスは心に決めた。プログラミングが成功したことを神に感謝した。

キャランがついてくるよう手招きし、ふたりは止めてあったゴルフカートに向かって歩きはじめた。「これでロッジまで行くの。さあ、乗ってちょうだい」

ニコラスは気をゆるめず、周囲を見まわして自分たちとシークレットサービス、兵士のいる位置や、出入口のある場所を確認した。それを見て、マイクも警戒した。ニコラスは何かが気にかかっているのだ。

キャランが言う。「あなたがたにはドッグウッドを使ってもらうわ。歴史のある建物なの。ブレジネフやサダト、メドベージェフも泊まったのよ。ニクソンの秘書は、そこのラウンジでウォーターゲートのメモをタイプしたの。でも、幽霊は出ないから安心して。わたしは向こうのバーチにいるから。慣例を無視しているといっても、たいしたことはないから心配しないでちょうだい。少し歩けばアスペンへ行けるの。マイク、ハイヒールを履くのならカートを置いていくわ。だけどそれだと、正面玄関まで遠まわりしなければならないわよ。二十分後にカクテルパーティが始まるわ。今夜は一応ビジネスカジュアルということになっているけど、なんでもあるものを着てきてくれればかまわないから」

マイクは言った。「ニコラスは常にちゃんとした服を持っているんです。わたしもバッグの中からなんとか見つくろえると思います。でも、ハイヒールは持ってきていません」

緑色のペンキで塗装された木製の階段がポーチへと続くロッジの前で、ゴルフカートが停車した。玄関の右手に飾り気のない木の立て札があり、白い文字で〝ドッグウッド〟と書いてある。花盛りで、夜咲きのジャスミンの濃厚な香りがあたりに漂っていた。たそがれどきでも、手入れの行き届いた庭だとわかった。

キャランが手を振った。「必要なものは全部そろっているはずよ。二十分後に会いましょう」そう言うと、彼女はあとをついてきていたカートに乗りこんで走り去った。

玄関の扉は開いていて、ふたりはロッジの中に入った。森の香りがする——残り火と常緑樹と糊《のり》のきいたシーツのにおいが入りまじったような香りが。簡素な内装で、建物全体が〝リラックスしてポテトチップスでもつまんで〟と言っているみたいな感じがして、マイクはすっかり気に入った。

寝室はふた部屋あり、それぞれに最新型の浴室がついていた。ラウンジには背の高い暖炉があり、テーブルと椅子が四脚置かれている。壁に沿って本棚が並んでいて、下のほうの段にはトランプやポーカーチップ、ボードゲームが詰めこまれていた。居心地がよく、寝室が分かれているおかげでプライバシーも守れる。ニコラスと同じ屋根の下で眠らなければならないなんて。パリやロンドンで一緒に泊まったホテルの部屋に比べれば距離を保てるけれど。

のだから。

でも、あの頃はまだ……今は彼のことを考えている場合ではない。十五分後に大統領と会う

「ぼくが左の部屋を使っていいかな？」ニコラスが言う。「きみは右の部屋でいい？」

「ええ。お願いだから、そのバッグの中にタキシードが入ってるなんて言わないでね。そんなのを着られたら、わたしの立つ瀬がないわ」

「いや、タキシードではないよ。そんなこと言ってるけど、きみだってセクシーな黒いドレスをバッグに忍ばせてきたんだろう？」

「まあね。この前パリへ行ったときに、破れたジーンズよりもスカートがあったほうが役に立つかもしれないと気づいたのよ」

「マイク、話があるんだ」

マイクはてのひらを突きだした。「やめて。話すことなんてないわ。何度同じことを言わせるの？　全部忘れてちょうだい、ニコラス」

彼は一瞬驚いた顔をしたあと、にやりとした。「いや、ぼくたちのことじゃなくて、まったく別の話だ」

「ああ、そうよね。何か気にかかっているんでしょう？」マイクはバッグを床に置き、小さなキッチンへ向かった。「ダイエットコークでいい？」

「いや、何もいらない」ニコラスはそう言いながらも、ペットボトルの水を自分で取って、

ごくごく飲んだ。

「ここに来てから、ずっとうわの空だったわね。ダマリのことを考えているんじゃない？」

ニコラスはまたひと口水を飲んでから、マイクと向きあった。「ダマリが変装の達人だと――メイクやさまざまな道具を駆使して何度も外見を変え、どんな環境にも溶けこめると改めて知ったからには、安心してなどいられない。ここにだって、どうにかして入りこめるかもしれない。ばかばかしく聞こえるかもしれないが、どうしてもその考えを振り払えないんだ。やつはここにいて、スペンサーの爆弾を仕掛けているかもしれない」

こんなにいらだっているニコラスを見るのは初めてだ。マイクは鼓動が速くなるのを感じた。「ニコラス、タホでバネッサに写真を撮られたあと、ダマリが整形手術を受ける時間はなかったわ。だから、ここにいるなら気づくはずよ」本当は自信がなかったが、とにかくそう言った。「あなたのお父さまがいろいろ教えてくださったから、もとの顔もだいたいわかるし」

ニコラスが言い返した。「ヘリコプターの中で見た写真はどれも、バネッサが撮った写真と全然似ていなかった。もとの顔なんてわかるわけがない」髪をかきあげる。「だめだ、いらいらしてる。気にしないでくれ」彼は室内を見まわした。「なんだかいやな予感がするんだ」

「副大統領はここにいれば安全よ、ニコラス。キャンプ・デービッドのセキュリティは最高レベルだもの。だって海軍基地なのよ。たとえダマリが、わたしたちか、あるいは大統領のあとを追っていたとしても、ここには軍人がうようよしているわ。犬を連れて防御線を歩いていた兵士たちを見たでしょう？　ＨＫ４１６を持ってた。ＳＥＡＬが携帯しているＭ４の改良版よ。ここの通常の警備態勢のことは知らないけど、今夜は強化しているのは間違いないわ」マイクはニコラスのそばへ行き、腕にそっと手を置いた。「大丈夫よ。副大統領もおっしゃっていたように、今夜はお祝いしましょう」

ニコラスはうなずいた。マイクの言うとおりだ。だけどやっぱり……。水を飲み終えると、ペットボトルをごみ箱に向かって投げた。ペットボトルはごみ箱の側面に触れることなく、すとんと中に入った。

「ナイスショット。スリーポイントあげてもいいくらいね」

ニコラスは腕に置かれた彼女の手に自分の手を重ねた。「頼むから、マイク、注意を怠らないと約束してくれ。念のために」

79

キングをb1へ

大統領はアスペン・ロッジの玄関でマイクとニコラスを出迎えた。ジェファーソン・ブラッドリーは間近で見ると、とても迫力のある男性だとマイクは思った。六十四歳で体は引きしまっている。つやつやした銀髪と黒い眉、角張った顎。そして長身で威厳がある。大統領選挙に勝つには必須の要素なのだろう。いかにも政治家に転身した元戦闘機の操縦士という感じで、今でも威張った歩き方をする。

握手をした手はあたたかく、なめらかだった。乱れた髪をした操縦士だったのは遠い昔のことだ。

大統領が身を乗りだして言った。「会えてうれしいよ、ケイン捜査官。今日は本当にありがとう。きみのお父さんも警察にいるそうだね。すばらしい家系だな」

「恐れ入ります。父もわたしも、この仕事を愛しています。大統領の下で働ける自分たちは果報者だと、父は言っています」ここはひとつお世辞を言っておこう、とマイクは考えた。

大統領は笑い声をあげた。「そうだな、たしかにわたしはきみの上司だ」それからニコラスのほうを向くと無言で手を取り、じっと見つめた。

「きみは命の恩人だ」大統領が言う。「きみがあの場にいなければ、わたしは……いや、あの飛行機に乗っていた職員全員が、今頃は魚の餌になっていただろう。きみには一生の借りができた」

大統領には人を引きつける力がある、とニコラスは思った。言葉に感情がこもっている。

「万事丸くおさまってほっとしています、サー」

「この恩は決して忘れないよ、ドラモンド捜査官」大統領は後ろにさがると、ふたりにほほえみかけた。「さてと、改めてキャンプ・デービッドへようこそ。急な招待に応じてくれたことに心から感謝している。さあ、入りたまえ。紹介したい人がいるんだ」

すてきな部屋だとマイクは思った。天井に茶色の梁《はり》が見え、暖炉には火が入っている。照明がテラスの敷石や、その奥にあるプールを照らしていた。

内輪のパーティといっても、リビングルームには四十人くらいの客が集まっていた。みな洗練されていて、マイクとニコラスを歓迎してくれた。有名な議員や軍隊の要人、最高裁判所の判事までいる。黒いドレスを着てきて本当によかった。あいにくハイヒールは持ってこなかったけれど。マイクはバイクブーツを履いていた。スニーカーよりはましだとニコラスは言ってくれた。シックでファンキーじゃないか、と。

ドッグウッドを出る前、髪をねじりあげてシニヨンにし、黒縁の眼鏡をかけたマイクの全身に視線を走らせると、ニコラスはうなずいた。「準備万端といった感じだね、ケイン捜査官」

マイクは首を横に振るしかなかった。ニコラスの隣にいると、自分がホームレスに見える気がする。彼はもちろん、一分の隙もない格好をしていた――グレーのウーステッドのズボンにライトブルーのボタンダウンのシャツ、濃い紫色のスエードのジャケット。いかにもサビル・ロウで仕立てたという感じのいでたちだ。

ところが、ニコラスはこう言った。「いや、ナイジェルはバーニーズに出会って恋に落ちたんだ。サビル・ロウのことは忘れてしまったんじゃないかな。もちろんシャツだけは別だが」

「そうよね」シャツはオーダーメイドに限るわよね。「わたしたち、ペアで行動するのよね」マイクは自分の姿を見おろしたあと、ふたたびニコラスを見た。

彼はマイクを一瞬じっと見てから、ゆっくりとうなずいた。「ああ、当然だ」それからふたりはアスペンに向かって並んで歩きはじめた。そのあいだずっと、ニコラスは無言でマイクを見つめていた。

そして今、マイクはすでに名前を忘れてしまった人と話しながら、ニコラスを見ていた。ひげを剃っていないのに、だらしなく見えない。身なりのいい不良少年みたいだ。ゆったりと室内を歩きまわりながら、絶えずマイクのほうを向いていた。ふたりは手を取っていたにもかかわらず、それぞれと話したがる人が大勢いたため、はぐれることもあった。

キャランが上品なスーツを着た首席補佐官のクイン・コステロをマイクに紹介した。ニコラスはシークレットサービスを率いるトニー・スカルラッティと話をしている。たぶんトニーに警告しているのだ。これでニコラスも少しは安心しただろう。トニーは眉根を寄せてうなずいている。彼の部下たちがいっそう警戒を強めてくれるはずだ。

マイクはシャンパンのグラスを受け取り、キャランと乾杯した。キャランがニコラスのほうを向いてうなずいた。「ニコラス・ドラモンドはお父上によく似ているわ。まさに完璧な男性ね」

「そうですね」マイクはさりげなく応えた。「その、お父さまにそっくりということです。お母さまのミツィーにもお会いになりましたか?」

「残念ながらお会いしたことはないのだけれど、テレビで拝見していたわ。ご主人と同じで、すてきな人ね」

「今はご近所の謎を解いているんですよ」マイクは言った。「ニコラスはその影響を受けたみたいです」

「謎といえば、ひとつ気になっていることがあるんだけど」キャランがマイクを眺めまわしながら言う。「あなたがたふたりはとてもお似合いだと思うの。相性がぴったりで、それぞれがお互いを必要としているでしょう。最高の組みあわせだわ。相互補完的な関係ね」

「わたしは壁の花で、ニコラスは花形とか、そういうことですか？」

キャランはきっぱりとした口調で言った。「おやめなさい、ケイン捜査官。あなたは聡明《そうめい》な女性なのだから、わたしの言いたいことはわかるでしょう？」ふたたびニコラスを見やる。

「それと大昔の経験から言わせてもらうと、チャンスは無駄にしないで」

キャランの言いたいことはよくわかった。マイクは自分を卑下し、褒め言葉をはねつける癖がどうしても直らなかった。けれど〝ゴージャスなレベッカ〟のような女性の娘に生まれたら、自分に自信を持つのはなかなか難しい。

キャランがグラスをマイクのグラスと触れあわせた。「転職する気になったら連絡してちょうだい。あなたたちのような人がほしいと思っているのよ。さっきニコラスとトニーが何やら話していたわね。ザーヒル・ダマリのこと？」

「そうです。まだダマリはこの周辺にいると、ニコラスは考えているんです」

「大丈夫よ、護衛が警戒しているから。あなたはくつろいでちょうだい、マイク。今夜のパーティの主賓なのよ。さっきも言ったけど、敵を追うのは明日からにしましょう。

食料品室にあるキャビアを取ってくるよう、トニーに頼んだの。その前に厨房でブリニ（ロシアのパンケーキで、キャビアやサワークリームをのせて食べる）をつまみ食いしているはずよ。あなたとニコラスのために特別に作ったとシェフが言っていたわ。キャビアは好きでしょう？」

「もちろんです」マイクは答えた。「オマハの人は、みんな大好きなんですよ」

キャランは笑った。「もし苦手だったら、サワークリームの中に隠してしまえばいいわ。さあ、あなたとお近づきになりたいという人がほかにもいるのよ。紹介するわ」

キャランがマイクと話しているあいだ、大統領はニコラスをそばに置いていた。室内を歩きまわりながら次々と人を紹介され、ニコラスは辛抱強くほほえみ、握手をしながら称賛の言葉を浴びた。みな心から褒めてくれているようで、彼はそれを誇りに思い、感謝しつつも、サビッチとシャーロックとピザを食べ、ショーンとゲームをするほうがよかったと感じていた。

マイクの髪のピンを抜いて眼鏡を取り、話しあいたかった。

マイクは副大統領と一緒に笑っている。打ち明け話をしているみたいに見えて、ニコラスは思わずほほえんだ。だんだん緊張が解けてきた。マイクの言うとおりだ。ここのセキュリティは万全だし、これほど大勢の人がいるところで大統領を狙うなど不可能だろう。先ほどトニーは安心させるように、ニコラスの手を軽く叩いた。

ニコラスはテーブルからシャンパンのグラスを取り、大統領の部下と握手をした。副大統領がマイクを連れてこちらへ歩いてくる。マイクは笑顔だし、黒いドレスとバイクブーツを身につけた姿は最高にセクシーだが、疲れているのはわかった。

キャランが言った。「ニコラス・ドラモンド、この国へ来てFBIで働いてみた感想を聞かせてちょうだい。実はあなたは英国のスパイで、アメリカの諜報機関を監視しに来たのではないの？」

ニコラスがＭＩ６にいたときのことを話そうとすると、ポケットの中の携帯電話が振動した。「ちょっと失礼します」

「どうぞ。厨房へ行ったほうがいいわ。ここは電波が弱いから。それでもだめなときは、トニーに言って固定電話を使ってちょうだい。彼は今頃、厨房でシェフに威張り散らしているはずよ。オマハでも人気だというキャビアを、ケイン捜査官のために持ってきてくれることになっているの」

80

ナイトをC3へ進めてチェック

副大統領の言うとおり、電波は弱かった。ニコラスは部屋を横切って厨房へ向かった——そのあいだも肩を叩かれたり、声をかけられたりした。厨房はひとけがなく、ニコラスは深呼吸をして携帯電話の画面を見た。アダム・ピアースからのメールだ。

緊急。電話したけど、つながらなかった。ダマリがボルティモアで受け取った見取り図はキャンプ・デービッドのものだった。だから要警戒。機甲部隊がそっちへ向かってる。

いやな予感は当たっていたのだ。ニコラスは心臓が早鐘を打つのを感じた。ダマリがここにいる。すぐ近くに。

アダムに電話をかけようとしたが、やはりつながらない。急いで厨房の奥へ行き、固定電話を探した。なぜか誰もいない。電話を見つけ、受話器を耳に押し当てた。線が切られている。みなに警告して、大統領と副大統領を安全な場所へ移動させなければならない。きびすを返した瞬間に、ニコラスは足を滑らせた。危うく転びそうになったものの、御影石《みかげいし》のカウンターの縁をつかんで体勢を立て直した。

そのとき、床に広がる血が目に入った。

目の前にある食料品室のドアの下の隙間から、血が流れでている。ドアを押し開けようとすると、何かに引っかかって開かなかった。もう一度肩で強く押す。

中には、血を流して倒れている男がふたりいた。ひとりはシェフで、白い帽子が頭の横に転がっている。もうひとりはトニー・スカルラッティだ。

喉に触れて脈を確かめた。弱々しいが、どちらもまだ生きている。

ニコラスは厨房のドアに駆け寄り、リビングルームをのぞいた。護衛官は全員ロッジの外でパトロールをしている。彼らに警告するためには、このにぎやかな部屋を通り抜けて玄関の外に出なければならない。

まずは大統領の安全を確保しよう。足早に部屋を歩きながら、父の言葉を思いだした。

ザーヒル・ダマリは変装の達人。

トニーは食料品室に倒れている。

答えは明白だ。

室内を見まわし、大統領と副大統領の姿を探した。マイクがこちらをじっと見ている。そのあと、彼女はダマリの気配を感じたと言わんばかりに背後を振り返った。

果たして、やつはそこにいた。大統領と副大統領と一緒に笑っている。いつものように副大統領の右側に寄り添って。だが、それは不可能だ。トニーは食料品室で血を流しているのだから。

ニコラスは呼びとめようとする人々をかわし、まっすぐ彼らのもとへ向かった。ザーヒル・ダマリに視線を据え、その見事な変装に仰天しつつも冷静に秒数を数え、ダマリが銃やナイフを抜かないことを——手遅れにならないことを祈った。いや、ここで銃やナイフを使ったら、やつは生きて帰れない。それならいったいどうする気だ？

あと三メートルというところで、トニー——ダマリが大統領の側にまわるのが見えた。ニコラスはぴんと来た。シャンパンだ。ダマリにグラスを手渡された大統領と副大統領は、グラスを合わせてから口元に持っていった。

ニコラスは叫んだ。「飲むな！」ところが音楽がうるさすぎて、その言葉はかき消された。ふたりの耳に届かなかった。

人々を押しのけ、声の限りに叫ぶ。「シャンパンを飲むな！」誰かがニコラスの腕をつかみ、緊張した声でどうしたのかと尋ねる。何も知らない人たちが彼の行く手を阻み続けた。叫び声を聞いた護衛官たちが、窓から室内をのぞきこむ。彼らはただちにロッジの中へ入ってくると、まるで危険人物に対するかのようにニコラスに向かって突進してきた。

「飲むな！　飲んだらだめだ！　そいつはダマリだ！」

副大統領がようやく顔をあげ、こちらを見た。グラスを運ぶ手を止めて、困惑した表情で首をかしげる。しかし、まだ大統領がいる。

「取り押さえろ！」怒鳴り声が聞こえた。護衛官がニコラスにしがみつく。あと一・五メートル。ニコラスはグラスめがけて一直線に飛びかかると、腕を振って大統領の手からグラスを叩き落とした。だが、大統領はすでにシャンパンを口に含んでいた。

「飲みこむな！」ニコラスはそう叫びながら、勢いあまって暖炉に激突した。グラスの割れる音がして、悲鳴も聞こえてきた。大統領が喉をつかんで膝をつく。護衛官たちがニコラスを床に押さえつけ、大勢の兵士が部屋になだれこんできた。

わずか五秒のあいだの出来事だった。

ニコラスは立ちあがろうともがいた。額の切り傷から流れ落ちた血が左目に入る。指差しながら、マイクに向かって叫んだ。「あいつはダマリだ。メイクでトニー・スカルラッティになりすまし、シャンパンに毒を入れたんだ！」

次の瞬間、ダマリが振り向いてニコラスと目を合わせた。気味が悪いほどトニーにそっくりだが、先ほどニコラスとぶつかった衝撃で、かつらがわずかにずれていた。

そのとき、マイクがバイクブーツのホルスターからグロックを抜いて叫んだ。「動かないで！」

けれどもダマリはそれを無視して、テラスへ出るガラスのドアに向かって駆けだした。彼が取っ手をつかんだとき、マイクはためらうことなく引き金を三回引いた。ダマリはドアに叩きつけられ、頭を打って血を流しながら、ずるずると滑り落ちた。

81

キングをC1へ

シークレットサービスが瞬時にマイクを取り囲んだ。彼女はじっと動かず、あちこちから聞こえてくる叫び声や悲鳴を聞いていた。ヘリコプターが近づいてくる音もする。

マイクはグリップを前に向けて腕を伸ばし、銃を放り投げてから両手を頭の上に置いた。護衛官たちに攻撃されないよう、急いでひざまずく。

ニコラスが叫んでいるが、護衛官たちの声にかき消されて何を言っているのかわからない。しばらくしてから、ようやく彼の声が聞こえた。「あいつはダマリだ。マイクが撃ったのはダマリだ。トニーは食料品室にいる。刺されたんだ。衛生兵を呼んでくれ。大統領が倒れた!」

シークレットサービスはすでに大統領のまわりに集まっていた。ニコラスはまだ押さえつけられていて、マイクのところへ行こうともがいている。

護衛官がマイクの右腕を背中にまわした。「そのまま動くな!」彼女は言われたとおりにした。逆らうのは自殺行為だ。首の付け根に銃口を押しつけられるのを感じながら、マイクは女性の力強いはっきりした声を聞いた。「大統領が倒れたのよ。衛生兵はどこ?」

副大統領の声。キャラン・スローンは無事だった。

医療用品の入った大きな赤いバッグを持った若い衛生兵が、部屋に飛びこんできて叫んだ。「何があったんです? 大統領は撃たれたんですか?」

副大統領が答える。「毒物を盛られたの。シャンパンに入っていたのよ。何か変なにおいがしたからわたしは飲まなかったんだけど、大統領はドラモンド捜査官がグラスを叩き落とす前にひと口飲んでしまったの。すぐに喉をつかんで倒れたから、おそらく即効性の毒ね」

心臓が早鐘を打つのを感じながら、マイクは大統領が助かることを祈った。血塗られたガラスのドアを見やると、ダマリは丸くなった姿勢で倒れていた。大量の血が流れている。ダマリは死んだ。自分が射殺した。すべて終わったのだ。けれどもどういうわけか頭がついていかなくて、まだ状況をのみこめない。ショックが大きすぎるせいだろう。じきにおさまるはずだ。

ダマリはトニーによく似せていたが、頭と背中を撃ち抜かれたあとではそうは見えなかった。マイクは深い安堵に包まれた。あんたは死んだのよ、モンスター。彼女は深呼吸をした。わたしが銃を抜かなかったら、逃げられていたかもしれない。シークレットサービスが逃すはずはないけれど、彼らはダマリを自分たちの仲間だと思いこんでいたのだ。とにかく、もう死んだのだから、ダマリが考えた計画が上出来だったことだけは認めよう。

マイクは息を深く吸いこみ、銃口を彼女の顔に向けている兵士にほほえみかけた。そのあと兵士は指示に従って銃をホルスターにおさめた。マイクよりも若い兵士で、アドレナリンが全身にみなぎっているのがわかる。彼はダマリをちらりと見てから言った。「見事に命中しましたね」

「そうね、よかったわ。あれはトニーではなくてザーヒル・ダマリよ」

「お手柄です」ほかの兵士が言い、マイクに手を貸して立ちあがらせてからグロックを返した。

解放されたニコラスが近づいてきて、マイクの隣に立った。ふたりの兵士がダマリの死体を仰向けにし、生きているときはトニーとうりふたつだった顔をじっと見おろしている。今は、ガラスのドアにぶつかったせいで作り物の鼻が横にずれていた。護衛官がかつらを取って脈を確かめる。彼が首を横に振ったのを見て、マイクは胸のつかえがおりるのを感じた。

護衛官はダマリの上着の袖口についていた小型マイクを引きはがし、耳に当てて言った。「作動している。通信装置だ。キャンプ・デービッドに忍びこんでから、われわれの言動をすべて把握していたんだ」

マイクとニコラスは死体から目をそらし、大統領に視線を移した。静脈注射を施されている。

「ニコラス、どんな毒物を盛られたかわからずに治療ができるの？」

「いや、無理だ。きっとナルカンを投与しているんじゃないかな。どんな毒物にでも効くのかどうかはわからないが、麻薬拮抗薬《きっこうやく》だ。何もしないでいるわけにもいかないから」衛生兵が言った。「ナロキソンには反応しない。心臓マッサージを続ける。これからフルマゼニルを投与する」

ニコラスが彼らに目を向けたまま、マイクの手を取った。「ダマリの勝ちだ、マイク。ぼくは間に合わなかった」

マイクは感情を交えずに言った。「あなたがグラスを叩き落としていなければ、大統領はすでに亡くなっていたわ。副大統領もね。毒物の種類を突きとめないと。飲んだ瞬間に倒れるなんて、かなり即効性の高いものよ」

突然、ニコラスがマイクの手を強く引いた。「厨房へ行こう。ダマリが何か証拠を残しているかもしれない」

厨房にはさらに大勢の兵士がいて、混乱を極めていた。トニーとシェフが食料品室から運びだされ、衛生兵の手当てを受けている。

そこにキャランが駆けこんできて、トニーのそばにひざまずいた。

「助かるの？」副大統領の声には恐怖がにじんでいた。ダマリなら、どんな悪事でもなしとげられる。それなのにどうしてふたりを殺してしまわなかったのだろう、とマイクはけげんに思った。

「最善を尽くしています」衛生兵がトニーに注意を向けたまま答えた。「大量に出血していますが、まだ命はあります。シェフは助かります。殴られて気絶していただけですから。救急ヘリがこちらに向かっていますので、彼らを病院へ搬送します」そこでようやく顔をあげ、副大統領を見た。「大統領は？　助かりますか？」

キャランはごくりと唾をのみこんだ。「わからないわ」

それから彼女はカウンターに寄りかかっていたマイクとニコラスのほうを向き、ニコラスの額からシャツの襟に垂れる血に目を留めた。そばへ行くと、血がつくのもかまわずにふたりを抱きしめた。体を震わせながらも笑顔を見せる。

「今度はわたしまで命を救ってもらったわね」キャランはカウンターにあったタオルをつかむと、ニコラスの顔についた血をぬぐった。「大統領は助かるわ、きっと」そのとき、ヘリコプターが裏庭に着陸する音が聞こえてきた。「トニーもね」

金曜日（午前八時）

82

ルークをC2へ進めてチェックメイト

ホワイトハウスのプレスルーム

首席補佐官のクイン・コステロは、最後にもう一度キャランの髪をふんわりとふくらませてからリップクリームを手渡し、彼女がそれを唇に塗るのを見守った。「準備はよろしいですか、副大統領？」

キャランは白いスーツとハイヒールでばっちり決めていた。準備ならすっかりできている。リップクリームをクインに返した。「ええ。始めましょう」

プレスルームは人であふれ返っていた。初めてこの光景を目にしたときは驚いたものだ。こちら側から見ないと、意外に狭苦しい部屋であることはわからない。ワシントンDCじゅうの記者が集まり、ぎゅうぎゅう詰めになっていて、がやがや言いながら副大統領の登場を心待ちにしていた。

登場のアナウンスはなかった。キャランはただ部屋に入っていき、演台の前に立った。記者たちはみな、軽く身を乗りだしている。

キャランは息を吸いこみ、前口上抜きで言った。「本日午前五時、多国籍軍はイランのアラーク、エスファハーン、ゴム、ナタンズ、ブーシェフルにある主要な核施設、並びにボナブ、ラームサル、テヘラン、パルチンにある研究用核施設への空爆を開始しました。同時にイラン、シリア、レバノンの軍事施設、ヒズボラの指導者の潜伏先と特定された場所を攻撃しました。

これらの攻撃は、イランがキャンプ・デービッドでジェファーソン・ブラッドリー大統領、及び副大統領暗殺を企てたことに対する報復です。

この軍事行動に、中東のパートナー諸国が協力してくれたことを誇りに思います。みなさんご承知のとおり、ブラッドリー大統領は先日、イランの核武装への取り組みに対処し、長年の戦争で引き裂かれた地域に平和をもたらす方法について考えるため、中東諸国の代表者とジュネーブで会談を行いました。過去に生きる人々のために未来への道を見いだすことが、大統領の最大の望みです」

キャランは色めき立つ記者たちから目をそらし、カメラを見つめた。

そして、ザーヒル・ダマリに金を払って自分を殺そうとした者たちに向かって語りかけた——その中で攻撃を生き延びた者がいればの話だが。

「われわれの不幸を、死を望んだ者たちへ。あなたたちが陰謀を企てるのを、われわれはもはや手をこまぬいて見ているつもりはありません。今朝の攻撃は、あなたたちがかの地に引き起こした憎しみや破壊の根を断つための単なる手始めにすぎないのです。

もはや交渉の余地も譲歩の余地もありません。われわれはこれ以上、妥協できません。これが最初のメッセージです。必要とあれば今後も続きます。あなたたちは隠れることも、逃げることもできない。われわれはあなたたちを追い続けます。あなたたちと違い、攻撃の際は付随被害を最小限にとどめるよう全力を尽くして」

そこでひと口水を飲み、一同の顔を見まわした。部屋はしんと静まり返っていた。

「われわれに対してイランがしたことは宣戦布告です。われわれはこれに応じたのです。迅速に正義を行使し、終結した際には和平に同意することができるでしょう。

ブラッドリー大統領は暗殺を企てられ、重傷を負いました。安全のために、非公表の場所で現在も治療を受けています。医療的な措置による昏睡状態にあり、医師たちが命を救おうと尽力しています。幸い今朝、回復のきざしが見られました。大統領が完治することを、わたしは信じてやみません。

しかしながら当面のあいだは、大統領は職務を果たすことができません。憲法修正第二十五条に従い、わたしが国を導きます。大統領が復帰したときに副大統領に戻ります。

それまではわたしが大統領の職務を遂行し、われわれに攻撃を仕掛けた者たちに罰を与え続けます。

われらが多国籍軍に神のご加護を。みなさんに、そしてアメリカに神の祝福があらんことを」

キャランが演台から離れると、記者たちがいっせいに質問を浴びせかけた。クインが親指を立ててほほえんでいる。報道官が演台の前に立ち、質問に対応した。

ニコラスとマイクはプレスルームの外の狭い廊下で、モニター越しに副大統領を見ていた。ひとりの記者がキャランの背中に向かって叫んだ。「副大統領、あなたを殺害しようとした人物はどうなったのですか?」

キャランが振り返って手をあげると、一同はたちまち静かになった。彼女はよく通る声で言った。「射殺されました」そのあとキャランは部屋から出てくると、まっすぐふたりのもとへやってきた。「一緒に来て」そのまま立ちどまらずに歩き続け、ニコラスとマイクはあとについて閣議室へ向かった。長いテーブルには閣僚がずらりと顔をそろえている。目立たない真鍮製《しんちゅうせい》の名札に、それぞれの名前が書いてあった。

三人が入っていくと、閣僚全員が立ちあがって拍手をした。

キャランはマイクとニコラスの背中にそれぞれ腕をまわし、テーブルの上座へ導いた。

「みなさん、わたしの命を、そしてブラッドリー大統領の命を一度ならず二度までも救ってくれたふたりを紹介させてください。ニコラス・ドラモンド特別捜査官と、マイケラ・ケイン特別捜査官です。彼ら英雄が法的執行機関の職員であることは、わが国の誇りです。われわれは彼らに深い恩義があります。大統領が復帰したあかつきには、わたしは彼らの知性とたぐいまれな勇気を称え、名誉勲章に推薦するつもりです」

ふたたび拍手が起こり、歓声や口笛も聞こえた。

キャランが手をあげた。「もうひとつ。暗殺者のザーヒル・ダマリが逃亡を試みた際、彼を仕留めてくれたのはケイン捜査官です」

さらなる拍手がわき起こる。

副大統領はふたたび手をあげた。「それからご安心ください。わたしはマスコミ向けに話を作りあげたわけではありません。大統領は快復に向かっています。ダマリがシャンパンに仕込んだ毒物はミダゾラムでした。術前に投与される薬――〝バースト〟のことです。致死量が含まれていました。ドラモンド捜査官が迅速に行動していなければ、また衛生兵が適切な処置を施していなければ、大統領は命を落としていたでしょう。ですが、大統領は生きながらえました」

マイクは腕に鳥肌が立つのを感じた。副大統領の言葉の一言一句を、閣僚たちの反応を心に刻んでおこう。国務長官がマイクとニコラスに熱烈な拍手を送っている。両親に話すのが待ちきれなかった。この日のことは一生の思い出になるだろう。愛国心というものは今もなお、このホワイトハウスに根強く残っているのだ。

ニコラス――骨の髄まで高潔で情熱的な男性が手をつないできた。力強くてしっかりしている。この一瞬を決して忘れない、とマイクは思った。

ニコラスは手にぎゅっと力をこめた。副大統領がこちらを向いてウインクしたときは、もう少しで笑い声をあげるところだった。挨拶の言葉を求められなくてよかった。頭が真っ白になっていた。

キャランが言葉を継ぐ。「それとモサドから入った情報ですが、イスラエルの国境に向かっていたババヒド・ラハバ大佐とヒズボラのハサン・ハダウィ——通称ハンマー、並びにスペンサーのコイン爆弾を複製した科学者を逮捕したとのことです。大佐とハンマーが爆弾の効果を自分の目で確かめようとしていたのは明らかです。発見された爆弾に関しては、すべて返却するようイスラエル政府に正式に要請しました。爆弾の数は少ないものと予想されます」アリが歓喜する姿を想像して、キャランはほほえんだ。

一同が安堵の息をつき、またしても拍手が起こった。

「ですから、すべて世は事もなし、です」

「明日まではな」国務長官が言い、笑い声とうめき声が室内に広がった。マイクとニコラスは副大統領のあとについて、今度は大統領執務室へ入っていった。マイクが想像していたよりも、はるかに狭い部屋だった。

キャランはソファに座るようふたりに身振りで示したあと、向かいに腰かけた。「トニーがあなたがたによろしく伝えてくれと言っていたわ。感謝している、とね。悪態もついていたけれど。わたしを守れなかったと思っているわけだから」

ニコラスが言う。「ぼくが同じ立場でも憤慨していたでしょうが、ダマリに顔を盗まれたのはしかたのないことです。トニーは有能な人物です。すぐに立ち直るでしょう」

マイクは尋ねた。「ダマリがキャンプ・デービッドを狙っていたことを、われわれは最後の最後になるまで突きとめられませんでした。どうやって侵入したのか、何かわかったのですか？　シークレットサービスの通信に、なぜ割りこめたんでしょう？」

「停電中にフェンスを乗り越えて、敷地の端にあるロッジに隠れていたという説が有力よ。そこにダマリがいた証拠が見つかったの。動向が筒抜けだったから、シークレットサービスとK９を避けることができた。実に巧妙な計画ね。それをマシュー・スペンサーの手を借りて実行した」

マイクは言った。「皮肉な話ですね。結局、マシュー・スペンサーは望みをかなえたことになります。われわれは彼の敵と戦争をしている。彼の目標が、われわれの目標になった」

「戦争がすぐに終わることを願っているわ。空爆とサイバー攻撃で無力化させたら、和平会談も実現されるはずよ」キャランが立ちあがったので、ふたりもそれにならった。

「さあ、あなたがたをクインに引き渡す時間が来てしまったわ。ニューヨークへの交通手段を手配しておいたから」

キャランは真面目な顔になった。「別れはつらいけど、あいにくこのあと予定が詰まっているの。気軽に連絡してくれてかまわないのよ。困ったときはいつでも電話して」

彼女はふたりの手を取り、ぎゅっと握りしめた。「本当にありがとう」

ニコラスは静かに言った。「光栄です」

控えの間で、クイン・コステロがにこやかな笑みを浮かべながら待っていた。

キャランはマイクとニコラスに向かってうなずくと、廊下を隔てた閣議室へ戻っていった。

クインがふたりについてくるよう合図し、シーキングが待機している南の芝生《サウス・ローン》へ案内した。

「これはお土産です」クインがホワイトハウスのロゴが入った青い小さなトートバッグを、ふたりにそれぞれ手渡した。「わたしたちを思いだしていただけるような、ちょっとしたものが入っています。それではお元気で」

マイクとニコラスはヘリコプターに乗りこみ、座席に着いた。「二時間で地元《ホーム》に到着します」ヘッドホンから機長の声が聞こえた。「昼寝をするのにちょうどいい時間ですよ。では、出発します」

ホーム。

ニューヨークがぼくの家《ホーム》だ。その言葉はニコラスの耳に心地よく響いた。

エピローグ

終盤《エンドゲーム》

ニューヨーク

金曜の夜、ニコラスは十二時間ぐっすり眠った。そのあとナイジェルが作ってくれたピザを食べ、予定を立てた。

マイクはそれより長く眠った。タイ料理にずっと恋い焦がれていたので、三食連続で食べた。

土曜の夜は、十時少し前にシャワーを浴び終えると、パジャマ用のTシャツを着た。テレビをつけ、頭を使わなくてすむような番組にチャンネルを合わせる。興奮した両親の相手をして、疲れきっていた。

そして待ち続けた。

玄関のベルが鳴る。

ようやく来た。

裸足《はだし》でドアまで歩いた。「どちらさま？」

「お届け物です」

「何を届けに来たの？」

「バゲットとナイジェル特製のツナサラダ」

マイクはドアを開け、ニコラスを引き入れると、ドアをばたんと閉めて鍵とチェーンをかけた。それからバゲットと紙箱入りのツナサラダを受け取ってテーブルの上にそっと置き、振り返った。

「遅かったわね」

「ナイジェルにも同じことを言われたよ。そのTシャツ、いいね。〝彼女は犬と眠る〟か。ダメ犬でもいいのかな？」

「ええ、お尻に嚙みついたり、顔をなめまわしたりするダメ犬でもね」マイクは身を乗りだして、ニコラスの耳を嚙んだ。

「ぼくは、その、話をしに来たんだ」

マイクは体を引いて腕組みをした。「何度も言ったでしょう、ドラモンド。話すことなんて何もないわ」にっこりして彼の首に腕をまわし、脚をウエストに巻きつけると、顔じゅうにキスの雨を降らせた。

「そうかもしれないな」ニコラスはマイクの唇にキスをして、短い廊下を寝室へ向かった。

「言葉なんて必要ない」

彼がマイクの眼鏡を外して放り投げると、眼鏡はバスルームの洗濯かごの真上に落ちた。

マイクは唇を離した。「ヘンデルの〈メサイア〉って曲、知ってる?」

「ああ、たぶん。どうして?」

「数分後には、ふたりで〈ハレルヤ・コーラス〉を歌っているような気がするの」

「たしかに」ニコラスが言った。「すてきな上掛けだ」

フェデラル・プラザ
月曜日の朝

マイクは〈マンマ・ミーア〉を鼻歌で歌いながら、新しく詰め直した非常持ち出しバッグをデスクの一番下の引き出しにしまうと、パソコンを立ちあげた。

ニコラスは二時間前に、着替えをするために家へ帰っていった。

赤字のメッセージがモニター画面に現れた。今日はマイロ・ザッカリーと面会することになっている。先週末、マイクとニコラスはザッカリーと何度も話をした。いつものごとく、ザッカリーは毎回何かをきき忘れた。マイクの携帯電話にニコラスが出ても、何も言わなかった点は尊敬する。もう十二時間も連絡がないので、新たな質問がだいぶたまっていることだろう。

メモ帳とペンを手に廊下へ出ると、ニコラスに出くわした。マイクは眼鏡を押しあげて間の抜けた笑みを浮かべ、小さな絆創膏《ばんそうこう》が貼られた彼の額をぽんと叩いた。キャンプ・デービッドでニコラスが負った怪我はそれだけだった。マイクはあざも何もできていなかったので、化粧でごまかさずにすんだ。

ニコラスは言った。「やあ、ケイン捜査官。遅くなった」マイクのポニーテールに結ったつややかな髪や、彼に会えた喜びにきらめく目を見ると、気分が高揚した。彼女は内側から輝いている。自分もそうに違いない、とニコラスは思った。帰ったらナイジェルにきいてみよう。

マイクは今日も、バイク乗りが着るような黒い服と、いつものバイクブーツを身につけている。「あの黒いドレス姿がまた見たいな。ブーツと合わせると最高だった」ニコラスは思わず彼女の頬にそっと触れた。「今日はグロックを返してもらえるはずだ」

「だといいけど。この週末、誰かに襲われていたら、あなたを守るためにこぶしを痛めなきゃならないところだったわ」

「いや、その前にかかとがあるだろう。もしよかったら、こぶしを使わずに戦う方法を教えてあげるよ」

マイクは笑い声をあげた。ニコラスは今日もジェームズ・ボンドみたいだ。すてきなグレーのピンストライプのスーツと白いシャツに身を包み、ぴかぴかに磨きあげたイタリア製のローファーを履いている。「ばっちり決めてきたわね」

「ありがとう。ところでナイジェルからの伝言だけど、今エンチラーダのレシピを覚えているところだから、よかったら味見をしに来てくれってさ」

マイクはふたたび間の抜けた笑みを浮かべた。「ええ、もちろんうかがうわ。さあ、ザッカリーのところへ行かないと」

会議室の前を通り過ぎる際、最新のスレット・マトリックス（アメリカに対する外的・内的脅威を評価して大統領に日々報告するレポート）が掲示されているのがちらりと見えた。常に何かが起きている。つまり、わたしたちの生活は決して退屈することがない。

廊下ですれ違ったベン・ヒューストンがにやりとして、ふたりとハイタッチをした。小首をかしげて両方を交互に見たあと、笑顔でゆっくりとうなずく。「ようやくだな」そう言って小さく手を振ると、会議室へ向かって歩きはじめた。

「ようやくって何が？」

ニコラスが笑い声をあげる。「ぼくたちのことだろう」

マイクはたじろいだ。「でも、どうしてわかるの？　わたしのおでこに赤で〝ＳＳ〟（so sorry〈本当にごめんなさい〉の意）とでも書いてある？」

「ＳＳって？」

「教えない。せいぜい弱いおつむで考えなさい」

ニコラスがふたたび笑い、ふたりはザッカリーのオフィスに入っていった。そこではサビッチが黒革張りのソファに腰かけ、足をぶらぶらさせながらＭＡＸをいじっていた。

サビッチは顔をあげて立ちあがり、ふたりと握手をした。「やあ、マイク、ニコラス。

キャンプ・デービッドで奮闘したあとだというのに、ふたりとも疲れているようには見えないな」一瞬、間を置いてから続ける。「その、きっと週末を楽しんだんだろうね。シャーロックがよろしくと言っていた。それから、ショーンがまたきみとゲームで対戦するのを楽しみにしているよ、ニコラス」

〝楽しんだ〟どころではない、とマイクは思った。「お会いできてうれしいです、ディロン。でも、どうしてここにいるんですか？　ひょっとしてニューヨーク支局を引き継ぐとか？」

ザッカリーが口をはさんだ。「いや、そうするには死ぬまでわたしと戦わなければならないとサビッチはわかっているからな。もっとも、死ぬのはわたしのほうだろうが。さあ、ドアを閉めてこっちに来てくれ」

いったい何が始まるのだろう？　ニコラスはドアを閉めてから、マイクの隣に腰かけた。サビッチに向かって眉をつりあげる。「どうしたんですか？」

マイクが言った。「まさかザーヒル・ダマリには危険な弟がいて、復讐を企てているとか？」

ザッカリーが答えた。「実際、兄弟はいるが、幸い疎遠になっている」それからサビッチに向かって言う。「きみから話してくれ」

サビッチがＭＡＸを脇に置いて身を乗りだした。「きみたちはＦＢＩにとって扱いにくい人物であることが判明した。大きな事態に発展する事件をかぎつける才能を持っている。ふたりともずば抜けた調査力があり、既存の枠にとらわれない考え方ができる。こんな捜査官は初めてだ。さらに言わせてもらうと、目的を果たすためなら、規則を無視することもいとわない」

ザッカリーが言った。「マイクは規則に従うが、そうだな、ニコラスは破る傾向がある」

マイクは今にも叫びだしそうだった。規則なんてどうだっていいでしょう？　この話はどこへ向かっているの？　わたしたちは首にされるの？

ザッカリーが言葉を継ぐ。「しかし実際、組織には規則がある。ニコラスが制約や手順をときどき邪魔に感じていることを、われわれは知っている」

マイクはちらりとニコラスを見た。それは事実だ。

サビッチが言う。「だが、きみたちが直感に従って行動し、必要とあらば無茶をしても、越権行為で逮捕されずにすむ方法が見つかったんだ。ＦＢＩは特捜班を新設する。副大統領直属のチームだ。大統領も復帰後に承認してくださるはずだ」

「特捜班ですか？」マイクは胸が高鳴るのを感じた。

サビッチがうなずいた。「融通のきく少人数のチームで、難解な事件を扱う。国をまたいで捜査ができ、予算は無限だ。といっても、小国を買いたいと言ったら、通らないかもしれないが。きみたちは秘密工作員となる」

マイクは口をぽかんと開けそうになるのをこらえた。秘密工作員ですって？

ニコラスが眉をつりあげた。「それでもFBI職員のままなんですね?」

「表向きはそうだ」とサビッチ。「だが、きみたちのチームは特別な権限を持つ。必要に応じて自由に官庁に出入りすることができる。チームのメンバーはきみたちに選んでもらうが、われわれのほうでも候補を何人かあげておいた。グレイ・ウォートン、ベン・ヒューストン、ルイーザ・バリー、リア・スコットだ。彼らなら、すばらしい戦力となってくれるだろう。きみたちとの相性もいいようだし」

「アダム・ピアース」ニコラスが言った。「彼もチームに入れてください」

サビッチがうなずく。「賛成だ。言っておくが、人員は八名までだ」

マイクはにやにやしながらきいた。「班長は誰が務めるんですか?」

「きみとニコラスが共同責任者となる」サビッチが答えた。「互いに抑制してくれると信じているよ。きみたちはミスター・ザッカリーに対して報告を行うが、新たな捜査本部を置くことになる。今ちょうどセクションを設けているところだ。このあと新しいチームのメンバーと会い、移動してもらう。

それから、きみたちは独自の交通手段を持つことになるから、わざわざ飛行機を借りる必要はない」

ザッカリーが言った。「二十二階がきみたちの新しい職場だ。充分なスペースがあるし、広い会議室もついている。部屋をつなげることもできるぞ」

サビッチが言った。「きみたちはフーバービルとニューヨーク支局、それからクワンティコ本部が提供しうるすべてのものを利用できる」ザッカリーをちらりと見て続ける。「きみたちを刑務所に送りこまずにすむ方法はこれしかないというのが、ミスター・ザッカリーとおれの意見だ。で、きみたちはどう思う？」

ニコラスはマイクを見た。目がきらきら輝いていて、驚きと喜びのあまり、今にも叫びながら踊りだしそうな感じだ。彼自身はというと、血管がどくどくと脈打っていた。ニコラスは立ちあがり、マイクの腕をつかんで顔を見合わせた。

そして同時に振り返り、声をそろえて言った。「賛成です！」

ニコラスはサビッチと、続いてザッカリーと握手をした。「おふたりに感謝します。すばらしいお話だと思います。ぜひやらせてください」

「よかった」サビッチが言った。「それなら、どのような組織にするか考えていこう。まず名称が必要だ。〝ダブル・オー〟というのはどうかな？」

マイクが言う。「響きはいいですけど、残念ながら、ダブル・オー要員は殉職するものと相場が決まっています」

「少なくとも映画では、頻繁に入れ替わっていますね」ニコラスは言い、少し考えたあとでにっこりした。「〝ユア・アイズ・オンリー〟（００７シリーズの映画タイトル。〝極秘〟の意味がある）というのはどうです？」

ぴったりの名前だとマイクは思った。背筋を伸ばし、改まった口調で言う。「それではただいまより、われわれは公的な秘密探偵に就任いたしました」

十分後に解散すると、マイクはニコラスと腕を組み、踊るような足取りで廊下を歩いた。

「コーヒーを飲みながら、この件について話しましょう」

ニコラスが足を止め、眉をあげた。「本当に？　とうとう話しあう気になったのかい？　ようやくだな。でもその前に、まずはメンバーと話をしよう」

マイクは言った。「誰が一番大きな叫び声をあげるかしらね。ニコラス、信じられないわ。わたしたちが捜査の責任者になるなんて。それに秘密工作員って？　どういうことかしら？」

それがどういうことかニコラスは知っていた。独立独歩で制限がない。まさに自分好みだ。

彼は満面の笑みをマイクに向けた。

「当然、あなたはよくわかっているわよね。ところで、捜査の進め方で意見が食い違ったときにどうするか考えておかないと。じゃんけんはどう？　それでうまくいくと思う？」

今後、議論や激しい喧嘩をすることになるのだろう。限界までとことんやりあうのだと思うと、ニコラスは興奮し、マイクに負けないくらい浮き浮きした。ナイジェルの言葉を借りると〝舞いあがっている〟。まさにそんな感じだ。

「早くきみと議論がしたいな」

「勝つのはわたしよ」マイクがすかさず言う。「やらなければいけないことがたくさんあるわね。手順を定めたり、みんなが規則に従っているかどうか確認したり――」

ニコラスは笑いだした。「さっそく議論が始まりそうだな」

「今のは冗談よ。まあ、そうとも言いきれないけど」

ベンとグレイ、ルイーザ、リアに告げると、みな同じくらい大きな声で叫んだ。彼らが肩を叩きあい、早々とオフィスの席決めを始める横で、ニコラスはアダムに電話をかけ、〝ユア・アイズ・オンリー〟――略して〝秘密のE〟について説明した。

長い沈黙のあとでアダムは言った。「もしあんたがおれにCIAをハッキングするよう命じたとしても、大丈夫なのかい？　おれがまた捕まるなんてことはない？」

「絶対にない」

アダムが歓声をあげた。「乗った！」

「すぐに飛んでこい。パーティションで区切ったオフィスだが、かまわないよな？」

アダムがうめき声をもらした。

十分後、彼らは階段をおり、二十二階へ行った。新しい部屋を調べているとき、ニコラスの携帯電話が鳴った。知らない番号だったが、最近はよくあることだ。「ちょっと失礼。はい、ドラモンドです」

「もしもし、ニコラス。マイケラも近くにいるんでしょう？」

「ああ」ニコラスは心臓が早鐘を打つのを感じた。手招きしてマイクを呼び、スピーカーボタンを押した。

聞き覚えのある声が言った。「キツネ《Kitsune》よ。ちょっと力を貸してほしいの」

著者あとがき

身長のせいでチェスのチームに入れなかった
ウディ・アレン

ボビー・フィッシャーとドナルド・バーンは、どちらも身長の条件を満たしていたようです。ふたりは一九五六年にニューヨークで、〝世紀のゲーム〟と呼ばれるチェスの対戦を行いました。当時、ボビー・フィッシャーは十三歳、対するドナルド・バーンは二十六歳でアメリカのトッププレイヤー。ゲームの中盤で、バーンはすでに自分が負けるとわかっていましたが、相手は子供でしたし、紳士の彼は最後までゲームを続け、八十二手で終了しました。

そういうわけで、読者のみなさんもチェス盤を取りだして、本書の各章につけられた指し手に従って駒を動かしてみてください(明確に書いておいたので、初心者のかたでも難しくないはずです)。この鮮やかなゲームが楽しめます。

では、どうしてチェスなのか? それは、J・T・エリソンがすばらしいアイデアマンで、本書のタイトル――*THE END GAME*(エンドゲーム)にかけたから。本書が八十二章から構成され、その数が件の〝世紀のゲーム〟の手数と一緒だと気づいた彼女は運命を感じたのです。その瞬間、彼女が〝ハレルヤ・コーラス〟を歌う声がナッシュビルじゅうに響き渡ったかもしれません。

チェスの目的はキングを取ることです。本書でも、双方のプレイヤーが駒を動かしあい、エンドゲームを迎えます。幸いにも、正義が勝ちました。

攻撃の名人と呼ばれたルドルフ・シュピールマン（一八八三―一九四二）はこう言っています。「序盤は正確に、中盤はマジシャンのように、終盤は機械のように指すべきである」

訳者あとがき

ファンのみなさま、お待たせしました。キャサリン・コールターとJ・T・エリソンの新FBIシリーズ最新作をお届けします。おなじみニコラスとマイクのコンビも三作目となりました。一作目で初めて出会ったふたりも、作を重ねるごとに息が合い、ますますエネルギッシュに事件解決に向けて動いていきます。

ここで、本シリーズは初めてというかたに、簡単に主人公ふたりをご紹介しておきましょう。まずはニコラス・ドラモンド。英国貴族の家に生まれ、かつて英国外務省のスパイとして世界を股にかけて活躍していましたが、あるときを境にロンドン警視庁に移ります。その後、アメリカで起きた国際的な宝石盗難事件をFBIと協力して解決。それをきっかけにロンドン警視庁を辞め、現在はニューヨークに移ってFBIの捜査官となっています。そんな彼を迎え入れてコンビを組むことになったのがマイク・ケイン。名前だけ見ると男性のようですが、本名はマイケラ。れっきとした女性、それもかなり魅力的な女性です。英国貴族らしいふるまいが抜けないニコラスに対し、こちらは典型的なアメリカ人。ニコラスを見て

「まるでジェームズ・ボンドみたい」などと憎まれ口を叩きつつも、その捜査手腕、そして彼の特技であるハッキング技術を大いに評価しています。このふたりが、アメリカ国内のみならず、ときには世界各国に飛んで大きな事件を解決していく、というのが本シリーズなのです。

さて、三作目となる本作品は緊迫する中東情勢を背景に、またまたスケールの大きな国際的事件を扱っています。幕開けはニュージャージーにある製油所での大爆発。犯人は、中東からの原油の輸入をやめさせるためのプロパガンダとしてこれまで小規模の爆破事件を起こしてきた〈地球の賛美者たち〉――通称COEです。リーダーの信念により人命を奪うことは決してなかったこのグループが、今回の爆破では大きく様変わりし、大勢の死者を出します。彼らに何があったのか？　新たなメンバーが加わったのか？　緊張は一気に高まり、ニコラスとマイクをはじめとするシリーズおなじみのFBIの面々が、それぞれの専門技術を生かして捜査に奔走します。COEに新たに加わった人物はいったい何者で、何を狙っているのか？　そこには、グループのほかのメンバーが思いもしなかった大きな目的が隠されていたのでした。前二作同様、息をつかせぬスケールの大きい展開を存分にお楽しみいただきたいと思います。

もうひとつお楽しみいただきたいのはニコラスとマイクの関係です。お互いに異性として惹《ひ》かれるものを感じながらも、仕事上のパートナーという立場もあって、自分の感情に素直になれないふたり。それでも日夜ともに捜査を続けるうちに、次第にふたりの関係に変化が現れます。シリーズを通して少しずつ進展していくふたりの仲がこれからどうなっていくのか。シリーズのファンとして、多少もどかしさを感じながらも、次作以降も見守っていきたいと思います。その次作はまだ発表されていませんが、本作の意味深なラスト一行に、いやがうえにも期待が高まります。ベテラン、キャサリン・コールターと新進気鋭のJ・T・エリソンのコラボレーション、今後も目が離せません。

ザ・ミステリ・コレクション

迷走《めいそう》

著者　キャサリン・コールター／J・T・エリソン
訳者　水川《みずかわ》　玲《れい》

発行所　株式会社 二見書房
東京都千代田区三崎町2-18-11
電話　03(3515)2311［営業］
03(3515)2313［編集］
振替　00170-4-2639

印刷　株式会社 堀内印刷所
製本　株式会社 関川製本所

落丁・乱丁本はお取り替えいたします。
定価は、カバーに表示してあります。

ISBN978-4-576-16094-8
http://www.futami.co.jp/